U.G.E. 10|18
12, avenue d'Italie – Paris XIIIe

Du même auteur
dans la même série

Le dernier adieu, n° 1960.
Le retour de Casanova, n° 1656.

L'ÉTRANGÈRE

PAR

ARTHUR SCHNITZLER

Traduit de l'allemand
par Pierre GALLISSAIRES

Anthologie établie
par Jean-Claude Zylberstein

10|18

INÉDIT

« Domaine étranger »
dirigé par Jean-Claude Zylberstein

Si vous désirez être régulièrement tenu au courant de nos publications, écrivez-nous :
Éditions 10/18
12, avenue d'Italie
75627 Paris Cedex 13

ISBN 2-264-01161-0

NOTE DE L'ÉDITEUR

A l'instar des nouvelles de Scott Fitzgerald auxquelles nous avons précédemment consacré quelques « réflexions bibliographiques », la publication en France des récits d'Arthur Schnitzler paraît obéir (mais l'œuvre de plus d'un autre auteur de nouvelles aussi) au jeu du hasard et du caprice.

Si pour l'essentiel les récits les plus longs, c'est-à-dire les courts romans de Schnitzler (*Thérèse, Mourir, Madame Beate et son fils* et *le Retour de Casanova*) ont été traduits en français de façon opportune, la publication de ses nouvelles a été conduite de façon assez fantaisiste.

On en jugera en consultant la bibliographie reproduite en fin de volume.

Signalons dès à présent que Schnitzler devait regrouper lui-même une vingtaine seulement de ses récits les plus courts en quatre volumes parus successivement en 1898 : DIE FRAU DES WEISEN *(la Femme d'un sage)* ; 1905 : DIE GRIECHISCHE TANZERIN *(la Danseuse grecque)* ; 1907 : DÄMMERSEELEN *(la Pénombre des âmes)* et 1912 : MASKEN UND WUNDER *(Masques et Prodiges).*

Le recueil *la Pénombre des âmes* ne devait emprunter lors de sa publication en langue française qu'un seul titre au recueil homonyme d'origine (Das Schicksal/le Destin du baron de Leisenbohg). Un autre l'était au recueil intitulé *la Danseuse grecque* (l'Aveugle Geronimo et son frère) ; quatre à *Masques et Prodiges* (l'Assassin, le Journal de Redegonda, la Mort du vieux garçon et l'Ombre de Gabriel) ainsi qu'au recueil *la Femme d'un sage* (Fleurs, la Femme d'un sage, l'Apothéose et Les morts se taisent). Ce volume français est à nouveau disponible dans la collection « Petite Bibliothèque Cosmopolite » (Stock), après avoir été partiellement utilisé pour un recueil éphémère intitulé *Masques et Prodiges* (Stock, 1972) dont le contenu était, pour l'essentiel, distinct du volume MASKEN UND WUNDER.

Deux autres recueils français rassemblent des œuvres parues à l'origine en volumes séparés : *les Dernières Cartes* (1927) avec Rien qu'un rêve (1926) et, sous le titre générique, *Lieutenant Gustel :* la nouvelle homonyme (1901), l'Appel des ténèbres (1931) et Dr Grasler (1917). *L'Appel des ténèbres,* recueil français aujourd'hui épuisé, ne correspondait pas davantage à un volume conçu par Schnitzler.

Deux romans, au demeurant plus longs, *Berthe Garlan* (1901) et *Vienne au crépuscule* (1908) ont été traduits ces dernières années, ainsi que l'autobiographie de Schnitzler : *Une jeunesse viennoise*, posthume.

Les deux volumes que nous proposons aujourd'hui au lecteur français empruntent d'une part aux recueils composés par Schnitzler lui-même (pour dix textes) et d'autre part au volume posthume DIE KLEINE KOMÖDIE publié en 1932 qui se trouve intégralement repris. S'y ajoutent : quelques textes et fragments posthumes jamais recueillis avant l'édition définitive des œuvres de Schnitzler chez Fischer Verlag.

Ils permettent d'avoir enfin une vision intégrale sur l'œuvre en prose du Viennois considérable à qui Freud, en 1922, avouait qu'il l'avait évité « par une sorte de crainte de rencontrer mon double ».

Jean-Claude ZYLBERSTEIN
Mai 1988

BRÈVE CHRONOLOGIE D'ARTHUR SCHNITZLER

15 mai 1862	Naissance à Vienne, rue du Prater.
1871-1879	Collège Académique de Vienne.
Automne 1879	Inscription à la Faculté de Médecine de Vienne.
1880	Première publication en revue (poèmes, articles).
1885	Docteur en médecine. Entre en relation avec le Cercle « Jeune Vienne » (Hofmannsthal, Karl Kraus, Hermann Bahr, Peter Altenberg).
1886-1888	Publication de poèmes et aphorismes dans des revues littéraires ; d'articles scientifiques dans des revues médicales.
	Au printemps, voyage à Berlin ; durant l'été, voyage à Londres.
1888-1893	Assistant à la Polyclinique de Vienne ; ouvre une consultation privée au décès de son père en 1893 ; création la même année de ses premières œuvres théâtrales.
1894	*Mourir* paraît en feuilleton dans la *Neue Rundschau*. Rencontre de Marie Reinhard.

1895-1898	Plusieurs créations au théâtre. Parution en 1898 chez Fischer Verlag à Berlin d'un premier recueil de contes *(Die Frau des Weisen)*.
1899	Décès de Marie Reinhard. Arthur Schnitzler reçoit le Prix Bauernfeld.
1900	Fait imprimer sa pièce *la Ronde* pour ses amis. *Le Lieutenant Gustel* paraît à Noël dans la *Neue Freie Presse*. Scandale provoqué par ce texte considéré comme attentatoire à l'honneur de l'armée.
1901	Traduit devant un jury d'honneur, Arthur Schnitzler perd son rang d'officier et sa charge de médecin-major.
1902	Naissance d'un fils (Heinrich).
1903	Épouse Olga Gussmann, mère d'Heinrich.
1904	*La Ronde*, dont une version publique est parue au Wiener Verlag en avril 1903, est interdite en Allemagne.
1906	8 mai, lettre de Freud sur « la conformité profonde » de leurs conceptions en ce qui concerne « maint problème psychologique et érotique ».
1908	Parution en feuilleton de *Vienne au crépuscule*.
1910	Création de l'opérette *Liebelei* à Francfort-sur-le-Main.
1911	Création de la tragi-comédie *Terre étrangère*, simultanée dans neuf théâtres : Berlin, Breslau, Munich,

	Hambourg, Prague, Leipzig, Hanovre, Bochum et Vienne.
1912	Première édition d'œuvres complètes : prose et théâtre. Interdiction à Vienne de la pièce *Professor Bernhardi*.
1914	Première du film *Liebelei* à Copenhague. Voyage en Méditerranée avec sa femme.
1918	*Le Retour de Casanova* paraît en feuilleton dans la *Neue Rundschau*.
1920-1921	Prix du Volkstheater pour *Professor Bernhardi*. Création de *La Ronde* à Berlin, puis Vienne ; début 1921 : la police interdit les représentations pour protéger l'ordre et la tranquillité publics.
	26 juin : divorce.
	Septembre : poursuites judiciaires.
1922	Lettre de Freud : « Je pense que je vous ai évité de crainte de rencontrer mon double ».
1926	Reçoit le « Burgtheaterring ».
1927	Suicide de sa fille Lili.
	Parution de *Thérèse*.
1929	Mort d'Hofmannsthal, son ami de toujours.
21 oct. 1931	Mort d'Arthur Schnitzler à Vienne, à la suite d'une hémorragie cérébrale.
1933	Les nazis brûleront ses romans, interdiront la représentation de ses pièces de théâtre.

LA DERNIÈRE LETTRE D'ANDREAS THAMEYER

Il ne m'est plus possible de vivre. Aussi longtemps que je vivrai, les gens se moqueront et personne ne comprendra la vérité. Or, la vérité, c'est que ma femme m'a été fidèle... je le jure par tout ce qui m'est sacré et ma mort va sceller ce serment. J'ai consulté de nombreux livres traitant cette question ardue et mystérieuse et, même s'il est des gens pour mettre le fait lui-même en doute, d'illustres savants se sont déclarés profondément convaincus de sa réalité. J'ai l'intention de présenter ici même des exemples qui paraîtront sûrement incontestables à toute personne impartiale. Malebranche nous rapporte ainsi qu'une femme regarda avec tant d'insistance, pendant les cérémonies de sa canonisation, le portrait de saint Pie, que l'enfant qu'elle mit au monde peu après ressemblait en tout point à celui-ci... Ses traits accusaient la fatigue de l'âge, ses bras étaient croisés sur sa poitrine, ses yeux levés vers le ciel et il avait, de surcroît, l'épaule marquée d'une tache reproduisant la forme de la mitre. Ceux auxquels l'autorité du témoin, disciple du célèbre philosophe Descartes, ne semblerait pas suffisante pour certifier ce récit, se satisferont peut-être de la garantie de Martin Luther. On lit en effet dans ses *Propos de table* qu'il connut à Wittemberg un bourgeois affligé d'une tête de mort, dont il était avéré que la mère avait, pendant sa grossesse, éprouvé une peur violente à la vue d'un cadavre. Cependant, l'histoire la plus significative à mes yeux, et dont il n'existe aucune raison valable de douter, nous est racontée par Héliodore dans ses Libri *Aethiopicorum*. Cet estimable auteur relate que la reine Persina, épouse d'Hydaspès, roi d'Éthiopie, mit au monde après dix ans de mariage une fille de couleur blanche. Elle la fit exposer aussitôt après sa naissance, par crainte du courroux de son mari, en la munissant toutefois d'une ceinture sur laquelle était inscrite la véritable raison de ce funeste hasard : de magnifiques statues en marbre de dieux et de déesses grecs, placées dans le jardin du palais royal où la reine s'abandonnait aux étreintes de son époux à la peau noire, et qu'elle avait contemplées avec ravissement. Mais le pouvoir de l'esprit ne s'arrête pas là et les personnes superstitieuses et incultes ne sont pas les seules à professer cette manière de voir, comme le prouve l'histoire suivante, qui s'est passée en France en l'an 1673. Une femme, ayant accouché d'un garçon quatre ans après le départ de son mari, jura qu'elle avait rêvé neuf mois plus tôt et de façon parfaitement convaincante que celui-ci l'étreignait avec ardeur ; les médecins et les sages-femmes de Montpellier déclarèrent sous la foi du serment la chose possible et le tribunal du Havre reconnut au nouveau-né tous les droits d'un enfant légitime. Je lis aussi dans l'ouvrage de Hamberg *Énigmes de la nature,* p. 74, l'histoire d'une femme qui mit au monde un enfant à tête de lion, après avoir assisté avec son mari et sa mère, au septième mois de sa grossesse, au spectacle donné par un dompteur. J'ai également trouvé dans le livre de Limböck intitulé *Sur le regard des femmes enceintes,* Bâle 1846, p. 19, le cas d'un enfant venu au monde avec une grande cicatrice de brûlure sur la joue, sa mère ayant vu, quelques semaines avant la naissance, les flammes consumer la maison située en face de la sienne, ainsi que nombre d'autres faits extrêmement curieux. Je l'ai sous les yeux, sur ma table, tandis que j'écris ces lignes, et je viens de le feuilleter encore une fois : les faits qu'il rapporte sont authentiques et scientifiquement établis, comme est authentique ce qui m'est arrivé à moi-même ou plutôt à mon excellente femme, dont je suis aussi sûr qu'elle m'est fidèle que je le suis d'être encore vivant en cet instant. Me pardonneras-tu, chère épouse, d'aller maintenant à la mort ? Tu dois me pardonner, comprends-le : c'est pour l'amour de toi que je meurs, car je ne peux supporter que les gens se moquent et rient à tes dépens et aux miens ! Sans doute vont-ils cesser de rire, maintenant, et comprendre comme je comprends moi-même. Vous qui trouverez mon corps, qui trouverez cette lettre, sachez que, pendant que je l'écris, ma femme dort dans la chambre à côté d'un sommeil paisible, du sommeil de quelqu'un qui a la conscience tranquille. Et son enfant — notre enfant — qui a maintenant deux semaines, dort lui aussi dans son berceau près du lit. Avant de quitter la maison, j'irai effleurer des lèvres le front de ma femme et de mon enfant, sans les réveiller. Si je note tout cela avec tant de précision, c'est pour que l'on n'aille pas me croire fou... non, j'ai bien réfléchi et suis parfaitement calme. Dès que j'aurai terminé cette lettre, je m'en irai dans la nuit noire, à travers les rues désertes, toujours plus loin sur ce chemin que j'ai si souvent parcouru avec ma femme, la première année de notre mariage, jusqu'à Dornbach... puis, au-delà, jusque dans la forêt. Oui, j'agis après mûre réflexion et c'est en possession de toute ma raison que je fais la déclaration qui suit, moi, Andreas Thameyer, trente-quatre ans, fonctionnaire à la Caisse d'épargne autrichienne, domicilié Hernalser Hauptstrasse 64, et marié depuis quatre ans. J'ai connu ma femme sept ans avant de l'épouser et elle a refusé deux autres prétendants, parce qu'elle m'aimait et voulait m'attendre — un commissaire avec 1 800 gulden d'émoluments et un étudiant en médecine originaire de Trieste, un très beau jeune homme qui louait une chambre chez ses parents... Notez bien : elle les a éconduits par amour pour moi, qui n'étais ni riche ni beau, et contraint de repousser notre mariage d'année en année. Et les gens vont prétendre que cette femme m'a trompé, après m'avoir patiemment attendu pendant sept ans ! Les hommes sont bêtes et mesquins ; incapables, si j'ose dire, de lire dans notre âme, ils se réjouissent du malheur des autres, ils sont extraordinairement vils et méchants ! Mais ils vont tous se taire, maintenant... et je les entends dire : « Nous avons eu tort, nous le voyons... ta femme était fidèle et il n'était pas nécessaire de te tuer... » Mais moi, je vous le dis : c'est nécessaire ! Car vous continueriez, tous tant que vous êtes, de vous moquer aussi longtemps que je vivrais. Seul le vieux docteur Walter Brauner a fait preuve de noblesse d'âme et de bonté... Oui, il me l'a dit tout de suite ! Avant de me faire entrer dans la chambre de ma femme, il m'a dit :

— Mon cher Thameyer, n'ayez pas peur, ne vous énervez pas et n'énervez pas votre femme ! Ces choses-là arrivent. Je vous apporterai demain le livre de Limböck et quelques autres ouvrages traitant du regard des femmes enceintes.

J'ai ces livres devant moi... mais oui ! et je prie mes proches de bien vouloir les faire remettre avec mes plus sincères remerciements à cet excellent homme qu'est le docteur Brauner. Je n'ai pas d'autres dispositions à prendre : mon testament est fait et je n'ai aucune raison de le modifier, car ma femme m'a été fidèle et l'enfant qu'elle m'a donné est mon enfant. Quant à la singulière couleur de sa peau, je vais en donner la très simple explication, que seuls des esprits méchants ou incultes peuvent refuser. J'ose même prétendre que, si les hommes parmi lesquels nous vivons n'étaient ni méchants ni stupides, je ne serais pas obligé de me tuer, car tout le monde comprendrait. Mais personne ne veut comprendre, tous sourient et rient. Même l'oncle de ma femme, Gustave Rengelhofer, un homme auquel j'ai toujours manifesté le plus grand respect, a eu un clin d'œil qui m'a beaucoup blessé, lorsqu'il a vu mon fils pour la première fois ; et ma mère elle-même... m'a serré la main d'une manière particulièrement bizarre, comme si j'avais besoin de sa sympathie. Mes collègues, lorsque je suis arrivé hier au bureau, se sont mis à chuchoter et le concierge, aux enfants duquel j'avais donné ma vieille montre détraquée à Noël, — un boîtier de montre peut encore faire un bon jouet ! — le concierge, dis-je, a étouffé un rire quand je suis passé hier devant la loge ; quant à notre cuisinière, elle fait une si drôle de tête qu'on croirait qu'elle a bu et l'épicier du coin m'a plusieurs fois déjà suivi du regard... Il est resté l'autre jour à la porte de son magasin et a dit à une vieille dame :

— C'est lui !

Les bruits les plus insensés se répandent avec promptitude — la preuve, c'est qu'il y a des gens que je ne connais pas et qui le savent, je ne sais comment.

Ainsi ces trois vieilles femmes qui parlaient de moi, quand je suis rentré par le tramway avant-hier ; j'étais sur la plate-forme et j'ai très distinctement entendu mon prénom. Je demande donc à haute et intelligible voix (employant intentionnellement cette expression dans une lettre) :

— Que dois-je faire ? Me reste-t-il une autre solution ?

Je ne peux dire à tout un chacun de lire les *Prodiges de la nature* de Hamberg ou l'excellent ouvrage de Limböck *Sur le regard des femmes enceintes* ! Je ne puis me jeter à leurs genoux et les supplier : « Ne soyez pas si cruels... comprenez donc ! Ma femme m'a toujours été fidèle ! » Elle a eu un regard, au jardin zoologique où elle est allée avec sa sœur, en août dernier, et où campaient ces étrangers, ces Noirs si inquiétants* ! Oui, elle a eu un regard, je le jure et je peux raconter comment ça s'est passé... J'étais ce jour-là — depuis quelques jours déjà — à la campagne chez mes parents, mon père était malade, très malade... on s'en convraincra si j'ajoute qu'il est mort quelques semaines plus tard — mais revenons à nos moutons ! Donc, Anna était seule et, à mon retour, je la trouvai au lit... l'émotion, l'impatience... que sais-je ? elle était couchée... Mon absence n'avait duré que trois jours, mais tel était son amour pour moi ! Et je dus m'asseoir aussitôt à son chevet et l'écouter me raconter, sans que j'aie besoin de la questionner, comment elle avait passé ces trois journées. Je rapporterai son récit avec toute l'exactitude requise dans un tel cas : elle était restée à la maison tout le lundi matin, puis allée l'après-midi faire des courses en ville avec Fritzi — c'est ainsi que nous appelons sa sœur Frédérique... Fritzi, encore

* En 1897, avait eu lieu au jardin zoologique du Prater une Exposition cynégétique, où l'on pouvait voir un campement d'Achantis, peuple noir du Ghana *(N.d.T.)*.

célibataire, est fiancée à un très gentil garçon, qui a trouvé une place en Allemagne, dans une grosse maison de commerce de Brême, où elle doit bientôt le rejoindre pour se marier... mais ces détails sont sans importance, je le sais fort bien. Ma femme a passé toute la journée du mardi chez elle, car il pleuvait... il a aussi plu ce jour-là à la campagne, je m'en souviens. Enfin, mercredi, vers le soir, Anna et Fritzi allèrent au jardin zoologique, où les nègres campaient. J'ajoute ici que j'ai vu moi-même ces gens un peu plus tard, en septembre : nous y sommes allés, Rudolf Bittner, sa femme et moi, un dimanche soir et Anna a catégoriquement refusé de venir, tant le souvenir de ce mercredi lui causait de frayeur. Elle m'a dit n'avoir jamais ressenti une angoisse semblable à celle qu'elle éprouva en se trouvant seule au milieu des nègres... Seule, car Fritzi — il ne m'est pas possible de taire ce fait — s'était soudain égarée. Je ne veux bien sûr pas dire du mal de Fritzi dans ce qui est ma dernière lettre, mais il ne me semble pas déplacé de l'exhorter sérieusement à ne pas peiner son fiancé, un garçon si honnête qu'il en aurait beaucoup de chagrin. C'est pourtant un fait que, ce soir-là, monsieur... mais pourquoi écrire ici son nom ?... bref, Fritzi s'est perdue ce soir-là avec ce monsieur, que je connais très bien et qui, quoique marié, ne jouit pas de la meilleure réputation, de sorte que ma pauvre femme s'est tout à coup retrouvée seule. Il y avait de la brume ce soir-là, comme c'est parfois le cas à la fin de l'été — pour ma part, je ne vais jamais au Prater le soir sans pardessus... Je me souviens des vapeurs grises qui flottent souvent sur les prairies, là-bas, et dans lesquelles se reflètent les lumières... Eh bien, le mercredi en question était justement un de ces soirs, Fritzi avait disparu et mon Anna était seule tout d'un coup... qui ne comprendrait, dans ces conditions, la formidable peur qui s'empara d'elle à la vue de ces géants aux yeux luisants et aux longues barbes noires ?... Elle attendit Fritzi pendant deux heures, espérant la voir revenir à chaque instant, puis dut quitter le jardin à la fermeture des portes. Voilà les faits, tels qu'Anna me les a rapportés le lendemain matin, alors que j'étais assis à son chevet, comme je l'ai dit...

Elle avait passé ses bras autour de mon cou et tremblait, le regard troublé, et j'en vins à prendre peur moi-même, bien qu'ignorant alors tout autant qu'elle ce que j'ai su plus tard. Si j'avais su, en effet, qu'elle portait déjà notre enfant dans son sein, je n'aurais jamais, au grand jamais, permis qu'elle aille au Prater avec Fritzi, un soir de brume, et s'expose ainsi à toutes sortes de dangers — qu'est-ce qui n'est pas un danger pour une femme dans son état ?... Évidemment, si Fritzi ne s'était pas perdue, ma femme n'aurait jamais, au grand jamais, éprouvé une si épouvantable frayeur, mais voilà... son grand malheur fut de devoir rester seule, en tremblant pour Fritzi... A présent, tout est fini et je ne jette la pierre à personne ; si j'ai tout noté par écrit, c'est qu'il m'a paru nécessaire d'éclaircir cette affaire. Si je ne le faisais pas, les gens seraient bien capables de dire, dans leur pitoyable mesquinerie, que je me suis suicidé parce que ma femme m'a trompé... Non, braves gens, je le repète, ma femme est fidèle et l'enfant qu'elle a mis au monde est mon enfant ! Et je les aimerai tous les deux jusqu'à mon dernier soupir... C'est vous, et vous seuls, qui me poussez à la mort, trop mesquins ou trop méchants pour croire ou pour comprendre. Et plus j'essaierai de vous expliquer le cas de manière scientifique... plus vous vous moquerez, je le sais bien, et rirez derrière mon dos, si vous n'osez le faire en face — allant même jusqu'à dire : « Thameyer est fou ! » Eh bien, mesdames et messieurs, vous n'en aurez pas l'occasion : je meurs pour ma conviction, pour la vérité et, avant tout, pour l'honneur de ma femme. En effet, lorsque je serai mort, vous ne vous moquerez pas d'elle et ne rirez pas de moi, vous comprendrez que les choses rapportées par Hamberg, Héliodore, Malebranche, Weisenburg, Preuss, Limböck et d'autres, existent... Et toi, ma chère mère, tu n'étais vraiment pas obligée de me serrer la main comme si j'étais à plaindre ! Maintenant, tu vas demander pardon à ma femme... je le sais... Il me semble que je n'ai plus rien à ajouter. Il est une heure du matin. Bonne nuit, vous que j'aime ! Je vais aller dans la chambre à côté embrasser pour la dernière fois mon enfant et ma femme... puis je partirai — Adieu.

UN SUCCÈS

Le sergent de ville n° 17 972, Engelbert Friedmaier, de faction entre la rue François-Joseph et la rue de Tabor, réfléchissait à sa vie manquée... Il avait quitté l'armée trois ans plus tôt, avec le grade de sergent-chef, pour entrer dans le corps de la police, animé du plus noble enthousiasme pour sa nouvelle profession et d'un zèle ardent à l'idée de veiller à l'ordre et à la sécurité dans la capitale. Il était amoureux, et sa promise, la fille de l'épicier Anton Wessely, attendait avec impatience qu'il la prît pour épouse, mais ses perspectives d'avancement étaient sombres, voire désespérées : il n'avait eu, en trois ans de métier, aucun succès à son actif. Le cas d'Engelbert, unique dans les annales de la police viennoise, provoquait la méfiance de ses supérieurs à l'égard de sa bonne volonté, ses camarades avaient cessé de le respecter et Kathi, qui était autrefois sa consolation aux heures de mélancolie, commençait à le bafouer de la manière la plus cruelle. Cependant, il ne se sentait pas coupable. Il n'avait simplement pas de chance : tous les mauvais instincts s'évanouissaient dans un rayon de mille pas autour de lui. Il avait été placé à des carrefours très fréquentés, où les cochers de fiacre se faisaient d'habitude arrêter par douzaines pour excès de vitesse, voire, dans les cas les plus favorables, pour avoir écrasé quelqu'un ; il avait été de service, au cours de nuits de fête, devant des tavernes mal famées, dont on avait vu plus d'un client surgir en criant : « A l'aide, j'ai reçu un coup de couteau ! »... Oui, on l'avait même affecté une fois à la surveillance d'une rue interdite aux cyclistes, où son prédécesseur avait réussi, au cours d'une journée restée célèbre, à en conduire soixante-sept au poste — mais tout changeait dès qu'Engelbert Friedmaier prenait possession de ses nouvelles responsabilités. Les fanatiques du galop de course adoptaient une allure pleine de sagesse, les apaches les plus redoutés vaquaient paisiblement à leurs occupations et les cyclistes les plus déchaînés, qu'il voyait de loin, le cœur battant, s'approcher à fond de train de la rue interdite, mettaient prudemment pied à terre et poussaient leur machine à la main jusqu'au prochain coin de rue. Engelbert ne pouvait que constater en silence que jamais un règlement n'était enfreint et la sécurité jamais mise en danger. Même les autres légères satisfactions parfois accordées à ses collègues lui étaient refusées : ainsi n'avait-il jamais pu découvrir une jeune dame à sa fenêtre dans un déshabillé par trop matinal, n'était-il jamais venu à l'idée d'une arpenteuse de bitume de se comporter de manière inconvenante à proximité de lui, jamais un fiacre à l'allure suspecte, avec ses rideaux tirés, ne passait devant lui et jamais il ne lui avait été donné de surprendre, au cours d'une ronde nocturne dans les jardins publics, un couple trop visiblement amoureux. Les grands jours eux-mêmes, qui avaient valu d'impérissables lauriers à de si nombreux collègues, s'écoulaient sans lui donner l'occasion de se distinguer. Il avait fait partie de la troupe d'élite placée devant le Parlement, lorsque les hordes socialistes avaient défilé en vociférant, et guetté, l'oreille tendue, le manifestant qui oserait lancer un cri attentatoire à la sûreté intérieure de l'État, voire proférer une insulte à un bourgmestre estimé de tous... Hélas, arrivés près de lui, tous s'étaient tus, comme prévenus par un bon — ou un mauvais — génie !... Une autre fois, membre de la haie d'honneur accueillant sur le Ring une tête couronnée, il vit, à dix pas de lui, un jeune collègue arrêter pour résistance à l'autorité un promeneur inoffensif et sourd, qui n'avait pas la moindre idée de ce qu'on lui voulait... tandis que, derrière lui, les gens restaient pendant des heures alignés comme un mur, nul ne poussant ou ne sortant des rangs.

Il devait toutefois connaître sa pire humiliation le jour où, se croyant près du but, le succès dont il avait longtemps rêvé s'était changé en la plus amère des déceptions. C'était par un aussi bel après-midi qu'aujourd'hui et Engelbert était de faction dans la Rotenturmstrasse, lorsqu'il vit de loin s'avancer un élégant monsieur tenant une petite fille par la main. L'enfant, qui paraissait fatiguée et se faisait traîner, s'effondra tout d'un coup et l'élégant monsieur la releva avec rudesse. Comme elle s'était mise à crier et à pleurer, l'élégant monsieur lui lança à haute voix des injures dont la grossièreté sembla tout à fait prometteuse à Engelbert. La fillette suppliait :

— Papa, mon cher petit papa, je suis si fatiguée !

Puis elle tomba à genoux mais l'élégant monsieur, levant sa canne, lui porta un coup si violent sur la tête qu'elle s'écroula, comme morte. Des gens accoururent et Engelbert se précipita, les yeux rayonnants : le cas était particulièrement heureux, car les mauvais traitements infligés aux enfants préoccupaient alors beaucoup l'opinion — il pouvait devenir d'un seul coup l'homme du jour ! Foin des tarifs illicites et des petits coups de couteau, c'est un meurtre, espérait-il, qui venait d'être commis, sur la personne d'un enfant sans défense, et il était en mesure d'intervenir ! Digne et conscient du poids de son autorité, il se fraya un chemin à travers la foule amassée... loin de s'attendre au spectacle qui s'offrit à ses yeux. Les gens, qu'il croyait trouver bouleversés, riaient et l'élégant monsieur disait :

— Je me permets d'inviter ces messieurs dames à mes débuts, ce soir, dans la grande Salle aux fleurs !

Quant au corps étendu par terre..., c'était une poupée de bois. Engelbert ne voulut pas considérer tout de suite la partie comme perdue : peut-être s'agissait-il d'un crime particulièrement raffiné, le meurtrier se faisant passer lui-même pour un ventriloque et l'enfant mort pour une poupée ? Pourtant, lorsque les gens le virent mettre un genou en terre et plonger ses regards dans les yeux de verre d'un mannequin en bois, l'hilarité ne connut plus de bornes. Il était sans doute encore possible de conduire l'artiste au poste pour extravagances et provocation sur la voie publique, mais deux officiers de cavalerie qui venaient d'arriver entamèrent avec lui une conversation pleine de bonne humeur... et Engelbert, reconnaissant avec effroi en l'un d'eux un archiduc, sentit qu'il n'avait plus rien à espérer et s'éclipsa.

A partir de ce jour, Engelbert Friedmaier n'eut plus de doutes : un sort perfide et malin s'acharnait contre lui. Regardant non sans envie maint camarade plus sévère que les règlements et plus pointilleux que les lois, il sentit naître en lui la sourde tentation d'imiter ces collègues ambitieux qui prenaient leur carrière au sérieux. Il ressentit toujours plus fortement l'ordre et l'honnêteté de mœurs exemplaires qui régnaient autour de lui comme des affronts personnels, destinés à le tourner en dérision, et tous les gens de son secteur lui parurent s'être conjurés dans le seul but de le ruiner par leur bonne conduite.

Ce jour-là comme tous les autres, Engelbert était donc de faction, l'esprit chagrin et conscient de son inutilité et de son ridicule... A l'approche du soir, des promeneurs attardés prenaient le chemin du Prater, d'où lui parvenaient confusément les bruits de la fête dominicale. Il faisait inlassablement les cent pas dans un sens, puis dans l'autre, s'arrêtant de temps à autre pour laisser son regard parcourir les rues, de la gare du nord-ouest... à l'étoile du Prater*, avant de reprendre ses allées et venues, dans un sens puis dans l'autre, lorsqu'il avisa une silhouette qu'il connaissait bien débouchant de la rue de Tabor et venant dans sa direction. C'était Kathi : elle approchait, vêtue d'une robe de foulard bleue à pois blancs, coiffée d'un petit canotier blanc sous son ombrelle rouge, et il vit qu'elle souriait. Elle savait qu'il était de garde ici... venait-elle le voir ? Il osait à peine l'espérer, car elle ne se montrait guère aimable avec lui depuis quelque temps, se plaisant même à l'abreuver de moqueries. Comme elle continuait d'avancer, il remarqua, à environ dix pas derrière elle, un jeune homme en complet gris clair, une cigarette à la bouche, qui la suivait en faisant tourner sa canne entre ses doigts d'un geste plein d'élégance — ce qui pouvait fort bien être un effet du hasard.

Engelbert, qui se trouvait sur la chaussée, s'approcha du trottoir et Kathi, s'arrêtant devant lui, demanda, toujours souriante :

— S'il vous plaît, monsieur le sergent de ville, pouvez-vous me dire où est le Prater ?

— Kathi, s'écria-t-il, Kathi, c'est vrai que tu viens me voir ?

— Mais à quoi songez-vous, monsieur le sergent de ville ?... Vous savez bien que c'est pas permis ! Pendant le service ! Je voulais seulement vous demander le chemin le plus court pour aller au Prater.

Le jeune homme à la canne et au complet gris s'était arrêté sur le trottoir d'en face — il n'était pas impossible qu'il attendît le tramway.

— Kathi, dit Engelbert, écoute, tu es vraiment gentille d'être...

---

* « Praterstern » : place au bout de l'avenue du Prater, avec la statue de Tegetthoff. *(N.d.T.)*.

— Pourquoi gentille ? J'aurais pu demander à un autre, mais comme je passais par hasard... et puis, je respecte tellement les sergents de ville, et puis vous avez l'air si aimable... Oui, vraiment, on voit tout de suite à votre tête que vous avez jamais fait d'mal à personne !

Engelbert sentit un léger tremblement agiter le coin de sa bouche. Que lui voulait-elle ? N'était-elle encore une fois venue que pour le tourmenter ?... Un tramway passa, le jeune homme au complet gris ne bougea pas — peut-être allait-il dans la direction opposée ?

— Pourquoi ne dites-vous rien, monsieur le commissaire ? continuait Katharina. Je croyais que le règlement vous faisait une obligation de répondre poliment à toute demande de renseignement que vous adressent les particuliers ?

— Kathi, je t'en prie, ne me taquine pas ! Tu sais, je ne le supporte plus !

— Bon, dit-elle en se haussant un instant sur la pointe des pieds, il va falloir que je demande à quelqu'un d'autre. J'ai bien l'honneur, monsieur...

— Kathi !

— Qu'y a-t-il ? Ne me regardez pas d'un air aussi méchant, vous allez m'faire peur pour de bon !

Une autre voiture passa... dans la direction opposée — le jeune homme ne bougea pas. Il était toujours là-bas sur le trottoir, comme s'il avait pris racine, faisant des moulinets avec sa canne.

— Kathi, il y en a un qui te suit !

— Pas possible ?

Et tournant la tête, elle considéra le jeune homme d'un regard qui n'avait rien de désobligeant. Celui-ci suivait manifestement des yeux quelque chose qui s'élevait lentement dans les airs : était-ce une hirondelle, était-ce une mouche ou un ballon... ? Engelbert, en tout cas, n'y découvrit rien de semblable.

— Arrêtez-le donc, monsieur le sergent de ville... pour... attendez ! Si seulement nous avions un peu plus d'expérience, nous saurions tout de suite pourquoi... Ah, ça y est, je sais : pour atteinte à la propriété d'autrui dans des intentions immorales !... Eh bien, je vous salue, monsieur le commissaire, j'trouverai le Prater toute seule !

— Kathi !

— Qu'y a-t-il ?

— Tu t'en vas ?

— Bien sûr, vous croyez tout de même pas que je suis venue pour vous distraire de votre service ? Il manquerait plus que ça ! Adieu ! » Et elle s'éloigna.

Il la suivit en criant :

— Kathi, reste ici ! Reste ici !

Elle se retourna et le dévisagea avec de grands yeux.

— Je t'en prie, Kathi, reste ! Tu ne vas pas partir comme ça ! Dis-moi au moins...

— Quoi donc ?

— Que tu m'aimes encore... je t'en prie, Kathi !

— Ah mais non ! J'ai beaucoup trop d'respect pour le service. Allons, au revoir... j'vais au Prater !

— Kathi, est-ce que tu parles sérieusement ?

— Je me permettrais pas de plaisanter avec un sergent d'ville en service ! Bien sûr que je parle sérieusement ! Je vais faire un tour de manège, puis j'irai chez Präuscher*, puis je m'paierai le toboggan et la balançoire magique et, pour finir, j'irai voir Guignol... un autre Guignol, monsieur le commissaire...

— Kathi !

---

* « Präuscher » : cabinet de figures de cire, équivalent viennois du musée Grévin. *(N.d.T.)*

Il tremblait de tous ses membres. En face, le jeune homme, appuyé à un réverbère, fixait la pointe de ses souliers. Kathi fit quelques petits signes de la tête comme pour prendre congé et voulut s'éloigner, mais Engelbert la saisit par la main. Le fixant du regard, elle lui dit, soudain sérieuse : « Qu'est-ce qui te prend ?

— Kathi, je t'interdis, compris... ? Je t'interdis d'aller au Prater ! Je suis libre dimanche prochain, et nous irons ensemble.

— Oui, c'est ça, ils te donneront ton dimanche ! comme s'ils pouvaient se passer d'toi un seul jour !... mais ça serait la pagaille à Vienne, l'anarchie, les gens s'mettraient à faire les quatre cents coups, s'ils savaient qu'Engelbert Friedmaier n'est pas de service... ! Au revoir, Engelbert ! En rentrant, j'passerai voir si tu es encore là... tu auras peut-être eu de l'avancement entretemps ! Adieu.

— Kathi, si tu vas au Prater, il y aura un malheur !

— Mais lâche-moi donc !

— Kathi, dit-il d'une voix rauque, si tu vas au Prater, c'est fini nous deux... tu comprends ?

— C'est vrai ? Promets-le-moi, et j'y vais tout droit !

Et elle partit. Engelbert resta immobile un instant, comme paralysé. Il vit alors le jeune homme, en face, sortir de sa rêverie et prendre la même direction que Kathi, en balançant sa canne d'un air tout à fait innocent. Il ne fit qu'un bond, la rejoignit et la saisit par le bras. Elle poussa un petit cri :

— Non mais, dis-moi, c'est-y que tu aurais bu ?

— Reste ici ! lui intima-t-il d'une voix blanche, tandis que ses yeux s'injectaient de sang.

— Laisse-moi, dit Kathi, vas-tu me lâcher ? C'est la première fois que j'vois ça !

Il lui lâcha le bras :

— Je t'en prie, une dernière fois...

— Fiche-moi la paix ! Ça suffit... j'vais au Prater !

— Kathi !

— Tu n'es qu'un singe !

— Kathi ! Qu'est-ce que t'as dit ?

Elle le regarda, l'œil insolent, et répéta :

— Qu'tu n'es qu'un singe !

Engelbert regardait fixement les lèvres entrouvertes qui venaient de laisser échapper ces mots. Il fut un instant sur le point de riposter, sa main le démangeait ; puis tout se brouilla devant ses yeux, la silhouette de Kathi lui sembla se dissoudre dans un étrange brouillard et le jeune homme flotter dans l'air. L'instant d'après, pourtant, il voyait à nouveau les choses très clairement, plus clairement que jamais, et il sentit un calme incompréhensible l'envahir : il n'était plus Engelbert l'amoureux, mais un sergent de ville en service et ce n'était plus sa fiancée bien-aimée qu'il avait devant lui, mais une femme qui l'avait outragé. Un sourire égaré, mais significatif, éclaira son visage et c'est d'une voix entièrement changée, ferme et forte, qu'il déclara en posant une main sur l'épaule de la jeune fille :

— Au nom de la loi, je vous arrête !

Kathi le regardait avec de grands yeux, ne sachant si elle devait rire ou se fâcher, mais il avait eu un regard et un ton si décidés qu'elle ne put douter de son sérieux.

— Engelbert, voyons... ?

— Il n'y a plus d'Engelbert... je suis monsieur le sergent de ville !

Quelques passants s'étaient arrêtés et Kathi répéta à voix basse, en lui jetant un regard suppliant :

— Engelbert !

— Que Mademoiselle veuille bien me suivre immédiatement au poste, où on lui apprendra qu'un sergent de ville n'est pas un singe !

D'autres promeneurs s'arrêtèrent. L'un d'entre eux, qui avait entendu les paroles d'Engelbert, les redit autour de lui, provoquant chez tous un étonnement sans borne.

— Pas d'attroupement ! ordonna Engelbert, en se tournant d'un air plein de majesté vers les gens qui faisaient cercle. Veuillez circuler tout de suite ! Et vous, Mademoiselle, suivez-moi, s'il vous plaît !

L'œil rivé sur lui... Kathi ne savait toujours pas où elle en était.

— Eh bien, Mademoiselle ? dit Engelbert. Allez, en avant !

Et, d'un geste de la main qui n'admettait aucune contestation, il lui ordonna de se mettre en route. Les gens s'étaient écartés et observaient de loin l'arrestation de cette jolie fille avec un timide respect.

— Pourquoi arrêtez-vous cette dame ? dit soudain quelqu'un derrière Engelbert, qui se retourna, extrêmement surpris, et... vit naturellement le jeune homme au complet gris.

— Quoi ? demanda-t-il, et le ton de sa voix trahissait un doute justifié dans la raison de celui auquel il s'adressait.

— Pourquoi arrêtez-vous cette dame ? répéta le jeune homme en le regardant d'un air incroyablement effronté.

Le visage de Kathi exprimant alors tout au moins une certaine reconnaissance, Engelbert sentit qu'il ne pouvait pas se contenter de demi-mesures :

— Suivez-moi vous aussi ! s'écria-t-il. Je vous arrête au nom de la loi !

— Avec grand plaisir, cher monsieur ! répondit le jeune homme.

— Je ne suis pas votre cher monsieur ! En avant !

— Excusez, dit le jeune homme, mais vous ne pouvez pas en juger... moi, je vous trouve très aimable !

— Taisez-vous et suivez-moi ! réitéra le sergent de ville puis, se retournant vers la foule qui s'était à nouveau approchée :

— Et vous, circulez, s'il vous plaît ! On n'est pas au théâtre, ici !

Il marchait au milieu de la chaussée, entre Kathi à sa droite et le jeune homme à sa gauche... Oui, ça y était maintenant, il n'aurait plus à subir désormais les moqueries de ses collègues, la méfiance de ses supérieurs et les railleries de sa fiancée... ça aussi, ça aussi, c'était fini ! Et, bien sûr, tout le reste du même coup... mais c'était égal, cela ne le concernait en rien, ne devait le concerner en rien.

Les deux individus appréhendés, à ses côtés, avaient lié conversation ; il s'efforçait de ne pas écouter leurs propos, mais n'y parvenait pas.

— Je regrette beaucoup, mademoiselle, disait le jeune homme, que votre promenade ait été interrompue de si désagréable façon !

— Oh, je vous en prie, monsieur, répondait Kathi, je suis désolée qu'à cause de moi, d'une personne que vous n'connaissez pas, vous...

— Oh, mademoiselle, croyez bien que même une condamnation à plusieurs années de cachot à cause de vous me serait un plaisir !

Contraint d'entendre tout cela, Engelbert continuait d'aller en silence entre eux deux. Il sentait bien, sans avoir besoin de les regarder, que les yeux du jeune homme et de la jeune fille se disaient encore plus de choses que leurs lèvres et qu'entre ces deux êtres, rivés l'un à l'autre par un destin commun, une relation de plus en plus étroite était en train de s'établir, contre laquelle il ne pouvait rien. Kathi marchait si près de lui que sa robe le frôlait. Cependant, ils approchaient du commissariat et, lorsqu'il vit de loin le bâtiment familier, une idée lui traversa l'esprit, tentatrice : et s'il mettait un terme à toute cette affaire ? s'il relâchait ces deux-là et demandait pardon à Kathi ?... Il repoussa néanmoins sur-le-champ cette tentation indigne de lui et franchit d'un pas assuré le seuil du commissariat de police avec ses deux prisonniers.

Sans lever les yeux, le commissaire demanda :

— De quoi s'agit-il ?

— Outrage à agent de la force publique et ingérence non qualifiée dans une affaire de service, monsieur le commissaire !

Le commissaire leva la tête et son visage trahit une légère surprise en voyant Engelbert devant lui, puis il déclara d'un ton aimable :

— Eh bien, ça y est !

Conscient que cette exclamation représentait à elle seule une sorte de reconnaissance, Engelbert ne ressentit cependant nulle trace du bonheur qu'il s'était attendu à éprouver au premier signe de satisfaction d'un de ses supérieurs. Le commissaire se mit alors en devoir de relever les identités.

— S'il vous plaît... Mademoiselle... ?

— Katharina Wessely, fille d'épicier, vingt-deux ans...

— Et vous ?

— Albert Maierling, étudiant en médecine.

— Bon... Donc, outrage à agent de la force publique. En quoi l'outrage a-t-il consisté ?

— Monsieur le commissaire, répondit l'agent, mademoiselle m'a traité de singe...

— Très bien ! Très bien ! Et ce jeune homme... ?

— ... s'est permis des remarques sur l'arrestation de la jeune dame.

— Très bien, très bien ! répéta le commissaire. Bon, nous ne pouvons pas faire plus ici, l'affaire est du ressort du tribunal d'arrondissement.

Et, se tournant vers les deux jeunes gens :

— Je vous remercie. Vous recevrez une convocation.

— Alors, nous pouvons nous en aller ? demanda le jeune homme et ce « nous » fit passer des éclairs rouges dans les yeux d'Engelbert.

— Je vous en prie, où bon vous semble ! répondit aimablement le commissaire.

Kathi regarda Engelbert comme s'il eût été un étranger, le jeune homme ouvrit la porte et sortit avec elle. Le sergent de ville s'apprêtait à les suivre, lorsque le commissaire l'appela :

— Friedmaier !

— Monsieur le commissaire... ?

— Je vous félicite... il était grand temps. Mais, dites-moi, comment cette jeune fille a-t-elle été amenée à vous traiter de singe ?

— Monsieur le commissaire, répondit Engelbert en se mettant au garde-à-vous, c'est ma fiancée !

Le commissaire se leva :

— Comment ? puis il regarda un long moment Engelbert et dit en lui frappant amicalement l'épaule :

— Très bien, Friedmaier ! Voilà qui me plaît !

— Ou plutôt, c'était ma fiancée, monsieur le commissaire ! ajouta Engelbert sans pouvoir retenir ses larmes.

Le commissaire le regarda avec bienveillance et dit :

— Bon, retournez maintenant à votre poste ! Je ferai mon rapport et vous recommanderai pour une citation spéciale.

Engelbert partit en hâte. Il arriva dans la rue juste à temps pour voir Kathi et le jeune homme monter dans un fiacre et entendre ce dernier dire au cocher :

— Au Prater, la grande allée !

Le procès eut lieu quelques semaines plus tard. Le fonctionnaire du ministère public célébra la dignité et le sens du devoir du sergent de ville, qu'aucune considération d'ordre personnel n'avait retenu de laisser la justice suivre son cours. Le défenseur stigmatisa pour sa part le procédé révoltant d'un amant qui, las de sa fiancée, tentait de s'en débarrasser par la voie officielle ; il espérait qu'un tel cas de machiavélisme restait isolé dans le valeureux corps des sergents de ville de la capitale. Sans se laisser troubler, le fonctionnaire du ministère public affirma dans sa réplique que c'est l'État lui-même qui commencerait à trembler sur ses bases, si l'on ne faisait pas un exemple. Ainsi fut fait ; on condamna Kathi à 25 gulden d'amende, l'étudiant en médecine à dix, et celui-ci paya immédiatement pour les deux. C'était une belle journée de juillet et, le soir, ils retournèrent ensemble au Prater.

Détail remarquable : le sort malin, qui s'était acharné sur Engelbert Friedmaier, n'agit plus depuis lors ; le charme est rompu. Autour de lui, les mauvais instincts se sont réveillés. L'ordre et les bonnes mœurs ont cessé de régner dans son voisinage, il conduit quotidiennement des délinquants au poste et ses camarades le respectent et l'admirent. Ils le reconnaissent à peine : c'est maintenant un personnage dur et violent, dont le serment professionnel, devant lequel s'inclinent juges et commissaires, a le ténébreux pouvoir de faire passer pour d'infâmes mensonges celui des gens les plus intègres et vierges de tout passé judiciaire.

LÉGENDE

Fragment

Voici tantôt trois mille ans qu'aux Indes le jeune et bien aimé prince de ce pays fut un jour frappé d'un mal cruel, qui le laissa paralysé, incapable de marcher, de remuer les mains et de faire un mouvement. Les plus célèbres médecins du pays furent appelés en consultation, mais leur art se révéla inutile. Des prières montèrent de tous les temples vers Brahma, mais la maladie refusa de céder. Le prince restait allongé, immobile sur son canapé, dans la haute salle du palais ou bien on le portait, par l'escalier aux degrés de marbre, dans le grand parc sous les arbres majestueux duquel on apprêtait sa couche. Et grande était sa tristesse.

Parvint alors au château la nouvelle qu'il existait, à l'extrême sud du pays, une miraculeuse image sainte de Brahma. Malades et infirmes s'y rendaient en pèlerinage et l'on citait des cas de guérison certaine, même là où médecins et prêtres ne pouvaient plus rien. La rumeur parlait ainsi d'aveugles qui avaient recouvré la vue, de sourds qui entendaient à nouveau, de muets qui parlaient, de paralytiques ayant retrouvé l'usage de leurs membres et même de vieillards dont une nouvelle jeunesse avait ranimé le corps décrépit. Aussi le Conseil du prince, où siégeaient des ministres, des savants et des prêtres, décida-t-il de le supplier d'entreprendre ce pèlerinage. Celui-ci accueillit la proposition de meilleure grâce que ses conseillers ne s'y attendaient et se mit en route dès le lendemain matin, avec une imposante suite, pour un long et fatigant voyage. Une foule de gens d'autres castes qui, déclarés incurables, cheminaient au-devant de cet ultime espoir, se joignirent au cortège princier dans la résidence même, puis tout au long du chemin qui passait par de nombreuses villes. Un mois plus tard, le prince voyait briller au loin le dôme argenté du temple abritant l'image sainte. Le soleil couchant éclairait les tentes blanches dressées tout autour comme un grand campement militaire, éphémères et mobiles séjours des pèlerins, édifiés un soir et démontés le lendemain. A la nuit tombante, le prince se fit porter au temple à travers leurs longues rangées. Lorsque sa civière, que l'on avait montée de marche en marche en haut de l'escalier, eut été posée devant l'image miraculeuse, un prêtre et un médecin lui tinrent la tête soulevée, afin qu'il pût tourner avec assurance ses regards fervents vers l'image sainte. Elle représentait Brahma sous les traits d'un sage vieillard, d'aspect digne et grave, revêtu d'une simple tunique grise, — tel que des humains imaginent que ce dieu tout-puissant se révélerait à leurs yeux. Exécutée sans aucun art, personne ne l'aurait remarquée dans son cadre de bois, parmi les nombreux objets resplendissants et rares que contenait le temple, si, suspendue au-dessus de l'autel principal et comme planant entre ses deux colonnes, elle ne s'était imposée à l'attention du visiteur dès son entrée. Et le prince dit :

— O grand Brahma, toi qui as secouru tant d'infortunés, veuille me secourir aussi ! Je vois chacun se montrer ensuite reconnaissant à sa façon... je vois partout des offrandes à ta miséricorde : sous du verre, sur de petits autels, je vois des yeux en cire, des membres en pierre ou en bois, des figurines en métal précieux et enfin de simples feuilles de parchemin suspendues aux murs, sur lesquelles ceux que tu as guéris t'expriment leur gratitude. Chacun, selon sa fortune et son inspiration, t'apporte ainsi un témoignage de sa vénération. Moi, ô Brahma, qui suis le souverain de cet immense pays, je veux t'offrir plus que tous les autres. Si tu me rends la santé, je ferai édifier autour de ton temple de pierre à la coupole d'argent un autre temple, colossal et tout en or avec une coupole de pierres précieuses, de telle sorte que ton ancienne demeure ne sera plus qu'un cadre pour ton image. Secours-moi, grand Brahma ! Rends-moi des membres agiles et forts, afin que je connaisse la joie de vivre et puisse me consacrer avec amour à mes peuples !

Sur les indications du grand-prêtre, le prince répéta cette prière sept fois par jour pendant sept jours. Au soir du septième jour, il se remit en route, et, un mois plus tard, on le portait derechef en haut des marches de son palais. Et les jours et les nuits s'écoulèrent comme autrefois : il les passait immobile sur son canapé, dans la haute salle ou sous les arbres majestueux, semblable, aussi longtemps qu'il n'ouvrait pas les lèvres pour parler ou qu'un éclair ne s'allumait pas dans ses yeux, à une statue de cire. Personne, dans son entourage, n'osait parler du pèlerinage et il semblait vouloir lui-même l'oublier, car jamais, depuis son retour, il n'avait proféré un seul mot au sujet de son voyage et de son séjour là-bas, de son espérance et de sa déception. Aussi grande fut la surprise de ses conseillers lorsque, un an exactement après son départ, il donna l'ordre de tout préparer une nouvelle fois. Le cortège se remit en marche dès le lendemain matin, et nombreux furent ceux qui s'y joignirent. Un mois plus tard, la coupole d'argent se dressait à nouveau devant leurs yeux au milieu des tentes blanches, mais au-dessus brillait une lueur rouge, de plus en plus vive à mesure qu'ils approchaient. Ils distinguèrent bientôt une immense flamme s'élevant du sol, au-delà du camp de tentes, perçurent des cris et des bruits confus et virent enfin une grande foule qui dansait autour d'un feu. Des estropiés se faisaient porter par des gens aux membres valides, des aveugles sautillaient çà et là en donnant la main à des voyants, et le prince s'aperçut alors que c'était un bûcher qui flamboyait ainsi. Une masse en fusion, qui avait encore figure humaine, rougeoyait sombrement dans les flammes où, devenant de plus en plus informe, elle semblait se dissoudre entièrement. Ayant fait demander à qui était appliqué un si horrible châtiment, il ne tarda pas à apprendre que l'on avait livré aux flammes un malheureux, pour avoir osé blasphémer Brahma qui ne l'avait pas secouru. La peine avait été prononcée par le grand-prêtre en personne et les plus infirmes, ceux qui étaient le plus durement atteints par la maladie, avaient eux-mêmes mis le feu aux bûches, croyant s'attirer ainsi la grâce du dieu. Le prince écouta sans mot dire le récit qu'on lui faisait, puis donna l'ordre de se remettre en route et se fit porter dans le temple devant l'image sainte. Il y dit sa prière comme l'année précédente, sept fois par jour pendant sept jours, selon l'enseignement du grand-prêtre puis, le soir du septième jour, reprit le chemin du retour. Il croisa sur la route impériale beaucoup de pèlerins en marche vers le sanctuaire dont il revenait ; il fit souvent arrêter pour leur demander la raison de leur voyage et ce n'est qu'après en avoir entendu mille lui répondre qu'ils allaient chercher la guérison qu'il en trouva un parti pour exprimer sa reconnaissance. Revenu dans son palais, le prince commença de scruter les profondeurs de son âme, recherchant s'il avait jamais consciemment commis une injustice ou un péché dans sa vie. Et il ne put se souvenir que cela eût une seule fois été le cas. Cependant, ne faisant pas entière confiance à sa mémoire, il convoqua ses conseillers et demanda à chacun d'eux s'il avait connaissance qu'il eût un jour commis un péché ou une injustice ; ils ne purent lui en citer aucun. Se méfiant toutefois de leur sincérité, il annonça partout au scin de son peuple qu'il ferait à tous ceux qui seraient en mesure de se lever pour l'accuser d'une injustice un présent tel qu'ils n'auraient plus à se soucier d'assurer leur existence jusqu'à la fin de leurs jours. Or, nul ne se leva dans le pays, auquel le prince eût fait la moindre injustice, car c'était le meilleur de tous ceux qui avaient régné jusque-là ; et il tomba dans une tristesse encore plus grande qu'avant. Il restait allongé jour et nuit, silencieux sur son canapé et n'eût été la lumière dans ses yeux, on aurait pu le croire mort, car il ne prononçait plus une parole. Cependant, quand fut proche l'anniversaire du jour où il s'était déjà par deux fois mis en route pour aller implorer sa guérison de l'image miraculeuse, il envoya là-bas des messagers transmettre l'ordre de construire à côté du temple renfermant l'image sainte un autre édifice semblable et de même dimension, mais fait de marbre noir et sans autel, image ni ornement d'aucune sorte à l'intérieur. Puis il partit une troisième fois, au jour anniversaire de son premier voyage, et comme la moitié du royaume semblait l'accompagner, il s'étonna qu'il y eût tant de misère et d'espoir dans son pays. Approchant, un mois plus tard, du but de son voyage, il vit se dresser au loin, à côté de la coupole d'argent, le sombre édifice du temple nouvellement bâti et le ciel, au-dessus d'eux, rougeoyer d'une lueur incandescente. Il aperçut bientôt des flammes, puis constata que de nombreux bûchers étaient allumés devant les tentes et qu'une foule déchaînée dansait et menait un furieux tapage autour de ces brasiers ardents, dans lesquels se consumaient des êtres humains. Il ne posa plus de question, mais se fit porter le long des bûchers et des tentes jusqu'au nouveau temple, qui s'élevait juste à côté de l'ancien, et lorsque l'on eut déposé sa civière sur les dalles nues, entre les murs nus, il adressa au dieu la prière suivante :

— O Brahma, moi aussi je t'ai imploré ! Pourquoi ne m'as-tu pas secouru ? J'ai été un bon prince dans toute la mesure de mes forces et de mon savoir, pourquoi me laisses-tu misérablement dépérir, à la fleur de ma jeunesse ? O, Brahma, tu ne nous as jamais révélé ce que tu ferais de nous quand nous quitterons notre enveloppe terrestre, jamais non plus pourquoi tu permets si souvent que le juste vive dans la souffrance et l'injuste dans la félicité. Toutefois, puisque tu acceptes la reconnaissance de ceux qui sont heureux sur terre, tu ne peux vouloir que l'on brûle ceux qui doutent de toi. O Brahma, je meurs désespéré !

Les yeux du prince brillèrent encore une fois, puis il poussa un profond soupir et rendit l'âme. Cependant, à peine avait-il prononcé ces paroles, qu'elles apparurent, au grand étonnement de l'assistance, inscrites en lettres énormes sur le mur de marbre en face de la grande porte d'entrée. La nouvelle de la mort du prince et du miracle qui venait de se produire parvint aussitôt aux oreilles de la multitude devant le temple et le grand-prêtre fit son apparition. Debout sur les marches, il expliqua au peuple rassemblé que le prince était un grand blasphémateur et que c'était la raison pour laquelle l'image sainte ne l'avait pas secouru. Il ordonna que son cadavre fût emmené et brûlé et, comme les gens savaient qu'un grand-prêtre vivant a plus de pouvoir qu'un prince mort, ils se turent et laissèrent les prêtres prendre la civière où le prince était étendu et la déposer sur le parvis du temple. Cependant, ses fidèles serviteurs recueillirent son cadavre et se mirent en route la nuit même pour le palais. Sur ces entrefaites, le grand-prêtre ordonna de détruire incontinent le nouveau temple, mais lorsque les ouvriers chargés d'exécuter son ordre s'en approchèrent, la foule était si nombreuse tout autour, sur les marches et à l'intérieur, qu'ils ne purent se mettre à l'œuvre. Alors le grand-prêtre ordonna de faire évacuer par la force le parvis, les marches et l'intérieur du temple, mais sa parole avait apparemment perdu de son pouvoir et la foule ne bougea pas. Parmi elle se trouvaient beaucoup de gens qui étaient là pour la deuxième fois au moins et qui avaient imploré en vain l'image sainte. Et ils murmuraient, sans que personne sût qui avait murmuré le premier :

— Nous aussi mourons désespérés !

Les murmures allèrent s'amplifiant, devinrent des cris et les cris des lamentations que l'on entendait s'élever de toute part, toujours plus loin, jusqu'aux tentes et aux bûchers, et plus loin encore sur la route, au-devant des nouveaux arrivants :

— Nous mourons désespérés !

Et l'on vit d'un seul coup un grand nombre de malades se précipiter en haut de l'escalier, se frayer un chemin à travers la foule et accrocher au mur, avec des pointes de fer, des feuilles de parchemin où étaient consignés l'histoire de leur mal, leurs plaintes et leur désespoir. Avant le lever du soleil, des centaines de ces feuilles étaient accrochées au mur ; tous les bûchers étaient éteints lorsque le soleil parut, et les prêtres purent entendre les cris de colère et de désespoir recouvrir mille et mille fois les paroles d'humilité et d'imploration, ainsi que les rares expressions de reconnaissance. Avant qu'une semaine se fût écoulée, il n'y avait plus de place libre dans le temple pour de nouvelles feuilles de parchemin, mais on y trouvait des prêtres comme dans tous les autres — les prêtres les plus sensibles au malheur d'autrui. Un deuxième temple fut édifié, avec une incroyable rapidité et dans le même but, à côté du nouveau, puis trente autres au cours de la même année. En effet, une nouvelle dévotion était née dans le pays où l'on considérait presque comme une loi que non seulement ceux que Brahma avait secourus refissent le pèlerinage afin de le remercier, mais aussi les autres, tous ceux qui n'avaient pas été exaucés ; et s'ils ne pouvaient revenir, étant morts entre-temps, leur famille allait accomplir à leur place les dévotions du désespoir. Chaque année vit de nouveaux temples s'édifier à l'entour et ce fut bientôt une immense cité de temples noirs au milieu de laquelle, comme englouti par cette masse sombre, le sanctuaire primitif continuait d'accueillir les fidèles avec son image miraculeuse de Brahma et son grand-prêtre. Et, tandis que s'élèvent, dans les mille temples de marbre noir, les lamentations des humains perdus, abandonnés et désespérés, ceux qui ont été sauvés prient comme autrefois dans le vieux temple de la grâce, louant la bonté et la justice du grand Brahma qui les a secourus et ignorant les millions de prières vainement adressées autour d'eux à ce même Brahma — ignorant tout de leurs innombrables frères qui meurent désespérés…

PLAN DE LA SUITE

Description précise des bûchers.

Lutte entre le malade et le bien-portant.

Les parents des malades.

Le fils du prince accroche une feuille au mur ou bien fait construire un temple, aux murs duquel ceux qui n'ont pas été exaucés accrochent leurs plaintes.

Meurtre du grand-prêtre. Révolte.

Les paroles du roi, prononcées à très haute voix, ne s'inscrivent pas sur le mur.

Les bûchers sont éteints, après que l'on y a brûlé les prêtres.

Tout redevient calme au bout de quelque temps.

L'incendie du temple.

Une année plus tard, l'image miraculeuse est à nouveau là — une nouvelle image, qui opère elle aussi des miracles.

UN BIENFAIT N'EST JAMAIS PERDU*

Franz allait le plus vite possible, il courait même par moments, mais en vain — il avait de plus en plus froid. La neige s'était mise à tomber avec le soir, recouvrant les rues scintillantes sous les becs de gaz. Que faire ? Il ne pouvait même plus se risquer chez un marchand de vin, car il avait dépensé ses derniers sous dans l'après-midi pour boire un café ; et maintenant, après avoir passé la journée à monter et à descendre des escaliers, il avait faim. Une semaine plus tôt, trompé par les effluves d'un printemps prématuré, il avait vendu son gros pardessus et voici que, comme pour mettre un comble à ses misères, un second hiver semblait s'annoncer.

La rue s'élargissait. Il se trouva bientôt en face d'un grand édifice éclairé par des lampes à arc, dont les immenses fenêtres ruisselaient de lumière. Des voitures s'approchaient du portail en une file ininterrompue, tandis que des piétons arrivaient de tous les côtés, le col de leur manteau relevé, et disparaissaient dans le hall : Franz reconnut la salle Sainte-Sophie.

Un grand garçon dégingandé courait à droite et à

---

* Schnitzler a en fait donné comme titre à cette nouvelle un vers du poète allemand Matthias Claudius (1740-1815) : *Wohltaten, still und rein gegeben...*, que l'on pourrait traduire par « Les bienfaits d'un cœur pur et discret »... *(N.d.T.)*

gauche, ouvrant les portières et empochant les pourboires. Franz sentit l'envie naître en lui — s'il avait seulement pu se décider à en faire autant ! Mais ce n'était pas autre chose que de la mendicité, et il était étudiant... inscrit à l'université. Il songea avec amertume au jour où, il y a quelques mois, à deux doigts du désespoir comme aujourd'hui, il était allé demander de l'aide à l'association des étudiants. Après avoir attendu son tour avec trente ou quarante autres pauvres diables dans un grand vestibule, il avait reçu quelques gulden de la main d'un homme portant lunettes, assis derrière une table verte, et, lorsqu'il avait voulu remercier, celui-ci lui avait bel et bien montré la porte avec un :

— « Ça va, ça va... au suivant ! »

Un jeune homme et une dame passèrent à côté de lui ; ils mangeaient en riant des marrons grillés, comme s'ils trouvaient très drôle de manger par gourmandise, alors que d'autres avaient faim. L'odeur lui monta aux narines, tentatrice, et il eut très envie de leur arracher tout simplement les marrons chauds et parfumés des mains, sentant qu'il ne lui manquait que le courage de le faire. Il serra les dents de rage en pensant à la transformation que la misère avait opérée en lui, faisant du vaillant garçon qu'il était autrefois un lâche crève-la-faim. Ah, que n'était-il resté au pays ! Un bon métier manuel ou n'importe quel travail champêtre aurait fait son affaire et il serait aujourd'hui aussi solide et bien portant qu'autrefois, quand il courait par monts et par vaux ou restait des heures étendu dans une prairie, à regarder les nuages. Au pays, il aurait gagné honnêtement son pain, d'une manière ou d'une autre, sans être obligé de s'humilier comme ici. Et voilà ce qu'il était devenu !

On dansait à l'intérieur et il lui sembla entendre la

musique plus distinctement qu'avant, dans l'air immobile et froid. Il se tenait adossé à un réverbère, les mains dans les poches de son pantalon et claquant des dents, lorsqu'il s'aperçut que quelqu'un le regardait. Un homme en pelisse, jeune, avec une petite moustache, venait lentement vers lui en marchant à pas lourds dans la neige. Il s'arrêta lorsqu'il fut à sa hauteur et, rabattant son col de fourrure, plongea une main gantée de blanc dans sa poche et en sortit sa bourse. Sans le vouloir, confusément surpris de son geste, Franz tendit la main droite comme pour recevoir l'aumône, en fixant sur l'étranger un regard presque suppliant. Celui-ci cherchait dans son porte-monnaie et, ne trouvant visiblement pas ce qu'il voulait, il hocha légèrement la tête, murmura un « Ah, bah ! » et tendit à Franz une pièce de dix couronnes. Le malheureux, écarquillant les yeux, ouvrit machinalement tout grand la bouche et sentit une immense joie inonder son âme à l'idée que, dans une minute, il allait pouvoir manger — il humait déjà l'odeur du rôti et du pain chaud. Saisissant avec effusion la main du jeune homme... il la serra et la porta à ses lèvres. Comme étonné, son bienfaiteur recula d'un pas, parut vouloir lui poser une question puis, se ravisant, traversa rapidement la chaussée, se faufila de l'autre côté entre les voitures et disparut dans le hall. Franz le suivit des yeux aussi longtemps qu'il put, sentant confusément qu'il ne devait pas oublier la silhouette et l'allure de son sauveur puis, pris d'une peur soudaine, il examina de plus près la pièce d'or et poussa un soupir de soulagement en constatant qu'il ne s'était pas trompé. Il courut alors pendant un moment au hasard dans les rues sans penser à sa faim, à sa soif ni au froid, jusqu'à ce que les fenêtres illuminées d'un modeste restaurant, à un coin de rue, le rappellent à la réalité. Il entra.

La salle était presque vide. Quelques personnes d'un certain âge, assises à une table de forme oblongue, parlaient à voix haute et ne prêtèrent pas attention au nouvel arrivant. Franz s'assit à une grande table ronde dans le coin opposé, commanda son dîner et se mit à manger et à boire avec avidité et un sentiment de bien-être d'une amère douceur. Quand il eut fini, il repoussa son assiette et se renversa dans sa chaise : il n'était pas pressé, il serait toujours rentré assez tôt dans le logis sordide où il avait passé les dernières nuits. Et la perspective de sortir et se retrouver dans la neige lui était aussi de plus en plus désagréable.

Il lui sembla qu'on le regardait, il devint nerveux et s'agita sur sa chaise. Assis là, à l'abri et au chaud avec les autres, l'estomac satisfait comme eux, il avait presque l'impression de n'avoir pas eu toute sa raison au cours des dernières heures. Le souvenir de l'instant où il avait tendu la main d'un geste suppliant lui était pénible, et plus pénible encore celui du geste qui avait suivi... Il avait bien envie de retourner là-bas et d'attendre la sortie du bal, pour expliquer à son bienfaiteur qu'il n'avait rien à voir avec un mendiant.

Il paya et sortit. Dans la rue, il fut pris d'un léger vertige et, la pensée de son sinistre hôtel de la Brigittenau* lui faisant encore plus horreur qu'avant, il entra presque aussitôt dans un café pour boire encore un schnaps.

L'air de la grande salle basse et presque pleine était enfumé et suffocant, rempli du bruit des boules s'entrechoquant sur les billards, de voix et de rires

---

* Brigittenau (« Pré Sainte-Brigitte ») : faubourg situé de l'autre côté du canal du Danube, XXe arrondissement de Vienne depuis 1900. *(N.d.T.)*

bruyants. Franz avisa une petite table libre près de la dernière fenêtre au fond, non loin de laquelle étaient assis deux jeunes gens en habit, en compagnie d'une jeune fille aux yeux foncés et inquiets. Le regard pénétrant que l'un d'eux posa un long moment sur lui le fit tressaillir, car il avait cru reconnaître en lui l'homme à la pelisse. Son mouvement de frayeur l'irrita... comme s'il n'avait pas le droit de fréquenter les mêmes lieux que l'autre, qui était sans doute en train de danser avec de belles dames, dans la grande salle brillamment éclairée, tout fier d'avoir fait le bonheur d'un pauvre diable, l'obligeant à une reconnaissance éternelle ! Franz se mordit les lèvres... ah, s'il lui avait donné dix fois... cent fois plus !... Alors, oui, il eût été naturel qu'il lui baisât la main ! Il aurait pu changer radicalement d'existence, commencer une nouvelle vie et devenir un homme... un homme comme les autres ! Mais une malheureuse pièce d'or... Il y avait juste de quoi lui faire sentir encore plus amèrement sa misère, l'humilier plus profondément qu'il ne l'avait jamais été... Et le souvenir de la scène de tout à l'heure lui fit monter le rouge de la honte aux joues... Il souhaita voir son bienfaiteur apparaître — il se lèverait, irait se planter devant lui et lui jetterait le reste de son argent...

Il eut conscience d'avoir attiré sur lui l'attention des trois jeunes gens en face... peut-être, dans son excitation, avait-il parlé à mi-voix ? La jeune fille lui tournait le dos, il voyait sa coiffure un peu en désordre et les fins cheveux fous qui frisaient sur sa nuque. Et il songea à ce soir d'été au pays où, assis sur un banc sur le chemin du moulin, il avait vu la servante de l'auberge « A la grappe dorée » accourir vers lui à travers la prairie, les joues empourprées... il lui avait semblé, sous la lumière de la lune, qu'elle volait au-dessus de l'herbe haute. C'était la veille de son départ et, depuis, il n'avait plus tenu de femme dans ses bras. Envahi par une ardente nostalgie au souvenir de cette fille blonde aux joues humides et brûlantes, à laquelle il n'avait plus pensé depuis si longtemps, il eut soudain une envie folle de partir chez lui à pied, tôt le lendemain matin, par les routes et les collines enneigées.

Levant brusquement les yeux, il vit devant lui une jeune fille pâle et douce portant une corbeille de fleurs : elle lui tendit, sans le regarder vraiment, un petit bouquet d'œillets rouges et de résédas. Pris au dépourvu, il saisit machinalement les fleurs et les posa devant lui ; pendant qu'il cherchait vingt sous, la jeune fille reprit le bouquet sur la table et le lui passa à la boutonnière, toujours silencieuse et l'air inexpressif, comme si elle pensait à tout autre chose. Franz avait enfin sorti une pièce de son porte-monnaie ; c'était une couronne, mais il n'osa pas se remettre à chercher et il la donna à la petite fleuriste. Elle eut un faible sourire et il se rendit compte qu'elle devait être beaucoup plus âgée qu'il ne l'avait cru. « Grand merci, Monsieur ! », lui dit-elle en s'éloignant, et le son de cette voix le fit tressaillir... Il jeta un coup d'œil aux autres tables et il lui sembla que tous le regardaient maintenant avec une certaine considération évidente et tranquille. Alors, prenant involontairement une allure plus dégagée, il fit signe au garçon, commanda des cigarettes, en alluma une et sortit.

Il neigeait toujours et les rues par lesquelles il allait maintenant étaient désertes. Il ne sentait plus le froid, mais le sol vacillait un peu sous ses pieds.

Une idée séduisante lui traversa l'esprit. Il frissonna... s'arrêta un instant, puis se remit en marche, avançant d'un pas lourd dans la neige comme l'homme à la pelisse, dont il paraissait prendre un certain plaisir à imiter la démarche...

Deux femmes venaient à sa rencontre dans une rue très étroite. L'une d'elles, qui se cachait le visage derrière un manchon, baissa le bras lorsqu'elle fut en face de lui, découvrant un visage rieur. Franz la fixa du regard, tandis que l'autre continuait son chemin comme si elle avait renoncé dès le début. La femme au manchon, s'emparant de son petit bouquet, se pressa contre lui.

— Je n'ai pas le temps, fit-il, très gêné.

— Qu'as-tu d'autre à faire, à cette heure de la nuit ? Allons, viens, j'habite ici !

Et elle tira résolument la sonnette, tout en fredonnant une rengaine à la mode et en le regardant d'un air réjoui. Lui, ne bougeait pas... La porte s'ouvrit et se referma aussitôt sur eux.

Petite et basse, la chambre où il pénétra avec elle sentait le pétrole : une lampe, posée sur le rebord de la fenêtre, jetait une faible lueur. Franz pensa derechef à cette dernière nuit au pays, l'été précédent, toute baignée des frais parfums des prairies et des bois, et il eut envie de s'enfuir. Il resta néanmoins et, quelque temps plus tard, il sommeillait à son côté...

Il gravissait en rêve le grand escalier d'une somptueuse maison où, dans les premières semaines de son séjour à Vienne, il allait donner des leçons. Deux hommes sur le palier, en haut, ne lui prêtaient pas attention... lorsqu'une voix stridente retentit derrière eux, comme pour donner un ordre. Se tournant alors vers lui, ils le reconduisirent à coups de pied au bas de l'escalier. Là, assis sur une banquette en velours, son bienfaiteur tenait sur ses genoux la petite fleuriste ; ils mangeaient des marrons grillés, et ne reconnurent pas Franz. Furieux, il les interpella en criant... mais ils ne l'entendirent pas et tous ceux qui passaient par là, des centaines, des milliers de gens, s'esclaffaient et se moquaient de lui. Il voulut alors distribuer des coups autour de lui, mais il était incapable de faire le moindre mouvement...

Franz se réveilla en sursaut et se leva. Visiblement tirée d'un profond sommeil, la femme se dressa dans le lit, très mécontente, et s'habilla sommairement, enfilant des pantoufles déchirées. Il dut lui donner presque tout le reste de son argent et partit en hâte.

Trois heures sonnaient à un clocher proche, lorsque la porte se referma bruyamment derrière lui. Il se rendit tout droit à la salle Sainte-Sophie : il fallait qu'il trouve l'homme à la pelisse ; s'il n'y parvenait pas maintenant, il parcourrait la ville en tous sens, jusqu'à ce qu'il le rencontre. Cette affaire n'était pas en ordre, il fallait la régler. Il se sentait aux lèvres comme une douloureuse brûlure, ayant l'impression de ne pas avoir baisé la main de l'étranger en remerciement de ses dix couronnes, mais de tous les misérables et vains plaisirs dans lesquels cet argent s'était dissipé... Les événements de la nuit se brouillaient dans sa tête et il s'aperçut brusquement, de manière parfaitement claire, qu'il se trouvait à nouveau dans un complet dénuement et ne savait pas, une fois de plus, comment il mangerait le lendemain.

Le vent froid du petit matin balayait la neige dans la rue déserte. Un bistrot ouvrait lorsqu'il passa ; à l'intérieur, une jeune Juive grasse, mal réveillée et pas encore peignée, essuyait le comptoir. Franz entra et, comme par défi envers lui-même et le monde entier, avala un autre verre d'eau-de-vie. Il repartit rapidement et, arrivé quelques minutes après à destination, il se posta près du portail et attendit. On dansait toujours à l'intérieur, et les échos de la musique lui parvenaient à travers les vitres qu'ils faisaient doucement vibrer. Ne s'était-il vraiment écoulé que quelques heures, à peine une nuit, depuis que... ?

Des voitures vides avançaient. Des messieurs et des dames, sortant du hall, y montèrent, tandis que d'autres partaient à pied d'un pas pressé. Franz s'étonna lui-même de l'assurance avec laquelle il en avait laissé passer certains, dont les pelisses ressemblaient pourtant à celle de son bienfaiteur. Décidé à ne pas quitter la place avant que le dernier invité fût sorti du bâtiment, il attendit...

Soudain, son cœur s'arrêta de battre... c'était lui... ! Il franchissait le portail, boutonnait sa pelisse et relevait son col. Fort heureusement, il l'avait reconnu à travers la porte vitrée, car maintenant, emmitouflé de la sorte, il était presque méconnaissable ! Les deux mains dans les poches, Franz ne bougeait pas... L'homme partit de son pas lourd dans la neige et Franz, exaspéré, lui barra le passage.

— Pardon... ?

fit l'autre en levant les yeux puis, reconnaissant apparemment son protégé, il sourit.

— Monsieur...,

commença Franz, mais sa gorge se noua et il ne put prononcer un mot de plus. Le regard hautain du jeune homme, dans lequel se lisait à la fois le souvenir de son extraordinaire générosité de la veille et un mépris inconscient pour le mendiant qui se tenait devant lui, rendit Franz fou de colère. Ses yeux se mirent à flamboyer et il sentit une haine indescriptible monter en lui. Prenant son élan, il donna alors à son bienfaiteur une gifle qui fit rouler à terre son haut-de-forme. Épouvanté, le jeune homme resta d'abord la bouche grande ouverte puis, saisissant le bras levé du mendiant, il commença d'appeler à l'aide. Quelques personnes, qui sortaient du hall, s'arrêtèrent, des cochers accoururent et un sergent de ville arriva tout de suite.

— Cet individu est-il fou ? criait le bienfaiteur en ramassant son chapeau. Je ferai remarquer — il continuait de crier sans parvenir, tant était grande son excitation, à conserver la distinction dont il avait fait preuve jusque-là — que j'ai donné hier à cet individu une somme énorme… dix couronnes !… oui, dix couronnes !… S'il vous plaît, monsieur l'agent !… — puis, remettant son chapeau sur sa tête : C'est la première fois que je vois une chose pareille !

Franz le laissait crier sans rien dire. Il se sentait très bien. L'affaire était réglée : il s'était acquitté de sa dette de reconnaissance. Et, comme délivré d'un poids, il se laissa conduire au poste, un sourire serein aux lèvres.

LA CRAVATE VERTE

Un homme, jeune encore, du nom de Cléophas, vivait retiré dans une maison proche de la ville. L'envie lui vint un beau matin d'aller parmi les hommes. Il se vêtit très correctement selon son habitude, noua une cravate de couleur verte et partit faire un tour au parc. Les gens le saluèrent poliment, trouvant que sa cravate verte lui allait fort bien et, pendant plusieurs jours, parlèrent en termes élogieux de la cravate verte de M. Cléophas. D'aucuns, voulant l'imiter, se mirent à porter comme lui des cravates vertes — elles étaient cependant de moins bonne qualité et nouées avec moins de grâce.

Quand, peu après, M. Cléophas revint se promener dans le parc, il portait un nouveau costume, mais toujours la même cravate verte. Quelques-uns dirent alors, hochant la tête d'un air soucieux :

— Encore cette cravate verte !... N'a-t-il donc que celle-là... ?

D'autres, un peu plus nerveux, s'écrièrent :

— Il va faire notre désespoir, avec sa cravate verte !

Quand M. Cléophas se rendit à nouveau parmi les hommes, il arborait une cravate bleue. Quelques-uns se récrièrent :

— Quelle idée l'a pris de venir ici avec une cravate bleue ?

tandis que les plus nerveux disaient tout haut :

— Nous avons l'habitude de le voir avec une cravate

verte, allons-nous supporter qu'il en ait aujourd'hui une bleue ?

Plus d'un cependant, très malin, déclara :

— Oh, il ne nous fera pas croire que cette cravate est bleue ! Les cravates de M. Cléophas ne peuvent être que vertes !

La fois suivante, M. Cléophas, très correctement vêtu selon son habitude, avait une cravate d'un très beau violet. Du plus loin qu'ils le virent, les gens s'exclamèrent, sarcastiques :

— Voici l'homme à la cravate verte !

Or, il y avait un groupe de gens dont les moyens étaient insuffisants pour leur permettre de se nouer autour du cou autre chose que du fil à coudre. Ils expliquaient que le fil à coudre est la chose du monde la plus élégante et la plus distinguée, et détestaient sans exception tous ceux qui portaient des cravates — et en particulier M. Cléophas, qui était toujours très correctement vêtu et portait des cravates plus belles et mieux nouées que quiconque. Le rencontrant un jour sur son chemin, celui d'entre eux qui parlait le plus haut se mit à crier :

— Les gens qui portent une cravate verte sont des débauchés !

Et M. Cléophas continua son chemin sans se soucier de lui.

Quand M. Cléophas retourna se promener dans le parc, le bruyant personnage au fil à coudre autour du cou s'écria :

— Les gens qui portent une cravate verte sont des voleurs !

Et beaucoup d'autres crièrent avec lui. Cléophas haussa les épaules et se dit que ceux qui portaient maintenant une cravate verte devaient être tombés bien bas. Lorsqu'il vint pour la troisième fois, la foule tout entière, le bruyant personnage au fil à coudre autour du cou en tête, cria :

— Les gens qui portent une cravate verte sont des assassins !

et Cléophas remarqua que de nombreux regards étaient tournés vers lui. S'étant rappelé avoir également porté à plusieurs reprises des cravates vertes, il s'approcha de l'homme au fil à coudre et lui demanda :

— De qui parlez-vous donc ? Peut-être aussi de moi, finalement ?

— Mais, M. Cléophas, répondit l'autre, comment pouvez-vous croire... ? Vous n'avez pourtant pas de cravate verte !

Puis il lui serra la main en l'assurant de sa grande considération.

Cléophas salua et s'en alla. Et lorsqu'il fut à une distance convenable, l'homme au fil à coudre autour du cou s'écria en claquant des mains :

— Avez-vous vu comme il s'est senti touché ? Qui pourrait encore douter maintenant que Cléophas est un débauché, un voleur et un assassin ?!

L'ÉTRANGÈRE

Quand Albert se réveilla, à six heures du matin, le lit à côté de lui était vide et sa femme partie. Il aperçut un billet sur la table de nuit, tendit le bras et lut ces mots :

— Mon cher ami, je me suis réveillée avant toi. Je pars et ne sais si je reviendrai. Adieu. Catherine.

Laissant retomber la feuille sur la couverture blanche, Albert secoua la tête. Qu'elle revînt aujourd'hui ou non... n'avait pas grande importance. Ni le contenu ni le ton du billet ne l'étonnèrent : c'était seulement arrivé un peu plus tôt qu'il ne s'y attendait, son bonheur avait duré en tout quinze jours, mais qu'importait ? Il était prêt.

Il se leva lentement, jeta sa robe de chambre sur ses épaules, fit les quelques pas qui le séparaient de la fenêtre et l'ouvrit. Innsbruck s'étendait à ses pieds, dans l'air tranquille du matin, et les montagnes dressaient au loin leurs cimes tourmentées dans la lumière bleue. Croisant les bras, il regardait le paysage devant lui. Son cœur se serrait à la pensée que toute la prévoyance imaginable, voire une décision prise depuis longtemps, ne pouvaient alléger le fardeau du destin ; tout au plus permettaient-elles de le supporter plus dignement. Il hésita un moment, mais que pouvait-il encore attendre ? Ne valait-il pas mieux en finir tout de suite ? La curiosité qui le tenaillait n'était-elle pas déjà une trahison de ses intentions ? Son destin devait s'accomplir. Tout était déjà décidé lorsque, dansant avec elle, deux ans auparavant, il avait senti pour la première fois le souffle frais de cette bouche mystérieuse sur sa joue.

Il se rappela être rentré cette nuit-là avec son ami Vincent et, en repensant à tout ce que celui-ci lui avait raconté, il crut entendre à nouveau son vieil avertissement. Car Vincent savait beaucoup de choses sur Catherine et sa famille. Le père, colonel d'un régiment d'artillerie élevé au titre de baron pendant la campagne de Bosnie*, était tombé sous les balles d'un insurgé. Le frère, qui était lieutenant de cavalerie, avait rapidement mangé sa part d'héritage ; la mère avait plus tard sacrifié toute sa fortune pour préserver son fils du pire, mais en vain, le jeune officier s'étant fait sauter la cervelle peu après. C'est alors que le baron Maasburg, qui passait pour être le fiancé de Catherine, avait cessé de la voir et l'on prétendit que cette rupture n'était pas uniquement due à la situation de la famille, dont la pauvreté était désormais déclarée ; il y avait eu cette étrange scène lors des obsèques, où Catherine était tombée en sanglotant dans les bras d'un camarade de son frère, parfaitement inconnu d'elle jusqu'alors, comme s'il eût été son ami ou son fiancé. Un an plus tard, elle s'était prise d'un amour exalté pour le célèbre organiste Banetti. Celui-ci avait quitté Vienne sans qu'elle lui eût parlé une seule fois, lorsqu'un matin elle raconta à sa mère l'avoir vu en rêve entrer dans leur salon, jouer une fugue de Bach au piano, puis tomber à la renverse de son tabouret pour ne plus se relever, tandis que le plafond s'ouvrait, livrant passage au piano

* Occupation de la Bosnie, jusque-là soumise à la Turquie, par l'Autriche en 1878. *(N.d.T.)*

qui s'envolait dans les airs. Le même jour, on apprenait que Banetti, après s'être précipité du haut du clocher d'un petit village de Lombardie, était resté mort au pied d'une croix du cimetière. Les symptômes d'une neurasthénie, qui s'étaient bientôt manifestés chez Catherine, avaient peu à peu dégénéré en une mélancolie profonde et seules la ferme opposition de sa mère et sa foi inébranlable dans la guérison de sa fille avaient retenu les médecins de la faire interner. Catherine avait alors passé toute une année solitaire et muette, se levant parfois la nuit pour chanter comme autrefois des chansons naïves. Cependant, au grand étonnement des médecins, son humeur sombre l'avait peu à peu quittée et elle paraissait avoir repris plaisir à la vie. Acceptant bientôt les invitations, elle fréquenta d'abord un cercle restreint, puis le nombre de ses connaissances recommença de s'accroître et, quand Albert la rencontra au bal de la Croix blanche, elle lui parut si calme et si sereine qu'il eut du mal à ajouter foi au récit de son ami.

Albert von Webeling, qui n'était guère allé dans le monde jusque-là, n'éprouva aucune difficulté, grâce à son nom et à sa situation de secrétaire-adjoint dans un ministère, à se faire inviter dans les milieux que fréquentait Catherine et chaque nouvelle rencontre fortifia son sentiment. L'allure toujours simple de la jeune fille, sa grande taille et notamment cette façon incomparable, pour ainsi dire royale, qu'elle avait d'incliner la tête en écoutant son interlocuteur, lui donnaient une distinction toute particulière. Elle parlait peu, et souvent, quand elle se trouvait en société, ses yeux semblaient regarder dans un lointain inaccessible aux autres. Elle montrait quelque distraction avec les hommes jeunes et s'entretenait plus volontiers avec des messieurs d'âge mûr ayant un nom et un rang. Un an après qu'Albert eut fait sa connaissance, on la dit une nouvelle fois fiancée — avec le comte Rummingshaus, qui revenait d'un voyage d'exploration au Tibet et au Turkestan. Albert prit alors conscience que le dernier jour de sa vie serait celui où Catherine accorderait sa main à un autre ; il comprit d'un seul coup, lui dont l'existence avait été jusqu'à sa trentième année paisible et rangée, toute la folie d'une violente passion et tous les dangers dans lesquels elle peut précipiter l'homme le plus réfléchi. Il était entièrement persuadé de son infériorité vis-à-vis de la jeune fille. Il avait certes des revenus corrects, qui lui permettaient de mener une agréable vie de célibataire, mais aucune fortune à attendre de quelque côté que ce fût et son avenir, s'il était assuré, ne serait certainement jamais brillant. Il était de ceux qui s'habillent avec beaucoup de soin et n'ont jamais l'air véritablement élégants, parlent avec aisance mais sans avoir jamais quelque chose de particulier à dire, et ne sont remarqués nulle part bien qu'on les voie partout avec plaisir. Aussi sentait-il à quel point un être extraordinaire et mystérieux comme Catherine, qui lui semblait appartenir à un autre monde, devrait consentir à s'abaisser vers lui, s'il cherchait à la conquérir, et tout ce qu'elle était en tout cas en droit d'exiger de lui pour un bonheur qu'il ne méritait pas. Conscient cependant d'être prêt à tous les sacrifices, il pensa devenir peu à peu digne d'elle et, ayant appris un matin que le comte était parti en Galicie sans s'être déclaré, il estima, avec une décision qui lui était inhabituelle, le moment venu et se rendit chez Catherine.

Que ce jour lui paraissait lointain maintenant !

Il revoyait la grande pièce basse au plafond voûté,

dans la vieille maison du Schottenhof*, les meubles anciens mais bien tenus, le fauteuil rouge, comme esseulé près de la fenêtre, le piano et la partition ouverts et, sur la table ronde en acajou, l'album de photographies à la couverture de nacre et la coupe de porcelaine en vieux Saxe pour les cartes de visite. Il se souvint avoir regardé les gens qui traversaient la grande cour, en bas, sortant de la messe à l'église de l'abbaye, juste en face, en ce dimanche des Rameaux. Catherine était alors entrée avec sa mère, venant de la pièce à côté, et ne s'était pas montrée aussi surprise de sa visite qu'il s'y était attendu. Elle avait écouté avec amabilité et accepté sa demande sans plus d'émotion que s'il l'eût invitée à un bal. La mère, tranquillement assise dans le coin du divan, arborait le sourire affable des gens à moitié sourds et portait de temps à autre un petit éventail de soie noire à son oreille. Pendant toute la conversation, dans l'atmosphère de paix dominicale de cette pièce fraîche, Albert eut l'impression d'être survenu dans un endroit qui, longtemps balayé par la tourmente, aspirait de toutes ses forces au calme et quand il descendit plus tard l'escalier gris, loin de ressentir la joie que procure un désir enfin réalisé, il avait seulement conscience d'être entré dans une période de sa vie sans doute merveilleuse, mais obscure et incertaine. Allant ensuite, sous le beau ciel de ce dimanche de printemps, par les rues, les jardins et les allées au milieu des passants gais et insouciants, il sentit qu'il ne serait désormais jamais plus comme eux et que son destin

* « Cour des Écossais » : ensemble architectural, dans le 1er arrondissement de Vienne, comprenant l'abbaye et le lycée des Écossais. *(N.d.T.)*

venait de prendre une tournure particulière, d'une nature différente.

Il passait maintenant toutes ses soirées dans la pièce au plafond voûté. Catherine chantait de temps en temps, d'une voix agréable mais presque sans aucune expression, des chansons populaires, généralement italiennes, et il l'accompagnait au piano. Puis il restait souvent auprès d'elle, à la fenêtre, s'attardant à regarder la cour silencieuse, où les arbres bourgeonnaient et verdissaient. Quand la journée était belle, ils se rencontraient parfois l'après-midi au jardin du Belvédère. Elle arrivait longtemps avant lui, s'asseyait et regardait les enfants jouer, puis se levait en le voyant et ils se promenaient au soleil, dans les allées couvertes de gravier. Au début, il lui parlait souvent de son passé, de son adolescence chez ses parents, à Graz, de ses années d'études à Vienne et de ses voyages d'été. Il s'étonnait alors de l'aspect fantomatique que sa vie prenait à ses propres yeux, chaque fois qu'il essayait de l'évoquer, mais peut-être cela venait-il du manque d'intérêt total de Catherine pour tous ces souvenirs. Puis d'étranges incidents se produisirent, sans doute insignifiants, mais qui restèrent toujours inexpliqués. Albert ayant un jour rencontré sa fiancée vers midi, place Saint-Étienne, en compagnie d'un élégant inconnu en habits de deuil, s'arrêta, tandis qu'elle passait en le saluant d'un petit signe de tête plein de froideur et continuait son chemin sans se soucier de lui. Il les suivit un moment, vit l'étranger monter dans une voiture qui l'attendait au coin d'une rue et partir, cependant que Catherine rentrait chez elle. Quand il lui demanda, le soir, qui était cet homme, elle le regarda d'un air surpris, dit un nom polonais qu'il n'avait jamais entendu et se retira dans sa chambre pour le reste de la soirée.

Une autre fois, il l'attendit en vain chez elle, jusque sur le coup de dix heures, où elle apparut enfin, un bouquet de fleurs des champs à la main. Elle raconta qu'elle avait été à la campagne et s'était endormie dans un pré, puis jeta les fleurs par la fenêtre. Quelques jours après qu'ils se furent longuement arrêtés, lors d'une exposition à la Maison des artistes*, devant un tableau représentant un paysage de montagne vert et désert sous un ciel de nuages blancs, elle lui en parla comme d'un endroit où elle était allée autrefois, étant enfant, en compagnie de son frère. Albert crut d'abord qu'elle plaisantait, puis il se rendit compte que ce paysage avait pour ainsi dire pris vie dans sa mémoire et son étonnement commença, ce jour-là, de faire place à une douloureuse inquiétude. Cependant, plus cet être lui semblait échapper à sa compréhension, plus son amour et son désir se faisaient pressants et désespérés. Il parvenait de temps en temps à la faire parler de sa jeunesse, mais tout ce qu'elle lui racontait, histoires vécues ou aveux de vagues rêveries, paraissait flotter et se dissoudre dans une clarté diffuse, si bien qu'Albert se demandait lequel de ces souvenirs était resté le plus vivant en elle : l'organiste qui s'était précipité du haut d'un clocher, le jeune duc de Modène, qu'elle avait vu un jour passer devant elle à cheval, au Prater, ou l'adolescent peint par Van Dyck que, jeune fille, elle avait contemplé à la galerie Lichtenstein**. Ainsi, l'âme occupée de rêveries crépusculaires, semblait-elle toujours glisser au-devant de buts mystérieux, inconnus ou incertains, et Albert pressentait qu'il n'était

---

* Bâtiment de style Renaissance, situé dans le 1er arrondissement de Vienne, où exposaient les membres de la Coopérative des artistes plasticiens viennois, fondée en 1861. *(N.d.T.)*

** Palais d'été Lichtenstein, dans le 9e arrondissement de Vienne. *(N.d.T.)*

rien de plus pour elle qu'un danseur offrant son bras pour un tour de valse au cours d'une soirée. Entièrement dépourvu de la force nécessaire pour l'arracher à sa nébuleuse existence, il en sentit bientôt les troublantes émanations commencer à l'engourdir et sa propre manière de penser, voire d'agir, se détacher insensiblement de toutes les obligations de la vie quotidienne. Il fit pour commencer des achats largement au-dessus de ses moyens pour leur futur ménage, puis il lui offrit des bijoux de grande valeur, lui achetant enfin, la veille de leur mariage, la petite maison entourée d'un jardin qu'elle avait admirée au cours d'une promenade dans un faubourg. Il lui remit le soir même l'acte de donation par lequel elle en devenait l'unique propriétaire. Elle acceptait tout avec le calme et la sérénité dont elle avait fait montre le jour où il avait demandé sa main, le croyant sûrement plus riche qu'il n'était. Il avait naturellement pensé parler aussi avec elle de sa situation, mais repoussé cet entretien de jour en jour, ne trouvant pas les mots, et tenu finalement toute explication sur le sujet pour inutile. Catherine, en effet, ne parlait jamais de l'avenir, comme si le chemin eût été tout tracé devant elle ; elle paraissait plutôt continuer à considérer toutes les possibilités ouvertes comme par le passé, et rien dans son comportement ne portait à croire qu'elle se sentît liée physiquement ou moralement. Et c'est ainsi qu'Albert prit un jour clairement conscience que non seulement son bonheur serait précaire et de courte durée, mais aussi que sa vie perdrait toute signification lorsque Catherine en serait sortie. Ne pouvant plus s'imaginer l'existence sans elle, il était fermement décidé à quitter tout simplement ce monde dès qu'il l'aurait perdue et cette certitude fut son unique, mais appréciable soutien pendant toute cette période de désirs confus et impatients.

Le matin où il vint chercher Catherine pour la conduire devant l'autel, elle lui était aussi étrangère que le jour où il l'avait connue. Elle devint sienne sans passion ni répugnance. Ils voyagèrent ensemble, parcourant des montagnes, traversant sous le soleil de l'été de larges vallées et des gorges étroites, se promenant sur les douces rives de lacs aux flots enjoués et sur des sentiers qui se perdaient dans les murmures des forêts. Debout l'un à côté de l'autre derrière des croisées, ils plongèrent leurs regards dans les rues paisibles de cités enchantées, suivirent des yeux le mystère de fleuves glissant au loin vers les montagnes muettes, au-dessus desquelles se volatilisaient de pâles nuages. Ils s'entretenaient, comme d'autres jeunes couples, des choses de la vie quotidienne, se promenaient bras dessus bras dessous en s'arrêtant devant les monuments et les devantures, discutaient, souriaient, entrechoquaient leurs verres avant de boire, puis s'endormaient joue contre joue du sommeil des gens heureux. Pourtant, elle le laissait parfois seul dans le demi-jour blafard d'une chambre d'auberge, où somnolait toute la tristesse d'un univers étranger, sur le banc de pierre d'un jardin, parmi les promeneurs respirant avec délices l'air embaumé, ou dans la grande salle d'un musée, devant le portrait aux couleurs rembrunies d'un lansquenet ou d'une madone, sans qu'il pût jamais savoir s'il la reverrait. Car, aussi sûr et familier que les battements de son cœur dans sa poitrine, le sentiment l'habitait que rien n'avait changé depuis le premier jour, qu'elle était aussi libre qu'elle l'avait toujours été, tandis qu'il était entièrement tombé sous sa dépendance.

Aussi sa disparition ce matin, après quinze jours de

voyage de noces, et son étrange lettre l'avaient-elles ému sans le surprendre vraiment. Il eût pensé l'abaisser et s'abaisser lui-même en faisant des recherches : qu'importait qu'elle lui eût été ravie par un caprice, un rêve ou un homme vivant ? Il ne savait rien, mais il lui suffisait de savoir qu'elle n'était plus sienne. Peut-être n'était-il pas mauvais que l'inévitable se fût aussi rapidement produit. L'achat de la petite maison avait fortement entamé sa fortune, ils ne pouvaient vivre tous les deux de son modeste traitement et il n'aurait de toute façon pas pu parler avec elle d'économies ni d'autres petits soucis quotidiens. L'idée lui vint un instant de prendre congé d'elle. Son regard était tombé sur la feuille où elle avait griffonné son adieu, sur la couverture du lit, et il pensa écrire quelques mots au verso, mais, conscient que Catherine n'y prendrait pas le moindre intérêt, il décida aussitôt de n'en rien faire. Ouvrant alors son sac de voyage, il y prit son petit revolver et se dit qu'il allait sortir de la ville pour accomplir quelque part dans les environs, correctement et sans gêner personne, l'acte qu'il avait prémédité.

Un matin d'été bleu foncé, d'une intense clarté, faisait déjà peser sur la ville une lourdeur accablante. Albert sortit de l'hôtel et marcha droit devant lui. A peine avait-il fait une centaine de mètres, qu'il aperçut Catherine. Elle allait à pas lents, son ombrelle de soie grise à la main. Le premier mouvement d'Albert fut de tourner dans une autre rue, mais une force plus puissante que toutes ses intentions et ses réflexions le poussa à la suivre, afin d'acquérir une certitude à laquelle il avait cru être indifférent une minute plus tôt. Craignant alors un peu qu'elle pût se retourner et le découvrir, il se tint à une certaine distance derrière elle, tandis qu'elle se dirigeait vers les jardins du Palais. Arrivée devant la

Hofkirche, elle entra par le portail grand ouvert. Il y pénétra quelques instants après et resta près de l'entrée, là où l'obscurité était la plus profonde. Il la vit s'avancer lentement dans la nef centrale, entre les sombres statues de héros et de reines, puis s'arrêter brusquement. Quittant alors la place où il attendait, il se glissa, en faisant un grand détour, derrière le tombeau de l'empereur Maximilien, au milieu de l'église. Catherine se tenait immobile devant la statue de Théodoric*. Le héros, la main gauche appuyée sur son glaive d'airain, regardait droit devant lui comme du fond de l'éternité et semblait, dans son attitude empreinte d'une majestueuse lassitude, conscient de la grandeur aussi bien que de la vanité de ses hauts faits, comme si son orgueil s'abîmait dans la mélancolie. Debout devant le roi des Goths, la jeune femme contemplait fixement son visage. Au bout d'un moment, Albert se risqua hors de sa cachette. Elle aurait dû entendre ses pas résonner sur les dalles, mais elle ne se retourna pas, restant à la même place, comme fascinée. Des visiteurs étrangers entrèrent, leur guide rouge à la main, on parla à côté d'elle, mais elle n'entendait pas. Le silence se rétablit ; elle était toujours là, aussi immobile que les statues qui l'entouraient. Un quart d'heure passa, puis un autre — Catherine ne bougeait pas.

Albert s'en alla. En se retournant une dernière fois sur le seuil de l'église, il vit la jeune femme s'approcher de la statue et lui baiser le pied. Il s'éloigna rapidement, un sourire aux lèvres. La pensée qu'il venait d'avoir l'émouvait d'une certaine manière, tout en le réjouissant : il lui restait donc, avant de disparaître, quelque

* Statue du sculpteur nurembergeois, Peter Vischer (1460-1529). *(N.d.T.)*

chose à faire pour la femme aimée. Il se dirigea vers un magasin d'objets d'art de la rue de la gare et demanda une reproduction en bronze grandeur nature de la statue de Théodoric. Le hasard voulut qu'on en eût une, commandée un mois plus tôt par un lord anglais mort depuis, et dont les héritiers ne voulaient pas. Après s'être enquis du prix, qui correspondait à peu près au reste de sa fortune, Albert donna son adresse à Vienne et des indications précises sur la façon dont une personne de confiance du magasin devrait la faire placer dans le jardin de la petite maison. Puis il sortit, traversa rapidement la ville et le faubourg de Wilten* en direction d'Igls*, et se tira un coup de revolver dans un bois, au moment où le soleil, au plus haut de sa course, marquait midi.

Albert fut enterré dans le caveau de famille à Graz et Catherine ne rentra à Vienne que quelques semaines plus tard. Le soir de son arrivée, elle demeura assez longtemps dans le jardin, devant la statue qui se découpait, à un endroit heureusement choisi, sur le fond sombre de grands arbres. Puis elle monta dans sa chambre et écrivit une longue lettre à « M. Andrea Geraldini, Vérone, poste restante ». C'est sous ce nom que s'était présenté l'homme qui l'avait suivie quand, abandonnant enfin Théodoric le Grand, elle était sortie de la Hofkirche, et dont elle portait un enfant dans son sein. Elle ne sut jamais s'il se nommait vraiment ainsi, car elle ne reçut pas de réponse.

---

* Wilten-Igls : villages au sud d'Innsbruck, incorporés à la ville depuis lors. *(N.d.T.)*

MUSIC-HALL

J'étais la nuit dernière tranquillement assis au café, lorsque j'entendis derrière moi :

— *Ah non... ça...** plus jamais !

Je n'eus même pas besoin de me retourner — bien sûr, c'était Auguste. Beau et élégant comme toujours, il prit place à ma petite table, en face de moi, avec la merveilleuse aisance que je lui ai toujours enviée en secret et, sans enlever le manteau beige jeté sur ses épaules, il enfonça sur son front le petit melon noir dont nous aurons l'occasion de reparler puis appela un garçon qui lisait le journal, à moitié allongé sur le billard — il faut dire en effet qu'il était deux heures et demie du matin et que nous étions, en cette nuit de mai, les derniers clients.

Le garçon vint tout de suite :

— Bonsoir, Monsieur von Witte !

— Comment, bonsoir ? *Nom d'un nom,* auriez-vous l'intention de vous moquer de moi ? Apportez-moi plutôt à manger et à boire !

— S'il vous plaît, Monsieur von Witte ! Un petit noir... Un cognac... ?

Regardant le garçon d'un air sombre, Auguste repartit :

— Vous faites erreur — apportez-moi deux sardines,

---

* En français dans le texte, comme tous les autres mots ou passages en italique de cette nouvelle. *(N.d.T.)*

deux œufs mollets dans un verre bien dur, un sandwich au jambon et une bouteille de bière !

Le garçon s'éclipsa. Auguste m'enleva mon journal des mains et, le lançant sur une table voisine :

— Je suis là... tu m'entends ?

— On le voit bien, dis-je d'un ton serein. Et d'où viens-tu à cette heure tardive ?

— D'où... ? répéta Auguste en me jetant un regard chargé d'une méphistophélique mélancolie. Voilà une question que, pour ma part, je ne poserais jamais à quelqu'un, à trois heures du matin, s'il ne se trouve par hasard être en habit ! Mais tu es et tu restes un rustre — oui — continua-t-il en imitant avec un certain bonheur le pauvre Mitterwurzer* — un rustre, un rustre !

J'avais, sans lui répondre, pris un autre journal et m'étais mis à le lire, lorsque je sentis tout à coup une curieuse chaleur s'en dégager. Je vis alors la notice sur la nouvelle opérette de Charles Weinberger** rougeoyer et se carboniser, puis l'extrémité d'une cigarette que l'on venait d'allumer apparaître au milieu. Cette plaisanterie ne me tira qu'un pâle sourire, tant Auguste m'avait généreusement prodigué, depuis des années que nous nous connaissions intimement, les facéties de cet acabit et de bien meilleures encore.

— Veux-tu un conseil ? me demanda-t-il brusquement, sur quoi je répondis avec politesse :

— Je t'en prie !

Il me regarda et déclara d'un ton précis et tranchant :

— Tout, mon cher, tu m'entends, tout sauf une chanteuse de music-hall !

---

* Friedrich Mitterwurzer (1844-1897) : acteur célèbre du Burgtheater. *(N.d.T.)*

** Karl (Charles dans le texte) Rudolf Weinberger (1861-1939) : compositeur de musique d'opérettes et de vaudevilles. *(N.d.T.)*

— Bien sûr, bien sûr ! fis-je.

— Tout, répéta Auguste... des petites fleuristes, des Roumaines voyageant seules, des joueuses de flûte, des femmes de ramoneur, des tragédiennes... *les dernières des dernières*... tout ce que tu voudras, mon cher, mais pas le music-hall !

Je hochai la tête avec à-propos. Le garçon apporta ce qu'Auguste avait commandé et mon ami commença de se restaurer. Cependant, la première gorgée de bière avalée, il reprit :

— Oui, ce qui est épouvantable avec ces créatures, c'est qu'on est sans défense... je vais t'expliquer ! On peut se battre avec un vieil ami que l'on surprend chez sa maîtresse, abattre sur place une simple connaissance ; quant à un étranger, à supposer qu'il ne soit pas de la haute, on lui flanque tout simplement une raclée. On sait, dans tous ces cas, comment se comporter, parce que l'on a affaire à des êtres normaux. En revanche, que ne m'est-il pas arrivé, que n'ai-je pas enduré, depuis l'instant où je me suis épris de *mademoiselle Kitty de la Rosière* jusqu'à... — il tira sa montre de la poche de son veston et la posa devant lui — jusqu'à voici une heure !

— Bonne nuit ! dis-je en me levant.

— Garçon, cria Auguste, verrouillez la porte !

— Mais avec plaisir, tout de suite ! répondit le garçon, qui était presque aussi spirituel qu'Auguste et s'empressa d'exécuter son ordre.

— Assieds-toi, mon cher, me dit alors ce dernier, je vais te raconter une histoire qui te... — et il s'amusa à imiter en roulant les yeux la voix de Levinsky* — ... qui te fera frémir d'horreur : « *Les amours de M. Auguste*

* Josef Levinsky (1835-1907) : acteur du Burgtheater.

Witte et de la très jolie Kitty de la Rosière »... Henri, un Virginie !

Et, se reculant dans le coin, il s'appuya sur l'accoudoir rembourré de la fenêtre. Il avait toujours sur la tête le petit melon noir dont nous aurons l'occasion de reparler plus longuement, son manteau sur les épaules — bref, l'air plus intéressant que jamais. Je mourais de sommeil ; seul l'espoir d'entendre, racontée par mon ami, l'histoire d'une déconfiture me tenait encore éveillé.

— Elle m'a trompé, commença-t-il.

— Ah ! fis-je, agréablement impressionné.

— Ne me crois pas assez dépourvu de goût pour vouloir te donner ce détail comme quelque chose d'original — tu penses bien que je m'y attendais ! Seulement, j'espérais au début ne pas m'en apercevoir. Je suis en effet devenu un vrai virtuose en ce domaine : je ne vais jamais voir mes belles (Auguste avait souvent de ces expressions de la vieille école) à une heure inhabituelle, ne lis jamais les lettres qui traînent sur la table et quitte toujours immédiatement le lieu où je me trouve, quel qu'il soit, dès que j'entends un étranger prononcer leur nom à la table à côté. Si, malgré toutes ces mesures de prudence, il m'arrive d'apprendre quelque chose, je ne le crois pas, tout simplement. Toutefois, avec Kitty, aucune de ces précautions n'a été efficace ! Te souviens-tu de Little Pluck ?

— Je crois bien, ce hideux petit monstre !

— Kitty ne semble pas avoir été de ton avis. Je dois faire remarquer au préalable que je venais d'être indiciblement heureux avec elle pendant près de quinze jours. J'allais lui présenter mes hommages tous les soirs après le spectacle : elle entrait en scène à onze heures, moi à une, et elle me réservait toujours un accueil très cordial... Ce soir-là aussi, nous n'étions pas convenus d'autre chose...

— Quel soir ?

— Le soir où débuta Little Pluck, le hideux petit monstre avec ses deux pieds un quart de haut et ses dix-huit... ou cinquante-neuf ans d'âge ! J'arrivai comme toujours chez elle à une heure précise, et trouvai qui... ? Little Pluck, couché... comment dirai-je ?... à ses pieds ! La voix me manqua. Bien que tout malentendu fût pour ainsi dire exclu, j'attendais d'elle un mot libérateur, quelque chose comme : « Tu te trompes... », mais elle ne le dit pas. Elle se contenta de prononcer, en me regardant avec de grands yeux, ces paroles inoubliables : *« N'est-il pas drôle ? »* Sur le moment, la main me démangea, tant les instincts sont solidement enracinés en nous, mais ma colère s'évanouit comme je regardais Little Pluck, cet être parfaitement grotesque — et qui était à cet instant-là beaucoup plus grotesque que les mots ne sauraient le dire. Je pensai : « Tu ne vas pas te battre avec un nain, ni lui tirer dessus ! » et déclarai simplement, reprenant la remarque de Kitty : *« Bien drôle ! Bien drôle ! »* puis, saluant d'un signe de tête, je sortis en souriant.

— Voilà donc comment, ce soir... ?

— Ce soir ?... Non, c'était il y a deux mois. Je lui ai pardonné et nous avons été très heureux pendant quelques semaines...

— Et Little Pluck a eu un engagement fixe ? demandai-je avec un sourire sardonique.

— Je comprends ton allusion blessante, répliqua Auguste, mais je puis t'assurer que Kitty n'a jamais plus reçu depuis lors Little Pluck en mon absence, bien qu'il se produisît un mois chez Ronacher, aux Variétés. Le soir de sa dernière exhibition, j'ai même donné une petite *fête* en son honneur chez elle et, quoiqu'il ait été saoul comme un cochon, il s'est comporté si correctement que j'ai permis à Kitty de lui donner un baiser d'adieu. Il partait le lendemain matin pour Trieste, nous l'avons accompagné à la gare et Kitty pleurait. J'étais dans l'ensemble plutôt content de son départ, seulement, comme tu sais, le programme change aux Variétés.

— Haha ! fis-je.

L'expression de mon visage dut ne pas paraître très flatteuse à Auguste, car il prit un petit pain et me le lança à la tête, en manière de plaisanterie s'entend, mais non sans une certaine irritation. Puis il reprit son récit, tandis que je remettais le projectile dans la corbeille :

— Little Pluck fut remplacé par un numéro qui fit sensation, et à juste titre. L'entreprenante direction — que le diable l'emporte ! — engagea les « Two Darlings », les deux géants tibétains, les deux frères les plus grands du monde.

— Deux ! m'écriai-je sans mettre aucune intention précise dans mon exclamation.

Auguste, toutefois, l'interpréta sans doute mal, puisqu'il me traita de polisson.

— Quoi qu'il en soit, ajouta-t-il, tu es sur la bonne piste. Le soir où les « Two Darlings » firent leurs débuts, j'allai comme d'habitude chez Kitty... A quoi bon te donner des détails ? Je n'y trouvai que l'un des deux géants, mais cela me suffit.

— A toi, oui ! dis-je, et fus brusquement effrayé moi-même du cynisme de mon ton.

Auguste, médusé, me fixa un moment, puis se leva tout d'un coup et ses lèvres formaient déjà un horrible juron, quand — en homme du meilleur monde, comme on l'aura sûrement remarqué — il se domina et, s'étant rassis, reprit son récit d'un ton en quelque sorte résigné :

— Kitty, comme toujours, ne perdit pas contenance.

Le géant, qui me regardait en grimaçant, parut d'abord légèrement gêné, mais lorsqu'il eut constaté le calme de sa partenaire, il vit le côté comique de la situation et, partant d'un rire cordial semblable à un lointain roulement de tonnerre, me dit :

— Good evening, Sir ! I am glad to see you ! What can I do for you ?

Je ne te cacherai pas que, dans un premier mouvement, je fus sur le point de m'emporter, mais je me souvins à temps du spectacle auquel j'avais assisté, rempli d'admiration, deux heures plus tôt à peine : ce Darling soulevant sept personnes de terre d'un seul bras, brisant des barres de fer par le milieu et jouant à la balle avec des boules de fonte de 150 kg ! Je surmontai donc mon mécontentement et lançai à Kitty un regard dont elle ne comprit vraisemblablement pas tout à fait la signification car, au lieu de s'excuser, elle me dit avec son calme indescriptible :

— *Tu sais, mon chéri, je ne comprends pas un mot de ce qu'il dit !...*

Même quelqu'un de plus patient que moi, tu l'avoueras, aurait trouvé que c'était pousser la plaisanterie trop loin. Mon sang bouillait et, sentant que cette scène ne pouvait finir que d'une manière effroyable, je m'en allai sans dire au revoir.

— Grossier personnage !

— Le lendemain, continua Auguste sans tenir compte de mon reproche, Kitty me reçut avec sa sérénité et sa gaieté habituelles. J'avais trop de tact pour évoquer le pénible incident de la veille, dont elle semblait ne plus se souvenir. Peut-être s'imaginait-elle avoir rêvé... que sais-je ? Ce qui est sûr — quelle énigme que la femme ! —, c'est qu'elle fut ce jour-là plus amoureuse que jamais. J'étais derechef, le soir même, dans une loge chez

Ronacher : sur scène, les « Two Darlings » se ressemblaient tellement qu'il était impossible de les distinguer l'un de l'autre, si bien que je ne pus deviner lequel des deux j'avais rencontré chez Kitty. Je crois qu'elle-même ne l'a jamais su exactement, mais qu'importe ? A partir de là, j'en suis sûr, elle n'eut plus avec les deux géants que des rapports de camaraderie vraiment innocents.

— Comment ? m'écriai-je d'une voix qui fit trembler les vitres.

Auguste ne se laissa pas troubler :

— Je n'en ai plus jamais vu un, seul en sa compagnie. Ils avaient l'habitude de venir prendre le thé chez elle avant leur spectacle et je fus invité moi aussi plusieurs fois. Comme ils ne comprenaient pas un mot de français et Kitty pas une syllabe d'anglais, je servais pour ainsi dire d'interprète.

— Et comment se comprenaient-ils, quand tu n'y étais pas ? demandai-je spontanément.

Auguste me regarda un moment avant de répondre, d'un ton plein de dignité :

— Tu as beau prendre ton air enfantin, je vois bien que tu cherches à faire planer des soupçons sur Kitty, mais je t'assure que je n'eus plus jamais lieu, après cette scène, de douter d'elle — en ce qui concerne du moins les deux géants. Elle avait eu un caprice... mon Dieu, j'ai moi aussi mes caprices ! Et qui sait comment je me conduirais vis-à-vis d'une géante ? Je t'assure, ces « Two Darlings » étaient comme des enfants ! Un jour, je les ai surpris jouant à la balle avec elle... l'un d'eux était dans un coin de la pièce, l'autre dans l'autre... ou inversement, je n'ai jamais pu les distinguer !... Kitty volait au-dessus de la table à thé, tantôt à droite, tantôt à gauche !

Au souvenir de cette amusante scène, Auguste avait un

sourire légèrement idiot, mais son visage s'assombrit brusquement et il poursuivit :

— Les deux géants ont donné hier leur dernière représentation. Nous les avons accompagnés, Kitty et moi, à la gare, ce matin à six heures. Tu ne peux pas t'imaginer la sensation, sur le quai, en particulier lorsqu'ils sont apparus à la fenêtre de leur compartiment en agitant deux draps en guise de mouchoirs ! J'ai raccompagné Kitty en fiacre et j'ai dû la consoler, mais elle s'est montrée si reconnaissante que je ne suis arrivé à mon bureau qu'à midi. Quand je pense que c'était ce matin... Comme tout a changé depuis !

— Et entre autres choses le programme chez Ronacher, remarquai-je, plein de pressentiments.

— Que veux-tu, dit Auguste en me jetant un regard de biche agonisante, le public veut du changement !

— Qui était-ce ? demandai-je simplement.

— The Osmond Troup, dit Auguste en rougissant.

— Combien ? fis-je, la gorge serrée.

— Sept !

— Sept ! répétai-je, joyeusement ému.

— Ah, tais-toi ! reprit-il calmement. Je ne te cacherai pas que j'avais déjà de désagréables pressentiments pendant leur spectacle. Ces Osmond sont des gens d'une agilité incroyable, ils ont beaucoup d'esprit et un fabuleux talent musical. Leur spectacle n'est pas très original, mais d'une virtuosité supérieure à tout ce que j'ai pu voir jusqu'ici. Ce sont les tours généralement connus : l'épouvantable vacarme lors de l'entrée en scène, puis les culbutes, les contrebasses qu'on se fracasse sur le crâne, les pieds de table arrachés pour jouer la marche de Tannhäuser, « Ton amour me suffit... »* entonné par la

* Air tiré de l'opérette *Boccaccio* de Franz von Suppé (1819-1895). *(N.d.T.)*

bande au complet, assise dans des fauteuils de velours, etc., mais, en voyant ces gaillards-là sauter dans tous les sens et se livrer à leurs clowneries, je sentis naître en moi une sorte de jalousie à compte (je respecte scrupuleusement la manière de s'exprimer de mon ami, qui n'est pas sans trahir parfois sa profession). Je ne pouvais en effet douter, après mes précédentes expériences avec Kitty, que cette nuit ne me réservât encore une fois quelque pénible surprise. Pourtant, l'idée qui me vint alors brusquement me consola et m'apporta la paix, voire une sorte de satisfaction. Il s'agit cette fois, me dis-je, de gens normaux et bien proportionnés, ni de nains ni de géants, d'hommes comme toi et moi pour ainsi dire — je m'inclinai au passage devant ce compliment —, ce qui me dispense de tous égards. Je pouvais assommer chacun des sept, sans risquer le ridicule... La représentation finissait à minuit. J'allai me promener jusqu'à une heure, caressant pendant tout ce temps un nouvel espoir : peut-être fermerait-elle cette fois sa porte ? Espoir trompeur ! La porte était entrebâillée et j'entendis parler et rire dans la pièce. J'entrai et, comme tu le présumes, c'était l'un des sept !

— Le chef d'orchestre, sans doute, dis-je distraitement.

— Comment veux-tu que je le sache ! Chez Ronacher, ils étaient tous maquillés et costumés, ce que l'on n'aurait pu précisément dire de l'individu que je trouvai chez cette misérable. C'était, comme je m'y attendais, un bel homme jeune comme moi (il ne fut plus question de ma personne cette fois). Kitty, l'incompréhensible Kitty, me regarda et me dit, avec un aimable sourire : *« Si je ne compte pas mal, c'est la troisième fois »* — *« Et la dernière, je t'assure ! »*, ajoutai-je sur un ton tel qu'elle n'en avait certainement encore jamais entendu. Puis, me tournant vers l'Osmond, qui fumait tranquillement sa cigarette, toujours... disons : toujours assis, je le pris par le bras et lui dis : « Vous êtes un vaurien, Monsieur, et je vais vous corriger ! Non que je sois jaloux d'une femme de cette espèce, mais parce que cela m'agace — un bon mot pour la circonstance, n'est-ce pas ? — parce que cela m'agace de vous trouver ici. » Je levai la main pour le gifler et, au même instant... je n'y vis plus rien. Je me trouvai, au sens le plus exact du mot, dans le noir le plus complet : ce septième d'Osmond m'avait, d'un violent coup de poing, enfoncé mon haut-de-forme sur la tête ! J'entendis seulement ces mots, les mêmes qu'il avait dits sur scène, avec l'accent anglais : « Oh, mon ami, tu es vraiment trop drôle ! » Lorsque j'eus enfin réussi à dégager ma tête, je vis Kitty, la douce créature, se rouler par terre, secouée d'un accès de fou rire, tandis que le clown, assis les jambes croisées sur le dossier du divan comme si de rien n'était, continuait de tirer sur sa cigarette. Cette fois, me dis-je, c'est fini ! Je ne ressentais plus rien, ni amour, ni jalousie, ni chagrin, ni fierté, ni haine. Je dis : « Bonne nuit, Kitty ! », et quittai la pièce sans me soucier de l'autre. Dans l'entrée, je suspendis mon haut-de-forme amoché au portemanteau, coiffai ce beau melon noir tout neuf appartenant au clown et me hâtai de venir ici pour te déconseiller d'avoir jamais la moindre affaire avec une chanteuse de music-hall.

— Mon cher Auguste, lui dis-je, tu es injuste. A mon avis, toute cette aventure t'a été profitable. Sans même parler de ce melon, qui te va à merveille, songe à toutes les expériences que tu as faites. Qui d'entre nous a jamais l'occasion de se lier aussi intimement avec des nains et des géants ?

Auguste secoua la tête comme pour repousser cette idée, mais j'insistai :

— Et, à ta place, je ne manquerais pas de retourner

prendre demain le thé chez Kitty, où tu aurais certainement l'occasion de faire connaissance avec toute la troupe.

Et, voyant qu'il me regardait d'un air méfiant :

— Mais oui, j'imagine que la rencontre pourrait être très amusante. Après avoir été la balle des Darlings, elle servira peut-être de flûte aux Osmond !

— Espèce d'idiot ! répliqua Auguste, qui supportait mal qu'un autre que lui fît de bons mots.

Le garçon s'approchant, nous payâmes et sortîmes dans une splendide matinée de printemps.

— Ce qui me fait plaisir, dit Auguste, c'est que ce type ne rira pas longtemps de sa plaisanterie quand, à la place de son chapeau neuf dans le vestibule..., mais il s'arrêta brusquement, laissant sa phrase inachevée. Ses traits se pétrifièrent et ses yeux s'agrandirent démesurément. Suivant son regard, je vis venir à notre rencontre un jeune homme vêtu avec une parfaite élégance ; seul le haut-de-forme sur sa tête était complètement détérioré. Auguste s'arrêta, le jeune homme s'approcha, souleva son chapeau et dit :

— Good morning, Sir !

Imitant son geste, nous répondîmes tous deux : « Good morning ! », puis voulûmes nous couvrir à nouveau, comme il est naturel. J'y parvins sans peine, mais pas mon ami Auguste. L'étranger, en effet, lui prit simplement le melon des mains, le mit sur sa propre tête et, avec un sourire obligeant, lui tendit ce qui avait été son haut-de-forme. Et, se tournant vers moi comme s'il ne devait d'explications à personne d'autre, il remarqua :

— Vous voyez, je échangeai le petit chapeau, une petite heure avant, chez une petite amie. Good morning, Sir !

Et il s'en fut.

Je mentirais, si je prétendais avoir jamais vu sur un visage un air plus bête que celui de mon ami Auguste à cet instant. Pâle comme la mort, il paraissait chercher ses mots, ou du moins son souffle. Il attendit que le gentleman fût à une distance convenable pour me demander, avec une sorte de sombre décision dans la voix :

— Que faire dans un cas semblable : le poignarder ou éclater d'un rire retentissant ?

— Le poignarder, répondis-je très vite.

Ce conseil ne m'était pas suggéré par la brutalité, mais plutôt par ma curiosité : je n'ai encore jamais vu poignarder quelqu'un. Qu'Auguste soit trop bon ou qu'il n'ait encore une fois pas eu de poignard sur lui, je ne sais — ce qui est sûr, c'est qu'il ne le suivit pas. Il se contenta d'un rire très bref, et même pas particulièrement retentissant comme il en avait exprimé l'intention. Je le considérai avec quelque inquiétude, car je connais des gens que de tels incidents ont subitement rendus fous. Mais pas Auguste : un curieux tressaillement passa sur son visage, comme si une terrible émotion se dénouait d'un seul coup, et il déclara, l'air plutôt rêveur :

— Je vais simplement le faire repasser !

Je suis convaincu qu'il parlait de son haut-de-forme.

LA DANSEUSE GRECQUE

Les gens diront ce qu'ils voudront, je ne crois pas que Mathilde Samodeski soit morte d'une crise cardiaque. J'en sais plus qu'eux là-dessus. Je n'irai pas non plus à la maison mortuaire, qu'elle quitte aujourd'hui pour le lieu de repos auquel elle aspirait. Je n'ai aucune envie de voir l'homme qui sait aussi bien que moi pourquoi elle est morte, de lui serrer la main et de me taire.

Je vais prendre un autre chemin, un peu long peut-être, mais cette calme journée d'automne est belle et la solitude me fera du bien ; et je serai bientôt derrière la clôture du jardin où j'ai vu Mathilde pour la dernière fois, au printemps dernier. Les volets de la villa seront fermés, le gravier de l'allée jonché de feuilles rougeâtres et, quelque part à travers les arbres, je verrai briller doucement le corps de marbre blanc de la danseuse grecque.

Le souvenir de cette soirée ne me quitte pas. Ce fut presque un effet du hasard, me semble-t-il aujourd'hui, si je me décidai à la dernière minute à accepter l'invitation des Warthenheimer, moi qui, avec les années, ai perdu tout goût pour les plaisirs de la société — ou serait-ce le vent tiède qui, descendant le soir des collines sur la ville, m'attirait à la campagne ? De plus, la fête qu'ils donnaient pour l'inauguration de leur villa était une simple garden-party où ne régnerait aucune espèce de contrainte. Curieusement, je songeai à peine, en cours de route, à la possibilité d'y rencontrer Mathilde, bien que sachant que Warthenheimer avait acheté la danseuse grecque à Samodeski pour sa villa et que sa femme était, comme toutes les autres, amoureuse du sculpteur. J'aurais eu toutefois d'autres raisons de penser à Mathilde, car nous avions connu ensemble plus d'un moment heureux, à l'époque où elle était encore jeune fille. Je ne suis pas près d'oublier, en particulier, cet été sur les bords du lac Léman, il y a sept ans, un an exactement avant ses fiançailles. Je m'étais même, semble-t-il, imaginé alors bien des choses malgré mes cheveux grisonnants, puisque j'éprouvai quelque déception lorsqu'elle épousa l'année suivante Gregor Samodeski, et me persuadai aussitôt — voire espérai — qu'elle ne pourrait pas être heureuse avec lui. Je ne la revis ensuite qu'à l'occasion de cette fête donnée par le sculpteur dans son atelier de la rue Gusshaus, peu après leur voyage de noces, à laquelle les invités étaient tenus de se présenter affublés de costumes chinois ou japonais. Elle m'avait accueilli avec naturel et sans aucune gêne, donnant une impression de calme et de sérénité. Cependant, je compris bientôt, clairement et sans trop d'efforts, le sens de l'étrange regard que je rencontrai par moments dans ses yeux, tandis qu'elle s'entretenait avec d'autres convives :

— Cher ami, me signifiait-elle, vous croyez qu'il m'a épousée pour ma fortune et qu'il ne m'aime pas. Vous croyez que je ne suis pas heureuse... vous vous trompez... vous vous trompez vraiment ! Voyez comme je suis de bonne humeur et comme mes yeux brillent !

Je la revis quelquefois par la suite, mais de façon toujours fugitive. Ainsi déjeunai-je avec elle et son mari au buffet d'une gare, un jour que nos trains s'étaient croisés, et ce dernier fit au cours du repas toutes sortes de mots d'esprit qui ne m'amusèrent pas particulièrement. Je m'entretins une autre fois avec elle au théâtre, où je la trouvai avec sa mère, qui est, aujourd'hui encore, plus jolie qu'elle... le diable sait où était M. Samodeski ce soir-là. Puis je l'ai vue l'hiver dernier au Prater, par une journée claire et froide ; elle marchait dans la neige avec sa petite fille sous les marronniers dénudés, tandis que leur voiture les suivait lentement. J'étais de l'autre côté de la chaussée et je ne traversai même pas, vraisemblablement occupé de tout autre chose et Mathilde, en fin de compte, ne m'intéressant plus particulièrement. Aussi ne m'inquiéterais-je peut-être pas aujourd'hui d'elle et de sa mort soudaine sans cette dernière soirée chez les Warthenheimer, dont je me souviens avec une précision remarquable et une exactitude désagréablement scrupuleuse, comme par exemple de telle ou telle journée au bord du lac Léman. Le crépuscule tombait, lorsque j'arrivai. Les invités déambulaient dans les allées du parc, où jouait un petit orchestre dissimulé dans un bosquet. Je saluai le maître de maison, ainsi que quelques connaissances, et me trouvai bientôt près du petit étang, ombragé de grands arbres plantés en demi-cercle, au milieu duquel se dressait la danseuse grecque. Éclatante de blancheur sur son piédestal de couleur sombre, elle donnait l'impression de flotter au-dessus de l'eau et des rayons de lumière, projetés de la maison, venaient l'éclairer d'une manière quelque peu théâtrale. Je me souvins qu'elle avait fait sensation, l'année précédente, à la Sécession*, et je dois avouer qu'elle me fit aussi un

* « Sécession » (Sezession) : groupe d'artistes qui, sous la direction de Gustav Klimt, s'étaient détachés de l'association officielle des artistes plasticiens viennois ; galerie construite pour eux par l'architecte Joseph Olbrich (1897-1898). *(N.d.T.)*

certain effet, malgré la profonde antipathie que je ressens pour Samodeski. J'ai toujours la curieuse sensation que ce n'est pas lui le créateur des belles œuvres qu'il lui arrive de réussir, mais quelque chose en lui, un je-ne-sais-quoi d'insaisissable, une sorte d'ardeur démoniaque qui s'éteindra sûrement le jour où il cessera d'être jeune et aimé. Une opinion qui, valable à mon avis pour nombre d'artistes, n'a jamais cessé d'être pour moi la source d'une certaine satisfaction.

Je rencontrai Mathilde auprès de l'étang. Elle donnait le bras à un jeune homme qui ressemblait à un membre d'une corporation étudiante et se présenta comme étant un parent. Nous allions tous trois, en devisant joyeusement, dans les allées du jardin où des lumières s'allumaient un peu partout, lorsque nous vîmes la maîtresse de maison venir au-devant de nous en compagnie de Samodeski. A ma propre surprise, je m'entendis alors faire à ce dernier, comme nous restions un moment ensemble, quelques remarques extrêmement flatteuses sur la danseuse grecque. Je n'y étais vraiment pour rien : il y avait manifestement dans l'air cette paix et cette sérénité propres à certains soirs de printemps, où des gens habituellement indifférents les uns aux autres se saluent avec cordialité, tandis que d'autres, que rapprochait déjà une certaine sympathie, se sentent portés à épancher leur cœur. C'est ainsi que, quelques instants plus tard, une personne que je ne connaissais que superficiellement me rejoignit, comme je fumais une cigarette, seul sur un banc, et se prit à vanter ceux qui, tel notre hôte, savent employer leur fortune d'une manière aussi distinguée. J'abondai dans son sens, bien que je tienne M. von Warthenheimer pour un snob des plus bêtes, et lui fis part sans la moindre raison de mes idées sur la sculpture moderne, à laquelle je ne comprends pas grand-chose. Il approuva avec enthousiasme, sous l'influence de la magie de cette soirée printanière, une opinion qui n'eût pas manqué, en toute autre occasion, de lui paraître sans le moindre intérêt. Je rencontrai peu après les nièces du maître de maison, qui me dirent trouver la fête formidablement romantique, avec ces lumières filtrant à travers le feuillage et cette musique au loin. Et, bien que nous fussions alors à deux pas de l'orchestre, leur remarque ne me parut pas absurde, tant j'étais moi aussi sous le charme de l'atmosphère générale.

On servit le dîner sur de petites tables disposées partie sur la grande terrasse et, la place y étant insuffisante, partie dans le salon dont on avait ouvert les trois portes-fenêtres. Je me trouvais assis à l'extérieur, avec l'une des nièces d'un côté et, de l'autre, Mathilde et le jeune homme à la tête d'étudiant, qui était en fait employé de banque et officier de réserve. En face de nous, mais déjà à l'intérieur, Samodeski était placé entre la maîtresse de maison et je ne sais quelle autre belle dame. D'un geste de la main où il mit par plaisanterie quelque hardiesse, il envoya un baiser à sa femme, qui lui répondit en souriant d'un signe de la tête. Sans intention précise, je l'observai assez attentivement : il était vraiment beau, avec ses yeux d'un bleu d'acier et sa barbe noire taillée en pointe, qu'il lissait de temps à autre en portant à son menton deux doigts de la main gauche. Je n'avais, je crois, encore jamais vu un homme entouré de paroles, de regards et de gestes empreints d'une telle ferveur. Il me parut d'abord se contenter de les accepter avec nonchalance, mais je vis bientôt à sa façon de murmurer à l'oreille des femmes, à ses insupportables regards de conquérant et particulièrement à la gaieté émoustillée de ses voisines, qu'un feu caché entretenait leur conversation apparemment innocente. Naturellement, cela ne pouvait non plus échapper à Mathilde, qui, extérieurement impassible, continuait toutefois de bavarder tantôt avec son voisin, tantôt avec moi. Se tournant peu à peu vers moi, elle me posa des questions sur différentes circonstances de ma vie, puis se fit raconter mon voyage de l'année précédente à Athènes. Elle me parla ensuite de sa petite fille qui, n'était-ce pas remarquable ?, était déjà capable de chanter des lieder de Schumann sans accompagnement, de ses parents qui venaient eux aussi, sur leurs vieux jours, d'acheter une petite maison à Hietzing*, d'ornements liturgiques anciens qu'elle avait trouvés l'année d'avant à Salzbourg et de cent autres menus événements. Cependant, cette banale conversation masquait tout autre chose : une lutte muette mais acharnée entre nous, où le calme qu'elle affichait voulait me convaincre du bonheur sans mélange qui était le sien, auquel je refusais de croire. Je ne pus m'empêcher de repenser à la soirée sino-japonaise dans l'atelier de Samodeski et à ses efforts pour me donner également le change. Sentant probablement qu'elle ne réussissait guère, cette fois-ci, à entamer mes doutes, et qu'il lui fallait trouver quelque chose de tout à fait particulier pour les dissiper, il lui vint à l'idée d'attirer elle-même mon attention sur les regards épris de nos deux belles voisines et l'insinuante familiarité de leur comportement avec son mari. Elle se mit à évoquer le succès de ce dernier auprès des femmes, comme si, en bonne camarade, elle s'en réjouissait autant que de sa beauté et de son génie, sans inquiétude ni méfiance. Cependant, plus elle s'efforçait de paraître calme et heureuse, plus son front se rembrunissait et,

* Hietzing : XIIIe arrondissement de Vienne. *(N.d.T.)*

lorsqu'elle leva son verre en direction de Samodeski, sa main tremblait. Elle voulut dissimuler ce tremblement et parvint à le dominer, mais sa main, son bras et son corps tout entier se figèrent alors quelques secondes dans une rigidité qui m'effraya. Elle se ressaisit, me jeta un rapide regard de côté puis, remarquant à l'évidence qu'elle était sur le point de perdre définitivement la partie, elle me lança, dans une dernière tentative désespérée :

— Je parie que vous me croyez jalouse ! ajoutant en hâte, avant que j'aie eu le temps de répondre :

— Oh, bien des gens le croient... et Gregor lui-même l'a cru au début !

Elle parlait à dessein très fort et l'on devait entendre chacune de ses paroles à l'autre bout du salon.

— Que voulez-vous, poursuivit-elle avec un regard en direction de l'autre table, quand on a un mari comme le mien, beau et célèbre... et que l'on n'a pas la réputation d'être soi-même une beauté... Oh, ne vous récriez pas !... Oui, je sais, je suis devenue un peu plus jolie depuis la naissance de la petite...

Elle avait sans doute raison, mais son époux — j'en étais tout à fait persuadé — n'avait jamais attaché beaucoup d'importance à la noblesse de ses traits et elle avait vraisemblablement perdu pour lui, avec sa sveltesse de jeune fille, son seul attrait physique. L'exagération que je mis naturellement à l'approuver parut toutefois la réjouir et elle continua avec un courage grandissant :

— Non, je n'ai pas le moindre talent pour la jalousie ! Je ne m'en suis aperçue que peu à peu, principalement à Paris, il y a quelques années... Vous vous souvenez que nous avons habité là-bas ?

Je m'en souvenais en effet.

— Gregor y a fait les bustes de la princesse La Hire

et du ministre Choquet, et pas mal d'autres œuvres. Ce fut un agréable séjour, nous vivions comme des jeunes gens... oh, bien sûr, nous sommes encore jeunes tous les deux... mais je voulais dire : comme deux amoureux, même si nous allions de temps à autre dans le grand monde... chez l'ambassadeur d'Autriche, chez les La Hire et quelques autres. Cependant, nous n'avons pas fait grand cas, dans l'ensemble, des mondanités. Nous habitions à l'extérieur, à Montmartre, une maison assez miteuse où Gregor avait installé son atelier, et plus d'un parmi les jeunes artistes que nous fréquentions ne se doutait pas du tout, croyez-moi, que nous étions mariés ! J'ai couru partout avec mon mari, nous étions souvent, tard le soir, par exemple, au *Café d'Athènes* avec Léandre*, Carabin* et beaucoup d'autres. Il y avait aussi, de temps en temps, des femmes de toute sorte en notre compagnie, que je ne fréquenterais vraisemblablement pas à Vienne... bien que, finalement... — Elle jeta un prompt coup d'œil sur Mme Warthenheimer et reprit aussitôt son récit — ... et il y en avait de très jolies. C'est ainsi que j'ai connu la dernière maîtresse d'Henri Chabran qui, toujours vêtue de noir de la tête aux pieds depuis sa mort, prenait chaque semaine un nouvel amant et l'obligeait à porter aussi le deuil... On rencontre toutes sortes de gens bizarres, et vous pensez bien que les femmes ne couraient pas moins après mon mari à Paris qu'ailleurs... il y avait de quoi rire ! Cependant, j'étais toujours... ou presque toujours avec lui et elles n'osaient pas vraiment

* Charles Léandre (1862-1930), peintre et caricaturiste. Rupert Carabin (1862-1932), sculpteur sur bois alsacien, fondateur avec Seurat, Signac, etc., de la Société des artistes indépendants en 1884. *(N.d.T.)*

l'approcher, d'autant plus que je passais pour sa maîtresse... Oh, si elles avaient su que je n'étais que sa femme... ! C'est alors qu'il m'est venu une drôle d'idée, dont vous ne m'auriez certainement pas crue capable... et, à vrai dire, je m'étonne aujourd'hui encore de mon audace.

Son regard devint fixe et, baissant la voix, elle continua :

— Peut-être mon comportement avait-il d'ailleurs quelque rapport avec... bon, je vous laisse le soin d'imaginer ! Je savais depuis quelques semaines que j'attendais un enfant, ce qui me remplissait de bonheur. Au début, j'étais non seulement plus gaie mais aussi, de manière curieuse, plus active que jamais... Figurez-vous donc qu'un beau soir j'ai revêtu des habits d'homme et suis partie, ainsi accoutrée, en quête d'aventure avec Gregor. Je lui avais bien sûr fait promettre de ne surtout pas se contraindre... sans quoi toute l'histoire eût été absurde. Mes vêtements d'homme m'allaient d'ailleurs fabuleusement bien — vous ne m'auriez pas reconnue... personne ne m'aurait reconnue ! Un ami de Gregor, un jeune peintre bossu du nom d'Albert Léonce, vint nous prendre. C'était une magnifique soirée de mai... déjà chaude... et moi, j'avais un toupet dont vous ne pouvez vous faire une idée ! Imaginez-vous que j'ai tout simplement enlevé mon pardessus — un pardessus beige très élégant — et... l'ai porté sur le bras, exactement comme un homme... sans doute ne faisait-il déjà plus très clair ! Nous avons dîné dans un petit restaurant sur le boulevard extérieur, puis nous sommes allés à *La Roulotte** où chantaient alors Legay et Montoya... « Tu t'en iras les

* *La Roulotte :* Cabaret de la Roulotte, 42, rue de Douai, fondé en 1896. Marcel Legay et Montoya, auteurs et chanteurs de cabaret connus à l'époque — « Tu t'en iras les pieds devant... » : chanson, classique du répertoire montmartrois, de Maurice Boukay. *(N.d.T.)*

pieds devant... », vous avez sans doute entendu ça récemment ici, au *Théâtre de la Vienne**, n'est-ce pas ? me demanda Mathilde avec un furtif coup d'œil vers son mari, de l'autre côté.

Celui-ci n'y prit pas garde et ce fut alors comme si elle prenait congé de lui pour un bon moment : elle se lança derechef dans son récit, se mettant à raconter avec une précipitation et une impétuosité croissantes :

— Il y avait à *la Roulotte,* tout près devant nous, une dame très élégante, qui faisait du charme à Gregor, mais d'une manière... croyez-moi, on ne peut plus inconvenante ! Je n'ai toujours pas compris comment son mari ne l'a pas étranglée sur-le-champ, ce que j'aurais fait à sa place. C'était une duchesse, je crois... oui, ne riez pas, c'était certainement une dame du grand monde, malgré son comportement... ces choses-là se voient... Et j'aurais voulu que Gregor répondît à ses avances, bien sûr !... J'aurais aimé voir comment ces choses-là commencent... qu'il lui fît passer un mot ou entreprît quelque chose d'autre... bref, voir ce qu'il aurait fait dans un cas semblable, quand il était garçon... Oui, voilà ce que je voulais, même si cela pouvait être dangereux pour lui, mais nous avons manifestement, nous autres femmes, la curiosité un peu cruelle... Dieu soit loué, Gregor n'avait aucune envie de tenter l'aventure et nous partîmes très vite dans la belle nuit de mai, toujours en compagnie de Léonce. Celui-ci était d'ailleurs tombé amoureux de moi ce soir-là et comme, contrairement à son habitude — son physique le rendant généralement très timide — il se montrait carrément galant, je lui demandai s'il fallait que l'on eût un

---

* *Theater an der Wien :* un des théâtres les plus connus des faubourgs de Vienne. *(N.d.T.)*

pardessus beige pour qu'il vous fît la cour ! Nous continuâmes notre promenade comme trois joyeux étudiants, nous rendant, conformément au programme... voici l'épisode intéressant de l'histoire !... au *Moulin-Rouge*. Il fallait tout de même que quelque chose se passe enfin, car il ne nous était vraiment rien arrivé jusque-là, si ce n'est qu'une femme m'avait abordée — oui, moi ! — dans la rue... mais cela ne correspondait pas du tout à mes intentions !... Nous arrivâmes au *Moulin-Rouge* à une heure... Vous connaissez sans doute les us et coutumes de cet établissement, je m'étais attendue, pour ma part, à pire... Il ne se passa d'abord absolument rien et il semblait bien que notre petite plaisanterie fût manquée, ce qui me chagrinait un peu. « Tu es une enfant, me dit Gregor, qu'imaginais-tu donc ? Que notre apparition suffirait pour qu'elles tombent toutes à nos pieds ? » Il disait « nous » par politesse, car il n'était évidemment pas question que quelqu'un pût tomber aux pieds de Léonce. Cependant, alors que nous envisagions déjà sérieusement de rentrer, les choses prirent une autre tournure. Je remarquai... oui, c'est moi, c'est bien moi qui la remarquai... une jeune femme qui avait déjà passé plusieurs fois auprès de nous tout à fait par hasard. Très sérieuse, elle paraissait différente de la plupart des autres dames qui nous entouraient ; elle n'était pas non plus habillée de façon voyante, mais en blanc, tout en blanc... et j'avais pu voir qu'elle n'avait pas répondu aux deux ou trois messieurs qui lui avaient adressé la parole, ne daignant même pas les regarder. Elle n'avait d'yeux que pour la danse, qu'elle observait très calmement, d'un air intéressé et je dirais même connaisseur... Je priai Léonce de demander à quelques connaissances qui se trouvaient là si elles avaient déjà rencontré quelque part cette jolie personne et quelqu'un se rappela l'avoir vue l'hiver précédent à un bal du jeudi au Quartier latin. Léonce nous ayant alors quittés, lui adressa la parole un peu plus loin et elle lui répondit ; il l'amena vers nous, nous nous assîmes tous à une petite table et commandâmes du champagne. Gregor ne s'occupait pas du tout d'elle, faisant comme si elle n'avait pas été là... Il bavardait avec moi, uniquement avec moi... ce qui parut tout particulièrement la piquer. Elle devint de plus en plus gaie et loquace et, se sentant à son aise, nous eut bientôt raconté, de fil en aiguille, toute sa vie... Que n'arrive-t-il pas, fatalement peut-être, à une pauvre fille de son espèce ! On a bien sûr lu cent fois de semblables histoires, mais les entendre, présentées dans toute leur vivante réalité, par quelqu'un qui est là, assis à côté de vous, est une expérience tout à fait particulière. Je me souviens de maint détail : après avoir été séduite, à l'âge de quinze ans, par un individu qui l'avait aussitôt laissé tomber, elle avait été modèle, tout en faisant de la figuration dans un petit théâtre. Si vous saviez ce qu'elle nous a raconté sur le directeur... ! Sans le champagne qui m'avait rendue gaie, je me serais enfuie en courant... Elle était ensuite tombée amoureuse d'un étudiant en médecine qui travaillait à l'amphithéâtre d'anatomie et qu'elle allait souvent chercher à la morgue... ou plutôt elle y restait avec lui... non, je ne peux pas vous répéter tout ce qu'elle nous a raconté !... Naturellement, l'étudiant en question l'a aussi abandonnée. Et c'est à cela, oui à cela, qu'elle ne voulut pas survivre ! Elle se donna donc la mort, je veux dire qu'elle tenta de le faire. Et elle se moquait maintenant devant nous de sa tentative, je ne vous dis pas en quels termes ! J'entends encore sa voix... qui faisait paraître ses propos moins vulgaires. Puis, faisant glisser sa robe, elle nous montra une petite cicatrice rougeâtre juste au-dessus de son sein gauche et, tandis que nous la considérions tous, l'air sérieux, elle dit... ou plutôt elle cria brusquement à mon mari : « Embrassez-la ! » Comme je vous l'ai dit, Gregor ne s'occupait pas du tout d'elle ; même pendant son récit, il l'avait à peine écoutée, fumant et regardant ce qui se passait dans la salle. S'entendant interpeller de la sorte, il se contenta d'esquisser un léger sourire. Je le poussai du coude, le pinçai, j'étais certainement un peu ivre... je ne m'étais en tout cas encore jamais vue dans cet état. Bref, bon gré mal gré, il dut baiser la cicatrice... tout au moins faire semblant d'y poser ses lèvres. L'ambiance devint alors toujours plus gaie et plus folle : je n'ai jamais autant ri que ce soir-là... et sans savoir pourquoi. Jamais non plus je n'aurais cru possible qu'une femme — et, qui plus est, une telle femme — tombe, en l'espace d'une heure, aussi follement amoureuse d'un homme que cette créature le fit de Gregor. Elle s'appelait Madeleine.

Je ne sais si Mathilde fit exprès de prononcer ce nom plus fort... son mari me parut en tout cas l'avoir entendu, car il regarda dans notre direction. Curieusement, ce n'est pas sa femme qu'il regarda, et nos yeux, qui se rencontrèrent et se fixèrent un long moment, exprimèrent tout autre chose que de la sympathie. Puis il sourit brusquement à son épouse, qui lui répondit d'un petit signe de tête, et reprit sa conversation avec ses voisines, tandis que Mathilde se tournait à nouveau vers moi.

— Naturellement, je ne me rappelle pas tout ce que Madeleine nous a dit ensuite, car tout était extrêmement confus. Je vais cependant être franche et vous avouer que j'eus une seconde d'humeur, lorsqu'elle saisit la main de mon mari et l'embrassa. Ma contrariété disparut pourtant aussitôt car, voyez-vous, je pensai au même instant à notre enfant et sentis combien Gregor et moi étions indissolublement liés. Tout le reste n'était que simulacre, futilité ou comédie comme ce soir-là ; et je retrouvai ma bonne humeur. Nous sommes allés ensuite tous ensemble dans un café sur les boulevards, où nous sommes restés jusqu'à l'aube. J'entendis alors Madeleine demander à mon mari de la raccompagner chez elle et celui-ci lui rire au nez mais, pour bien terminer notre jeu et lui donner un tour en quelque sorte profitable — vous savez quels grands égoïstes sont les artistes... dès qu'il y va de leur art —, il lui dit qu'il était sculpteur et lui demanda de venir poser dans les prochains jours. Elle répondit : « Je veux bien être pendue si tu es sculpteur, mais je viendrai quand même ! »

Mathilde se tut, mais jamais je n'ai vu les yeux d'une femme exprimer — ou dissimuler — autant de peine. Elle se ressaisit pourtant, car elle ne m'avait pas encore tout dit et poursuivit :

— Gregor voulut absolument que je sois présente le jour suivant à l'atelier. Il me proposa même de me cacher derrière le rideau quand elle viendrait. Il y a des femmes, je sais, beaucoup de femmes, qui auraient accepté, mais je trouve quant à moi que l'on croit ou ne croit pas en quelqu'un, c'est tout... Et j'ai décidé de croire. N'ai-je pas raison ?

Ses grands yeux m'interrogeaient. Je me contentai de hocher la tête et elle poursuivit :

— Madeleine est naturellement venue le lendemain, puis très souvent par la suite, comme bien d'autres avant et après elle... et, croyez-moi, elle fut l'une des plus belles de toutes. Vous avez pu l'admirer vous-même pour la première fois aujourd'hui, là-bas, au bord de l'étang.

— La danseuse ?

— Oui, c'est Madeleine. Et maintenant, imaginez que j'aie été méfiante, dans ce cas ou dans un autre ! Notre vie, la sienne comme la mienne, ne serait-elle pas devenue un enfer ? Je suis vraiment heureuse de ne pas être de nature jalouse.

Quelqu'un s'était levé et, debout dans l'embrasure de la porte du milieu, portait un toast en l'honneur du maître de maison. Il devait se montrer très spirituel, car tout le monde riait de bon cœur. Je regardai Mathilde, qui écoutait aussi peu que moi, et la vis lever les yeux en direction de son mari. Elle lui lança un regard qui, tout en reflétant un amour infini, affectait en même temps une inébranlable confiance, comme si son devoir le plus sacré avait véritablement été de ne jamais troubler en quoi que ce soit les jouissances de cet homme... Et il accepta ce regard avec un sourire imperturbable, bien qu'il sût comme moi que la pauvre femme souffrait et avait souffert toute sa vie comme une damnée.

Voilà pourquoi je ne crois pas à la fable de la crise cardiaque. J'ai trop bien appris à connaître Mathilde ce soir-là et, pour moi, il n'y a pas de doute : de même qu'elle a, du premier jour jusqu'au dernier, joué le rôle de la femme heureuse, elle a su feindre une mort naturelle en rejetant une vie devenue insupportable. Et il a accepté cet ultime sacrifice comme les précédents, comme s'il lui avait été dû.

Debout devant le portail,... je considère les volets hermétiquement clos, la petite villa blanche dans la pénombre du crépuscule, tandis que, là-bas, la statue de marbre brille à travers le feuillage rouge...

Peut-être suis-je injuste envers Samodeski ? Il est, en fin de compte, assez bête pour ne pas soupçonner la vérité. Cependant, il est triste de penser qu'il n'y aurait pas de plus grande félicité pour Mathilde que de savoir, dans sa tombe, son dernier et sublime mensonge réussi.

Ou me tromperais-je du tout au tout ? Serait-ce une mort naturelle ?... Non, je ne me laisserai pas ravir le droit de haïr l'homme que Mathilde a tant aimé. Ce sera vraisemblablement mon seul plaisir pour longtemps...

LA PRÉDICTION

I

Sur une colline proche de Bolzano, à peine visible de la route et comme englouti par la forêt, s'étend le modeste domaine du baron de Schottenegg. Un ami exerçant depuis dix ans la médecine à Merano, où je l'avais retrouvé l'automne dernier, m'a fait connaître le baron. Celui-ci, alors âgé de cinquante ans, s'adonnait aux arts en dilettante, composant un peu, jouant fort bien du violon et du piano et dessinant avec un certain talent. C'est cependant l'art du comédien qu'il avait pratiqué le plus sérieusement, ayant même autrefois, disait-on, joué quelques années sous un nom d'emprunt, tout jeune homme, sur différentes petites scènes allemandes. Que ce fût par suite de l'opposition persistante de son père, par insuffisance de talent ou par manque de chance, il avait renoncé à la carrière théâtrale avant qu'il fût trop tard pour entrer au service de l'État et, continuant la tradition familiale, exercé son métier de fonctionnaire pendant vingt ans avec fidélité et sans enthousiasme. C'est seulement lorsque, à quarante ans à peine, il eut quitté le service après la mort de son père, que se révéla la passion avec laquelle il tenait encore à son rêve de jeunesse. Ayant fait restaurer sa maison sur la pente du mont Guntschna, il prit l'habitude d'y réunir, principalement en été et en automne et en nombre croissant avec les années, des hôtes des deux sexes pour représenter des pièces faciles à jouer ou des tableaux vivants. Sa femme, issue d'une vieille famille bourgeoise du Tyrol, n'éprouvait pas un véritable penchant pour les choses de l'art mais, intelligente et attachée à son mari par une sorte de tendre camaraderie, elle considérait sa distraction favorite d'un œil doucement moqueur, mais d'autant plus aimable que l'intérêt du baron allait au-devant de ses goûts mondains. Un juge sévère aurait peut-être trouvé la société rencontrée au château insuffisamment choisie, mais ceux de ses membres mêmes que leur naissance et leur éducation disposaient à des préjugés de caste ne prenaient nul ombrage de la liberté qui présidait à sa composition. L'art que l'on y pratiquait paraissait une justification suffisante et, de surcroît, le nom et la réputation des barons de Schottenegg mettaient leurs invités à l'abri de tout soupçon de libertinage. Je rencontrai là, parmi bien d'autres gens que j'ai oubliés depuis, un jeune comte de la préfecture d'Innsbruck, un officier du régiment des chasseurs de Riva, un capitaine de l'état-major avec sa femme et sa fille, une chanteuse d'opérette berlinoise, un fabricant de liqueurs de Bolzano et ses deux fils, le baron Meudolt, qui venait à cette époque de rentrer d'un voyage autour du monde, un ancien comédien du roi à la cour de Buckeburg*, la comtesse douairière Saima, qui avait été actrice avant son mariage, sa fille et le peintre danois Petersen.

La plupart des invités ne résidaient pas à Guntschna. Quelques-uns descendaient à Bolzano, d'autres dans une modeste auberge au bas de la colline, à l'embranche-

* Ville de Basse-Saxe, résidence du prince de Schaumburg-Lippe. *(N.d.T.)*

ment du chemin montant au domaine où tous se retrouvaient aux premières heures de l'après-midi pour répéter, parfois sous la direction de l'ancien comédien et de temps à autre sous celle du baron, qui lui-même ne jouait jamais. Ces séances, qui se prolongeaient jusqu'à une heure avancée du soir, se déroulaient au début dans les rires et les plaisanteries, puis avec un sérieux grandissant à mesure que le jour de la représentation approchait. Celle-ci avait lieu, selon les conditions atmosphériques, l'humeur et la préparation, ainsi qu'en tenant compte le plus possible du décor requis par l'action, sur la vaste prairie attenante à la forêt, derrière le petit jardin du château, ou dans la salle aux trois grandes fenêtres cintrées du rez-de-chaussée.

Je n'avais d'autre intention, lors de ma première visite, que de passer une agréable journée dans un lieu et parmi des gens nouveaux. Cependant, comme il advient quand, vagabondant librement, sans but déterminé ni rien qui presse, la jeunesse s'en allant peu à peu, de retourner chez soi, je me laissai persuader par le baron de prolonger mon séjour. Au lieu du seul jour prévu, je restai deux, puis trois et plus, et j'en vins ainsi, à ma propre surprise, à demeurer une bonne partie de l'automne dans la chambre confortablement aménagée qui m'avait été offerte en haut d'une tourelle du manoir, d'où le regard découvrait toute la vallée. Je conserverai toujours de ce premier séjour au mont Guntschna un agréable souvenir et, malgré l'atmosphère de gaieté et le bruit qui m'entouraient, celui d'une période de paix. Je n'eus en effet que des rapports superficiels avec les autres invités et passai une grande partie de mon temps, tout incitant également à la réflexion et au travail, en promenades solitaires dans la forêt. La représentation d'une de mes petites pièces, que le baron fit donner par courtoisie, ne troubla pas non plus ma tranquillité, personne n'ayant reconnu en moi son auteur, et je pris un très grand plaisir à voir réaliser ainsi, d'une manière aussi tardive qu'inattendue, en plein air et sur le gazon, un modeste rêve de mes années de jeunesse.

Au château, l'animation diminuait peu à peu, les congés de ceux de ces messieurs qui travaillaient touchant à leur fin ; seuls quelques amis établis dans la région venaient parfois en visite. Le baron et moi devînmes plus proches, et je découvris alors chez lui, non sans surprise, une modestie et une clairvoyance plus grandes que celles dont font généralement preuve les amateurs. Il considérait sans aucune illusion les innocentes activités théâtrales qui se déroulaient dans son manoir comme un simple jeu de société d'un niveau plus élevé mais, privé toute sa vie d'un contact durable et sérieux avec son art de prédilection, il se contentait du lointain reflet dont elles l'auréolaient, tout en se réjouissant d'être ainsi entièrement préservé de maintes misères et petitesses qui, partout ailleurs, s'attachent au métier d'acteur.

Il me fit part, au cours d'une de nos promenades, sans insister ni se montrer importun, de son idée de monter un jour une pièce écrite pour un cadre aussi vaste que celui qu'offrait l'environnement naturel à son théâtre de plein air. Cette réflexion allait si naturellement dans le sens d'un projet que je caressais depuis quelque temps, que je lui promis d'accéder à son désir.

Je quittai peu après le château. Aux premiers jours du printemps suivant, j'envoyai au baron quelques lignes aimables faisant allusion aux heureuses journées passées l'automne précédent sous son toit, en y joignant le manuscrit d'une pièce qui me semblait répondre aux conditions requises. Je reçus très vite une lettre de remerciement et une cordiale invitation pour l'automne. Après avoir passé l'été dans la montagne, je gagnai le lac de Garde dès qu'avec les premiers jours de septembre le temps commença de se rafraîchir, sans songer que je me trouvais à proximité du mont Guntschna. J'ai l'impression, quand j'y pense aujourd'hui, que j'avais alors complètement oublié le manoir et ce qui s'y faisait. Je reçus, le 8 septembre, renvoyée de Vienne, une lettre du baron qui, s'étonnant en termes indulgents que je n'eusse pas donné de nouvelles, m'annonçait que la petite pièce envoyée au printemps serait jouée le 9 septembre et que l'on comptait absolument sur ma présence. Il était sûr que je prendrais un plaisir tout particulier au jeu des enfants, que l'on ne pouvait déjà plus retenir de courir partout et de jouer sur la pelouse, dans leurs charmants costumes, en dehors des heures de répétition. « Par une série de hasards, poursuivait-il, c'est finalement à mon neveu, Franz von Umprecht, qu'est échu le rôle principal. Vous vous souvenez certainement qu'il n'avait figuré l'an dernier que dans deux tableaux vivants, mais il a manifesté cette année un surprenant talent de comédien. »

Je me mis en route, arrivai le soir même à Bolzano et me rendis le jour de la représentation au château, où le baron et sa femme m'accueillirent très aimablement. J'y retrouvai d'anciennes connaissances : l'acteur passionné, la comtesse Saima et sa fille, von Umprecht et sa jolie femme, et l'on me présenta la jeune fille du garde forestier, une enfant de quatorze ans qui devait dire le prologue de la pièce. On attendait beaucoup de monde dans l'après-midi et il y aurait, estimait-on, plus de cent personnes le soir, non seulement les invités personnels du baron, mais aussi des gens des alentours qui avaient aujourd'hui, comme c'était souvent le cas, libre accès au spectacle. On avait engagé cette fois, pour jouer une ouverture de Weber et la musique d'entracte dont l'auteur n'était autre que le baron lui-même, un petit orchestre composé de musiciens professionnels de Bolzano et de quelques amateurs.

Le déjeuner fut très gai : seul, M. von Umprecht me parut un peu plus silencieux que les autres. Je n'arrivai pas à me souvenir de lui, au début, mais remarquai qu'il me regardait très souvent, tantôt avec sympathie, tantôt avec une certaine timidité inquiète, sans m'adresser une seule fois la parole. L'expression de son visage me devenant peu à peu plus familière, je me rappelai tout d'un coup le tableau dans lequel je l'avais vu l'année précédente, costumé en moine et assis, les coudes sur la table, devant un jeu d'échecs. Comme je lui demandais si mon souvenir était exact, il perdit presque contenance et ce fut le baron qui répondit à sa place, ajoutant avec un sourire qu'il n'avait découvert que récemment le nouveau talent de son neveu. Celui-ci se mit alors à rire comme pour lui-même, de manière assez étrange, avant de me lancer un coup d'œil qui semblait exprimer une sorte de complicité entre nous et que je fus incapable de m'expliquer. Puis, détournant aussitôt les yeux, il évita dès lors de me regarder.

II

Peu après le repas, je me retirai dans ma chambre. Je me mis à la croisée, comme je l'avais souvent fait l'année précédente, et contemplai avec ravissement la charmante vallée qui étincelait sous le soleil et, encore étroite à mes pieds, s'élargissait peu à peu dans le lointain, absorbant la ville et les champs.

On frappa quelques minutes plus tard : c'était M. von

Umprecht. Il entra, resta debout près de la porte, dit l'air un peu gêné :

— Je vous demande pardon de vous déranger ! puis, en s'approchant :

— Je suis toutefois certain que vous estimerez ma visite justifiée, quand vous m'aurez accordé un quart d'heure d'attention.

Je l'invitai à s'asseoir, mais il n'en fit rien et poursuivit avec feu :

— Une très étrange coïncidence a fait de moi votre débiteur et je me sens tenu de vous remercier.

Ne pouvant naturellement pas imaginer que von Umprecht parlât d'autre chose que de son rôle et trouvant ses paroles exagérément courtoises, je tentai de protester, mais il m'interrompit aussitôt :

— Non, il ne vous est pas possible de saisir le sens de mes paroles, aussi vous prierai-je de bien vouloir m'écouter !

S'étant alors assis sur le rebord de la fenêtre, il croisa les jambes et, s'efforçant manifestement de paraître aussi calme que possible, commença son récit :

— Avant d'être, comme vous le savez peut-être, gentilhomme campagnard, j'étais officier. C'est à cette époque, il y a dix ans — il y a dix ans *aujourd'hui* — que m'est arrivée l'incompréhensible aventure qui a jeté son ombre sur ma vie jusqu'à ce jour et qui va trouver aujourd'hui sa conclusion grâce à vous, sans que vous vous en doutiez ou y preniez une part quelconque. Il y a en effet un rapport diabolique entre nous, que vous saurez vraisemblablement aussi peu expliquer que moi, mais il faut au moins que vous sachiez qu'il existe... Voici dix ans, donc, mon régiment était en garnison dans un coin perdu de Pologne. Nos seules distractions, en dehors d'un service pas toujours assez astreignant, étaient la boisson et le jeu. Sachant en outre qu'il était possible que nous restions coincés là pendant des années, quelques-uns d'entre nous ne parvinrent pas à se résigner tranquillement à une vie offrant une aussi désolante perspective. Un de mes meilleurs amis se tira un coup de revolver au bout de trois mois, tandis qu'un autre camarade, autrefois le plus aimable des officiers, se mit brusquement à boire. S'adonnant sans retenue à son vice, il devint grossier, irascible et irresponsable ou peu s'en faut, eut une querelle avec un avocat et dut quitter l'armée. Le capitaine de ma compagnie était marié et furieusement jaloux ; j'ignore s'il avait de bonnes raisons de l'être, mais toujours est-il qu'il jeta un jour sa femme par la fenêtrc. Ellc s'cn tira par miracle et lui mourut à l'asile. L'un de nos cadets, un garçon aimable mais d'une rare bêtise, s'imagina tout à coup comprendre la philosophie et se mit à étudier Kant et Hegel, apprenant par cœur des chapitres entiers de leurs œuvres comme un enfant l'alphabet. Pour moi, je ne faisais rien d'autre que de m'ennuyer, si incommensurablement que certains après-midi, étendu sur mon lit, j'avais peur de devenir fou. Notre caserne était située en dehors du village, qui comptait une trentaine de masures disséminées ; la ville la plus proche, à une heure de cheval, était d'une saleté répugnante, puante et remplie de juifs. Nous étions parfois obligés d'avoir affaire à eux... L'hôtelier était juif, le cabaretier était juif, et le cordonnier aussi. Vous imaginez sans peine que nous les traitions avec le plus grand mépris possible, étant d'autant plus irrités à leur égard que le prince du sang commandant notre régiment répondait toujours à leurs salutations avec une exquise politesse. Était-ce par jeu ou bien avait-il des préférences pour ce peuple, je l'ignore, mais il protégeait également, de manière ouverte et délibérée, notre médecin-chef, qui était visiblement d'origine juive. Je ne vous raconterais naturellement pas tout cela, si cette fantaisie du prince ne m'avait justement valu de rencontrer le personnage dont la mystérieuse prescience devait établir ce rapport entre vous et moi dont j'ai parlé. C'était un prestidigitateur, fils d'un débitant d'eau-de-vie juif de la petite ville voisine. Tout jeune, il avait travaillé dans un magasin à Lemberg, puis était venu à Vienne, où quelqu'un l'avait un jour initié aux tours de cartes. Il avait complété sa formation par ses propres moyens, s'assimilant toute sorte d'autres trucs de prestidigitation et faisant peu à peu si bien son chemin qu'il gagnait maintenant sa vie en exerçant ses talents à travers le monde dans des théâtres de variétés ou des clubs. Il revenait chaque été voir ses parents dans sa ville natale, où il ne se produisait jamais en public et c'est ainsi que je le vis pour la première fois dans la rue. Je remarquai instantanément à son allure ce petit homme maigre et imberbe, âgé d'une trentaine d'années à l'époque, et qui allait vêtu, avec une élégance parfaitement ridicule en cette saison, d'une redingote noire, de gilets d'un somptueux brocart et d'un haut-de-forme impeccable ; il arborait en outre, les jours de grand soleil, des lorgnons aux verres teintés.

» Un soir après le dîner, nous étions comme d'habitude assis tous les quinze ou seize autour de notre longue table au cercle des officiers ; les fenêtres étaient ouvertes sur la nuit lourde et quelques-uns parmi nous s'étaient mis à jouer. D'autres bavardaient à une croisée ou buvaient et fumaient en silence. C'est alors que le caporal du jour entra et annonça le prestidigitateur. Nous nous regardions, quelque peu surpris, lorsque, sans attendre, le petit homme entra et, plein de correction, remercia la compagnie en quelques mots et en jargonnant un peu, de l'invitation qui lui avait été adressée. Le prince, vers lequel il s'était tourné ce faisant, s'avança vers lui et — bien sûr uniquement dans l'intention de nous contrarier — lui serra la main. L'autre, semblant trouver cela tout à fait naturel, déclara qu'il commencerait par quelques tours de cartes avant de passer au magnétisme et à la chiromancie.

» Il venait à peine de terminer que ceux des nôtres qui jouaient aux cartes dans un coin, constatèrent la disparition de leur jeu de toutes les figures ; il fit alors un geste et les cartes manquantes rentrèrent à la volée par la fenêtre. Les tours suivants, qui nous amusèrent beaucoup, étaient supérieurs à presque tout ce que j'avais vu jusque-là, mais les expériences d'hypnotisme qui vinrent après me parurent encore plus étonnantes : nous vîmes ainsi non sans effroi notre cadet philosophe, plongé dans le sommeil hypnotique, obéir aux ordres de l'illusionniste et sauter par la fenêtre ! Il grimpa ensuite le long du mur lisse jusqu'au toit, tout au bord duquel il fit rapidement le tour de l'immeuble avant de se laisser glisser à nouveau dans la cour. Lorsqu'il le vit redescendu, toujours endormi, le colonel dit au magicien : « Si cet homme s'était cassé le cou, je vous assure que vous ne seriez pas sorti vivant de cette caserne ! » Je n'oublierai jamais le regard plein de mépris par lequel le juif lui répondit avant de demander lentement : « Voulez-vous, monsieur le colonel, que je lise dans la main quand *vous,* mort ou vivant, vous quitterez cette caserne ? » Je ne sais ce que le colonel ou chacun de nous eût répondu en d'autres circonstances à cette insolente question, mais l'atmosphère était si trouble et tendue à la fois que personne ne s'étonna de voir le colonel avancer la main et dire en imitant son jargon : « Vous, lisez donc ! » Tout ceci se passait dans la cour, où notre cadet, toujours endormi, se tenait le dos au mur et les bras en croix, comme crucifié. L'illusionniste avait pris la main du colonel et l'examinait avec attention, lorsqu'un lieutenant, qui avait bu plus que de raison, lui demanda : « Y vois-tu suffisamment, youpin ? » Jetant alors un bref regard autour de lui, l'autre répondit gravement : « Mon nom d'artiste est Marco Polo ! » Le prince posa la main sur son épaule : « Mon ami Marco Polo a de bons yeux ! » — « Eh bien, que voyez-vous ? » demanda plus poliment le colonel. — « Je dois parler ? » hésita Marco Polo. — « Nous ne pouvons pas vous y contraindre », répondit le prince. — « Parlez ! » s'exclama le colonel. — « Je préférerais me taire. » — « Allez donc, dit le colonel en éclatant de rire, cela ne doit pas être bien terrible. Et, en admettant que ce soit terrible, ça n'en est pas vrai pour autant ! » — « C'est terrible, répliqua le chiromancien, et vrai aussi. » — « Eh bien ? » demanda le colonel dans le silence général. — « Vous n'aurez plus à souffrir du froid ! » dit Marco Polo. — « Quoi ? s'écria le colonel, notre régiment serait-il enfin transféré à Riva* ? » — « Le régiment, je ne vois rien, seulement vous, monsieur le colonel, vous serez en automne homme mort ! » Le colonel rit à nouveau, mais tous les autres étaient muets : nous avions tous l'impression, je vous assure, que le colonel venait d'être marqué par la mort. Soudain, quelqu'un partit intentionnellement d'un grand rire, d'autres l'imitèrent et tous regagnèrent le cercle en plaisantant bruyamment. — « Bon, s'écria le colonel, me voilà servi... Aucun de

---

* Riva : Ville italienne du Tyrol du sud, à l'extrémité septentrionale du lac de Garde *(N.d.T.)*

vous, messieurs, n'est-il curieux de savoir ? » Quelqu'un répondit, comme par plaisanterie : « Non, nous ne voulons rien savoir ! » Un autre s'avisa brusquement que la religion prévenait contre ce genre de pratique et un jeune lieutenant déclara vivement que l'on devrait enfermer à vie des individus comme Marco Polo. Le prince fumait dans un coin, en compagnie d'un vieil officier, et je l'entendis dire : « ... Où le miracle commence-t-il ? » Me dirigeant alors vers Marco Polo, qui se préparait à partir, je lui dis, assez bas pour ne pas être entendu : « Prédisez-moi l'avenir ! » Il prit machinalement ma main, puis déclara : « On voit mal ici ! » et je m'aperçus que les lampes à huile, dans la salle, s'étaient mises à vaciller et que les lignes de ma main paraissaient trembler. — « Venez, monsieur le lieutenant, allons dans la cour ! Je préfère au clair de lune ! » Et, me tenant par la main, il m'entraîna dehors. — « Écoutez, Marco Polo, lui dis-je, soudain pris d'une étrange idée, si vous ne pouvez pas en dire plus que ce que vous avez révélé à notre colonel, ce n'est pas la peine ! » Lâchant aussitôt ma main, le chiromancien sourit : « Monsieur le lieutenant a peur ! » Je me retournai d'un mouvement rapide pour voir si personne ne nous avait écoutés, mais nous avions déjà franchi le portail de la caserne et nous trouvions sur la route qui menait à la ville. — « Je voudrais savoir quelque chose de plus précis, rétorquai-je, voilà tout ! On peut toujours interpréter les mots de façon différente. » Il me regarda : « Que désire monsieur le lieutenant ?... Peut-être le portrait de la future madame ? » — « En seriez-vous capable ? » Il haussa les épaules : « Peut-être... ça serait possible... » Je l'interrompis : « Non, ce n'est pas ce que je veux ! Je voudrais savoir ce qui m'arrivera plus tard, dans dix ans par exemple. » Marco Polo secoua la tête : « Ça, je ne peux pas le dire — ... mais je peux autre chose peut-être ! » — « Quoi ? » — « Je pourrais montrer, monsieur le lieutenant, un moment de la vie future, montrer comme une image. » — « Que voulez-vous dire ? » lui demandai-je, ne saisissant pas tout de suite. — « Je veux dire un moment de votre vie future, je peux faire apparaître dans le monde, au milieu de l'endroit où nous sommes. » — « Comment cela ? » — « Monsieur le lieutenant me dit seulement lequel ! » Je ne comprenais pas tout à fait, mais j'étais sur des charbons ardents : « Bien, montrez-moi, si vous le pouvez, ce qui m'arrivera aujourd'hui dans dix ans, à la même heure et à la même seconde ! Me comprenez-vous, Marco Polo ? » — « Certainement, monsieur le lieutenant ! » dit-il en me regardant fixement et... il disparut. En même temps que lui disparurent la caserne que je voyais, l'instant d'avant encore, briller sous la lune... les masures dispersées autour de nous dans la plaine, et je me vis comme on se voit souvent en rêve... Vieilli de dix ans, j'avais une barbe brune, une cicatrice au front, et j'étais étendu sur une civière au milieu d'une prairie. Une belle femme aux cheveux roux était agenouillée à mon côté, cachant son visage dans ses mains, et deux enfants, un garçonnet et une fillette, se tenaient près de moi. Il y avait, à l'arrière-plan, une sombre forêt et, non loin de là, deux gardes-chasse avec des torches... Vous voilà surpris, n'est-ce pas, bien surpris ?

Je l'étais en effet, car ce qu'il me décrivait là correspondait exactement au dernier tableau de ma pièce où, ce soir à dix heures, le personnage qu'il interprétait devait mourir sur scène.

— Vous doutez de mes dires, reprit-il, et je ne saurais

vous en vouloir, mais voici qui va tout de suite dissiper vos doutes.

Il tira de la poche de son veston une enveloppe fermée :

— Regardez, s'il vous plaît, ce qui est écrit au bas de cette enveloppe !

Je lus à haute voix :

— Clos par-devant notaire le 4 janvier 1859 — A ouvrir le 9 septembre 1868.

Suivait la signature du Dr Artiner, un notaire de Vienne que je connaissais bien.

— C'est aujourd'hui, dit M. von Umprecht. Il y a aujourd'hui dix ans exactement que j'eus avec Marco Polo cette mystérieuse entrevue, qui trouve ainsi son aboutissement, mais pas sa solution. D'année en année, en effet, comme si un destin capricieux s'était plu à jouer avec moi, les possibilités de réalisation de sa prédiction ont varié de manière très bizarre ; gagnant un jour en vraisemblance et se faisant apparemment menaçantes, elles étaient le lendemain réduites à néant ; devenues une fois impitoyable certitude, elles se perdaient ensuite avec le vent, puis réapparaissaient... Mais permettez-moi de revenir à mon récit ! La vision elle-même n'avait pu durer plus d'un instant, puisque l'éclat de rire du lieutenant que j'avais entendu juste avant, venant de la caserne, résonnait encore à mes oreilles lorsqu'elle eut disparu. Marco Polo était aussi à nouveau devant moi, avec un sourire dont je ne saurais dire s'il était douloureux ou moqueur. Enlevant son haut-de-forme, il me dit : « Bonsoir, monsieur le lieutenant, j'espère vous avez été satisfait ! » puis fit demi-tour et s'en alla lentement sur la route en direction de la ville. Le lendemain, il avait quitté le pays.

» Je pensai d'abord, en rentrant à la caserne, que

j'avais sûrement été le jouet d'une mise en scène combinée par Marco Polo, peut-être avec l'aide d'un complice inconnu et au moyen de je ne sais quel jeu de miroirs magiques. A mon grand effroi, je vis, en traversant la cour, le cadet toujours adossé au mur, les bras en croix. Les autres, qui discutaient et criaient à l'intérieur, en proie à la plus vive excitation, l'avaient manifestement complètement oublié. Je le saisis par le bras et il se réveilla aussitôt ; nullement surpris en apparence, il fut seulement dans l'incapacité de s'expliquer l'extraordinaire agitation de tous ces messieurs du régiment. Je me jetai avec une sorte de rage dans la discussion, vaine mais animée, qui s'était engagée sur toutes les bizarreries dont nous avions été témoins, sans tenir, je suppose, des propos plus intelligents que les autres. Soudain, le colonel s'écria : « Eh bien, Messieurs, je suis prêt à parier que je verrai le printemps prochain ! Quarante-cinq contre un ! » Et, se tournant vers l'un de nous, un lieutenant qui jouissait d'une solide réputation de joueur : « Qu'en dites-vous ? » Encore qu'il eût visiblement peine à résister à la tentation, celui-ci parut toutefois trouver indécent d'engager un pari avec son colonel sur sa propre mort et se contenta de sourire en silence. Sans doute l'aura-t-il regretté car, deux semaines plus tard, au matin du deuxième jour des grandes manœuvres, notre colonel fit une chute de cheval dont il ne se releva plus. Nous constatâmes à cette occasion qu'aucun de nous ne s'était attendu à autre chose et je commençai pour ma part à penser avec une certaine inquiétude à la prédiction de Marco Polo, dont une étrange gêne m'avait empêché de parler à qui que ce fût. Je ne m'y décidai qu'à Noël : passant alors mon congé à Vienne, je m'en ouvris à un camarade, dont le nom vous dira peut-être quelque chose... un certain Franz von Gulant, précocement mort après avoir écrit de très jolis vers... C'est avec lui que j'ai ébauché le croquis que vous trouverez dans cette enveloppe, car il estimait que des cas de ce genre pouvaient être utiles à la science, que leurs hypothèses soient confirmées ou non par la suite. Ainsi sommes-nous allés ensemble chez le Dr Artiner, devant lequel nous avons inséré notre esquisse dans une enveloppe que nous avons cachetée ; il l'a conservée jusqu'à hier matin dans son étude, date à laquelle il me la fit remettre, conformément à mon désir. J'avoue que le sérieux avec lequel Gulant mena l'affaire m'avait un peu inquiété ; cependant, lorsque je l'eus perdu de vue et surtout lorsque j'appris la nouvelle de sa mort, cette histoire commença à me paraître bien ridicule. Je pris avant tout clairement conscience que mon destin reposait entièrement dans mes mains. Rien au monde ne pouvait m'obliger à me trouver étendu sur une civière, avec une barbe brune, le 9 septembre 1868 à dix heures du soir. Je pouvais éviter les prairies et les forêts et n'avais pas besoin non plus d'épouser une femme rousse et d'avoir des enfants. La seule chose à laquelle je ne pouvais peut-être pas échapper était l'accident, un duel par exemple, dont il me resterait une cicatrice au front. Je fus donc tranquillisé... J'épousai un an après Mlle von Heimsal, mon épouse que vous connaissez, puis quittai bientôt l'armée pour me consacrer à l'agriculture et, visitant alors différents petits domaines je pris garde, aussi risible que cela puisse paraître, que ne s'y trouvât rien de semblable à la pelouse du « rêve » (c'est ainsi que je me plaisais à nommer ma vision). J'étais sur le point de faire affaire, lorsque, ma femme ayant fait un héritage, une propriété avec un beau terrain de chasse nous échut en partage en Carinthie. Parcourant mon nouveau domaine, j'y découvris une prairie légèrement en pente et entourée de bois, qui me parut ressembler étrangement au site dont j'avais peut-être toutes les raisons de me méfier, et j'en conçus quelque frayeur. Je n'avais pas parlé à ma femme de la prédiction : elle est si superstitieuse que je lui aurais certainement — il eut ici comme un sourire de soulagement — empoisonné la vie jusqu'à aujourd'hui. Je ne pouvais naturellement pas lui faire part non plus de mes inquiétudes, mais je me tranquillisai en me disant que rien ne m'obligeait à passer là le mois de septembre 1868... En 1860, ma femme donna le jour à un fils. Je crus lui trouver, dès les premières années, une ressemblance avec l'enfant du rêve, qui s'accentua et s'effaça tour à tour... mais je dois reconnaître aujourd'hui que celui qui se tiendra, ce soir à dix heures, auprès de ma civière ressemble à s'y méprendre au fantôme de ma vision... Je n'avais pas de fille, mais la sœur de ma femme mourut veuve, il y a trois ans, en Amérique, laissant une petite fille. Je traversai l'océan à la demande de mon épouse et la ramenai pour la prendre avec nous. Ayant cru remarquer en la voyant qu'elle ressemblait tout à fait à la fillette du rêve, j'avais songé un instant à la placer là-bas dans une famille, mais repoussai bien sûr aussitôt cette idée peu généreuse et nous l'adoptâmes. Je me tranquillisai une nouvelle fois, malgré la ressemblance croissante des deux enfants avec ceux de la vision, en me disant que ma mémoire pouvait me tromper et je connus alors une période de paix complète... Oui, je ne pensais presque plus à l'étrange soirée que j'avais vécue dans ce coin perdu de Pologne quand, il y a deux ans, un nouvel avertissement du destin me bouleversa de façon bien compréhensible. Ayant dû partir en voyage pour quelques mois, je fus accueilli à mon retour par une femme aux cheveux roux qui n'était autre que la mienne, mais dont la ressemblance avec son homologue dans le rêve me parut d'autant plus grande que je n'avais pas vu le visage de cette dernière. Je crus bon de cacher mon effroi sous un accès de colère, m'emportant même à dessein toujours plus, car l'idée quasi démente m'était brusquement venue de me séparer d'elle et de mes enfants, afin d'écarter tout danger et de narguer le destin. Le cœur brisé, ma femme éclata en sanglots et tomba à mes genoux en me suppliant de lui pardonner, puis m'expliqua la raison de cette transformation. Elle m'avait vu contempler avec une telle admiration, dans un musée de Munich, l'année précédente, le portrait d'une femme aux cheveux roux qu'elle avait décidé de se faire teindre les cheveux dès qu'elle en aurait l'occasion, de façon à lui ressembler. Je la conjurai naturellement de revenir le plus tôt possible à sa couleur brune naturelle et, lorsqu'elle l'eut fait, tout sembla redevenu normal. N'était-il pas évident que je restais maître de mon destin ?... Ne pouvait-on pas expliquer tout ce qui s'était passé de façon naturelle ?... Et n'existait-il pas des centaines de propriétaires de domaines avec des prés et des bois, mariés et ayant des enfants ?... La seule chose susceptible d'effrayer un esprit superstitieux... la cicatrice que vous voyez à mon front, faisait encore défaut... Puis-je me permettre de vous dire ici que je ne manque pas de courage ? Je me suis battu deux fois en duel lorsque j'étais officier, dans des conditions vraiment dangereuses... puis une autre fois il y a huit ans, peu après mon mariage, alors que j'avais déjà quitté le service. Cependant, lorsqu'un monsieur, l'année dernière, me demanda raison pour je ne sais quel motif ridicule — je ne l'aurais pas salué assez poliment —, je préférai — ici von Umprecht rougit légèrement —

m'excuser. L'affaire fut, cela va sans dire, correctement réglée, mais je sais très bien que je me serais battu cette fois-là encore, si une peur irraisonnée ne m'avait soudain pris d'être blessé au front et de donner ainsi un nouvel atout au destin... La précaution, comme vous voyez, fut inutile : la cicatrice est là, et l'instant où je fus blessé a peut-être été celui où, au cours de ces dix années, j'ai le plus vivement pris conscience de mon impuissance. C'était un soir de l'hiver dernier : j'allais par le train, avec deux ou trois autres personnes, de Klagenfurt à Villach, lorsque j'entendis soudain le bruit d'une vitre brisée ; je ressentis au même instant une douleur au front, tandis que quelque chose de dur tombait sur le plancher. Portant aussitôt la main à l'endroit douloureux... je constate que je saigne, puis je me baisse et ramasse un caillou pointu. Mes compagnons de voyage s'alarment : « Que s'est-il passé ? » s'écrie l'un deux. On s'aperçoit alors que je saigne et l'on s'empresse autour de moi ; seul, un monsieur — je le remarque bien — reste comme effondré dans son coin. A l'arrêt suivant, on m'apporte de l'eau, le médecin de la gare me fait un pansement provisoire, mais bien sûr je ne m'effraie pas : je sais que ma blessure n'est pas mortelle et que j'aurai une cicatrice. Dans le compartiment, la conversation s'engage, on se demande s'il s'agit d'un attentat ou d'une simple polissonnerie de gamin, cependant que l'homme dans le coin reste muet, le regard fixe. Il m'a rejoint quand je suis descendu à Villach et m'a dit : « C'est moi qui étais visé ! » puis a disparu avant que j'aie pu répondre ou seulement rassembler mes esprits. Je n'ai jamais su qui c'était : un dément peut-être, atteint de la folie de la persécution... ou bien quelqu'un qui avait de bonnes raisons de se croire poursuivi par un époux ou un frère outragé et me devait son salut, puisque la cicatrice m'était destinée... Qui peut le savoir ? Quelques semaines plus tard, en tout cas, elle ornait mon front, exactement à la place où je l'avais vue dans le rêve. Et, comprenant de plus en plus clairement que j'étais engagé dans un combat inégal avec je ne sais quelle puissance inconnue et maligne,... j'attendis dans une inquiétude croissante le jour où le dernier acte s'accomplirait.

» Au printemps, nous reçûmes l'invitation de mon oncle. J'étais fermement décidé à ne pas y répondre car, sans me rappeler exactement les lieux, je considérais comme possible que Guntschna, sa prairie et sa forêt, fussent l'endroit maudit. Ma femme n'aurait toutefois pas compris que je refuse, aussi décidai-je de venir avec elle et les enfants dès le début du mois de juillet, dans l'intention bien établie de quitter le château le plus tôt possible pour aller vers le sud, à Venise ou au Lido. L'un des premiers jours après notre arrivée, la conversation tomba sur votre pièce. Mon oncle parla des petits rôles qui y étaient prévus pour des enfants et me demanda de permettre aux miens de jouer ; le rôle principal devait être tenu par un acteur professionnel ; je ne fis pas d'objection. Quelques jours après, la peur de tomber gravement malade et de ne pas pouvoir m'en aller s'étant emparée de moi, je déclarai au soir que j'avais l'intention de partir pour quelque temps, le lendemain, aux bains de mer. On me fit promettre d'être rentré au début de septembre. Le même soir arriva une lettre de l'acteur, qui se dédisait sous un prétexte quelconque. Mon oncle, très contrarié, me pria de lire la pièce — peut-être pourrais-je lui indiquer, parmi nos connaissances, la personne susceptible de tenir ce rôle. J'emportai le manuscrit dans ma chambre et me mis à le lire. Imaginez mon état d'esprit quand, arrivé au dénouement, j'y trouvai décrite mot pour mot la scène qui m'avait été prédite pour le 9 septembre de cette année. Je ne pus attendre le matin pour dire à mon oncle que je voulais jouer le rôle. Je craignais qu'il ne fît des objections car, depuis que j'avais lu votre pièce, j'avais l'impression d'y être en quelque sorte en lieu sûr, alors que je retomberais au pouvoir de la puissance inconnue, si je perdais la possibilité d'y jouer. Mon oncle accepta sur-le-champ, et tout se passa ensuite le plus simplement et le plus naturellement du monde. Nous répétons tous les jours depuis des semaines et je me suis donc trouvé quinze ou vingt fois déjà dans la situation où je serai ce soir : étendu sur la civière, la fille de la comtesse Saima avec sa magnifique chevelure rousse à genoux devant moi, le visage caché dans ses mains, et mes enfants à mon côté.

Tandis que von Umprecht me parlait, mes yeux étaient à nouveau tombés sur l'enveloppe, toujours fermée sur la table. Il sourit et me dit, en brisant le cachet :

— Oui, c'est vrai, je vous dois une preuve !

Il en tira une feuille de papier pliée, qu'il déplia et posa sur la table ; c'était un plan complet du décor de ma scène finale, aussi précis que si je l'avais dessiné moi-même : le fond et les côtés, sommairement esquissés, portaient l'inscription « Forêt » ; au milieu, au-dessous du mot « Civière », une ligne horizontale évoquait grossièrement une figure masculine... Les autres personnages, à peine esquissés eux aussi, étaient désignés par des inscriptions en petits caractères tracés à l'encre rouge : « Femme rousse », « Garçonnet », « Fillette », « Porteurs de torche », « Homme aux bras levés »... Je me tournai vers von Umprecht :

— Qui est cet homme aux bras levés ?

— Ah, j'ai failli l'oublier ! répondit-il non sans quelque hésitation. Il y avait en effet un autre personnage dans ma vision : un vieil homme, violemment éclairé par les torches, entièrement chauve et rasé de près, avec des lunettes et un châle vert foncé autour du cou, les bras levés au ciel et les yeux écarquillés.

Ce fut à mon tour d'être interloqué.

Nous restâmes un moment sans rien dire, puis je demandai, d'une voix étrangement inquiète :

— Qu'en pensez-vous ? Qui peut bien être ce personnage ?

— Peut-être, répondit calmement Umprecht, un spectateur ou bien l'un des domestiques de mon oncle qui, ne pouvant maîtriser son émotion, se précipiterait sur la scène... Peut-être est-il aussi écrit que, par un de ces hasards qui ne sauraient plus m'étonner, un fou, échappé d'un asile, viendra traverser la scène en courant juste au moment où je serai étendu sur la civière.

Je secouai la tête :

— Comment disiez-vous ?... Chauve... des lunettes... un châle vert ?... Eh bien, cela me paraît encore plus curieux, car j'ai effectivement eu l'intention d'inclure à ma pièce le personnage que vous avez vu, puis j'y ai renoncé. C'était un fou, le père de la jeune femme dont il est question au premier acte, et il devait se précipiter sur la scène à la fin.

— Avec un châle et des lunettes ?

— L'acteur aurait pu ajouter ces détails de sa propre initiative... ne croyez-vous pas ?

— Oui, c'est possible.

Nous fûmes interrompus à ce moment-là. Mme von Umprecht faisait demander son mari pour lui parler avant la représentation. Mon visiteur prit alors congé de moi et je restai un moment encore seul, examinant avec soin le plan qu'il avait laissé sur la table.

III

Je ressentis bientôt le besoin d'aller voir le lieu de la représentation. La prairie se trouvait derrière le manoir, dont la séparait un charmant jardin clôturé par une haie d'arbustes. On avait disposé le long de cette haie une dizaine de rangées de simples bancs en bois, dont les premières étaient recouvertes d'une sorte de draperie de velours rouge. Devant, quelques pupitres pour l'orchestre et des chaises. Pas de rideau : deux grands sapins, à droite et à gauche, marquaient la séparation entre la scène et le public. Sur la droite, on avait dissimulé derrière un fourré le confortable fauteuil du souffleur. A gauche, en revanche, la vue s'étendait librement sur le vaste panorama de la vallée. De grands arbres, serrés les uns contre les autres au milieu et troués sur la gauche de sentiers dont on distinguait les étroites coulées sortant de l'ombre, formaient le fond de la scène. Un peu plus loin dans la forêt, une table et des chaises avaient été placées dans une petite clairière artificielle, pour les acteurs attendant leur entrée en scène. De très grands vieux candélabres comme on en voit dans les églises, avec d'immenses bougies, disposés à la manière de coulisses des deux côtés de la scène, assureraient l'éclairage. Derrière le fourré à droite, dans une sorte de chambre des accessoires en plein air, j'aperçus, à côté d'autres objets de moindre dimension, la civière sur laquelle von Umprecht devait mourir à la fin de la pièce... Et je traversai la prairie, qui baignait dans la douce lumière du soleil couchant...

J'avais naturellement réfléchi à l'histoire de von Umprecht, n'écartant pas au début l'idée qu'il fût un de ces menteurs extravagants qui préparent leur mystification de longue main et sans se laisser rebuter par les difficultés, pour se rendre intéressants. Je ne considérais même pas comme impensable que la signature du notaire fût fausse et qu'Umprecht, voulant mener son affaire avec conséquence, eût des complices. Je trouvais particulièrement suspect cet inconnu aux bras levés, qui devait surgir à la fin et pouvait éventuellement être de connivence avec lui. Cependant, le rôle que ce personnage avait joué dans le plan primitif de la pièce, dont personne n'avait pu avoir connaissance, contredisait mes doutes — ainsi que, avant tout, l'impression favorable que M. von Umprecht m'avait faite. Et si invraisemblable, voire si monstrueux que m'apparût son récit, quelque chose en moi me poussait à y ajouter foi — peut-être la sotte vanité de me sentir l'exécuteur d'une volonté supérieure régissant le destin des hommes... Entre-temps, on commençait à s'agiter autour de moi : des domestiques venus du château allumaient les bougies, tandis que des gens des environs, dont beaucoup de paysans en costume, gravissaient lentement la colline et se groupaient modestement à côté des bancs. La maîtresse de maison apparut à son tour avec quelques messieurs et dames qui prirent place sans cérémonies. Je les rejoignis et bavardai avec des connaissances de l'année précédente. Les musiciens arrivaient aussi et occupaient peu à peu leurs places ; cet orchestre assez inhabituel comprenait deux violons, un violoncelle, une viole, une contrebasse, une flûte et un hautbois. Ils se mirent tout de suite à jouer, manifestement trop tôt, l'ouverture de Weber. Devant, tout près d'eux, se tenait un vieux paysan chauve, le cou enveloppé dans une sorte de cache-nez de couleur sombre ; peut-être était-ce lui, me dis-je, que le destin avait choisi pour sortir ultérieurement une paire de lunettes et, devenu subitement fou, se précipiter sur la scène ? Le jour avait rapidement baissé et une légère brise s'était levée, qui faisait vaciller les flammes des grandes bougies. Des bruits dans le fourré révélèrent que les acteurs étaient arrivés sans être vus à proximité de la scène et je pensai alors pour la première fois à tous les autres, me rappelant que je n'en avais encore vu aucun, à l'exception d'Umprecht, de ses enfants et de la fille du garde forestier. J'entendis la voix forte du régisseur et le rire de la jeune comtesse Saima. Tous les bancs étaient maintenant occupés, le baron avait pris place dans une des premières rangées et s'entretenait avec la comtesse Saima. L'orchestre attaqua et la fille du garde forestier s'avança pour dire le prologue. La pièce racontait l'histoire d'un homme qu'un brusque et ardent désir d'aventure et de voyage pousse à quitter les siens sans leur dire adieu. Il vit, en une journée, des expériences si malheureuses et si douloureuses à la fois qu'il décide de rentrer chez lui avant que sa femme et ses enfants n'aient remarqué son absence, mais une ultime aventure sur le chemin du retour, presque à la porte de sa maison, s'achève par son meurtre. Ses dernières paroles seront alors pour ceux qu'il a quittés, qui se voient confrontés à l'énigme de sa fuite et de sa mort.

La pièce avait commencé. Tous, actrices et acteurs, jouaient de manière agréable et, prenant plaisir à cette représentation simple d'événements simples, j'oubliai l'histoire de von Umprecht. L'orchestre se remit à jouer après le premier acte, mais personne n'écoutait, tant les conversations étaient animées sur tous les bancs. Je me tenais à un endroit où je ne pouvais être vu, un peu à l'écart de la scène sur le côté gauche, là où prenait le chemin descendant vers la vallée. Le second acte commença. Le vent était un peu plus fort maintenant, et l'éclairage vacillant contribuait beaucoup à l'effet de la pièce. Une nouvelle fois, les acteurs disparurent dans la forêt et l'orchestre se fit entendre. Tout à fait par hasard, mon regard tomba sur le flûtiste, un homme à lunettes et au visage glabre, mais il avait de longs cheveux blancs et pas de châle autour du cou. Puis la musique se tut et les acteurs réapparurent. C'est alors que le flûtiste, qui avait posé son instrument devant lui sur son pupitre, sortit de sa poche un grand châle vert qu'il s'enroula autour du cou, et ce geste tout à fait surprenant me laissa interdit. La seconde d'après, von Umprecht entra en scène et son regard se fixa brusquement sur le musicien au châle vert ; il eut un instant d'hésitation, mais se ressaisit aussitôt et continua de jouer sans se troubler. Je demandai à un jeune garçon du pays qui se trouvait auprès de moi s'il connaissait le flûtiste, et il me dit que c'était le maître d'école du village de Kaltern. Le spectacle tirait maintenant à sa fin : tandis que les deux enfants, conformément à leur rôle, déambulaient sur la scène, un brouhaha se fit entendre, venant de la forêt, se rapprocha et l'on distingua des cris et des appels. Le vent de plus en plus fort et l'agitation des branches contribuaient de manière heureuse à l'atmosphère du dénouement. On amena enfin von Umprecht, l'aventurier agonisant, sur sa civière. Les deux enfants se précipitèrent, les porteurs de torches s'immobilisèrent à côté, et peu après surgit la femme rousse. Le visage convulsé, elle s'affaisse près de la victime ; celle-ci veut encore une fois parler, essaie de se soulever, mais — comme il est prescrit dans son rôle — n'y arrive plus. Et tout d'un coup, tandis qu'un formidable coup de vent menace d'éteindre les torches, je vois, dans l'orchestre, quelqu'un se lever d'un bond. C'est le flûtiste... A mon grand étonnement, il est chauve, le vent a emporté sa perruque et, les bras levés au ciel, son châle vert flottant autour du cou, il se précipite sur la scène. Instinctivement, mes yeux cherchent Umprecht : le regard fixe, comme extasié, il contemple le flûtiste ; il veut dire quelque chose,... n'y parvient manifestement pas... et retombe sur sa civière... Bien des gens croient encore que tout cela fait partie de la pièce et je ne sais moi-même que penser du nouveau sursaut et de la nouvelle faiblesse d'Umprecht. Entre-temps, l'homme au châle vert a dépassé la civière et disparaît dans la forêt, toujours à la poursuite de sa perruque. Umprecht ne se relève pas. Un nouveau coup de vent éteint l'une des deux torches, quelques personnes, aux premiers rangs, commencent à s'agiter. J'entends la voix du baron :

— Silence ! Silence !

et le silence se rétablit... le vent lui-même se tait... mais Umprecht reste allongé, immobile, et ses lèvres ne bougent pas. La jeune comtesse Saima pousse un cri et le public croit naturellement qu'il fait aussi partie du spectacle. Fendant alors la foule, je me précipite, tandis que, derrière moi, l'agitation devient générale... Certains se lèvent, d'autres me suivent, on entoure la civière...

— Qu'y a-t-il ?... Que s'est-il passé ?

... Arrachant sa torche à l'un des porteurs, j'éclaire le visage de l'homme étendu... je le secoue, j'ouvre fébrilement son pourpoint... Le médecin, parvenu à mon côté, se penche sur la poitrine d'Umprecht, lui prend le pouls et, demandant que l'on veuille bien s'écarter, murmure quelques mots à l'oreille du baron... Mme von Umprecht, qui s'est frayé un chemin jusqu'à la scène, se jette sur le corps de son mari en poussant un grand cri, cependant que les enfants restent là, anéantis et ne comprenant pas... Personne ne veut croire à ce qui est arrivé, mais chacun en fait part à son voisin... et, une minute plus tard, tous savent à la ronde que M. von Umprecht est mort subitement dans la civière sur laquelle on l'avait amené sur scène...

Tremblant d'épouvante, je suis redescendu en toute hâte, le soir même, dans la vallée. En proie à un étrange sentiment d'horreur, je n'ai pu me décider à retourner au château. Le lendemain, je vis le baron à Bolzano et lui répétai l'histoire d'Umprecht telle que je l'avais entendue de sa bouche. Comme il restait incrédule, je tirai le mystérieux papier de ma poche et le lui tendis ; il me regarda d'un air étonné, presque effrayé, et me rendit la feuille : elle était blanche, sans le moindre mot ni dessin...

J'ai tenté à plusieurs reprises de retrouver Marco Polo, mais la seule chose que je pus apprendre à son sujet fut qu'il s'était produit pour la dernière fois, trois ans plus tôt, dans un cabaret de bas étage à Hambourg.

Le plus incompréhensible dans toute cette histoire incompréhensible, c'est que l'on n'a jamais revu le maître d'école qui avait traversé la scène en courant, les bras levés, à la poursuite de sa perruque, avant de disparaître dans la forêt ; on n'a même pas retrouvé son cadavre.

POSTFACE DE L'ÉDITEUR

Je n'ai pas connu personnellement l'auteur du récit que l'on vient de lire. Après avoir joui d'une certaine célébrité de son vivant, cet écrivain devait mourir pour ainsi dire oublié à l'âge de soixante ans à peine, il y a une dizaine d'années. Tous ses biens allèrent, sans dispositions particulières, à son ami de jeunesse, le médecin de Merano dont il a été question dans ces pages. Comme je m'étais entretenu de temps à autre avec lui, séjournant là-bas l'hiver dernier, de toutes sortes de questions mystérieuses et en particulier de visions, de télépathie, et de divination, il m'a remis le manuscrit que je publie aujourd'hui. J'aimerais pouvoir considérer ce récit comme une histoire relevant de la pure imagination, si ce médecin — comme on l'aura lu — n'avait lui-même assisté à cette représentation et à son étrange dénouement, et connu personnellement le maître d'école disparu de si mystérieuse façon. Quant au magicien Marco Polo, je me rappelle très bien avoir vu, étant adolescent, son nom sur une affiche, sur les bords du lac de Wörth où je passais mes vacances d'été. Il m'avait frappé et je m'en suis souvenu, car je m'apprêtais justement à lire les mémoires du célèbre explorateur.

LA NOUVELLE CHANSON

— Ce n'est pas ma faute, monsieur von Breiteneder… non vraiment, on ne peut pas dire ça !

Bien que ces paroles lui semblent venir de loin, Karl Breiteneder savait fort bien que celui qui les prononçait marchait à côté de lui — il sentait même la légère odeur de vin sur laquelle elles flottaient. Toutefois, hors d'état d'entamer une discussion, il ne répondit pas : épuisé et bouleversé par les effroyables événements de cette nuit, il n'éprouvait plus qu'un grand besoin de solitude et d'air pur. C'est pourquoi, évitant de rentrer chez lui, il avait continué d'aller sur la route déserte, caressée par la brise matinale, en direction des collines boisées qu'il voyait émerger là-bas des brumes de mai. Parcouru de la tête aux pieds par d'incessants frissons, il restait insensible à l'agréable fraîcheur qu'il sentait habituellement le pénétrer, chaque fois qu'il sortait à l'aube, après une nuit d'insomnie. Car il avait toujours devant les yeux l'affreux spectacle qui l'avait fait s'enfuir.

L'homme à côté de lui venait sans doute de le rejoindre. Que lui voulait-il ?… Pourquoi se défendait-il ?… Et pourquoi précisément devant lui ? Il n'avait jamais songé à faire des reproches à Rebay, encore qu'il sût parfaitement que la responsabilité du drame retombait en grande partie sur lui. Il le regarda de biais : quelle allure il avait ! Un bouton manquait à sa redingote noire, fripée et tachée, les autres étaient tout effrangés et la boutonnière du haut retenait une fleur fanée, que Karl se souvint d'y avoir vue la veille, fraîche encore, lorsque, assis devant son piano délabré, le vieux chef d'orchestre avait accompagné tous les numéros de la troupe Ladenbauer comme il le faisait depuis près de trente ans. Le petit cabaret était plein à craquer, on avait dû mettre des tables et des chaises dans le jardin, car c'était ce soir-là, comme l'annonçaient en lettres rouges et noires de grandes pancartes jaunes, la « rentrée de Mlle Maria Ladenbauer, dite la *Mésange blanche,* après une grave maladie ».

Karl respira profondément. Il faisait maintenant tout à fait jour et ils n'étaient plus seuls tous les deux sur la route. Derrière eux, sur les chemins de traverse, et même en face, venant de la forêt, les promeneurs arrivaient de partout. Se rappelant alors que c'était dimanche, Karl se réjouit à la pensée qu'aucune obligation ne l'appelait en ville, bien qu'il sût que son père lui aurait une fois de plus pardonné son absence un jour de semaine. L'atelier du vieux tourneur, rue de l'Alser, pouvait momentanément se passer de lui et son père savait d'expérience que, jusqu'ici, les Breiteneder avaient toujours pris en temps opportun la décision de se ranger. Son histoire avec Marie ne lui avait pourtant jamais bien plu et, un jour, il lui avait déclaré calmement :

— Tu peux bien sûr faire ce que tu veux... J'ai été jeune moi aussi, mais jamais je n'ai fréquenté la famille de mes petites amies... j'avais bien trop le sentiment de ma dignité pour ça !

Si seulement j'avais écouté mon père, pensa Karl, que d'ennuis je me serais épargnés !

Mais il avait tellement aimé Marie... Elle, en bonne fille qu'elle était, tenait à lui, sincèrement et sans grandes phrases, et quand elle se promenait à son bras, personne ne l'aurait prise pour quelqu'un qui a déjà passablement vécu. Tout se passait d'ailleurs convenablement chez ses parents, comme dans n'importe quelle maison bourgeoise. Le ménage était fait avec soin et il y avait des livres sur l'étagère. Le frère du vieux Ladenbauer, qui était fonctionnaire municipal, venait souvent en visite et la conversation portait alors sur des sujets très sérieux tels que politique, élections et administration communale. Le dimanche, Karl montait parfois pour une partie de tarots avec le vieux Ladenbauer et ce fou de Jedek, qui jouait le soir, dans son costume de clown, des valses et des marches sur des assiettes et des verres ; et quand il gagnait, on lui donnait tout de suite son argent sans histoires, ce qui n'était pas aussi régulièrement le cas au café. Mme Jedek, qui récitait au cours du spectacle d'ennuyeuses poésies, était assise, pâle et droite, dans la niche près de la fenêtre ornée d'épreuves sur verre représentant des paysages suisses, et bavardait avec Marie en hochant la tête presque sans arrêt. Marie lançait un coup d'œil à Karl, lui faisait un petit signe taquin de la main ou venait s'asseoir à côté de lui et regardait son jeu. Son frère, employé dans un grand magasin, n'acceptait jamais un cigare de Karl sans lui en offrir un aussitôt après. Il apportait souvent à sa sœur, pour laquelle il avait une sorte de vénération, des douceurs achetées chez un confiseur de la ville et, lorsqu'il prenait congé, fermait les yeux à demi et disait :

— Désolé, mais je suis engagé ailleurs... !

Bien sûr, Karl préférait être seul avec Marie et il pensa à ce matin d'été où il avait pris avec elle le même chemin qu'aujourd'hui, montant vers la forêt qui bruissait doucement tout en haut de la colline. Fatigués tous les deux, car ils sortaient tout droit du café où ils étaient restés jusqu'à l'aube avec les membres de l'association des chanteurs populaires, ils s'étaient étendus sous un hêtre au bord d'une prairie en pente douce, puis endormis. Ils ne s'étaient éveillés qu'à midi, dans la chaleur silencieuse, et enfoncés dans la forêt où ils avaient passé la journée à deviser et à rire sans savoir pourquoi, jusqu'à ce qu'il la ramène en ville, à l'heure de la représentation... Il avait ainsi maints autres beaux souvenirs, car ils avaient été très heureux tous les deux, et insouciants de l'avenir. Puis, au début de l'hiver, Marie était brusquement tombée malade. Le docteur avait strictement interdit les visites, car elle souffrait d'une encéphalite ou de quelque chose d'approchant, et il fallait lui éviter toute émotion. Au début, Karl était allé prendre des nouvelles tous les jours puis, la maladie traînant en longueur, il avait espacé ses visites, jusqu'au jour où Mme Ladenbauer lui avait dit en lui ouvrant la porte :

— Aujourd'hui, vous pouvez aller la voir, monsieur von Breiteneder, mais faites attention, s'il vous plaît, de ne pas vous trahir !

— De ne pas me trahir ? Comment donc, demanda Karl, que s'est-il passé ?

— Hélas, ses yeux... il n'y a rien à faire !

— Comment ?

— Oui, elle a perdu la vue... hélas, c'est une suite de sa maladie, mais elle ne sait pas que c'est incurable... Ressaisissez-vous, s'il vous plaît, et veillez à ce qu'elle ne se doute de rien !

Karl avait balbutié quelques mots, puis il était parti, soudain saisi de peur à l'idée de revoir Marie. Il avait l'impression d'avoir surtout aimé ses yeux, ses yeux si clairs et toujours rieurs. Il s'était proposé de revenir le lendemain, mais il ne le fit ni le lendemain ni le surlendemain ; il repoussait toujours sa visite, ne voulant la revoir que lorsqu'elle se serait résignée à son infirmité. Un voyage d'affaires, que son père le pressait depuis longtemps d'entreprendre, l'avait ensuite retenu : il était allé à Berlin, Dresde, Cologne, Leipzig et Prague et avait un jour envoyé une carte à Mme Ladenbauer, dans laquelle il annonçait sa visite à son retour et envoyait ses amitiés à Marie... Rentré au printemps, il n'avait pu se décider à faire cette visite... Naturellement, il pensait aussi de moins en moins à Marie et se proposait même de l'oublier. Après tout, il n'avait été ni le premier ni le seul ! N'entendant plus du tout parler d'elle, il se tranquillisa de plus en plus et en vint à s'imaginer parfois, pour une raison quelconque, qu'elle était allée vivre à la campagne, chez des parents dont il l'avait souvent entendue parler.

Et voici que, hier soir, alors qu'il s'était mis en route pour se rendre chez des amis dans les environs, le hasard l'avait conduit devant le cabaret où se produisait la compagnie Ladenbauer. Il allait poursuivre son chemin, absorbé dans ses pensées, quand, apercevant la pancarte jaune, il sut tout de suite où il se trouvait. Il ressentit un coup au cœur, avant d'avoir lu un seul mot, et resta comme frappé de paralysie devant les grandes lettres rouges et noires : « Rentrée de Maria Ladenbauer, dite la *Mésange blanche,* après une grave maladie »... Au même instant, semblant jaillir de terre, Rebay fut près de lui, avec ses cheveux blancs ébouriffés, son miteux haut-de-forme noir à la main et une fleur à la boutonnière :

— Mais c'est monsieur Breiteneder, quelle surprise ! Vous nous faites aujourd'hui l'honneur, n'est-ce pas ? C'est mad'moiselle Marie qui va être folle de joie, quand elle saura que les amis d'autrefois pensent encore à elle. La pauv' petite ! Elle nous a donné beaucoup d'souci, monsieur von Breiteneder, mais maint'nant elle s'est tirée d'affaire !

Il raconta encore quantité d'autres choses, que Karl écouta sans bouger, car il eût préféré être à cent lieues de là. Concevant tout à coup quelque espoir, il demanda à Rebay si Marie n'y voyait vraiment plus... s'il n'y avait pas au moins une lueur dans ses yeux.

— Une lueur ? A quoi pensez-vous, monsieur von Breiteneder ? Elle n'y voit rien, mais rien du tout ! répondit l'autre d'une voix forte, étrangement joyeuse. La nuit noire, vous comprenez ? Mais, comme vous pourrez vous en convaincre, monsieur von Breiteneder, à quelque chose malheur est bon, si l'on peut dire ; elle a maintenant une voix, ah, une voix plus belle que jamais !... Mais vous verrez bien, monsieur von Breiteneder... Et bonne, avec ça... un cœur d'or ! Et encor' plus gentille qu'autrefois. Vous la connaissez, bien sûr... haha !... Oh, il y en a d'aut' maintenant, qui viennent, et qui la connaissent... naturell'ment pas aussi bien qu'vous, monsieur von Breiteneder, parce que, maint'nant bien sûr, c'est fini, ces histoires-là... Mais ça reviendra bien, oh oui ! J'en ai connu une, elle était aveugle et elle a eu des jumeaux, haha !... Tenez, dit-il tout à coup, r'gardez qui est là... !

Levant les yeux, Karl s'aperçut qu'il était devant la caisse où était assise Mme Ladenbauer. Pâle, le visage bouffi, elle le regarda sans mot dire et lui tendit un billet. Il paya sans bien comprendre ce qui lui arrivait, puis s'écria brusquement :

— Ne dites pas à Marie, au nom du ciel, madame Ladenbauer... ne dites pas à Marie que je suis là ! Et vous non plus, monsieur Rebay, ne lui dites rien !

— C'est bon, c'est bon ! dit Mme Ladenbauer, et elle s'occupa des autres clients.

— Pas le moindre mot ! dit Rebay, mais après, quelle surprise ! Vous viendrez avec nous, pas vrai ? Y aura une grande fête, hoho !... A tout à l'heure, monsieur von Breiteneder !

Et il disparut.

Karl traversa la salle pleine et alla s'asseoir tout au fond du jardin, sur lequel elle ouvrait directement, à une table où se trouvait déjà un couple âgé et silencieux. Ils le considérèrent sans rien dire, puis se regardèrent en hochant la tête tristement ; et lui, assis là, attendit. La représentation commença, et les vieux numéros qu'il connaissait tous bien lui parurent curieusement différents, car il n'avait jamais été si loin de la scène. Rebay lui-même dirigea d'abord ce qu'il appelait une ouverture et dont Karl ne perçut que quelques accords rauques et hachés, puis la Hongroise Ilka, en costume rouge clair et bottes à éperons, chanta des airs magyars et dansa quelques czardas. Suivit une conférence humoristique de Wiegel-Wagel*, le comique de la troupe : se présentant au public en habit vert pomme, il déclara arriver tout droit d'Afrique et raconta toute une série d'aventures burlesques se terminant par son mariage avec une vieille veuve. On eut ensuite un duo entre M. et Mme Ladenbauer, tous deux en costume tyrolien, puis ce fut le tour de ce petit fou de Jedek, dans son habit de clown d'un blanc douteux. Après quelques jongleries, il laissa errer ses grands yeux effarés sur le public comme s'il cherchait quelqu'un, puis aligna

* *Wiegel-Wagel :* « le pour et le contre » — « p'têt' » (« p'têt' ben qu'oui — p'têt' ben qu'non ! ») en langage viennois familier. *(N.d.T)*

plusieurs rangées d'assiettes devant lui. Il y tapa alors une marche avec une baguette, avant de tirer un air de valse mélancolique de quelques verres posés devant lui, dont il caressait le bord de ses doigts mouillés en fixant le plafond avec un sourire béat. Lorsqu'il fut sorti, Rebay plaqua quelques accords solennels ; un murmure partit de la salle, gagna le jardin et brusquement, au milieu des chuchotements, Marie fit son apparition sur la scène. Son père, qui l'avait aidée à monter, s'était aussitôt retiré — elle était seule face au public. Et Karl la vit ; il vit les yeux éteints dans le charmant visage pâle, il vit très distinctement les lèvres remuer et esquisser un sourire. Il s'était levé d'un bond sans même s'en apercevoir et, appuyé contre la lanterne verte, avait failli crier de peur et de pitié... Elle se mit à chanter — d'une voix entièrement nouvelle, doucement, beaucoup plus doucement qu'autrefois. C'était une de ses premières chansons, que Karl avait entendue au moins cinquante fois, mais sa voix lui restait curieusement étrangère ; il ne lui sembla la reconnaître que lorsqu'elle arriva au refrain : « Tout l'monde, au boulot comm' à la maison — M'appell' la mésange blanche... » Elle chanta les trois strophes, accompagnée par Rebay, qui lui jetait de temps en temps un coup d'œil sévère, comme il l'avait toujours fait puis, frénétiquement applaudie, elle s'inclina en souriant. Sa mère monta les trois marches qui menaient à la scène et Marie tendit les bras, cherchant ses mains dans le vide, mais le public continuait d'applaudir avec une telle vigueur qu'elle dut donner aussitôt sa deuxième chanson. Celle-là aussi, Karl l'avait bien entendue une cinquantaine de fois : « Aujourd'hui j'suis partie — A la campagne avec mon chéri... » Et elle chantait, la tête rejetée en arrière, avec un tel air de contentement et un si léger balancement de tout le corps qu'on eût dit qu'elle allait vraiment partir avec son chéri, contempler avec lui les vertes prairies et danser sous le ciel bleu, comme le disait sa chanson. Puis ce fut la dernière — la nouvelle chanson...

— Que diriez-vous de ce petit jardin ?

C'était M. Rebay, et sa voix fit sursauter Karl. La route s'étendait devant eux, brillante sous le soleil clair, et la nature, tout autour, rayonnait de lumière et de vie.

— On pourrait s'asseoir et boire un verre. J'ai déjà une sacrée soif, et il va faire chaud aujourd'hui !

— Et comment ! dit quelqu'un derrière eux.

Breiteneder se retourna... Comment, celui-là aussi l'avait suivi ? Que lui voulait-il donc ?... C'était « Jedek le fou » — on l'avait toujours appelé ainsi et il ne faisait guère de doute qu'il le deviendrait bientôt pour de bon. Il avait déjà menacé l'autre jour de tuer la longue et pâle Mme Jedek, et personne ne comprenait pourquoi on le laissait en liberté. Ce personnage à la stature de nain et au visage jaunâtre, dans lequel deux grands yeux en boule de loto brillaient d'une inexplicable gaieté, se faufila auprès de Karl, une canne légère à la main et, sur la tête, le couvre-chef bien connu de toute la ville, un feutre gris surmonté d'un plumet tout abîmé. Puis, précédant les deux autres de son pas sautillant, il fut tout d'un coup dans le petit jardin de l'auberge, installé sur le banc de bois adossé au mur bas, et frappa de sa canne sur la table verte en appelant le garçon. Ils le rejoignirent. Le long de la clôture en bois verte, puis entre des petites villas tristes, la route blanche montait vers l'orée de la forêt dans laquelle elle se perdait.

Le garçon apporta du vin. Posant son haut-de-forme sur la table, Rebay passa les doigts dans sa chevelure blanche, frotta, d'un geste qui lui était familier, ses joues glabres de ses deux mains et, repoussant le verre de Jedek, se pencha vers Karl par-dessus la table :

— J'suis pas tombé sur la tête, moi, monsieur von Breiteneder ! J'sais ce que j'fais !... Pourquoi est-ce que ça serait ma faute... ? Savez-vous pour qui j'faisais des couplets dans mon jeune temps ?... Pour Matras* ! C'est pas rien, non ? Et l'succès ! Oui, les paroles, la musique, tout était d'moi ! Et beaucoup ont été réutilisés plus tard, dans d'aut' pièces !

— Laissez donc mon verre ! dit Jedek en ricanant doucement.

Rebay repoussa le verre et poursuivit :

— S'il vous plaît, monsieur von Breiteneder, vous m'connaissez et vous savez que je suis quelqu'un de bien ! Qu'il y a jamais un mot inconvenant, jamais une grivoiserie dans mes couplets... ! Et çui-là qui a fait jadis condamner le vieux Ladenbauer n'était pas d'moi !... Aujourd'hui, j'ai 68 ans, monsieur von Breiteneder... c'est un chiffre qui compte, pas vrai ? Et savez-vous d'puis quand j'suis de la compagnie Ladenbauer ? Eduard Ladenbauer, son fondateur, était encor' en vie, et j'ai vu naître la p'tite Marie... Vingt-neuf ans que j'suis chez les Ladenbauer, au mois d'mars prochain, ça sera l'trentième... Et j'ai pas volé mes mélodies, elles sont de moi, tout est d'moi !... Et savez-vous combien on en a joué, dans l'temps, à l'orgue de Barbarie ?... Dix-huit ! Pas vrai, Jedek ?...

Jedek continuait à rire silencieusement, les yeux écarquillés. Il avait ramené les trois verres devant lui et commença d'en caresser doucement les bords. Une délicate petite musique, douce et touchante, s'éleva,

* Josef Matras (1852-1887) : chanteur populaire, puis acteur au Carltheater. *(N.d.T.)*

comme le son lointain de hautbois et de clarinettes, mais Breiteneder, qui avait toujours beaucoup admiré son adresse, trouva ce matin-là sa musique tout à fait insupportable. Aux autres tables, on écoutait, certains hochaient la tête d'un air satisfait, et un gros monsieur applaudit en claquant des mains. Brusquement, Jedek repoussa les verres, croisa les bras et regarda fixement la route blanche sur laquelle les promeneurs, de plus en plus nombreux, se dirigeaient vers la forêt. Karl sentit sa vue se troubler, il avait l'impression que les gens flottaient et sautillaient derrière de fines toiles d'araignée. Il se frotta le front et les paupières pour se rappeler à la réalité. Non, il n'y pouvait vraiment rien : c'était un affreux malheur... mais ce n'était pas sa faute ! Et, comme il sentait son cœur se serrer en songeant à la fin tragique des événements de la nuit, il se leva d'un bond et dit :

— Partons !

— Oui, le plus important, c'est de prendre l'air ! dit Rebay.

Jedek semblait soudain furieux, nul ne savait pourquoi. Se plantant devant une table occupée par un couple à l'air pacifique, il se mit à gesticuler avec sa canne en criant :

— Que le diable aille se faire vitrier... nom de Dieu !

Gêné, le couple paisible essaya de le calmer, tandis que les autres riaient, le croyant ivre.

Breiteneder et Rebay étaient sur la route, lorsque Jedek, rasséréné, les rejoignit en sautillant. Il enleva son feutre, le suspendit au bout de sa canne et mit celle-ci sur son épaule à la manière d'un fusil, tout en faisant au ciel, de l'autre main, de grands gestes de salutation.

— Ne croyez pas que je veuille m'excuser, reprit

alors Rebay en claquant des dents, oh, j'ai aucune raison ! Absolument aucune ! J'avais les meilleures intentions, tout l'monde me l'accordera. Est-ce que j'ai pas travaillé cette chanson avec elle ? Parfaitement !... Elle avait encor' les yeux bandés, dans sa chambre, mais oui, et j'la lui ai fait travailler... Vous savez ce qui m'a donné l'idée ? J'me disais : « C'est un malheur, bien sûr, mais tout n'est pas perdu. Elle a encore sa voix, et ce minois !... » J'l'ai dit aussi à sa mère, qui était complètement désespérée : « Madame Ladenbauer, j'lui ai dit, rien n'est perdu... écoutez-moi ! Surtout aujourd'hui, où il y a ces instituts pour aveugles où ils réapprennent même, avec le temps, à lire et à écrire... J'en ai même connu un... un jeune homme, qui est devenu aveugle à vingt ans... toutes les nuits, il voyait en rêve des magnifiques feux d'artifice et toutes sortes d'illuminations... »

Breiteneder éclata de rire :

— Parlez-vous sérieusement ?

— Ben quoi, répondit Rebay grossièrement, qu'est-ce que vous voulez ? Que je me tue, moi... ? Et pourquoi ? Mon Dieu, j'ai eu ma part de malheur en ce monde... ! Ou vous croyez que c'est une vie, monsieur von Breiteneder, quand on a écrit des pièces de théâtre dans sa jeunesse, comme moi, et qu'on en est où j'en suis à 68 ans ? Qu'on doit accompagner, sur un chaudron et pour quelques misérables kreuzer, des garces enrouées et écrire des couplets pour ça... Et vous savez ce que je touche pour un couplet ?... Vous le croiriez pas, monsieur von Breiteneder !

— Mais les orgues de Barbarie vous jouent, dit Jedek, qui marchait maintenant posément à côté d'eux et se montrait plein de civilité, voire distingué.

— Mais qu'est-ce que vous me voulez ? demanda Breiteneder.

Il avait l'impression que les deux autres le poursuivaient, et il ne savait pas pourquoi. Qu'avait-il à faire avec eux ?... Cependant, Rebay continua :

— J'ai voulu que la p'tite puisse faire sa vie ! Vous comprenez, une nouvelle vie !... Avec ma nouvelle chanson, oui, justement !... Est-ce qu'elle est pas belle ?... pas émouvante ?...

Le petit Jedek, saisissant soudain Breiteneder par la manche, leva l'index de la main gauche comme pour demander son attention, arrondit les lèvres et se mit à siffler l'air de la nouvelle chanson, celle que Marie Ladenbauer, dite *la Mésange blanche,* avait chantée cette nuit. Il sifflait à la perfection, c'était encore un de ses talents.

— Ce n'est pas à cause de la mélodie, dit Breiteneder.

— Comment ? cria Rebay... Ils marchaient vite tous les trois, courant presque, bien que la pente fût raide. Comment donc, monsieur Breiteneder ?... C'est la faute du texte, vous croyez ?... Mais, au nom du ciel, y a-t-il quelque chose de plus dans le texte que ce que Marie savait déjà ?... Et dans sa chambre, quand j'ai répété avec elle, elle a pas pleuré une seule fois, elle m'disait : « C'est une bien triste chanson, monsieur Rebay, mais qu'elle est belle !... Qu'elle est belle ! » voilà ce qu'elle a dit !... Oui, bien sûr, c'est une chanson triste, monsieur von Breiteneder, mais ce qui lui est arrivé, c'est bien triste aussi ! Je pouvais tout de même pas lui écrire une chanson gaie ?...

La route s'enfonçait dans la forêt. Le soleil filtrait à travers les branches et les taillis résonnaient de rires et de cris. Ils marchaient toujours tous les trois de front, et vite, comme si chacun d'eux avait voulu fuir l'autre. Rebay reprit alors brusquement :

— Et les gens ? Sacré bon sang ! Vous avez entendu, ils applaudissaient comme des fous... Je l'savais, qu'elle aurait un succès monstre avec cette chanson ! Et l'plaisir que ça lui a fait... Elle était littéralement radieuse et elle a dû bisser la dernière strophe. Ah, une strophe bien émouvante ! J'en ai eu les larm' aux yeux, quand l'idée m'en est venue... vous savez, à cause de l'allusion à l'autre chanson, celle qu'elle chante toujours...

Et il se mit à chanter ou plutôt à réciter, en appuyant bien sur les rimes, comme à l'orgue :

Que le monde était beau, que le monde était *grand,*
Et le soleil brillant sur les bois et les *champs,*
Quand le dimanche, heureuse, je m'y prome*nais*
Et que mon cher trésor par la main je te*nais* !
Mais plus d'étoiles au ciel, plus de soleil qui *luit,*
Le bonheur et l'amour loin de moi sont en*fuis* !

— Assez, cria Breiteneder, je l'ai entendue cette nuit !

— Et vous ne trouvez pas ça beau ? demanda Rebay en brandissant son haut-de-forme. Les gens capables de faire des couplets pareils courent pas les rues aujourd'hui ! Le vieux Ladenbauer m'a payé 5 gulden... voilà mes honoraires, monsieur Breiteneder. Et il m'a encor' fallu répéter avec elle !

Et Jedek, levant derechef le doigt, chanta tout doucement le refrain :

Quelle tristesse ô mon Dieu, quel tourment
Jamais ne voir renaître le printemps !

— Mais alors *pourquoi,* cria Rebay, je le demande :

Pourquoi ?... J'ai été la rejoindre tout d'suite après... pas vrai, Jedek ?... Elle était assise, un sourire bienheureux sur le visage, en train de boire son pichet d'vin, et j'lui ai dit, en lui caressant les cheveux : « Eh bien, tu vois, Marie, comme ils ont aimé ça ! Maintenant, on va certainement avoir aussi des gens d'la ville, la chanson va faire du bruit... Et c'est merveilleux, comme tu la chantes... » etc., bref, tout c'qu'on dit dans ces cas-là... Le cabaretier est venu lui aussi et l'a félicitée. On lui a apporté des fleurs... oh, pas de vous, monsieur von Breiteneder, évidemment... mais tout allait très bien... Alors, pourquoi voulez-vous que ce soit mon couplet... ? Non, c'est idiot !

Breiteneder s'arrêta brusquement et, saisissant Rebay aux épaules :

— Pourquoi lui avez-vous dit que j'étais là ?... Pourquoi ?... Ne vous avais-je pas demandé de ne pas lui dire ?

— Lâchez-moi ! Je lui ai rien dit, c'est sans doute la vieille qui l'a prévenue !

— Non, dit Jedek avec une révérence polie, c'est moi qui ai pris cette liberté, monsieur von Breiteneder..., c'est moi ! J'savais que vous étiez là, alors j'lui ai dit que vous étiez là. Et puis, comm' elle d'mandait si souvent après vous, pendant sa maladie, j'lui ai dit : « Monsieur Breiteneder est là... au fond, près d'la lanterne », que j'lui ai dit, « et il a trouvé ça fameux ! »

— Ah bon ? fit Karl et, la gorge serrée, il détourna les yeux, ne pouvant supporter le regard fixe de Jedek.

Apercevant un banc, il s'y laissa tomber, brisé, et ferma les yeux. Il se revit alors, assis dans le jardin du cabaret, et entendit la vieille Ladenbauer lui dire :

— Marie vous fait ses amitiés et demande si vous ne viendrez pas avec nous, après la représentation ?

Et il se rappela le merveilleux bien-être qui l'avait envahi, comme si Marie lui avait tout pardonné. Il avait fini son verre de vin, en avait commandé du meilleur... et, vidant un verre après l'autre, la vie lui parut facile. Il s'amusa beaucoup aux numéros suivants, applaudit de bon cœur avec les autres, et c'est d'excellente humeur qu'à la fin il traversa le jardin et la salle en direction de la pièce où la troupe avait l'habitude de se réunir après le spectacle, à la table ronde dans un coin. Quelques-uns s'y trouvaient déjà : Wiegel-Wagel, Jedek et sa femme ainsi qu'un monsieur à lunettes que Karl ne connaissait pas. Tous le saluèrent sans avoir l'air particulièrement étonnés de le revoir. Tout à coup, il entendit la voix de Marie derrière lui :

— Je trouverai toute seule, mère, je connais le chemin !

Il n'osa pas se retourner, mais elle était déjà assise à côté de lui :

— Bonsoir, monsieur Breiteneder, comment allez-vous ?

Il se rappela aussi, au même instant, qu'elle avait toujours dit « vous » et « monsieur » à ses anciens amants. Puis elle dîna ; on avait préparé son assiette, coupé sa viande, et toute la compagnie se montra aussi gaie et sereine qu'autrefois, comme si rien n'avait changé.

— Ça a bien marché, dit le vieux Ladenbauer, nous allons à nouveau connaître des temps meilleurs !

Mme Jedek raconta que tout le monde avait trouvé la voix de Marie beaucoup plus belle qu'avant et M. Wiegel-Wagel s'écria en levant son verre :

— A la santé de notre chanteuse rétablie !

Marie leva aussi le sien, chacun trinqua avec elle et Karl eut alors l'impression que ses yeux morts cherchaient à plonger dans les siens et qu'elle pouvait lire dans son âme. Son frère, qui était là aussi, très élégant, offrit un cigare à Karl, mais la plus gaie de tous était Ilka, dont le soupirant, un gros jeune homme au front soucieux assis en face d'elle, entretenait une conversation animée avec M. Ladenbauer. Mme Jedek, qui avait gardé son imperméable jaune, fixait du regard un coin de la salle où il n'y avait rien à voir. Des étrangers vinrent deux ou trois fois d'une table voisine féliciter la chanteuse, qui répondit avec sa douceur coutumière, comme s'il n'y avait pas eu le moindre changement. Et, brusquement, elle demanda à Karl :

— Mais pourquoi ce silence ?

Il s'aperçut qu'il était resté là sans desserrer les dents et il se mit à parler, se mêlant à la conversation avec encore plus d'entrain que les autres, mais sans adresser une seule fois la parole à Marie. Rebay parla du bon vieux temps où il écrivait des couplets pour Matras et raconta le sujet d'une farce qu'il avait composée il y a trente-cinq ans, jouant tel ou tel de ses personnages et obtenant un franc succès avec le musicien tchèque. On se sépara à une heure. Mme Ladenbauer prit le bras de sa fille, tous riaient et criaient... et personne, dans cette très curieuse atmosphère, ne paraissait trouver étrange que le monde ne fût plus que ténèbres pour Marie. Karl marchait à côté des deux femmes et la mère lui posa tranquillement toutes sortes de questions sur la santé des siens et sur son voyage. Il parla alors avec empressement des choses qu'il avait vues, en particulier des théâtres où il était allé et des opérettes qu'il avait entendues, s'étonnant sans cesse de voir Marie marcher d'un pas si sûr au bras de sa mère et l'écouter si calmement et sérieusement. Ils se retrouvèrent tous dans un vieux café enfumé, mais complètement vide à cette heure tardive, et le gros soupirant d'Ilka la Hongroise invita tout le monde. Marie, au milieu de l'agitation et du bruit, s'était rapprochée de Karl, comme elle le faisait souvent autrefois, si près qu'il sentait contre lui la chaleur de son corps. Soudain, il eut conscience qu'elle touchait sa main et la caressait silencieusement. Il eût tant aimé lui dire quelque chose... quelque chose d'aimable et de consolant... mais il n'y parvint pas. L'observant de côté, il crut voir à nouveau dans ses yeux quelque chose qui le regardait — ce n'était pas un regard humain, mais quelque chose de mystérieux et d'étranger, qu'il n'y avait jamais vu... quelque chose de spectral, et un frisson le parcourut... Sa main tressaillit et s'éloigna doucement de la sienne, tandis qu'elle lui disait tout bas :

— Pourquoi as-tu peur ? Je suis toujours la même !

Incapable une fois de plus de lui répondre, il se mêla à la conversation générale. Peu après, quelqu'un s'écria brusquement :

— Où est Marie ? — c'était Mme Ladenbauer — et tous s'aperçurent qu'elle avait disparu.

D'autres voix s'élevèrent alors, lui faisant écho :

— Où est Marie ?

On se leva, le vieux Ladenbauer alla à la porte du café et appela dans la rue : — Marie !

Ce fut alors l'agitation générale, tout le monde parlait à la fois. Un homme dit :

— Mais comment peut-on laisser quelqu'un comme elle se lever toute seule et s'en aller ?

Soudain, un appel retentit dans la cour :

— Apportez des bougies... des lanternes... !

et quelqu'un cria :

— Jésus Marie !

C'était encore une fois Mme Ladenbauer, et tout le

monde se précipita dans la cour par la petite cuisine... Dehors, l'aube glissait déjà sur les toits. A la balustrade de la galerie de bois qui, à l'unique étage de la vieille maison, courait tout autour de la cour, un homme en manches de chemise se penchait, un bougeoir à la main, scrutant l'obscurité. Deux femmes en vêtement de nuit apparurent derrière lui, tandis qu'un autre homme descendait bruyamment l'escalier. Karl ne vit d'abord rien d'autre, puis il y eut une lueur devant ses yeux : quelqu'un soulevait et laissait retomber un châle de dentelle blanche. Il entendit alors dire près de lui :

— Il n'y a plus rien à faire... Elle ne bouge plus... Appelez un médecin !... Ou peut-être la Société de secours* ?... Un agent ! Un agent !...

Les chuchotements s'entrecroisaient. Certains se précipitèrent dans la rue et Karl suivit machinalement des yeux la longue silhouette de Mme Jedek dans son manteau jaune qui, après avoir porté les deux mains à son front dans un geste de désespoir, s'enfuit pour ne plus revenir... On se bousculait derrière lui et il dut repousser les gens du coude pour ne pas tomber sur Mme Ladenbauer qui, à genoux par terre, tenait les mains de Marie dans l'une des siennes et criait, en les agitant dans un sens puis dans l'autre :

— Mais dis quelque chose ! Dis quelque chose !

Il y eut enfin de la lumière : c'était le concierge qui arrivait, vêtu d'une robe de chambre marron et en savates, avec une lanterne. Ayant éclairé le visage de Marie, il s'écria :

— Ah, quel malheur ! Elle a dû se cogner la tête juste contre le puits !

---

* La « Société viennoise de secours », formée de volontaires, avait été fondée en 1888 après l'incendie du Théâtre du Ring. *(N.d.T.)*

et Karl s'aperçut que Marie était étendue à côté de la margelle en pierre. Alors, de la galerie, l'homme en manches de chemise déclara :

— J'ai entendu un grand fracas, il y a cinq minutes à peine !

Tout le monde leva la tête, mais il se contenta de répéter à plusieurs reprises :

— Il y a cinq minutes à peine, j'ai entendu un fracas...

— Comment a-t-elle bien pu monter là-haut ? murmura quelqu'un derrière Karl.

— Vous savez, répondit un autre, elle connaissait la maison : elle a dû traverser la cuisine à tâtons, monter l'escalier et puis passer par-dessus la balustrade — c'est pas si difficile que ça !

Environné de chuchotements, il ne reconnaissait même pas les voix, alors qu'il connaissait certainement tous ceux qui étaient là ; et il ne se retourna pas. Quelque part dans le voisinage, un coq chanta. Karl avait la sensation de rêver. Le concierge posa sa lanterne sur le rebord du puits et la mère de Marie cria :

— Quand est-ce que le docteur va arriver ?

Le vieux Ladenbauer souleva la tête de Marie, de façon que la lumière de la lanterne éclaire son visage et Karl vit distinctement les narines palpiter, les lèvres tressaillir et les yeux morts le regarder comme tout à l'heure. Il vit aussi la tache rouge et humide à l'endroit où la tête avait reposé. Il cria :

— Marie ! Marie ! mais personne ne l'entendit, et lui-même ne s'entendit pas crier.

En haut, l'homme était toujours là, appuyé à la balustrade avec les deux femmes à côté de lui comme au spectacle. La bougie était éteinte et, au-dessus de la cour, une lueur violette colorait le ciel. Mme Ladenbauer avait posé la tête de sa fille sur le châle de dentelle blanche soigneusement plié. Karl restait là, figé, le regard fixe. Puis il fit clair d'un seul coup, et il put voir que le visage de Marie respirait une profonde paix : plus rien n'y bougeait, seules quelques gouttes de sang, tombant du front, tachaient ses cheveux et ses joues et glissaient lentement de son cou sur le pavé mouillé. Et il sut qu'elle était morte...

Karl ouvrit les yeux, comme pour chasser un mauvais rêve : il était seul sur le banc au bord du chemin. Il vit alors Rebay le chef d'orchestre et Jedek le fou descendre à vive allure la route qu'ils venaient de gravir tous les trois. Ils paraissaient avoir une conversation très animée, agitant les mains et gesticulant avec violence, et la canne de Jedek profilait sur l'horizon sa fine ligne noire. Ils allaient de plus en plus vite, soulevant un léger nuage de poussière qui les accompagnait tandis que leurs paroles se perdaient dans le vent. La campagne alentour étincelait sous le soleil et, tout en bas, la ville tremblait dans la fournaise de midi.

HISTOIRE D'UN GÉNIE

« Me voici donc au monde ! » dit le papillon, qui contemplait le paysage en se balançant doucement au-dessus d'une branche brune. Le soleil de mars luisait, pâle au-dessus du parc, on voyait encore au loin un peu de neige sur les pentes des montagnes et, scintillante d'humidité, la route s'étirait en direction de la vallée. Passant alors entre deux barreaux de la grille, le papillon s'envola à l'air libre. « Voici donc l'univers », se dit-il et, l'ayant trouvé dans l'ensemble digne d'attention, il se mit en route. Il avait un peu froid, mais comme il volait aussi vite qu'il le pouvait et que le soleil montait toujours plus haut dans le ciel, il se réchauffa peu à peu.

Il ne rencontra au début âme qui vive. Plus tard, deux petites filles vinrent au-devant de lui et, dans leur surprise, se mirent à battre des mains.

— Ah ! pensa le papillon, on m'applaudit ! C'est donc que j'ai belle apparence !

Il croisa ensuite des cavaliers, des compagnons maçons, des ramoneurs, un troupeau de moutons, des écoliers, des flâneurs, des chiens, des bonnes d'enfant, des officiers et de jeunes dames, tandis que toutes sortes d'oiseaux tournoyaient au-dessus de lui dans les airs.

— Je soupçonnais bien, pensa le papillon, que mes pareils étaient peu nombreux, mais être le seul de mon espèce, voilà qui dépasse vraiment mon attente !

Poursuivant son vol, il ressentit quelque fatigue, l'appétit lui vint et il se laissa tomber au sol, mais ne trouva de nourriture nulle part.

— Oui, c'est vrai, pensa-t-il, le destin du génie est de souffrir du froid et des privations ; mais patience, je me tirerai d'affaire !

Cependant, le soleil continuant son ascension au firmament, le papillon se réchauffait de plus en plus et il reprit bientôt son vol avec de nouvelles forces. Une ville se dressa devant lui, il en franchit la porte et voltigea au-dessus de places et de rues pleines de promeneurs. Et tous ceux qui l'apercevaient s'étonnaient et, se regardant d'un air joyeux, disaient :

— Le printemps n'est plus loin !

Il se posa sur le chapeau d'une jeune fille, dont la rose de velours l'avait attiré, mais les étamines de soie ne furent pas du tout à son goût.

— Que d'autres s'en contentent, se dit-il, je préfère pour ma part continuer d'avoir faim jusqu'à ce que je trouve un mets digne de mon palais !

Et, quittant le calice où il s'était introduit, il entra par la fenêtre ouverte dans une pièce où trois enfants étaient assis autour d'une table avec leurs parents. Ils se levèrent d'un bond, lorsque le papillon vint voleter au-dessus de la soupière et le plus grand, d'un geste rapide, réussit à l'attraper par les ailes.

— Il va falloir que j'apprenne aussi à mes dépens, se dit le papillon non sans quelque amère fierté, que le génie est exposé aux persécutions.

Car il n'ignorait pas plus ce fait que tous les autres, ayant, en sa qualité de génie, anticipé le monde.

Le garçon, à qui son père avait donné une tape sur la main, lâcha le papillon et celui-ci s'envola du plus vite qu'il put dans la nature, en se promettant de récompenser royalement son sauveur dès que l'occasion s'en présenterait.

Ayant franchi en sens inverse la porte de la ville, il s'éloigna en voltigeant sur la grand-route.

— En voilà sans doute assez pour aujourd'hui ! pensa-t-il. Après une jeunesse si riche en événements, il faut que je songe à dicter mes mémoires !

Là-bas, très loin, les arbres de son jardin natal lui faisaient signe et il sentait croître toujours plus son désir de pollen et d'une petite place chaude au soleil. Tout à coup, il aperçut quelque chose qui venait à sa rencontre en voletant et présentait exactement le même aspect que lui. Il fut un instant déconcerté, mais reprit aussitôt ses esprits et dit :

— Un autre ne se préoccuperait vraisemblablement pas de cette rencontre extrêmement curieuse, mais elle est pour moi l'occasion d'une découverte : il arrive donc, dans certains états d'excitation provoqués par le froid et la faim, que l'on voie sa propre image reflétée dans l'air comme dans un miroir.

Un gamin, qui passait par là en courant, captura le nouveau papillon et le premier de penser alors, avec un sourire :

— Que les hommes sont bêtes ! Celui-ci s'imagine maintenant m'avoir pris, alors qu'il ne tient dans sa main que mon reflet !

Cependant, pris d'éblouissements, il se sentit devenir de plus en plus faible. Lorsqu'il lui fut impossible de voler plus loin, il se posa au bord du chemin pour faire un somme. La fraîcheur, puis le soir vinrent et le papillon s'endormit. La nuit s'étendit au-dessus de lui, la gelée l'enveloppa, mais il s'éveilla encore une fois au premier rayon du soleil. Il vit alors, venant du jardin natal, voltiger vers lui, une... deux... trois créatures ailées, puis d'autres en toujours plus grand nombre, qui lui ressemblaient toutes. Elles passèrent au-dessus de lui sans lui prêter la moindre attention, comme si elles ne le voyaient pas. Il leva vers elles des yeux fatigués, puis sombra dans une profonde méditation.

— Je suis assez grand, finit-il par se dire, pour m'apercevoir de mon erreur. Eh bien, soit, il y a dans l'univers des êtres qui me ressemblent, du moins extérieurement !

Les papillons se posèrent sur la prairie couverte de fleurs aux calices accueillants, où ils prirent un délicieux repas, puis repartirent en voletant.

Le vieux papillon, resté allongé sur le sol, sentit monter en lui une certaine amertume.

— Vous avez la besogne facile, pensait-il. Il n'est pas besoin d'être grand clerc pour voler jusqu'à la ville, maintenant que je vous ai ouvert la voie et que mon odeur vous précède sur la route. Mais qu'importe ! Si je n'ai pas été unique, je n'en fus pas moins le premier. Et demain, vous serez couchés au bord de la route comme moi.

Une brise passa au-dessus de lui, ses pauvres ailes battirent encore une fois doucement et il se réjouit :

— Oh ! je commence à me rétablir ! Attendez seulement demain et je volerai au-dessus de vos têtes, comme vous l'avez fait aujourd'hui au-dessus de la mienne !

C'est alors qu'il vit s'avancer vers lui, toujours plus près, une énorme masse sombre.

— Qu'est-ce que cela ? se demanda-t-il avec effroi. Oh, je le sens, ma destinée va s'accomplir. Un monstrueux destin s'apprête à me broyer !

Et, tandis que la roue d'un haquet de brasseurs lui passait sur le corps, il pensa, en exhalant son âme dans un dernier soupir :

— Où m'érigeront-ils un monument ?

LA FLÛTE DE PAN

I

Un homme issu d'une famille aisée, après avoir fréquenté dans sa jeunesse diverses sociétés, tant à la ville qu'à la campagne, et pratiqué en amateur toutes sortes de sciences et d'arts, entreprit à l'âge mûr de longs voyages en pays étranger pour ne revenir dans sa patrie que lorsque ses tempes grisonnèrent. Il bâtit alors sa maison dans un lieu tranquille dominant une vaste plaine, à la lisière d'une forêt, et prit pour gracieuse épouse la fille d'un cultivateur, orpheline de fraîche date. Ses parents et ses proches étaient morts depuis longtemps, il ne ressentait plus aucune attirance pour ses anciens amis et peu d'envie de s'en faire de nouveaux, aussi s'adonna-t-il, dans cette région au ciel presque toujours bleu et d'une très grande luminosité, à l'astronomie, une science qu'il affectionnait.

Une nuit à l'atmosphère lourde et orageuse, alors qu'il se livrait dans la tour de sa maison à son occupation habituelle, une brume s'éleva des prairies humides, troublant insensiblement, puis rendant impossible l'observation des horizons célestes. Érasme descendit, et pénétra dans la chambre conjugale plus tôt qu'il n'avait coutume de le faire lorsque la nuit était claire. Il y trouva sa femme endormie et la contempla longtemps sans la réveiller : bien que les paupières de la dormeuse fussent closes et ses traits immobiles, il la regardait avec une attention soutenue et toujours croissante, comme s'il lui fallait découvrir derrière ce front calme et lisse des pensées qui lui étaient restées inconnues jusque-là. Puis, ayant finalement éteint la lumière, il alla s'asseoir dans un fauteuil au pied du lit et s'abandonna dans le silence de la nuit à une méditation tout à fait inhabituelle sur l'être auquel il était uni depuis trois ans par un mariage paisible et sans nuages et qui venait, pour la première fois, de lui paraître inconnu. Il ne se leva que lorsque le jour naissant commença de luire à la haute fenêtre et attendit patiemment que Dionysia pousse un profond soupir, s'étire et ouvre les yeux. Elle le salua d'un gai sourire et, s'étonnant de le voir rester sérieux et impassible au pied du lit, lui demanda sur le ton de la plaisanterie :

— Qu'est-il arrivé à mon Érasme ? Se serait-il égaré cette nuit dans le ciel ? Ou bien une étoile lui aurait-elle échappé, filant dans l'infini d'où il n'a pu la ramener, même à l'aide de sa merveilleuse nouvelle lunette ?

Comme il restait muet, Dionysia se redressa un peu, le scruta du regard et poursuivit :

— Pourquoi ne réponds-tu pas ? As-tu un ennui ? Te sens-tu malade ou bien t'aurais-je offensé sans le savoir ? C'est sans doute la raison la plus probable, car je saurais te tranquilliser ou te consoler moi-même de toute autre contrariété et tu ne resterais pas aussi longtemps sans me répondre.

Érasme se décida enfin à parler :

— Oui, Dionysia, tu ne peux cette fois ni me tranquilliser ni me consoler. Ma mine grave et préoccupée vient en effet de ce que, ayant pensé à toi cette nuit pendant des heures, je me suis aperçu du même coup que c'était la première fois que cela m'arrivait !

Appuyée sur ses coussins, Dionysia sourit :

— Et tu sais maintenant autrement ou mieux qu'avant que tu as une femme tendre, fidèle et heureuse ?

— Il est bien possible, répondit Érasme, l'air sombre, que tu le sois vraiment, mais il est fâcheux que je ne puisse le savoir, et toi-même aussi peu que moi.

— Que dis-tu là ? Et d'où viennent d'un seul coup de tels doutes ?

— Je vais te le dire, Dionysia. Jamais l'occasion ne m'a été donnée — pas plus qu'à toi qui, après une existence paisible dans la maison de ton père, vis maintenant dans le calme auprès de moi — de te connaître. Qu'est-ce qui peut donc te donner ou me donner le droit d'être convaincu que ta tendresse est de l'amour, ton inébranlable droiture de la fidélité et l'harmonieuse égalité de ton âme du bonheur, et qu'elles se confirmeraient telles dans les orages et les ardeurs d'une vie plus agitée ?

Dionysia hocha la tête, comme tranquillisée :

— Crois-tu vraiment, demanda-t-elle, que j'aie ignoré jusqu'ici les tentations ? T'ai-je dissimulé que d'autres hommes m'avaient sollicitée, avant que tu ne demandes ma main, des hommes plus jeunes, voire plus sages que toi ? Or, bien que ne pouvant prévoir ta venue, cher Érasme, je les ai tous éconduits sans délibérer. Et lorsque de jeunes voyageurs longent la clôture de notre jardin, il m'arrive souvent de voir briller dans leurs yeux des questions et des désirs dangereux, sans que jamais mes regards répondent à un seul d'entre eux. Quant aux savants étrangers, qui viennent s'entretenir avec toi sur les comètes des siècles à venir et laissent rarement passer une occasion de me suggérer par leurs sourires et leurs doux yeux que mes bonnes grâces leur seraient plus précieuses que toute la science du soleil, de la lune et des étoiles, ai-je jamais donné à un seul d'entre eux d'autres marques de politesse que celles qu'il convient de donner à ceux que l'on reçoit à sa table ?

Érasme répliqua d'un ton moqueur :

— T'imaginerais-tu, Dionysia, avoir raconté là quelque chose de nouveau à un connaisseur de l'âme humaine comme moi ? Certes, ton comportement a toujours été irréprochable, mais est-ce que je sais pour autant, est-ce que tu sais toi-même si cette inaccessible vertu est l'expression véritable de ton être, ou bien si tu n'as résisté à toutes les sollicitations et ne te crois déterminée à leur résister aussi à l'avenir que parce que l'idée ne t'est jamais venue qu'il pourrait en être autrement ou parce que tu redoutes en secret de perdre pour toujours l'existence confortable à laquelle tu es habituée, si tu essayais de transgresser les commandements de la morale conjugale ?

— Je ne comprends pas, s'écria Dionysia, que ces paroles affectaient, ce que tout cela signifie. Je ne ressens pas la moindre envie de tenter de semblables expériences et me sens, je t'assure, parfaitement satisfaite et heureuse dans ma situation actuelle.

— Je n'en doute pas, Dionysia, mais ne comprends-tu pas que cela ne veut plus rien dire pour moi depuis qu'il m'a été révélé, dans le silence de la nuit, que l'ultime secret de ton âme sommeille peut-être encore dissimulé au plus profond de ton être ? Il est indispensable qu'il vienne au jour pour que je retrouve une paix sans cela perdue à jamais ; aussi ai-je décidé, Dionysia, de te rendre la liberté.

— De me rendre ma liberté ? répéta celle-ci en ouvrant de grands yeux pleins de perplexité.

Sans se troubler, Érasme poursuivit :

— Écoute-moi bien, Dionysia, et tâche de me comprendre. Je renonce à partir de cet instant à tous les droits qui m'étaient accordés sur toi — au droit de te mettre en garde, de te retenir et de te punir. J'exige au contraire que tu cèdes à chaque mouvement de curiosité qui naîtra en toi, à chaque désir qui te sollicitera, et que tu les suives sans hésitation, où qu'ils te mènent. Et, de mon côté, je fais le serment suivant : tu peux partir, Dionysia, où bon te semble, avec qui tu veux et quand tu veux... Que tu reviennes aujourd'hui ou dans dix ans, reine ou mendiante, intacte ou dépravée... tu trouveras toujours dans cette demeure ta chambre, ta couche et tes vêtements à ta disposition, tels que tu les auras laissés. Et tu n'auras jamais à craindre de moi, qui continuerai de l'habiter sans t'attendre, un seul mot de reproche ni même une question.

Dionysia s'allongea à nouveau tranquillement dans son lit, les mains croisées sur la tête, et demanda :

— Es-tu sérieux ou bien est-ce une plaisanterie ?

— Je suis sérieux, Dionysia, à tel point que rien au monde, aucune prière, aucune supplication ne pourrait m'amener à revenir sur ce que je viens de dire. Comprends-moi donc bien et prends mon serment dans toute l'étendue de sa signification, Dionysia : tu es libre !

Et il se détourna, comme s'il venait de prendre congé d'elle.

Alors Dionysia, rejetant la couverture, se précipita vers la fenêtre, l'ouvrit avec violence et... s'il ne s'était pas élancé derrière elle, elle se fût écrasée tout en bas l'instant d'après.

— Malheureuse, s'écria-t-il en la tenant tremblante dans ses bras, qu'allais-tu faire ?

— J'allais mettre fin à une vie désormais sans valeur pour moi, puisque j'ai perdu ta confiance !

Les lèvres d'Érasme se posèrent sur le front de son épouse, qui semblait s'être évanouie dans ses bras, et il respira profondément.

Soudain, une suave mélodie s'éleva, rompant le silence de la vallée où l'aube blanchissait. Ouvrant les yeux, Dionysia tendit l'oreille et ses traits, l'instant d'avant relâchés sous l'effet de la lassitude et du désespoir, se raffermirent. Érasme s'en aperçut et, l'ayant aussitôt libérée, lui dit :

— Reconnais-tu le son du chalumeau qui s'élève vers nous ? Vois, sans que tu veuilles te l'avouer, sans même que tu en sois vraiment consciente, la curiosité s'éveille en toi, qui étais sur le point de t'abandonner à la mort, de savoir quelles lèvres soufflent dans cet instrument ! Eh bien, c'est le moment, Dionysia, de comprendre pleinement ce que tu ne pouvais peut-être pas comprendre il y a un moment, à savoir que tu es libre. Cède à cette première tentation... et à toutes celles qui suivront de la même manière que celle-ci est venue. Va, Dionysia, va réaliser ton destin... être toi-même tout entière !

Et, comme elle tournait vers lui un regard plein d'un douloureux étonnement, Érasme répéta, d'un ton plus décidé encore :

— Va, c'est le dernier ordre que je te donne. Peut-être cet appel de flûte est-il la seule tentation à laquelle tu es appelée à succomber, peut-être est-ce aussi la première d'une plus ou moins longue série. Une autre te rappellera peut-être à la maison dans l'heure suivante ou bien ne reparaîtras-tu que dans plusieurs années ou jamais plus, mais souviens-toi : quel que soit le moment de ton retour, quel que soit alors le poids de tes souvenirs, ta couche, tes vêtements et ton logis t'attendront ; ni question ni reproche ne te seront infligés et je ne te recevrai pas autrement que le soir où, jeune épousée, tu as franchi ce seuil. Et maintenant, adieu, Dionysia !

Sur ces mots et sur un dernier regard, il fit demi-tour, alla vers la porte qu'il referma derrière lui, et remonta lentement l'escalier jusqu'à son appartement en haut de la tour. Il n'y avait pas bien longtemps qu'il regardait dans la vallée, par la petite lucarne, lorsqu'il vit son épouse traverser en hâte la prairie, d'une allure étrangement légère qu'il ne lui avait jamais vue, en direction de la forêt proche, des ombres de laquelle le chant de la flûte lui parvenait. Elle eut bientôt disparu sous les arbres et, l'instant d'après, Érasme entendit s'éteindre la mélodie.

II

Étendu sous un arbre, le jeune pâtre regardait en clignant des yeux le bleu du ciel à travers les branches. Il détacha la flûte de ses lèvres en entendant un bruissement tout proche et ne fut pas peu surpris de voir se dresser devant lui, pieds nus dans la mousse, une jeune femme vêtue d'un ondoyant vêtement de nuit blanc.

— Que veux-tu ? demanda-t-il, et pourquoi me regardes-tu d'un air aussi méchant ? Serait-il défendu ici de jouer de la flûte de bon matin ? T'aurais-je tirée de ton sommeil ? Sache que j'ai l'habitude de me lever avec le soleil et de souffler dans mon instrument quand il me plaît. Et je continuerai de le faire, tu peux m'en croire !

Et, secouant la tête d'un mouvement qui fit voler ses boucles, il s'étendit dans l'herbe de tout son long, regarda le ciel en clignant des yeux et porta derechef la flûte à sa bouche.

— Qui es-tu ? demanda Dionysia, émue.

Agacé, l'adolescent posa son instrument et répondit :

— Il ne devrait pas être bien difficile de voir que je suis un pâtre ! puis il se remit à jouer.

— Où est ton troupeau ? demanda Dionysia.

— Ne vois-tu pas ces taches blanches entre les troncs des arbres, là-bas ? Ce sont mes moutons qui paissent dans la clairière. Je ne te conseille cependant pas de t'en approcher, car ils sont craintifs et s'enfuient aux quatre vents dès qu'ils flairent la présence d'étrangers auprès d'eux !

Et il s'apprêtait à emboucher à nouveau son instrument, lorque Dionysia lui demanda ;

— Comment es-tu venu dans cette région ? Je ne te connais pas.

L'adolescent se leva d'un bond et répondit avec colère :

— Je traverse tout le pays avec mon troupeau. Je suis un jour ici, le deuxième là et le troisième ailleurs, et j'ai déjà vu bien des choses, mais jamais des dames en vêtement de nuit ne sont venues se planter devant moi, au petit matin, dans la mousse et me poser des questions qui ne les regardent pas, alors que j'ai envie de jouer de la flûte en regardant le soleil levant !

Et, toisant Dionysia de la tête aux pieds, il porta sa flûte à ses lèvres et partit en jouant, en direction de la clairière qui brillait dans la lumière. Dionysia eut alors honte de sa tenue et de ses pieds nus ; elle fit demi-tour pour rentrer chez elle mais, tandis que le son de la flûte décroissait, elle se dit soudain :

— L'insolent garçon ! J'ai bien envie de lui briser sa flûte !

Se rappelant qu'elle ne devait pas retourner chez elle avant d'avoir satisfait ce nouveau désir, elle se lança à sa poursuite à travers la forêt. Les branchages se refermaient au-dessus de son front, les feuilles se prenaient dans ses cheveux dénoués et les racines entravaient sa marche, mais elle ne s'en souciait pas, cassait de ses doigts frêles les branchages qui la gênaient, se délivrait de l'emprise des racines et secouait la tête pour faire tomber les feuilles. Elle vit, en sortant de la forêt, la verte prairie émaillée de fleurs bleues, rouges et blanches, en pente douce devant elle et, de l'autre côté, là où se dressaient à nouveau des arbres, le pâtre aux boucles étincelantes sous le soleil, au milieu de ses bêtes resplendissantes. Il fronça les sourcils en la voyant s'approcher et lui fit signe de s'en aller d'un geste impératif, mais elle ne se laissa pas arrêter et, marchant droit sur l'adolescent étonné, lui prit la flûte des mains, la brisa et en jeta les deux morceaux devant ses pieds. Semblant enfin retrouver ses esprits, il saisit Dionysia aux poignets et chercha à la renverser. Elle se défendait en s'arc-boutant contre lui, tandis qu'il plongeait ses yeux flamboyants de colère dans les siens et que son souffle précipité sifflait au-dessus de son front. Il serra les lèvres et elle se mit à rire puis, brusquement, il lui lâcha les mains et l'enlaça de ses deux bras. Dans un sursaut de colère, elle voulut lui échapper, mais comme il l'attirait avec toujours plus de force, elle alla d'elle-même au-devant de son geste en se pressant contre lui, cessa de résister, puis se laissa tomber sur l'herbe et s'abandonna à ses furieux baisers avec une volupté insoupçonnée...

Elle alla des jours et des jours avec le berger et son troupeau, vagabondant librement à travers le pays. Ils se reposaient à l'ombre des arbres, aux heures chaudes du milieu de la journée, et dormaient la nuit dans de grandes prairies isolées. Les moutons, habitués à suivre le chant de la flûte qui semblait maintenant s'être tu à jamais, s'égarèrent l'un après l'autre et il n'y eut bientôt plus qu'un agnelet gambadant autour du couple.

Cent journées ensoleillées, cent nuit étoilées passèrent, puis vint un matin sombre, où un âpre vent balaya le pré dans lequel les amants avaient dormi. Dionysia s'éveilla en frissonnant et, se penchant sur le jeune pâtre, s'écria :

— Réveille-toi et lève-toi, j'ai froid ! J'aperçois des maisons au loin, en bas, dans la brume. Prends ce sentier qui y conduit et cours m'acheter des souliers, une robe et un manteau !

Le jeune homme se leva et, poussant son dernier agneau devant lui, il alla le vendre à la ville et rapporta à Dionysia ce qu'elle lui avait demandé. Lorsqu'elle fut vêtue de neuf, elle s'étendit à nouveau sur le sol, croisa les bras sur la tête et déclara :

— J'aimerais entendre à nouveau un air de flûte !

— Je n'ai plus de flûte, répondit le pâtre, tu l'as brisée.

— Tu aurais dû la tenir plus solidement, répondit-elle ; puis, regardant alentour : Mais que sont devenus les moutons à la toison argentée qui nous accompagnaient ?

— Ils se sont tous perdus, parce qu'ils n'entendaient plus le son de la flûte.

— Pourquoi n'as-tu pas fait plus attention ?

— Je ne me suis occupé que de toi !

— Mais il y avait encore, ce matin, un agnelet auprès de nous !

— Je l'ai vendu pour t'apporter des souliers, une robe et un manteau.

— Ah ! si seulement tu ne m'avais pas écoutée ! dit Dionysia irritée, puis elle se leva et se détourna.

— Où vas-tu ? demanda le pâtre, douloureusement surpris.

— Chez moi, répondit-elle, et elle ressentit un certain désir de revoir Érasme.

— Le chemin est long, tu ne le trouveras pas toute seule, je vais t'accompagner !

— Il ferait beau voir que je doive faire tout ce chemin à pied !

Une voiture passait en bas, sur la grand-route. Dionysia appela en faisant signe de la main, mais le cocher, sans se soucier d'elle, pressa ses chevaux d'un coup de fouet. Dionysia cria plus fort et quelqu'un se pencha à la fenêtre, tournant la tête dans la direction d'où venait cette voix. Ayant aperçu la belle jeune femme, l'homme donna l'ordre au cocher d'arrêter et se porta à sa rencontre, tandis qu'elle descendait la prairie en courant.

— Que veux-tu ? lui demanda-t-il, pourquoi as-tu fait signe et appelé ?

— S'il te plaît, répondit la jeune femme, prends-moi dans ta voiture et emmène-moi chez moi !

Et elle lui nomma le lieu où habitait son mari.

— Je ferais volontiers ce que tu me demandes, charmante jeune femme, dit l'étranger, mais ta demeure est éloignée et je reviens de voyage. Je dois aller un jour chez moi pour vérifier la situation de mes affaires. Tu y seras la bienvenue, et un jour et une nuit de repos devraient te délasser avant de reprendre le chemin du retour.

Dionysia y consentit et le courtois voyageur, ouvrant gracieusement la porte, fit monter la jeune femme qui s'assit dans un coin sans se retourner, puis il prit place à côté d'elle. La voiture se remit en marche, roulant d'abord sur la grand-route dans un paysage verdoyant, puis entre de petites maisons bien entretenues.

— Où sommes-nous ? demanda Dionysia.

— Tout ce que tu vois ici, répondit l'étranger, m'appartient. Je construis des machines pour tout le pays et ce sont mes ouvriers qui habitent les villages que nous traversons.

Dionysia, qui le regardait avec attention, remarqua l'énergie contenue qui gonflait ses lèvres minces et les regards fiers et comme impitoyables que lançaient ses yeux clairs.

La voiture s'arrêta, à la tombée de la nuit, devant une demeure qui avait l'apparence d'un château. Le portail s'ouvrit. Une servante apparut, sur un appel du maître, dans le hall de marbre blanc étincelant de lumière et conduisit Dionysia dans une chambre confortable. Elle l'aida à se dévêtir, puis lui montra, dans la pièce voisine toute de bleu cristal, un bain déjà tiède, dans lequel elle se plongea avec délice. Quelques instants après, la jeune femme reparut et lui demanda si elle désirait manger seule ou en compagnie du maître de céans. Dionysia déclara vouloir être seule ce soir-là, sachant déjà qu'elle resterait longtemps dans cette demeure pour connaître son hôte d'aussi près qu'elle en éprouvait le désir...

III

Arrivée au château à l'automne, la jeune femme s'y trouvait encore à l'approche du printemps : elle n'était plus depuis longtemps l'invitée, mais la compagne du maître de maison, et devenue elle-même maîtresse de maison. De son balcon, la vue s'étendait librement sur un vaste paysage de collines. Des cheminées se dressaient au fond de lointains vallons, le vent apportait le bruit de roues ronronnantes et de coups de marteau et, par les soirs de temps sombre, on voyait des flots d'étincelles s'échapper des cheminées et s'éteindre dans les airs. Des maisons d'habitation entourées de jardinets misérables s'avançaient en longues files serrées jusqu'auprès du château, dont une épaisse forêt séparait les plus proches. Au-delà des dernières salles des machines, des terres cultivées s'accrochaient aux collines, puis redescendaient de l'autre côté vers d'invisibles plaines, où de lointaines colonnes de fumée révélaient l'existence d'un autre district industriel. Le château lui-même était entouré d'un parc qui s'étendait si loin que Dionysia, qui avait accoutumé de s'y promener tous les jours, y découvrait encore des coins nouveaux aux derniers jours de l'hiver. Quelquefois, aux environs de midi ou le soir, le maître des lieux l'accompagnait et c'est ainsi qu'elle apprit de sa bouche qu'il y avait là, à peine vingt ans plus tôt, une sorte de forêt vierge à la place du parc, une petite maison au lieu du château et qu'en bas, là où s'élevait maintenant la fumée de cent cheminées, fonctionnait au milieu des masures de paysans une unique et misérable forge. Tout ce qui s'était bâti alentour ne représentait cependant que le début d'une plus grande entreprise. Déjà, on s'activait aux confins encore libres de la région des collines, on asséchait des zones maréca-geuses, on redonnait force et résistance aux cours d'eau en y aménageant des digues et des barrages, on éclaircissait des forêts et l'été suivant, une immense galerie devait être prête à recevoir les modèles de toutes les machines sorties ou devant sortir de cette usine pour être exportées partout dans le monde.

Il y avait souvent des invités au château — inventeurs, architectes, émissaires du prince, plénipotentiaires d'États étrangers. Les uns repartaient satisfaits et bien disposés, d'autres, au contraire, sombres et affectés, mais le maître des lieux s'exprimait toujours avec le même sérieux et la même autorité, et Dionysia sentait qu'aucun de ses hôtes ne parvenait jamais à prendre avantage sur lui et qu'il restait toujours le plus intelligent et le plus fort de tous.

Il lui permettait parfois de l'accompagner dans le rougeoiement des marteaux et le bourdonnement des roues, le susurrement des câbles et les grondements des tuyaux. Elle parcourut ainsi avec lui les bureaux où s'amoncelaient ébauches et dessins, où l'on recevait et expédiait le courrier et tenait la comptabilité de l'entreprise. Le patron semblait tenir conseil avec chaque secrétaire et chaque ouvrier, il était partout le maître et l'élève à la fois mais, quel que fût l'endroit qu'il venait de quitter, il savait toujours ce que l'on y concevait ou créait plus sûrement que ceux qui y passaient toutes leurs journées. Il y avait également des soirées au château, au cours desquelles se produisaient des chanteurs et des artistes, virtuoses de divers instruments, et une excellente troupe théâtrale y donna même plusieurs fois des représentations, qui attiraient des spectateurs venus des environs et même de plus loin. Ainsi, tout était fait pour que le sentiment de la simple possibilité d'une heure creuse ne pût effleurer Dionysia, qui conservait néanmoins tout à fait le droit d'être seule. Le maître des lieux lui-même ne manquait jamais de lui demander si elle souhaitait sa compagnie et, quand elle préférait aller se promener seule, il lui suffisait de faire un signe pour qu'on la laisse.

Un jour qu'elle traversait au cours d'une de ses promenades un petit village faisant encore partie des terres du maître, bien que situé à trois heures du château, une fillette au teint blême accourut vers elle et, tendant les mains, lui demanda un peu de pain. Dans sa surprise, Dionysia hocha la tête et fut tentée de croire qu'elle se trouvait en présence d'un de ces enfants portés à la mendicité comme il devait sans doute s'en trouver ici aussi, mais la tristesse et la peur qu'elle vit dans ses yeux la rendirent songeuse et elle décida d'entrer dans la maison pour voir de plus près ce qu'il en était. Elle trouva dans l'entrée une femme d'un certain âge, un enfant sur le bras, tandis que deux autres jouaient par terre avec de petits bouts de bois et des noyaux ; elle la questionna et apprit que la petite mendiante n'avait eu ce jour-là pour toute nourriture qu'un demi-verre de lait. Sans attendre d'autres questions, la mère donna libre cours à ses plaintes, décrivant le besoin et les soucis qui régnaient dans le village, au sein des familles nombreuses. Profondément affectée, Dionysia lui laissa tout l'argent qu'elle avait sur elle, puis se hâta de rentrer pour porter ces faits à la connaissance de son amant, persuadée qu'ils étaient vraisemblablement dus aux malversations et à la mauvaise volonté de fonctionnaires subalternes. Celui-ci lui expliqua que, même dans les conditions les plus simples et apparemment les plus équilibrées, le sort de chaque individu prenait des formes extrêmement différentes selon ses qualités personnelles et toutes sortes d'autres facteurs contingents, et il lui conseilla de ne plus se soucier de ces choses à l'avenir. Se déclarant alors incapable de suivre ce conseil, elle le pria de lui permettre plutôt de supprimer, ou au moins d'améliorer à sa manière et dans la mesure de ses forces des situations anormales et insupportables dont ne souffraient pas que les coupables. Le maître ne s'opposa pas à ce qu'elle employât comme elle l'entendait les sommes qu'il mettait largement à sa disposition et ne protesta pas non plus contre les recherches qu'elle entreprit dès le lendemain dans toute la région. Elle se rendit alors rapidement compte qu'une aide plus importante que tout ce qu'elle aurait pu imaginer était nécessaire et que, même là où les gens ne paraissaient pas avoir de souci pour le présent, la menace d'un avenir sombre et incertain pesait sur eux ; quant à ceux qui trouvaient leur situation insupportable, leur absence inconsciente de tout espoir la remplissait d'étonnement et de chagrin. Elle en vint finalement à ressentir l'abondance dans laquelle elle vivait comme une injustice faite à ceux auxquels le nécessaire lui-même était refusé et comprit rapidement que, si elle était en mesure d'aider ici ou là, d'un jour sur l'autre, dans tel ou tel cas individuel, il lui aurait en revanche fallu changer les lois de l'État, voire celles du monde, pour pouvoir apporter véritablement ne fût-ce qu'une amélioration durable. Fort affligée, elle cessa ses expéditions charitables et désormais ni les plaisirs de la société qui lui étaient offerts, plus nombreux et plus animés que jamais, ni les tendresses de son amant ne purent venir à bout de sa mélancolie.

Des rumeurs commencèrent à circuler au sujet d'une insatisfaction croissante au sein de la population ouvrière et le maître des lieux ne cacha pas à Dionysia, sans toutefois lui adresser un seul mot de reproche, qu'elle était vraisemblablement en partie responsable de la naissance d'un tel mouvement, le premier de ce genre dans la région, aussi bien par ses activités charitables que par leur arrêt inattendu. On vit alors venir au château une délégation réclamant une augmentation des salaires et une réduction du temps de travail. Bien que le patron ait pu accorder quelques satisfactions, en raison de sa prospérité croissante, l'apaisement qui s'ensuivit ne dura pas longtemps. De nouvelles revendications, toujours plus énergiques, se firent jour et ne purent être satisfaites. L'agitation grandit, se transforma en exaspération, le travail cessa dans des secteurs isolés et les révoltés obligèrent rapidement ceux qui travaillaient encore à les suivre. Il y eut des violences et le patron se vit contraint de demander l'aide du gouvernement ; celui-ci envoya la troupe, la colère monta et des combats s'ensuivirent, faisant des victimes de part et d'autre. Cependant, l'autorité de l'État l'emporta bientôt tout à fait, quelques meneurs furent jetés en prison et d'autres licenciés, tandis que l'on embauchait de nouveaux ouvriers qui affluaient de partout ; et peu après, les roues se remirent à tourner, les cheminées à fumer et le halètement des machines emplit comme avant la campagne environnante.

Dionysia s'était tenue tranquille pendant toute cette période difficile, craignant pour le maître que semblaient toujours fasciner les endroits où le danger était le plus grand, tout en déplorant le sort des faibles dont elle pensait comprendre la révolte mieux que quiconque. Elle savait d'avance que la décision, quelle que dût être sa nature, ne pourrait lui rendre la paix et, lorsque le jour fut venu, son amant, rentrant en vainqueur au château, ne la trouva plus. Elle avait pris le chemin du retour, aussi pauvre et aussi libre qu'à son arrivée, et convaincue que désormais plus aucune tentation ne l'attendrait.

IV

La rébellion, qui paraissait écrasée dans l'endroit auquel Dionysia tournait le dos, s'était déplacée avec une énergie d'autant plus grande vers d'autres lieux plus ou moins proches. Elle gagnait sans arrêt de nouvelles couches de la population dans tout le pays, si bien que ce qui n'était au début qu'un soulèvement des ouvriers contre les patrons devint également en peu de temps la révolte des pauvres contre les possédants, des gens vivant dans la dépendance contre les gens libres et des bourgeois contre les nobles. Au troisième jour de sa marche, Dionysia tomba par hasard sur une sorte de bivouac, au milieu d'une troupe d'hommes, de femmes, d'adolescents et d'enfants partiellement équipés des armes les plus invraisemblables. On arrêta cette voyageuse bien habillée qui déclara rentrer chez elle et n'avoir que l'argent nécessaire à la satisfaction de ses besoins les plus élémentaires, ce qu'il lui fut facile de prouver. Un homme d'un certain âge, qui l'avait protégée dès le début contre les plaisanteries incorrectes des plus jeunes, lui fit remarquer que les routes n'étaient pas sûres et qu'elle pouvait en fin de compte s'estimer heureuse d'avoir été arrêtée par des gens chez lesquels le désir de vengeance n'avait pas encore dégénéré, malgré toutes les injustices subies, en un désir aveugle de meurtre et de destruction. Il lui conseilla de faire provisoirement halte ici, où l'on était prêt à lui assurer toute la protection requise, au lieu de poursuivre un voyage au cours duquel une belle jeune femme seule comme elle ne serait pas exposée au seul danger de perdre la vie. Dionysia suivit son conseil, d'autant plus volontiers qu'elle prévoyait aisément combien une résistance de sa part serait mal prise, et elle put bientôt constater qu'elle avait affaire à des gens certes résolus, mais réfléchis. Les espoirs les plus audacieux brillaient dans les yeux de ces mineurs qui, il y a quelques jours encore, passaient leur vie dans les ténèbres et l'atmosphère irrespirable d'énormes fosses ; c'était comme si la lumière du jour avait stimulé leur sang et grisé leurs esprits. Ils comptaient tous sur la défaite des puissants au service desquels ils avaient accompli jusque-là leur corvée, sur la compréhension et l'alliance fraternelle des gens raisonnables et sur l'avènement du règne de l'égalité et de la justice. Dionysia, se sentant en quelque sorte placée par une volonté supérieure à la place qui lui convenait, laissa entendre à ses nouveaux compagnons que les mêmes sentiments l'animaient et se déclara prête à partager leur sort, quel qu'il fût, victorieux ou fatal.

Elle dormit la première nuit dans le campement des femmes et des enfants, sans être inquiétée. Le lendemain, les hommes délibérèrent, ce qui donna rapidement lieu à des désaccords et à de bruyantes et confuses disputes. Les uns pensaient que la démarche la plus intelligente serait d'entamer des pourparlers avec les autorités apeurées et irrésolues, tandis que d'autres, plus impatients, proposaient de fondre sans plus attendre sur la ville la plus proche, à la manière d'une armée ennemie. On décida finalement d'envoyer des émissaires prendre contact avec d'autres groupes de révoltés, pour apprendre d'abord où en étaient les choses ici et là. Ces derniers partirent, mais aucun n'était de retour ni le soir ni le lendemain matin, et ceux qui les attendaient pressentirent un malheur. A midi, toute la troupe, hommes, femmes et enfants, se mit en mouvement. Des colonnes de fumée et la lueur rouge d'un incendie s'élevèrent bientôt à l'horizon. On traversa une vaste plaine aride, où l'on ne trouva ni eau ni nourriture ; les misérables villages rencontrés étant pour ainsi dire déserts, on pénétra dans les caves et les fermes pour s'emparer de vin et de victuailles. Comme il n'y en avait pas en quantité suffisante pour tous, on vit des assoiffés se jeter sur des gens pris de boisson et des affamés assaillir ceux qui étaient repus ; l'ordre se relâcha et, la nuit suivante, hommes et femmes couchèrent pêle-mêle. Un grand jeune homme décharné, qui s'était joint à Dionysia pendant la marche, s'approcha d'elle, l'entraîna dans un fourré et l'enlaça de ses deux bras avides. Ce fut la seule nuit où elle lui appartint, car il ne la connaissait déjà plus le lendemain et elle aussi le vit avec indifférence disparaître dans la foule. On continua d'aller le long de fermes pleines de fumée et de villages incendiés, à travers un paysage mort et dévasté, jusqu'à ce que la troupe fasse enfin halte devant les sombres murailles muettes d'une ville aux portes closes. Personne ne savait ce que réservait le lendemain, le ciel et la terre s'enveloppaient de mystère et l'on n'alluma pas de torches. Un silence sinistre pesait sur cette foule, lorsqu'un rire strident éclata dans les ténèbres, qui semblait vouloir crever l'abcès d'une horreur devenue insupportable ; il y eut ensuite un cri de rage, puis des gémissements étouffés, des hurlements plaintifs et à nouveau des rires. Hommes et femmes s'étaient serrés les uns contre les autres ; dans la mêlée générale, chacun saisissait celle qui était la plus proche de lui et aucune n'offrait de résistance, car tous avaient d'un seul coup pris conscience que tout serait fini le lendemain. En proie à une folle terreur, Dionysia s'enfuit et, se frayant un chemin entre des mains cherchant avidement leur proie et des haleines sèches et brûlantes, elle réussit à s'échapper. Elle passa la nuit accroupie, recroquevillée dans son manteau tout déchiré, à l'abri d'une saillie de la muraille, où les gémissements, les cris et les rires ne lui parvenaient plus que rauques et expirants. Soudain, aux premières lueurs de l'aube, les portes de la ville s'ouvrirent, livrant passage à des gens en armes qui se précipitèrent sur tous ces malheureux, ces hommes et ces femmes épuisés, défaits et accablés de sommeil, et les taillèrent en pièces, chassant vers la ville ceux qu'épargnait le caprice de leur glaive meurtrier. Dionysia fut de ce nombre ; elle se retrouva, au lever du soleil, dans la cour d'une forteresse avec des centaines d'autres femmes sur lesquelles la lourde porte s'était refermée avec fracas. Tremblante de fièvre, elle sombra dans des rêves sans suite ni sens avant de perdre enfin connaissance.

V

Elle se réveilla dans une grande chambre blanche. La garde-malade qui se tenait à son chevet lui apprit qu'après avoir été amenée de la prison, elle était restée plusieurs jours dans le coma. Elle lui dit aussi que la révolte avait été écrasée dans tout le pays et que nombre de coupables languissaient dans des cachots, quelques-uns ayant même été exécutés. Elle lui raconta enfin qu'un jeune officier s'était porté garant pour elle : il lui avait en effet paru ne pas faire de doute, à la voir, que seul un étrange hasard avait pu l'amener, sans qu'il y eût de sa faute, parmi les rebelles prisonniers. Elle ajouta, avec un sourire significatif, que le comte venait tous les jours s'enquérir de son état et qu'il était souvent resté longtemps auprès de son lit en la contemplant avec émotion. Un vieux médecin, qui venait d'arriver, ne se montra pas surpris de voir que Dionysia avait repris connaissance, disant qu'il s'était attendu à cette amélioration de son état pour le jour même. Il examina la malade, puis, évitant manifestement toute question sur ses origines et son histoire, lui fit espérer un prochain rétablissement. Après quoi il se leva, prit congé avec une politesse marquée et, comme il croisait en sortant un jeune homme revêtu d'un rutilant uniforme, il sembla à Dionysia qu'il lui refusait amicalement, mais fermement la permission d'entrer... puis la porte se referma sur eux. Elle avait toutefois eu le temps d'apercevoir des yeux clairs au regard vif, et elle se rappela comme une image de rêve avoir vu ce même regard posé sur elle lorsque, secouée par la fièvre et n'ayant plus tous ses esprits, elle avait été conduite en prison entre deux rangées de lances par les rues retentissantes de cris.

Elle sentit ses forces lui revenir jour après jour et ses idées retrouver peu à peu leur clarté. Cependant, elle ne voyait toujours personne, à l'exception de la garde-malade et du médecin, qui faisait allusion sur un ton de confidence à certains amis qui prenaient en secret une part très vive à son sort, mais auxquels il devait toutefois strictement interdire l'accès à son chevet, particulièrement en ces jours où la guérison progressait. Dionysia l'écoutait d'une oreille indifférente, car elle était décidée à poursuivre son voyage de retour après cette malencontreuse interruption, dès qu'elle se sentirait tout à fait guérie : elle irait se présenter devant son mari, lui raconter quel avait été son sort et lui demander si, fidèle à sa parole, il acceptait de la recevoir malgré tout ce qui lui était arrivé. Elle sentait néanmoins qu'il y avait plus de curiosité que de véritable désir dans ce projet et qu'elle voyait dans ces retrouvailles avec Érasme une nouvelle aventure séduisante et non pas la conclusion de la vie aventureuse et mouvementée qu'elle avait menée depuis son départ.

Le matin où elle s'était levée pour la première fois, elle regardait du balcon de sa chambre le petit jardin en contrebas, laissant errer ses regards au-delà, sur les champs piétinés et saccagés, lorsque le jeune comte entra. Il commença par s'excuser des dispositions qu'il s'était permis de prendre, dans les meilleures intentions certes, mais sans y être le moins du monde autorisé. Dionysia le remercia vivement, sans toutefois se montrer surprise ; elle déclara simplement se sentir obligée de s'ouvrir à celui qui avait fait preuve de tant d'amabilité à son égard mais, obéissant à une soudaine inspiration, elle lui donna pour sien un nom qu'elle n'avait jamais eu, pour domicile une petite ville où elle n'avait jamais habité et attribua à son mari une profession qu'il n'avait jamais exercée. Elle raconta ensuite, en prenant à mentir un plaisir qui lui était inconnu et qu'elle s'étonnait de sentir grandir en elle au fur et à mesure qu'elle parlait, que, invitée par des amis dans leur propriété, elle avait été jetée hors de sa voiture, sur le chemin du retour, par une horde d'insurgés qui lui avaient dérobé tout ce qu'elle possédait et dont elle n'avait obtenu la vie qu'en prétendant être en secret des leurs ; ayant ensuite erré pendant plusieurs jours avec ces horribles gens, elle avait finalement dû partager leur sort malgré son innocence. Mais il était temps maintenant qu'elle retourne chez elle, et ses paroles de remerciement devaient être aussi des paroles d'adieu. Le jeune comte en fut affligé, mais il semblait si accoutumé à son rôle de personnage discret ou d'un naturel si timide qu'il ne tenta en aucune manière de s'opposer au désir de Dionysia, demandant seulement l'ultime autorisation de lui fournir une bonne voiture pour son voyage. Celle-ci, quel que fût son désir d'entendre le jeune comte lui adresser les mots les plus tendres de sa voix profonde et tremblante, prenait un tel plaisir à cet art de feindre nouveau pour elle que, saisissant comme dans un débordement de reconnaissance la main du jeune homme, elle le regarda avec des yeux qu'elle était capable, constata-t-elle avec satisfaction, de faire à volonté briller d'un éclat humide ou mourir de tristesse. Elle se prépara au départ dès qu'il se fut éloigné, mais le médecin parut alors et sembla ne pas approuver son projet, l'assurant n'être absolument pas en mesure de garantir qu'elle ne fût pas forcée d'interrompre son voyage dès le début et de rester couchée des jours et des nuits dans la première mauvaise auberge venue. Voyant bien que le médecin agissait en accord avec le jeune comte, Dionysia fit d'abord semblant de résister, puis d'hésiter, pour finalement promettre en soupirant de se soumettre à des prescriptions dont il lui était impossible de ne pas reconnaître le caractère raisonnable et justifié. Revenu au soir, le jeune comte lui proposa alors, puisque son départ était différé, d'aller habiter, jusqu'à ce que sa santé fût parfaitement rétablie, dans un modeste pavillon de chasse lui appartenant, où elle jouirait de l'air frais de la forêt ; afin d'exclure dès le début toute possibilité de médisance, une dame d'excellente réputation lui servirait de dame de compagnie. Dionysia répliqua qu'elle n'avait pas besoin d'autre sécurité ni d'autre caution qu'elle-même, mais ne pouvait accepter cette invitation que si le comte s'engageait à ne pas lui rendre visite aussi longtemps que durerait son séjour. Et, le voyant baisser la tête comme pour lui marquer une totale soumission, elle eut grand mal à se retenir de lui tendre les bras et de l'attirer contre son cœur.

Le pavillon de chasse où elle alla s'établir le lendemain matin était une demeure simple mais en bon état, isolée au milieu d'épaisses frondaisons à deux heures de la ville. La jeune et jolie paysanne, qui avait été affectée à son service, la reçut et s'occupa d'elle avec discrétion et dévouement. La chère était de bon goût et remarquablement accommodée, sa couche magnifique et douillette à la fois. Dionysia put se promener en toute tranquillité, comme dans l'enceinte d'un parc, par des chemins bien entretenus sous de hautes et fraîches futaies ; ou bien elle restait étendue des heures entières dans une prairie, les mains croisées sous la tête, les yeux mi-clos et perdus dans le bleu du ciel lentement pâlissant. Des papillons lui effleuraient le front de leurs ailes, l'haleine fraîche de la forêt lui caressait les paupières et les cheveux, tandis que tous les bruits du monde allaient mourir dans de lointaines vallées.

Un matin, alors qu'elle s'apprêtait à quitter la maison, Dionysia vit de lourds nuages s'approcher et rester comme accrochés aux cimes des arbres, menaçants et muets. Elle se mit à aller et venir dans les pièces basses et à faire les cent pas devant la porte, sentant son cœur se serrer douloureusement. A midi, elle ne toucha pas son repas et ne répondit pas aux questions de la jeune paysanne, qui la trouva assise devant la table servie, en larmes. Effrayée, celle-ci dépêcha quelqu'un en ville, chez le comte qui avait confié la belle jeune femme à sa garde. Et, tandis que l'orage, qu'une chaleur lourde avait retardé tout le jour, éclatait enfin tard dans la soirée dans un déchaînement d'éclairs, de tonnerre et de grêle, le jeune homme fit une entrée aussi inattendue qu'ardemment désirée dans la chambre de Dionysia et éprouva un bonheur sans borne en voyant celle qu'il avait craint de retrouver égarée ou à nouveau malade, le recevoir avec des transports de joie et se précipiter sur son cœur les yeux étincelants.

Cependant, comme s'achevait cette nuit où elle s'était donnée à lui, elle l'assura que ce serait à la fois la première et la dernière. Poussé par la curiosité jalouse qui naît aussitôt chez celui qui vient d'entrer en possession d'un bien ardemment désiré, son amant lui demanda avec insistance la raison de cette décision. Cédant alors à un irrésistible besoin de le tourmenter, elle prétendit avoir tout d'un coup l'impression que, pendant l'horrible nuit passée devant les portes de la ville, alors que la fièvre l'accablait déjà, elle avait appartenu, frémissante d'horreur mais impuissante à se défendre, non seulement à un, mais à bon nombre de ses farouches compagnons de voyage ; elle laissa toutefois subsister la possibilité que tout cela n'eût été qu'un horrible rêve, dont le souvenir l'oppressait maintenant avec la force d'une insupportable vérité. Le jeune comte, passant du plus profond désespoir au plaisir le plus intense, puis à une folle rage, finit, après s'être juré de tuer son amante sur-le-champ, par la supplier de ne pas l'abandonner, l'existence sans elle lui paraissant dès à présent inutile et misérable à la fois.

Dionysia resta et fut bientôt si passionnément attachée à lui qu'elle commença d'avoir honte et même de souffrir de ses mensonges. Elle en vint finalement à éprouver le désir de raconter à son bien-aimé la véritable histoire de sa vie, mais différa son récit de jour en jour par peur que cet aveu tardif ne fît renaître la méfiance dans son cœur.

Par une pluvieuse journée d'automne, un cavalier apporta la nouvelle que la menace d'un mouvement de l'armée de l'État voisin, auquel on s'attendait depuis longtemps déjà à la frontière du pays, se faisait de plus en plus précise, et il produisit un ordre écrit enjoignant au comte d'aller se placer dans les vingt-quatre heures à la tête de son régiment. A peine était-il reparti à bride abattue, et Dionysia déclara à son amant qu'elle ne le quitterait sous aucun prétexte et avait l'irrévocable intention de partir à la guerre avec lui, déguisée en homme. Profondément ému et heureux, celui-ci tenta de lui représenter l'impossibilité de l'entreprise, mais comme elle lui jurait qu'elle était décidée à le suivre et à partager son sort, même contre sa volonté et en suivant, s'il le fallait et au pire, le train des équipages, il quitta le jour même le pavillon de chasse avec elle et se rendit en ville où il demanda à être reçu par le prince, auquel il soumit respectueusement le cas. Ce dernier, qui avait toujours montré beaucoup de bienveillance à son égard, était lui-même marié à une jeune et noble femme ; d'un tempérament aussi prompt à la colère qu'à l'enthousiasme et très aisément séduit par tout ce qui présentait un caractère d'étrangeté, il ne trouva rien à redire à l'exécution, en des temps aussi agités, d'un plan certes aventureux, mais héroïque. Et c'est ainsi que, le lendemain matin, Dionysia, ayant revêtu le harnais, franchit la porte de la ville au côté de son amant, et, loin de partir incognito, se vit entourée de marques d'estime et de sympathie. Ayant parcouru le pays en effervescence jusqu'à la frontière, elle fut jetée plus tôt qu'elle ne l'avait supposé au milieu d'un engagement dont elle s'aperçut à peine et qui passa, tel un nuage rouge en lambeaux, autour de son front blanc et de son glaive étincelant.

La guerre suivit son cours sanglant et mouvementé. Pénétrant plus avant en territoire ennemi aux côtés de son amant, Dionysia coucha sur des terres saccagées et brûlées : la trompette l'appelait au combat, elle vit plus d'un guerrier tomber à côté d'elle, puis resta de nombreux jours et de nombreuses nuits couchée dans un fragile baraquement avec une blessure à la tempe, au milieu des gémissements des blessés et des mourants. Guérie, elle retrouva son amant, dont elle était demeurée sans nouvelles, à peine remis de ses blessures comme elle, et néanmoins prêt, à la veille d'une journée décisive, pour de nouvelles prouesses à la tête de ce qui lui restait de troupes. Se lançant avec lui dans la mêlée, à l'aube, au milieu des ennemis, elle eut comme lui sa part de dangers et d'honneurs, lorsqu'elle ramena dans leur camp victorieux un drapeau dont ils s'étaient emparés ensemble. Pour la première fois depuis le début des hostilités, Dionysia dormit, dans l'étouffante nuit noire qui suivit, sous un ciel sans étoiles et les plis lourds de la tente, dans les bras du jeune comte, mais c'est en frères d'armes qu'ils sortirent au matin, salués par les exclamations de leurs camarades tout à la joie de la victoire. Le soleil inondait la plaine d'une lumière apaisée et là-bas, sur le champ de bataille constellé de panaches flottant au vent et de glaives étincelants, tout annonçait la glorieuse arrivée du prince. Soudain, au lieu de l'annonce de paix attendue, ce furent les signes bien connus avant-coureurs d'une attaque imminente : des nuages de poussière s'élevèrent derrière une petite colline, grandirent, on entendit résonner des cors et des fifres, puis on distingua une troupe de cavaliers montés sur des chevaux noirs et chargeant avec une audace folle. On s'apprêtait à se défendre vigoureusement contre cet assaut imprévu, mais il s'avéra vite que l'on n'avait devant soi qu'un petit escadron de jeunes guerriers d'une hardiesse insensée, décidés à risquer une dernière fois leur vie en cet énorme enjeu plutôt que d'accepter une honteuse paix. Leurs camarades hésitant derrière eux, ils furent rapidement encerclés et massacrés jusqu'au dernier, non sans avoir cependant chèrement vendu leur vie, et le jeune comte fut de ceux que renversa leur charge désespérée. Dionysia posa la tête du blessé sur ses genoux ; tandis que les dernières gouttes de son sang s'écoulaient sur ses doigts immobiles, des drapeaux blancs apparurent sur les hauteurs environnantes, les trompettes annoncèrent la fin des combats et, lorsque les yeux de son amant se fermèrent, des cris d'allégresse saluant la paix enfin obtenue retentirent à ses oreilles. Cependant, les plus bruyants transports s'atténuaient autour d'elle et les manifestations de joie et de bonheur s'éloignaient de plus en plus. Le prince lui-même, passant à cheval à l'heure de midi, salua la jeune femme à une distance respectueuse : toujours assise, immobile dans son armure, elle avait seulement enlevé son casque et dénoué ses cheveux, qui tombaient sur le visage de son amant, l'enveloppant comme un linceul noir aux reflets bleutés. Le soir venu, elle se leva enfin, et, prenant le cadavre à bras-le-corps, le hissa puis, avec une force surhumaine, l'attacha, armé de toutes pièces, sur la selle de son cheval. Celui-ci resta à son côté, comme il en avait l'habitude, lorsqu'elle eut enfourché puis éperonné le sien, et c'est ainsi que l'étrange couple traversa tout le pays vaincu en direction de sa patrie dans une chevauchée muette et solitaire, considéré avec un étonnement plein d'effroi par les troupes qui rentraient elles aussi en longues files et qu'il dépassait au galop. Lorsque Dionysia aperçut enfin les tours de la ville, elle prit le chemin de traverse familier conduisant au petit pavillon abandonné, dont la porte ouverte semblait les attendre. Sautant à bas de sa monture, elle détacha de sa selle le cadavre de son compagnon et creusa une tombe où elle l'enterra avec son glaive, son casque et sa cuirasse avant de le recouvrir de terre. Une fois accomplie sa triste tâche, elle enleva son armure et sombra aussitôt dans un profond sommeil qui dura trois jours et trois nuits. Quand elle s'éveilla, la mère du jeune comte, qui était à son chevet, baisa sans une larme les mains qui avaient creusé la tombe de son fils.

L'automne et ses tempêtes passèrent, l'hiver les suivit et s'écoula lentement. Dionysia savait qu'elle portait une nouvelle vie dans son sein depuis la nuit qui avait précédé la dernière bataille, et ce lien qui la rattachait et à son amant mort et à la vie la remplissait d'un nouvel espoir.

Au printemps, elle mit au monde un enfant mâle et le sourire reparut sur son visage lorsqu'elle lui donna le sein pour la première fois. La mère du comte, ainsi que d'autres membres de sa famille et le prince lui-même, déposèrent de riches présents dans le berceau du fils du héros. Dionysia, lorsqu'elle quitta la chambre, toute de blanc vêtue comme il lui avait semblé bon de le faire à nouveau, sentit la tiédeur et les effluves embaumés d'une lumineuse journée l'envelopper, palpitant autour d'elle comme les plis ondoyants de sa vaporeuse tunique. D'un bleu éclatant, le renouveau, lourd de fleurs et de promesses, s'épanouissait au-dessus de sa jeune tête où tant de souvenirs et d'oublis se pressaient déjà. Ne voulant pas encore se plonger dans le courant de la vie, elle se contentait de le laisser venir murmurer à ses pieds. C'était un jour de fête et de réjouissances populaires dans tout le pays et elle regarda avec intérêt une ronde se dérouler non loin de là, sur une prairie dans la forêt. Les gens se tinrent d'abord à une distance respectueuse de cette femme qui, non seulement veuve de héros, était aussi elle-même une héroïne, mais la jeunesse du pays, aux yeux de laquelle son origine inexpliquée et mystérieuse augmentait encore le glorieux éclat d'un front déjà couvert de louanges, lui apporta bientôt d'enthousiastes hommages.

Elle alla au début de l'hiver résider au château du comte défunt, que l'on considérait comme lui revenant de droit, et y mena dans l'isolement et la tranquillité une vie uniquement consacrée, dans les premiers temps, à ses devoirs de mère. Un jour vint toutefois où les portes s'ouvrirent enfin, d'abord seulement à la famille du comte, puis à ses proches et à des amis plus éloignés, si bien qu'il n'y eut bientôt plus dans le pays un seul personnage distingué, soit par sa naissance soit par son mérite, qui négligeât de venir exprimer son admiration et son affection à une figure aussi noble qu'impénétrable. Personne ne s'étonna que le prince en personne fût de leur nombre. Il revint, touché par la mystérieuse grâce de Dionysia, dont les sens réveillés ne furent pas insensibles à l'éclat de la puissance brillant dans son regard juvénile, tandis que l'orgueilleuse conscience qu'avait la jeune femme de la singularité de son propre destin semblait rejaillir sur lui pour exalter son cœur. Ainsi nul scrupule susceptible de retenir des personnes de moindre condition ne vint-il s'opposer à leur désir mutuel lorsque le prince, oublieux de son épouse, fit à Dionysia le présent d'un amour enflammé.

Au début, l'entourage immédiat du souverain et le pays tout entier acceptèrent l'événement sans contestation ni malveillance ; nombreux furent ceux, et pas seulement parmi les flatteurs et les courtisans, qui considérèrent même cette évolution comme naturelle et licite. La mère du comte fut la première à s'en affecter et à se détourner sans rien dire. Quelques parents suivirent son exemple, évitant désormais de se trouver en présence de Dionysia, puis ce furent les amis intimes de la femme du prince qui se montrèrent offensés, à une époque où cette dernière elle-même était encore très loin de voir dans les relations de son mari avec l'étrangère autre chose que de l'amitié. Elle fut toutefois très profondément touchée, lorsqu'elle apprit la vérité, et s'éloigna sans un mot d'explication de son époux, qui commença dès lors à faire étalage avec une ostensible fierté de son amour pour Dionysia devant le peuple tout entier. Ne voulant pas qu'elle demeurât plus longtemps dans le château hérité du comte, il lui fit aménager une des résidences princières proche de la ville ; non content de lui consacrer désormais ses heures de loisir, il reçut ministres et envoyés dans ses appartements, tint en sa présence les délibérations sur les affaires de l'État et du pays, et aucune décision ne put bientôt être prise sans la voix de sa maîtresse. Tous ceux qui étaient proches du trône s'inclinant devant elle et se montrant prêts à lui reconnaître autant d'influence que le souverain lui en accordait, elle aurait pu se considérer comme la véritable souveraine du pays, n'eût-elle parfois et de plus en plus souvent remarqué, au cours de ses sorties en voiture, que certains de ceux qu'elle rencontrait semblaient ne pas la voir ou se détournaient ostensiblement. Elle ne s'en soucia guère au début et ne fit qu'en sourire comme de preuves de la jalousie et de la bêtise d'âmes de moindre qualité, jusqu'à ce que sa colère s'éveillât peu à peu, puis ne cessât de croître. Un jeune noble, dont les sympathies pour la princesse délaissée étaient connues, ayant regardé la maîtresse du prince, un jour qu'elle passait à cheval devant lui, avec un sourire de mépris, elle le frappa au visage de son fouet. Fou de colère, il lui lança alors une effroyable injure. L'ayant fait arrêter, elle dut intercéder auprès du prince indigné pour qu'il consentît à se montrer indulgent et à gracier l'imprudent que l'on avait condamné à mort. Cet incident transforma cependant la haine, jusque-là silencieuse au sein des deux partis, en une hostilité ouverte et bruyante. On rapporta à Dionysia les propos tenus sur elle dans le peuple et la noblesse, en particulier dans l'entourage immédiat de la reine : considérée, peu auparavant encore, comme une étrangère à l'origine mystérieuse, mais peut-être investie d'une mission divine, elle n'était plus aujourd'hui, aux yeux de bien des gens, qu'une aventurière et une catin. Aucun danger sérieux ne la menaçait, car le prince tenait plus que jamais à elle ; défiant l'opposition grandissante, il étendit même ses pleins pouvoirs dans tous les domaines et sans qu'elle l'en eût prié, l'entoura d'un luxe inouï et, après avoir conféré à son fils, âgé de cinq ans, le titre de prince, il épingla lui-même sur la poitrine de l'enfant un ordre réservé jusque-là aux membres de la famille royale. Il fit punir chaque parole imprudente, chaque geste suspect paraissant dirigé contre Dionysia, avec la plus extrême rigueur. Elle-même ne se sentait plus depuis longtemps disposée à le supplier d'accorder sa grâce à ceux qui, quel que soit leur rang, avaient attenté à la croyance en sa propre majesté. Lorsqu'elle allait en voiture par les rues, dans son carrosse d'or tiré par six chevaux noirs et entouré d'une escorte de cavaliers, elle percevait la simulation et la contrainte dans les acclamations qui la saluaient et sentait que ce n'était plus le respect, mais une crainte sourde, la peur et la haine qui tissaient leur toile autour d'elle. D'horribles rêves, peuplés de conjurations et d'attentats, troublaient son sommeil même au côté du prince, bien que celui-ci parût tout prêt à la défendre au péril de sa vie. C'est alors que la rumeur se répandit dans le château d'une entreprise fatale ourdie contre Dionysia dans l'entourage de la souveraine abandonnée. Personne n'en connaissait l'origine, mais celle qui en était l'objet estima le temps venu d'exiger de son amant une décision qui mît un terme à cet état de choses et, voyant qu'il hésitait, elle le plaça devant le choix suivant : ou bien chasser de la cour et exiler son épouse ou bien la laisser partir, elle, quand et où bon lui semblerait. Comme on ne possédait pas de preuves sûres de l'existence d'une conjuration, des courtisans flagorneurs se crurent fondés à en créer d'artificielles ; on fit un procès d'apparence régulière, à l'issue duquel la princesse contumace, reconnue coupable, fut condamnée à quitter la cour et le pays, ses lettres et ses joyaux confisqués. Elle partit le matin suivant, comme si elle s'était attendue depuis longtemps à ce dénouement, pour le lointain royaume de ses parents, accompagnée d'un petit groupe de fidèles. On bannit également quelques personnes qui paraissaient suspectes, et beaucoup d'autres, tenues pour particulièrement dangereuses, disparurent dans les prisons, apparemment irrassasiables. Comme le plus petit signe d'insatisfaction était impitoyablement réprimé, le calme se rétablit dans le pays et Dionysia put exercer enfin une souveraineté plus absolue que si elle avait été effectivement couronnée. Cependant, plus sa puissance grandissait, et moins elle était heureuse de son sort. Des fêtes toujours plus brillantes, mais sans aucune gaieté, se succédaient en son honneur et même les plaisirs qu'elle goûtait dans les bras du prince s'affadissaient et devenaient moroses. Elle prit bientôt conscience que son plus profond désir était que son amant s'opposât à ses vains désirs et elle se mit à le mépriser d'avoir toujours suivi sa volonté. Pour l'humilier comme il lui semblait qu'il le méritait, elle s'abandonna dans la couche princière à de jeunes courtisans, selon ses goûts du moment. Rongé de honte et de remords, le prince, après avoir renfermé sa colère dans son cœur, s'accommoda vite, dans le trouble et l'échauffement de ses sens, des faveurs faciles d'autres femmes pour lesquelles les portes du château commencèrent à s'ouvrir, ainsi qu'autrefois pour Dionysia ; et, comme en guise de compensation, les jeunes courtisans qui s'entendaient le mieux à flatter les désirs de cette dernière faisaient à la cour les plus brillantes carrières. La vie au château ne connut plus désormais ni retenue ni pudeur et la rumeur publique ne fut pas longue à raconter que, certaines nuits, les torches géantes qui illuminaient les salles des fêtes s'éteignaient d'elles-mêmes, comme saisies d'horreur devant les débordements des honteux plaisirs dont le prince et sa maîtresse s'enivraient avec leurs favoris et leurs favorites.

Par un matin gris, Dionysia, le visage masqué et un chatoyant manteau hâtivement jeté sur ses épaules nues, descendait en courant l'escalier de la grande salle. Elle fuyait une bande d'hommes ivres, parmi lesquels le prince, comme dans un accès de folie furieuse, se précipitait au hasard sur les uns et les autres, en brandissant un poignard. Obéissant à une tentation qu'elle tenait pour la dernière, elle se dirigea vers un étang, dont les eaux stagnaient sous de grands hêtres au fond du parc, pour y précipiter tout à la fois et pour toujours son ivresse, sa honte, son dégoût et une vie perdue. Cependant, en apercevant son visage décomposé dans ce trouble miroir, un souvenir, qui ne s'était pour ainsi dire plus présenté à son esprit au cours des deux dernières années, lui revint : elle se rappela brusquement qu'elle était mère. Faisant alors demi-tour, elle repartit en hâte vers le château, sous les frondaisons pendantes des arbres, et gagna d'un seul élan, comme portée par les ailes d'une jeunesse tout d'un coup retrouvée, la chambre où dormait le petit prince de sept ans. Elle ne se proposait pas autre chose, en s'approchant de son lit, que de le prendre dans ses bras et de l'entraîner dans la mort avec elle, mais en le voyant dormir si paisiblement, sous ses yeux, il lui sembla que ce petit front était auréolé d'une grandeur merveilleuse et qu'elle ne lui avait encore jamais vue. Une autre idée lui traversa l'esprit en un éclair et s'imposa si irrésistiblement à elle que, saisissant l'enfant endormi dans ses bras, elle retourna en courant, les pieds nus, dans la salle des fêtes. Le prince y était seul ; il avait lâché son arme et se tenait assis, les cheveux pendant en désordre sur le front et l'air extraordinairement grave, à la table ravagée, recouverte de fleurs à moitié fanées ; Dionysia sut tout de suite qu'il était en proie comme elle à un ardent désir de mort. Lorsqu'il la vit devant lui, portant son enfant profondément endormi dans les bras, il la regarda longuement et lui demanda la raison de cette étrange apparition. Elle lui tendit alors le jeune prince comme un précieux cadeau, en exigeant qu'il en fît le jour même son héritier et comme il se taisait, visiblement embarrassé, elle lui jura, dans l'exaltante lumière du soleil naissant, que l'horrible et tumultueuse vie de débauche de ces derniers temps était terminée et qu'elle avait décidé de se consacrer désormais uniquement à l'établissement de justes lois et au bien commun, désireuse de régner en fidèle compagne aux côtés de son prince bien-aimé. Elle se faisait fort d'effacer l'opprobre des années précédentes par la gloire qui s'attacherait à celles à venir et se portait garante que les premières ne survivraient dans la mémoire du peuple que comme une époque funeste et malsaine, qui ne serait bientôt plus qu'une légende. La déclaration instituant son fils héritier, qui devait être sa dernière décision arbitraire, lui semblait aussi excusable que nécessaire, puisqu'elle n'avait d'autre but que la prospérité du pays. Le prince accepta, les yeux brillants, et convoqua sur-le-champ le conseil des nobles, auquel il exposa sa volonté avec un tel sérieux et une telle flamme qu'elle ne rencontra pas d'opposition. La nouvelle fut annoncée au peuple et l'on fit en sorte qu'elle y fût accueillie avec des transports de joie. Le soir même, des lumières brillaient à toutes les fenêtres, tandis que des groupes apparemment pleins d'allégresse sillonnaient les rues, où tous les propos entendus ou surpris ne différaient en rien de ceux qui auraient été tenus si une noble épouse avait donné ce jour-là au prince bien-aimé un héritier ardemment désiré et longtemps attendu. Pour la première fois depuis longtemps, Dionysia se laissa abuser et tint les manifestations de liesse d'une foule soudoyée ou poussée par la peur pour autant de signes d'un retour de l'espoir dans un peuple au cœur chaleureux, qu'elle pourrait d'autant plus aisément regagner qu'elle n'en avait jamais complètement perdu la faveur. Remplie de joie, elle se montra au balcon, devant lequel les gens s'étaient massés, en compagnie du prince. Ceux-ci réclamaient toujours plus bruyamment le petit prince, comme s'ils se sentaient en droit de voir en face l'héritier du royaume, en ce grand jour où son illustre sort s'était décidé. Dionysia, que ce nouveau bonheur comblait, se dirigea rapidement vers les appartements de son fils, remarquant à peine l'absence de la garde qui se tenait habituellement devant la porte. Plus loin cependant, à la vue de la préceptrice du petit prince étendue comme ivre morte dans l'entrée, elle fut saisie d'un sombre pressentiment et se précipita vers le lit de l'enfant. Il y gisait les yeux éteints, défiguré par une horrible grimace et une profonde blessure au front, mort sur le drap rougi de son sang. Elle resta figée un instant puis, saisissant à bras-le-corps le cadavre de son fils, elle s'élança par les chambres, les couloirs et les escaliers du château, qui semblait maintenant abandonné, et se retrouva enfin, la dépouille sanglante dans les bras, sur le balcon où le prince était resté. Elle lui tendit l'enfant assassiné, qu'elle montra ensuite à la foule, en l'exhortant dans un discours farouche à une terrible vengeance. Le prince s'étant aussitôt enfui, comme à la vue d'un spectre, Dionysia resta seule sur le balcon. D'un seul coup, ce fut le silence sur la place devant le château ; pas une lamentation ne répondit aux plaintes de la mère, pas un cri de colère n'éclata... comme si personne ne doutait qu'il fallût voir dans ce coup du sort non pas l'œuvre d'humains mal intentionnés mais un décret de Dieu lui-même, qui rendait toute rébellion, quelle qu'elle fût, non seulement vaine mais également sacrilège. Silencieux et baissant la tête, comme s'ils venaient d'assister à l'exécution d'un jugement longtemps attendu, les milliers de gens rassemblés là s'éclipsèrent et disparurent dans la nuit, tandis que les cris d'horreur de Dionysia continuaient de retentir dans le vide, jusqu'à ce qu'elle s'affaisse enfin sur les dalles de pierre, tenant toujours dans ses bras le petit cadavre ensanglanté.

Un grand silence régnait autour d'elle lorsqu'elle s'éveilla. Elle était seule, le corps de l'enfant avait disparu. Elle voulut croire un instant qu'elle sortait d'un affreux cauchemar, mais la vue de ses mains pleines de sang la rappela à la réalité. Se levant alors, elle regarda autour d'elle, puis en bas, par-dessus la balustrade. Une aube morne s'insinuait doucement au-dessus de la place du château désertée. Parcourant hâtivement les appartements, elle ne rencontra nulle part âme qui vive : il n'y avait pas un garde dans les couloirs, pas un laquais et, dans les écuries, ni cheval ni voiture... elle était absolument seule et le château, tel un lieu frappé par la malédiction, semblait abandonné de tout être vivant. Alors une peur sans nom s'empara d'elle et elle n'osa pas sortir. Se rappelant soudain l'existence d'un passage souterrain conduisant de sa chambre à coucher au palais royal, elle ouvrit la porte secrète, dont elle était seule à connaître l'existence, et s'élança dans le noir, droit devant elle et toujours plus vite, frôlant de sa robe les murs de l'étroit couloir. Bien qu'une faible lumière l'environnât peu à peu, le chemin lui parut interminable ; elle poursuivit néanmoins sa fuite en avant, comme pourchassée, jusqu'à ce qu'elle rencontre enfin une porte. L'ayant poussée, elle se retrouva brusquement, comme si le mur l'avait rejetée, devant le prince : seul et vêtu de noir, il était assis à son bureau, sur lequel brûlait une bougie. Il sursauta, ses yeux clignotèrent et il eut un geste pour dissimuler la feuille qu'il avait devant lui mais, Dionysia s'en étant saisie, il laissa retomber ses mains tremblantes. La jeune femme y lut sa condamnation à mort, à laquelle ne manquait plus que la signature du prince. Plus pitoyable que jamais, ayant abdiqué toute grandeur, celui qu'elle avait aimé se tenait devant elle, balbutiant de lâches explications, lourdes de conséquences fatales. Il avait dû se soumettre, disait-il, à des forces trop puissantes pour qu'il pût leur résister et se trouvait prisonnier dans son propre palais. La princesse répudiée était déjà en route avec ses partisans et il ne pourrait sauver son pays, son pouvoir et peut-être sa vie même que s'il apposait son nom au bas de ce jugement. Il était douloureusement étonné de voir Dionysia devant lui, ayant espéré en secret qu'elle avait pris la fuite et se trouvait en sécurité : le château n'était-il pas désert et les issues libres de tous côtés ? C'était une erreur incompréhensible de sa part que de n'avoir pas mis à profit la confusion qui avait régné pendant la nuit, on eût dit qu'elle s'exposait d'elle-même et comme à dessein à une mort certaine. Toutefois, dans son désir de lui prouver sa clémence, poursuivit-il d'une voix qui s'affermissait et se faisait plus impudente à mesure qu'il parlait, il n'appellerait pas la garde, comme elle aurait eu tout lieu de le craindre, mais lui laisserait la possibilité de repartir en disparaissant par la même porte ; elle n'aurait ensuite qu'à rester cachée toute la journée dans le passage souterrain et à le quitter de l'autre côté, à la tombée de la nuit. Il ne la trahirait pas et veillerait même à ce que sa résidence demeure déserte tout le jour ; passé ce délai, elle devrait toutefois fuir aussi rapidement et aussi loin qu'elle le pourrait. Et il conclut en lui donnant sa parole qu'elle ne serait pas recherchée jusque-là.

Dionysia, après l'avoir laissé parler en le fixant tout le temps de son discours d'un regard froid que ses yeux cherchaient sans cesse à fuir, passa à côté de lui, devenu soudain tout pâle, sans un mot de réponse. Arrivée à la porte de l'antichambre, elle l'ouvrit d'une poussée et sortit entre les gardes qui ne bougèrent pas. Elle descendit l'escalier de marbre, franchit le grand portail du château et partit par les rues de la ville, où tous ceux qui la reconnaissaient s'écartaient timidement, comme devant une femme marquée par le destin ; elle continuait d'aller, dans sa robe tachée de sang, regardant droit devant elle, les yeux à demi fermés. Quelques personnes, en nombre toujours croissant, la suivirent à distance, pleines d'une crainte méfiante, jusqu'aux portes de la ville. C'est alors que Dionysia se retourna et, d'un geste impératif de ses deux mains couvertes de sang, leur interdit de la suivre davantage. Puis, aspirant à pleins poumons la tiède brise printanière, elle prit le chemin du retour entre les champs jaunes ondulant dans l'éclatante lumière matinale.

VII

Marchant la nuit et dormant le jour dans les prés et les bois, se lavant, elle et son linge, dans les rivières et les étangs et se nourrissant des fruits que le hasard mettait sur son chemin, Dionysia se tint à l'écart des routes habituelles ; elle ne cherchait pas tant à se cacher et à préserver une vie qui lui était devenue indifférente qu'à ne pas entendre de voix et ne pas voir de visages humains. Après bien des jours dont elle ignorait le nombre, elle se trouva enfin, sur le minuit d'un doux ciel plein d'étoiles, devant la porte de la maison qu'elle avait quittée depuis si longtemps et qui était ouverte, comme si on l'eût attendue. Elle n'entra pas, mais gravit l'escalier en colimaçon de la tour en haut de laquelle elle savait devoir trouver son époux, qu'elle aperçut bientôt, debout, l'œil collé à sa lunette braquée sur le firmament. Entendant des pas, il se retourna et reconnut sa femme ; il la regarda sans manifester aucune surprise, avec seulement ce doux sourire que l'on a pour saluer des hôtes chers.

— C'est moi ! dit Dionysia.

— Je t'attendais, répondit-il en hochant la tête. C'est en effet cette nuit, ni plus tôt ni plus tard, que tu devais venir.

— Tu connais donc mon destin ?

— Je le connais, même si tu l'as vécu sous d'autres noms. Il n'était pas de ceux qui peuvent rester secrets et c'est à toi seule, parmi toutes les femmes vivantes, qu'il pouvait être dévolu. Sois la bienvenue, Dionysia !

— La bienvenue, dis-tu ? Ma vue ne te fait-elle pas frémir ?

— Tu as vécu ta vie, Dionysia, et tu es plus pure, telle que tu te présentes à moi, que toutes celles qui vivent dans les troubles émanations de leurs désirs. Tu sais qui tu es — pourquoi devrais-je frémir à ta vue ?

— Je sais qui je suis ? Ah, je le sais aussi peu que le jour où tu m'as laissée partir ! Il m'était certes impossible de me trouver dans les limites à l'intérieur desquelles tu m'avais placée au début, où tout devenait obligation, mais je n'ai pu que me perdre dans le monde sans limites où tu m'as envoyée, et où tout n'était que tentation. Non, je ne sais pas qui je suis !

— Qu'est-ce qui te prend, Dionysia ? Serais-tu assez ingrate pour me reprocher d'avoir fait ce que ni le plus sage des amoureux n'a jamais osé, ni le plus amoureux des sages obtenu de soi-même ?

— Toi, un sage ? rétorqua la jeune femme. Toi qui n'as pas compris que chaque existence humaine ne reçoit en partage pour se comprendre et s'accomplir qu'un étroit territoire, où l'énigme singulière qu'elle représente, qui a vu le jour avec elle et disparaîtra pour toujours avec elle, s'accorde avec les grandes lois de l'ordre divin et humain pour aller dans le même sens qu'elles ? Toi, un amoureux ? Alors que tu n'es pas descendu dans la vallée, ce matin-là, pour briser toi-même l'instrument dont la musique menaçait d'induire en tentation ta bien-aimée ? Ton cœur était las, Érasme, et tu m'as laissée partir en refusant un combat qui, alors, n'était pas encore perdu. L'esprit enserré dans l'étau glacé des mots, tu as cru pouvoir capturer et enfermer l'immense plénitude de la vie, le jeu contradictoire de millions de forces, dans le creux miroir d'une formule.

Et, comme elle se détournait pour partir, son mari l'appela :

— Dionysia ! Ressaisis-toi ! Ton destin mouvementé

t'a troublé l'esprit, mais tu retrouveras ici ton calme et ta lucidité. Ta chambre, ta couche et tes vêtements t'attendent et tu ne seras jamais tourmentée par une question ou un reproche. Ici, tu seras en sécurité, alors que les dangers et la mort te guettent au-dehors.

Dionysia, déjà près de la porte, se retourna une nouvelle fois :

— Je ne me soucie pas de ce qui m'attend dehors. Je ne crains plus le monde extérieur. Ton voisinage est la seule chose dont j'ai peur !

— Mon voisinage ! Crois-tu que je puisse un jour oublier ma parole ? Sois sans crainte, Dionysia ! Tu trouveras ici la compréhension et, avec elle, la paix !

— Tu viens ainsi de me dire toi-même pourquoi je te fuis... Oui, si le souffle des centaines de destins qui environnent mon front t'avait fait frissonner, j'aurais pu rester et nos âmes se seraient peut-être fondues dans le brasier d'une douleur sans nom. En revanche, la grimace pétrifiée de ta sagesse m'épouvante plus que tous les masques et les prodiges du monde !

Sur ces mots, elle redescendit l'escalier sans un regard en arrière et, quittant en hâte la maison, disparut, aussitôt engloutie par l'ombre immense de la plaine.

Érasme resta un moment figé, puis se précipita derrière elle ; après avoir suivi sa trace pendant des heures sans parvenir à la rejoindre, il dut enfin se décider à rentrer. Toutes les recherches qu'il entreprit par la suite pour la retrouver furent vaines : elle avait disparu à jamais et personne ne sait si elle vécut encore, peut-être sous d'autres noms, quelque part dans le monde, ou trouva bientôt, sans avoir été reconnue, une fin due au hasard ou à sa propre main.

Il advint cependant peu après qu'Érasme découvrit une étoile au scintillement mystérieux, errant dans l'espace infini selon des lois nouvelles, inconnues jusqu'alors. On trouva plus tard dans ses notes qu'il se proposait de la nommer Dionysia, en souvenir de l'épouse à laquelle il n'avait pas gardé rancune de la dureté de ses dernières paroles. D'autres chercheurs, voulant vérifier sa découverte, scrutèrent le ciel en tous sens, à toutes les saisons de l'année et à toutes les heures possibles, mais aucun d'eux n'est parvenu à retrouver cette étoile, qui semble à jamais engloutie dans les espaces infinis.

LE TRIPLE AVERTISSEMENT

Dans la lumière bleue d'un ciel limpide et les douces senteurs du matin, un adolescent s'avançait vers les montagnes, dressées au loin comme un appel, et son cœur rempli de joie battait au même rythme que celui du monde. Il marchait d'un pas libre et sans alarme depuis des heures à travers la campagne, lorsque, pénétrant dans une forêt, il entendit tout à coup une voix autour de lui, inexplicablement proche et lointaine à la fois, et qui lui disait :

— Jeune homme, évite de traverser cette forêt, si tu ne veux commettre un meurtre !

Il s'arrêta, interdit, regarda de tous côtés et, n'apercevant nulle part trace d'être vivant, il sut qu'un esprit venait de s'adresser à lui. Cependant, trop intrépide pour ne pas se révolter à l'idée d'obéir à une aussi obscure invitation, il poursuivit son chemin sans se troubler. Il avançait, modérant un peu son allure et les sens aux aguets, pour apercevoir à temps l'ennemi inconnu que laissait présager cet avertissement. Il ne rencontra personne, n'entendit aucun bruit suspect et sortit bientôt des lourdes ombres de la forêt sans avoir été inquiété. S'étant alors étendu sous les dernières ramures pour prendre un court moment de repos, il porta, par-delà une vaste prairie, ses regards vers les montagnes, desquelles il voyait déjà se détacher avec précision la ligne sévère de l'âpre sommet, but ultime de son voyage. Cependant, à peine s'était-il levé pour se remettre en marche, et déjà l'inexplicable voix retentissait à nouveau autour de lui, proche et lointaine à la fois, mais plus pressante qu'avant :

— Jeune homme, évite de traverser cette prairie, si tu ne veux attirer la ruine sur ta patrie !

Sa fierté lui interdit de prendre en considération ce nouvel avertissement ; bien plus, sa creuse emphase et le mystère dont il se parait le firent sourire. Il se hâta d'avancer, le cœur incertain, ne sachant si c'était l'impatience ou l'inquiétude qui lui donnait des ailes. Le soir faisait flotter d'humides brumes sur la plaine, lorsqu'il arriva en face de la paroi rocheuse qu'il se proposait de vaincre. Et, au moment même où il posait le pied sur la roche nue, l'inexplicable voix, proche et lointaine à la fois, l'environna, plus menaçante qu'avant :

— Ne va pas plus loin, jeune homme, si tu ne veux souffrir la mort !

Faisant alors retentir les airs d'un grand rire bruyant, l'adolescent poursuivit sa route sans hésitation ni hâte. Plus il s'élevait sur le sentier vertigineux et plus s'exaltait le sentiment de liberté qui gonflait sa poitrine ; quand il atteignit enfin la cime, le dernier éclat du jour auréolait son front audacieux.

— Je suis au but ! s'écria-t-il d'une voix où vibrait un sentiment de délivrance. Si tu as voulu me faire subir une épreuve, esprit bon ou mauvais, je l'ai surmontée : aucun assassinat n'entache ma conscience, ma chère patrie poursuit sa paisible existence, assoupie au creux de la vallée, et je suis toujours en vie. Et, qui que tu sois, je suis plus fort que toi, car je ne t'ai pas cru et m'en suis bien trouvé !

Un roulement, grondant au loin comme un orage à travers les murailles rocheuses et se rapprochant toujours plus, lui répondit :

— Tu te trompes, jeune homme !

Et ces mots, le frappant avec la puissance de la foudre, le terrassèrent.

Mais lui, s'étendant de tout son long sur l'étroite crête, comme s'il avait eu l'intention de s'y reposer, dit à part soi, un rictus narquois aux lèvres :

— J'aurais donc commis un meurtre et ne m'en serais pas aperçu !

Et le grondement autour de lui :

— Un ver a trouvé la mort sous tes pas insouciants...

— L'esprit qui s'est adressé à moi n'était donc ni bon ni mauvais, repartit l'adolescent avec indifférence, mais simplement facétieux. J'ignorais qu'il y en eût de semblables, flottant dans les airs autour de nous autres mortels !

Le grondement se répercutait alentour dans la pâleur crépusculaire des sommets :

— Tu n'es donc plus celui qui sentait ce matin son cœur battre au même rythme que celui du monde, pour qu'une vie aux joies et aux peines de laquelle ton âme est fermée te paraisse de peu d'importance !

— Si tu l'entends ainsi, répliqua l'adolescent en fronçant le sourcil, je suis cent fois, mille fois coupable, comme bien d'autres dont les pas insouciants anéantissent sans cesse ni mauvaise intention d'innombrables insectes.

— C'est à la vie d'un seul d'entre eux que tu avais été averti de prendre garde. Sais-tu à quoi était destiné ce ver, dans le cours sans fin des événements et du devenir ?

La tête baissée, l'adolescent répondit :

— Je ne le sais et ne puis le savoir, aussi reconnaîtrai-je humblement avoir commis parmi bien d'autres, en traversant la forêt, le meurtre que tu avais voulu prévenir. Je reste néanmoins vraiment curieux d'apprendre comment je m'y suis pris pour attirer le malheur sur ma patrie en traversant la prairie !

L'inquiétant murmure qui l'entourait lui demanda :

— N'as-tu pas vu, jeune homme, un papillon aux ailes multicolores voltiger pendant un moment à ta droite ?

— J'en ai vu beaucoup, et sans doute aussi celui que tu veux dire !

— Oui, tu en as vu beaucoup ! Et ton haleine en a dévié plus d'un de sa route. Ainsi celui dont je parle, chassé vers l'orient par ton souffle brutal, a-t-il franchi les barreaux dorés entourant le parc du château royal, après avoir parcouru plusieurs lieues. Et c'est de lui que naîtra la chenille qui, rampant par un chaud après-midi d'été de l'an prochain sur la nuque blanche de la jeune reine, la tirera si brutalement de son léger sommeil que son cœur s'arrêtera de battre dans sa poitrine et que le fruit de ses entrailles dépérira. Le frère du roi, un être au caractère sournois, vicieux et cruel, héritera du royaume à la place du descendant légitime ainsi frustré de la vie et précipitera son peuple dans le désespoir et la révolte puis, pour assurer son propre salut, dans le chaos de la guerre, causant d'incommensurables dommages à ta chère patrie. Ainsi, nul autre que toi, jeune homme, n'est responsable de ces maux, toi dont l'haleine brutale a chassé le papillon aux ailes multicolores vers l'orient jusque dans le parc du château, à travers les grilles dorées.

L'adolescent haussa les épaules :

— Comment pourrais-je nier que tout puisse s'accomplir comme tu viens de le prédire, esprit invisible, puisque aussi bien toute chose sur terre est la conséquence d'une autre, et que l'on voit souvent le monstrueux procéder de l'insignifiant et l'insignifiant du monstrueux ? Cependant, pourquoi devrais-je croire cette prophétie, alors que ne s'est point réalisée celle qui me menaçait de mort si j'escaladais cette montagne ?

Et la terrible réponse retentit aussitôt alentour :

— Tel qui est parvenu jusqu'ici, devra aussi redescendre, s'il veut encore aller parmi les vivants. Y as-tu songé ?

L'adolescent se leva d'un bond, comme pour trouver incontinent son salut dans le chemin du retour. S'apercevant soudain avec effroi de l'impénétrable nuit qui l'entourait, il comprit toutefois que la lumière était nécessaire à une entreprise aussi hardie et, afin d'être sûr d'avoir au matin l'esprit clair, il s'allongea à nouveau sur l'étroite crête, appelant de ses vœux le sommeil réparateur. Il resta étendu sans bouger, mais son esprit et ses sens demeuraient éveillés ; ses paupières fatiguées et douloureuses refusaient de se fermer, tandis que de sombres pressentiments le faisaient frissonner corps et âme. Il ne parvenait pas à chasser l'image du vertigineux abîme par où il lui faudrait passer pour retourner parmi les vivants et lui, dont le pied était d'habitude si sûr, sentit naître et frémir en son âme des doutes jusqu'alors inconnus. Ils le tourmentèrent toujours plus cruellement jusqu'à ce que, ne pouvant plus les supporter, il eût décidé de hasarder sur-le-champ l'inévitable plutôt que d'attendre le jour dans les déchirements de l'incertitude. Il se leva donc pour tenter témérairement de maîtriser les dangers qui l'attendaient, sans l'aide bénéfique de la clarté et à la seule faveur de son pas tâtonnant, mais à peine eut-il posé le pied dans les ténèbres qu'il sut que, tel un irrévocable jugement, la prédiction qui lui avait été faite allait s'accomplir dans les délais les plus courts. Alors, pris d'une sombre colère, il lança ce cri vers le ciel :

— O, invisible esprit qui, par trois fois m'as prévenu, que par trois fois je n'ai pas cru et devant lequel je dois m'incliner maintenant, puisqu'il est le plus fort... fais-toi connaître à moi avant de m'anéantir !

Et la voix, proche au point de l'enserrer et immensément lointaine à la fois, retentit dans la nuit :

— Jamais encore mortel ne m'a connu et mes noms sont légion. Les superstitieux me nomment destinée, les fous hasard et les âmes pieuses Dieu. Je suis, pour ceux qui s'imaginent être des sages, la force qui existait au premier jour, qui continue et continuera, irrésistiblement, d'opérer pour l'éternité en tout événement.

— Sois donc maudit à mon dernier instant ! cria l'adolescent, le cœur plein d'une mortelle amertume. Si tu es en effet la force qui existait au premier jour et continue d'opérer pour l'éternité en tout événement, chaque chose devait arriver comme elle est arrivée. Je devais traverser la forêt pour y commettre un meurtre, je devais fouler le sol de la prairie pour causer la perte de ma patrie, escalader ce roc pour y trouver ma fin... malgré ton avertissement. Pourquoi donc étais-je condamné à l'entendre trois fois, alors qu'il ne devait me servir de rien ? Fallait-il aussi que cela fût ? Et pourquoi, ô dérision des dérisions, faut-il que je t'adresse encore, en un dernier gémissement, mes impuissantes questions ?

L'adolescent crut alors entendre s'envoler des frontières invisibles du ciel un rire incompréhensible, sérieux et lourd comme une monstrueuse réponse. Cependant, comme il tendait l'oreille vers le lointain, le sol vacilla, se déroba sous ses pieds et il fut précipité dans un abîme plus profond que des millions de précipices... dans des ténèbres où sont tapies les nuits, celles qui sont déjà venues et celles qui viendront, du commencement jusqu'à la fin des mondes.

LA DERNIÈRE LETTRE D'UN HOMME DE LETTRES

Dehors, la nuit recouvre le lac. Les montagnes muettes, noires et lointaines, se dressent à l'entour... Poursuis ta lecture, mon ami, car malgré les apparences, il s'agit bien d'une lettre. Sur l'autre rive, le long de la promenade, scintillent les lumières que je ne verrai pas s'éteindre — ou peut-être que si ? Alignerais-je ces mots avec autant de calme, voire avec un certain soin, si j'étais persuadé, au tréfonds de moi-même, que cette lettre est vraiment la dernière et que, dans quelques heures, tout sera vraiment fini ? Pourquoi pas ?... Il est rassurant, après tout, de ne pas se sentir *condamné,* mais seulement *décidé.* Ne pas devoir faire quelque chose rend tout plus facile, même la mort. Tu fais la grimace, très cher, et pourtant tu continues de lire ! Savoir que je suis mort te rend plus clément, ou du moins curieux. Cependant, je te le demande (et c'est une question que tu pourrais aussi te poser), pourquoi m'adresser précisément à toi, pour qui tout ce que j'ai dit jusqu'ici et m'apprête à dire devrait être — ne peut qu'être — aussi odieux que profondément incompréhensible ? Pourquoi ne pas choisir un destinataire moins ingrat et plus digne ? La postérité, par exemple, ou — pour parler plus modestement — les inconnus qui, n'ayant jamais été mes amis ni mes ennemis, ne peuvent qu'être libres de préjugés à mon égard ? Voudrais-je imposer à moi-même et à ma vanité, en guise de pénitence, de te laisser cette lettre en quelque sorte comme un testament — à toi avec qui, un jour que nous voulons espérer très lointain, mon secret, l'histoire de mon crime et de mon châtiment, comme écriraient d'autres auteurs qui te sont plus sympathiques, seront définitivement enterrés ?

Pourtant, comme toujours,... cela doit être *écrit* ; des mots doivent dire pourquoi je meurs, ou plutôt pourquoi je suis décidé à mourir avant que Maria, dont tu as annoncé avec une telle certitude la fin pour demain ou après-demain, ait eu le temps de me précéder.

Elle dort. Oui, mon ami, grâce à l'une de tes miraculeuses piqûres de morphine, elle dort d'un sommeil calme et profond, et l'infirmière que tu as eu la bonté d'amener toi-même, il y a trois jours, de Milan, est auprès de son lit. J'entends, par la porte entrebâillée, le souffle paisible de sa respiration en même temps que je sens la proche présence de celle qui la veille, vivante et en bonne santé, bien qu'elle reste immobile et que je ne voie même pas la pointe de ses fins souliers noirs, d'une remarquable élégance pour une infirmière (j'ai toujours eu le don de sentir la proximité des êtres avec l'âme desquels mon âme est entrée en contact). Ne devrais-je pas aller prendre sa relève ? Ne conviendrait-il pas qu'à cette heure je sois seul au chevet de Maria, ma main tenant la sienne ou posée sur son front ? Et qu'au lieu de cela je sois en train d'écrire à la lueur de deux bougies — oh, est-ce possible ? de *t'*écrire une lettre dont je n'allonge peut-être autant le préambule qu'afin de gagner du temps avant ma confession — est-il preuve plus accablante, bien qu'également, dans un autre sens, plus favorable pour moi ?

C'est un curieux hasard qui a voulu que tu sois le médecin que j'ai fait quérir à Milan pour venir au chevet de ma maîtresse malade (car, sache-le, mon ami, nous ne sommes pas mariés). Je n'avais en effet même pas demandé un médecin allemand, mais le pharmacien d'ici a visiblement pensé me faire plaisir en m'adressant à un compatriote. Et il se trouva non seulement que c'était un ancien condisciple, un ami de jeunesse, mais encore que nous nous revoyions pour la première fois depuis dix ans après nous être pour ainsi dire mutuellement oubliés !... Mais, dis-moi, mon ami, pourquoi me détestes-tu toujours autant ? Je peux te poser librement cette question, puisque je suis mort, et tu peux me répondre encore plus librement puisque tu es vivant. Garde-toi néanmoins de me dire que c'est simplement de l'antipathie — ni l'un ni l'autre n'avons encore besoin, en cet instant, d'user d'aussi lâches détours. Pourquoi donc cette haine persistante ? Tu as fait ton chemin, atteint ce que tu pouvais, ce que tu voulais atteindre... et presque plus encore. Tu peux prétendre t'être arraché, en peu d'années et par tes propres forces, aux misérables conditions de ta jeunesse pour t'élever à une position sûre et extrêmement considérée. La profession que tu as choisie et que tu tiens pour sacrée, pour plus sacrée qu'aucune autre, même si c'est peut-être à tort, te satisfait, te comble même... et, si j'interprète bien ton attitude, apparemment tout à fait sereine, et ton comportement, qui a dépouillé toute timidité, tu as aussi obtenu ce à quoi tu aspirais le plus ardemment et, hélas, bien vainement dans tes jeunes années : le bonheur de goûter à la tendresse féminine sans avoir à la payer comptant... Explique-moi donc pourquoi aujourd'hui encore, pourquoi le jour même où nous nous sommes retrouvés, est venu se mêler dans tes yeux, à la surprise et à la joie spontanée de la reconnaissance, cet éclair d'hostilité perfide qui m'avait déjà déconcerté dans mon enfance, lorsque, à peine adolescent, tu franchis le seuil de la maison familiale pour offrir tes services comme nouveau précepteur ? Ne devais-tu pas, dix ans plus tard, à un bal des étudiants en médecine, me lancer le même regard en passant, seul et vêtu d'un frac d'une coupe pas très heureuse, tout près de moi qui avais l'avantage de danser avec une très jolie demoiselle blonde ? Et je vis la même lueur un peu sournoise s'allumer encore dans tes yeux cinq ou six ans après, lorsque, devenu déjà médecin assistant à l'hôpital et tombant sur moi au coin d'une rue, tu ne pus faire autrement que de me féliciter pour mon premier succès dramatique, qui m'avait rendu, comme on a coutume de dire, célèbre du jour au lendemain ? Bien sûr, point n'était besoin d'être grand psychologue pour saisir le sens de tes regards et de toute ton attitude à mon égard ; je m'étonne seulement qu'elle persiste après un si long temps, intacte et toujours aussi résolue, et que tu ne parviennes même pas, en ces jours (tu voudras bien l'admettre) difficiles pour moi, à te dominer suffisamment pour trouver un mot aimable ou même simplement neutre à m'adresser. Je ne fournis pourtant plus aucun prétexte à ton envie... mon renom lui-même, ce renom de poète qui, je le suppose, n'a jamais dû te paraître particulièrement digne d'être recherché, n'est pas de ceux qui emplissent le monde de leur écho et je doute aussi peu que toi que, dans quelques décennies, nul se soucie encore de moi et de mes œuvres. Pourquoi donc, mon ami, cette haine inextinguible pour quelqu'un à qui tu n'as jusqu'ici autre chose à reprocher que de n'être ni meilleur ni pire, mais simplement autre que toi ? N'ai-je pas quelque raison de craindre qu'après ma fin probablement tragique — c'est en tout cas ainsi que tu la nommeras — une éphémère sensation de regret, voire de remords ne t'envahisse... et qu'un sentiment de culpabilité à demi inconscient ne vienne perturber un quart d'heure ta croyance en ta perfection ? Oui, est-ce que je ne t'écris pas finalement cette lettre, avec la noblesse de cœur qui m'est propre et qu'accroît vraisemblablement la proximité de l'heure suprême, dans le seul but de t'épargner toute émotion pénible, si insignifiante soit-elle... et de te procurer par surcroît la satisfaction — non pas après ce que tu viens de lire, mais après ce que tu liras ci-dessous — de ressentir l'involontaire horreur que je t'inspire comme une sorte de confirmation divine de ton profond sens de l'ordre ?

La belle infirmière blonde, que tu nous as amenée de Milan — ou plutôt que tu as amenée à ma femme —, est en train de traverser ma chambre. Pourquoi ? Pourquoi la mienne, alors que celle de Maria a une seconde issue ? Son regard m'a frôlé, je l'ai senti sans avoir eu besoin de lever les yeux de mon bureau. Après avoir fermé sans bruit la porte derrière elle, elle a doucement descendu l'escalier et je l'entends marcher sur le gravier, en bas, dans le jardin. Elle s'éloigne en direction de la rive du lac en respirant l'air de cette douce nuit. Je pourrais la suivre, au lieu de continuer à écrire une lettre peut-être superflue... peut-être attend-elle un geste de ce genre. Mais qu'importe ? Il est trop tard pour tout cela, j'ai autre chose à faire... ma lettre à rédiger, une faute à confesser — peut-être seulement une dernière comédie à jouer, que sais-je ? Un bruit m'arrive par la fenêtre ouverte, si faible que je ne puis distinguer si ce sont des voix venant du lac ou les derniers soupirs de violons jouant sur l'autre rive ; ou bien l'infirmière blonde, tentant le sort, chuchoterait-elle mon nom en bas, dans le jardin, partagée entre l'espoir et la crainte que je l'entende ? Mais, maintenant, je vais aller voir Maria...

La morphine continue de faire merveille. Elle dort profondément, la respiration toujours calme. Un rayon bleu argenté tombait sur son bras nu sur la couverture et une lueur pâle, qui n'avait rien de terrestre, semblait émaner de son front ; sinon, la pièce était plongée dans l'obscurité. Je me suis remis à écrire, voulant enfin te raconter pourquoi je suis résolu à mourir avant Maria, et conformément à mon propre décret, alors que celui qui l'emporte est impénétrable. Ou cela reviendrait-il en fin de compte au même ?...

Mais où vais-je commencer ? Comme s'il était facile de dire où commence une histoire ! A notre naissance... ? Avec nos parents... ? nos grands-parents... ? des ancêtres dont nous ne savons rien... ? des aïeux qui disparaissent au plus profond de la nuit des temps ?... Il y aurait quelque difficulté à remonter aussi loin qu'il faudrait — surtout lorsque le temps vous est aussi mesuré qu'il me l'est maintenant. Aussi débuterai-je, à la manière des auteurs de nouvelles expérimentés, au moment où Maria et moi nous rencontrâmes — ou plutôt au moment où, dans le tourbillon des couples se balançant au son des flûtes et des violons, chacun de nous prit pour l'autre la figure du destin. Ce ne fut malgré tout pas une heure très gaie ou du moins ne paraissait-elle pas devoir l'être, puisque j'avais encore Mlle Syringe à mon bras. Tu trouveras à juste titre ce nom étrange et quelque peu païen, mais en est-il un autre pour une personne qui, appelée par profession à représenter sur la scène d'intéressantes et mélancoliques figures de femmes, reçut à son baptême le prénom de Joséphine et, par la suite, le surnom de Mademoiselle Fifi dans la vie civile ? Bien que nous nous aimions tendrement depuis trois mois déjà, c'est-à-dire depuis les répétitions de ma dernière comédie, dans laquelle elle avait été la Fifi la plus démoniaque — ou Fifi la plus démoniaque Syringe — que l'on pût imaginer, nous étions tous les deux à la recherche de visages nouveaux et sans doute aussi (mais, naturellement, inconsciemment) d'un nouveau bonheur plus authentique. Mes yeux en avaient déjà rencontré beaucoup d'autres — bleus ou noirs, connus ou inconnus —, échangeant avec eux un bref signe d'interrogation ou de séduction, lorsque plongea soudain dans le mien un regard d'un éclat si sombre et si sérieux qu'il brillait encore en moi, comme gravé sur ma rétine et dans mon esprit, quand je fus à l'autre bout de la longue salle, séparé de lui par un millier de danseurs, non... je devrais plutôt dire d'ombres. Et Syringe ? Elle s'était échappée de mon bras et je ne l'avais même pas remarqué. Quelqu'un me l'avait enlevée, elle dansait avec lui et m'adressa, en passant près de moi, un sourire réjoui et moqueur avant de rester la bouche à moitié ouverte et un air d'effroi délicieusement niais sur le visage en voyant que je ne lui rendais même pas son sourire et que mon regard passait à côté d'elle — ou plutôt la traversait comme si elle eût été un fantôme. Elle s'agita un peu, leva de façon absurde le bras droit en écartant les doigts, puis le laissa retomber... mon regard demeura impénétrable et tout fut dit : nous ne nous connaissions plus. Ainsi en avais-je définitivement terminé avec Syringe avant d'avoir échangé une seule parole avec Maria, avant même que nos yeux se fussent à nouveau rencontrés après ce premier regard décisif. Je ne partis pas non plus à sa recherche dans la salle, me contentant d'attendre, sans véritable impatience, ce qui ne pouvait manquer de se produire. Je me tenais tranquillement sur la dernière des trois marches qui couraient tout autour de la salle, lorsque je vis Maria s'approcher lentement au bras d'un monsieur. Nos yeux se reconnurent, tandis que nos visages restaient impassibles et, comme nous nous étions déjà rencontrés plusieurs fois en société, je m'avançai sans plus de formalités et invitai Maria à danser. Elle accepta d'un signe de la tête, prit sans mot dire congé de son accompagnateur et, l'instant d'après, je l'entraînai dans la danse. Elle avait les yeux fermés, le visage tout à fait immobile, et j'eus l'impression de tenir dans mes bras une femme plongée dans un rêve, voire dans un sommeil sans rêve. Nous nous touchions à peine, nos mains reposaient l'une sur l'autre sans se serrer et nous savions pourtant tous les deux que notre destin venait de se décider pour l'éternité. Soudain, je vis ses yeux s'agrandir et je sentis son corps, jusque-là pour ainsi dire sans poids, se faire de plus en plus lourd dans mes bras, si bien que j'eus toutes les peines du monde à l'empêcher de tomber. Je réussis, je ne saurais m'expliquer comment, à l'entraîner, tout en faisant semblant de continuer à danser, au bord de la salle où je n'eus d'autre ressource que de la déposer sur les marches et de lui soutenir d'abord la tête en lui passant la main sous la nuque. Pâle comme une morte, les paupières closes, elle semblait avoir perdu tout à fait connaissance. Quelques couples proches s'arrêtèrent de danser, des messieurs et des dames assis dans le couloir se levèrent et l'un d'eux apporta un verre d'eau qu'il présenta vainement aux lèvres de la jeune fille évanouie ; on entendit appeler de part et d'autre un médecin mais, avant même qu'il en fût arrivé un, une dame, en qui je reconnus la mère de Maria, s'était frayé en toute hâte un chemin à travers la cohue. Sans m'accorder d'attention, elle prit dans ses mains la tête de sa fille, qui reposait toujours sur mon bras, et murmura, comme pour se tranquilliser elle-même, en regardant les gens qui faisaient cercle autour d'elle :

— Ce n'est rien !

Au même instant, Maria rouvrit les yeux. Les couleurs revinrent à ses joues, elle regarda autour d'elle et, sur un geste de sa mère qui semblait les en prier, les gens s'éloignèrent peu à peu. Elle se redressa, détacha doucement de ses joues les mains de sa mère et lui dit avec un sourire :

— Je me sens très bien maintenant, mère !

Puis, avec une parfaite maîtrise de soi, elle me fixa de ses yeux noirs et m'adressa ces mots, les premiers depuis que nous étions l'un à l'autre :

— Ne vous ai-je pas fait peur ?

Je l'assurai que non en toute bonne conscience, car j'étais resté parfaitement calme pendant la durée de cet incident, ressentant plutôt une certaine tension nullement désagréable. Portant alors à mes lèvres la main de sa mère pour une tardive salutation, je lui demandai la permission d'accompagner ces dames à une table voisine et de leur tenir compagnie jusqu'à ce que mademoiselle, entièrement rétablie, ait à nouveau envie de danser.

— Je pense, me répondit-elle, que Maria aura suffisamment dansé aujourd'hui,
puis s'écria, comme reprenant brusquement conscience du danger à peine surmonté :

— Quelle idée as-tu donc eue, Maria ? Tu sais pourtant qu'il t'est strictement interdit de danser. Si j'avais imaginé que ma fille, habituellement si sensée, pût être aussi imprudente et désobéissante, je n'aurais jamais accepté ces invitations !

— Édouard aurait été bien trop offensé ! répondit Maria en souriant et, se tournant vers moi, elle expliqua :

— Mon cousin Édouard est membre, et même vice-président, du comité d'organisation du bal.

Toujours assise sur les marches, elle jouait avec un petit éventail blanc, dans une attitude merveilleusement libre et sans se départir de son sourire. Sa mère, agacée, me dit alors :

— Le médecin — que dis-je ? tous les médecins le lui ont interdit... Elle a des palpitations au moindre mouvement rapide. Même si ce n'est pas grave, elle doit être prudente ! Elle est pourtant habituellement très raisonnable. Nous sommes allées à trois ou quatre soirées, ces dernières semaines, et il ne lui est jamais venu à l'idée de danser !

— Ce n'était que pour *une seule* danse, mère, et ce sera la dernière, répondit Maria. Se levant sur ces mots, elle me lança un regard furtif et cependant grave, puis referma son éventail, examina l'état de sa toilette et défroissa sa robe en la lissant de la main.

Si concis soit-il, jamais le langage ne rendra compte de la rapidité avec laquelle une série d'idées d'une importance déterminante pour le destin d'un individu se succèdent dans le cerveau. Celles que je vais maintenant essayer de t'exposer brièvement, mon ami — l'illumination que j'eus, la réflexion, puis la décision qui la suivirent, bref, tout ce qui se passa en moi pendant les quelques instants où Maria replia son petit éventail et défroissa sa robe — ne m'occupaient plus guère l'esprit, tandis qu'assis à une table dans le couloir, nous nous entretenions comme de vieilles connaissances aux relations superficielles (ce qu'elles étaient effectivement pour moi) de toutes sortes de sujets indifférents. Mais voici les pensées qui avaient été les miennes peu auparavant : Maria a une lésion cardiaque (tu voudras bien excuser l'audace de mon diagnostic en considérant premièrement que je ne suis pas médecin et, deuxièmement, qu'il était juste). Quoique n'ignorant rien de sa maladie et du danger que représente pour elle tout mouvement rapide, elle ne m'a pas refusé la danse que je lui demandais et s'y est même livrée avec l'abandon total dont seul peut faire preuve un être brusquement saisi d'une violente et irrésistible passion. Elle ne me refusera pas non plus sa main, même si sa mère et les médecins lui déconseillent, voire lui interdisent le mariage. Nous serons très heureux... quelques années, peut-être un an ou quelques mois seulement, puis elle me quittera, me laissant seul avec ma grande douleur, la première douleur véridique de ma vie, dont je suis dès maintenant en mesure de me représenter toute la fécondité et qui seule fera de moi celui pour la réalisation duquel Dieu m'a créé (ne va pas parler de blasphème, je n'ai jamais été plus pieux qu'à cet instant-là). Avoir ignoré jusqu'ici la douleur est à la fois une faiblesse et le défaut essentiel de mon art, la cause du manque de passion et de profondeur de tout ce que j'ai tenté et dans une certaine mesure réussi, ce pourquoi tout y est si froid, si lisse... si vide, comme disent mes ennemis. Mais qui sont nos ennemis, sinon ceux qui ont raison contre nous, même si leurs raisons sont le plus souvent impures ?... Et, demeurant aussi froide malgré toute ma facilité et mes dons, la fantaisie que l'on veut bien me reconnaître manque de cette sérénité du cœur qui ne s'épanouit qu'à l'ombre de la douleur. Ce n'est que lorsque j'aurai lié mon sort à celui de Maria, ce n'est que dans notre amour, par sa mort et par ma peine, que ma mission terrestre pourra s'accomplir... Voilà très exactement quelles étaient mes pensées, tandis qu'assis à côté d'elle, je jouais avec le petit éventail blanc, le regard suspendu à ses lèvres pâles et que parcourait un léger tremblement comme jamais il ne l'avait été à des lèvres plus pleines et plus brûlantes. Je l'aimais, c'était la première créature que j'aimais vraiment — et je pensais à sa mort, non... je comptais sur sa mort, et cette idée me la rendait mille fois plus aimable !

L'infirmière vient de revenir auprès d'elle, je le sais, bien que je ne l'aie ni vue ni entendue rentrer. Elle aura donc vainement attendu dans le jardin. Quel merveilleux tableau ! Je le vois aussi nettement que si j'étais auprès d'elles dans la chambre ; la jeune femme blonde, dont la beauté s'épanouit à la vie, veillant, immobile sur sa chaise au chevet du lit où repose, mourante, une pâle malade aux cheveux noirs. Ah, quel tableau et quelle chance, finalement, que je ne sois pas aussi peintre !

Je jugeai bon, deux jours après le bal, de m'enquérir de la santé de Maria. Elle habitait avec sa mère dans une vieille maison du centre de la ville, un peu à l'étroit, comme on le remarquait tout de suite, mais non sans confort. Les meubles anciens témoignaient d'une honnête aisance et d'un goût bourgeois acceptable, nullement inattendus dans une famille de la bonne noblesse d'administration autrichienne, où la veuve dispose d'une petite rente en plus de sa pension. La mère me reçut avec amabilité, se montra même un peu flattée et, bien qu'elle n'ait ignoré ni ma personne ni mon nom — celui d'un dramaturge connu —, elle me parut avoir pris dans l'intervalle des renseignements supplémentaires sur moi auprès de son entourage. Elle se révéla en effet remarquablement bien informée sur ma situation personnelle, sachant que j'avais perdu mes parents depuis plusieurs années, que ma sœur était mariée avec un industriel rhénan et que j'habitais seul une petite maison à Hietzing. Elle ne manqua pas en outre de citer au cours de la conversation le titre de deux ou trois de mes pièces, qu'elle n'avait certainement jamais vues.

Au mur, le portrait rembruni d'un homme au visage d'adolescent allongé et imberbe, en uniforme de conseiller ministériel — son mari, emporté par une mort précoce — me fit penser je ne sais pourquoi à un officier des guerres de libération*. Sa fille tenait de lui les yeux ombragés de longs cils, les lèvres minces, le menton nettement dessiné et tout particulièrement cette merveilleuse liberté dans le maintien où s'exprimaient en même temps une tendance spontanée à donner et une orgueilleuse disposition à recevoir. Assise en face de moi, pendant que je bavardais avec sa mère, elle était d'abord restée muette, les bras et les mains au corps dans un fauteuil de velours bleu foncé. Lorsqu'elle se mêla à notre conversation, ce fut pour me demander, comme il était question de ma petite propriété, si je m'occupais moi-même du jardin. Je lui dis m'être contenté jusqu'ici de cueillir les fleurs et les fruits, mais elle ne releva pas ma petite plaisanterie et se mit à parler de la résidence d'été, dans la Brühl**, où elles se rendaient toutes les deux chaque année au mois de mai. J'eus ainsi bientôt appris que, en dehors de quelques petites excursions et d'un séjour, l'automne précédent, chez des amis qui possédaient une gentilhommière en

---

* Contre Napoléon, de 1809 à 1813. *(N.d.T.)*

** Région de marais, située au sud de Vienne. *(N.d.T.)*

Basse-Autriche, elle n'avait encore guère parcouru le monde. Comme je faisais mine de la plaindre, elle refusa catégoriquement mon apitoiement, m'assurant que l'insatisfaction et la nostalgie lui étaient étrangères. Je découvris alors, de manière toujours plus prononcée, une âme encore assoupie, ayant à peine pris conscience d'elle-même, dans laquelle par exemple notre rencontre, que j'avais pour ma part, bien que par nature aussi peu enclin que possible à toute forme de superstition, ressentie comme un événement prédestiné, n'éveilla ni étonnement ni ferveur. Elle avait certainement déjà lu maint ouvrage décrivant ce mystérieux « coup de foudre » auquel je n'avais personnellement jamais cru jusque-là, mais la chose ne lui parut nullement plus surprenante parce qu'elle en faisait maintenant l'expérience elle-même.

Elle ne s'étonna pas non plus que je renouvelle ma visite dès le lendemain et, lorsque nos lèvres se trouvèrent et s'unirent dans un long baiser, au premier instant où le hasard nous laissa seuls, ce ne fut l'effet ni d'une préméditation ni d'une véritable passion, mais la chose la plus pure et la plus naturelle du monde, la sanction d'un engagement sérieux. Je demandai à sa mère la permission de venir chercher ces dames le lendemain pour leur montrer les quelques tableaux et objets d'art qui, en partie héritage et en partie collection personnelle, constituaient un des ornements sans prétention de ma villa. Et c'est ainsi que, par une fraîche journée de la fin de l'hiver, je fis faire à la mère et à la fille le tour de mon petit jardin, où les rosiers étaient encore empaillés, tandis que la neige fondait lentement sur le gazon et que quelques violettes précoces apparaissaient sous un buisson de jasmin dénudé. Puis, lorsqu'elles eurent admiré mes modestes objets précieux, nous restâmes un moment assis dans mon cabinet de travail, auprès de la cheminée où achevait de se consumer une œuvre commencée quelques semaines auparavant et jetée au feu le matin même pour m'avoir semblé d'un seul coup, dans son insolente et froide gaieté, étrangère à moi-même, voire proprement indigne de l'état de mon âme. Maria me parut merveilleusement changée. Sa mine sombre, toujours empreinte d'une sorte de mélancolie, s'était éclairée et, devenue loquace, pleine d'entrain et de gaieté, elle accepta volontiers que, pour terminer la visite, je leur montre les différentes pièces de mon logis, où (ni elle ni moi ne pouvions plus en douter) elle entrerait bientôt en qualité d'épouse. J'en vins du reste à me persuader ce jour-là que sa maladie n'était pas si dangereuse que je me l'étais représenté récemment sous l'effet de son évanouissement et que — il n'est sans doute pas possible de le dire autrement — je l'avais espéré. Je ne pus toutefois me tenir rigueur, à tout prendre, des idées que cet incident avait fait naître en moi, si monstrueuses qu'elles puissent paraître aussi bien à toi qu'à beaucoup d'autres. Combien de fois dans ma vie n'avais-je pas, à la manière des poètes et des fous, laissé libre cours en moi aux idées perverses, criminelles ou diaboliques autant qu'aux autres, nobles et pleines d'abnégation, pour des jeux intellectuels dont je ne pouvais me sentir responsable ni en bien ni en mal ?

Nous nous considérâmes alors comme fiancés, tout en convenant de nous abstenir d'en faire part aux amis et aux parents. Je fis néanmoins une demande en bonne et due forme à sa mère, à laquelle nous ne voulions ni ne pouvions taire notre décision. Celle-ci me déclara en tête à tête qu'elle se voyait dans l'impossibilité de me donner son accord avant d'avoir eu un entretien avec le médecin de la famille ; on voyait bien qu'elle eût préféré accepter sans plus une demande aussi avantageuse à ses yeux et qu'elle se fût volontiers laissé persuader, lorsque je lui exposai en toute sincérité qu'un mariage heureux ne pourrait qu'avoir une influence favorable sur la santé de Maria... cependant, ses scrupules maternels finirent par l'emporter. Je reçus dès le lendemain la visite d'un monsieur d'un certain âge, qui me dit être le médecin de famille et me recommanda instamment, après un préambule poli et embarrassé, de renoncer à ma demande. Il n'avait pas dit toute la vérité à la mère, qui l'avait appelé la veille, encore moins à Maria elle-même, qu'il avait une nouvelle fois examinée très sérieusement à cette occasion, et croyait pouvoir s'en remettre d'autant plus sûrement à mon tact, à ma compréhension, voire à mon sentiment pour la malade, du soin sans doute pénible mais indispensable de rompre les fiançailles. Une rupture indispensable, répéta-t-il d'un ton sévère, car l'état de Maria rendait les plus grands ménagements nécessaires, si ceux qui l'aimaient voulaient jouir quelques années encore de sa présence. Son cœur n'était absolument pas capable de supporter les émotions du mariage et tout particulièrement, ajouta-t-il en levant les sourcils, d'un mariage d'amour, si bien que celui qui l'épouserait bien que connaissant son état aurait une lourde responsabilité morale. Je l'écoutai calmement et le remerciai très poliment de ses conseils, mais il prit congé plus rapidement qu'il n'en avait eu visiblement l'intention et avec une certaine gêne en voyant que je ne me départais pas d'une froide réserve envers ses avertissements répétés. Pendant ce bref entretien au cours duquel je n'avais pour ainsi dire fait qu'écouter, le plan conçu le soir du bal puis rejeté non pas tellement comme insensé ou infâme, mais plutôt comme heureusement inapplicable, me revint à l'esprit pour s'emparer irrésistiblement de mon âme quand, resté seul, j'allai de long en large dans ma chambre. Je m'aperçus presque avec confusion que je n'avais été rien d'autre, les jours précédents, qu'un jeune homme amoureux et que j'avais oublié de la manière la plus pitoyable ma véritable vocation. Et, tandis que j'en reprenais conscience avec une ampleur nouvelle et presque insoupçonnée, mon amour pour Maria s'imposait à moi avec la même force, comme si ces deux puissants sentiments avaient été inséparablement liés. Être destiné à trembler pour elle dès l'instant où je la posséderais, condamné à la perdre par ma faute et me croire en même temps capable... oui, prendre même l'engagement de me libérer de ma faute par une œuvre plus estimable devant Dieu qu'une simple vie humaine — voilà qui devait nécessairement porter ma passion à une si prodigieuse intensité qu'elle fût en mesure de faire, dans le temps qui m'était parcimonieusement mesuré, le bonheur de l'être aimé plus généreusement que l'insouciance facile d'une tendresse qui, n'apercevant pas sa fin, s'éteint peu à peu d'elle-même. Décidé à ne laisser aucune interdiction ni même un simple atermoiement influer sur la suite des événements, je parlai le soir même à Maria, à laquelle le docteur avait seulement suggéré en termes prudents qu'il serait souhaitable de repousser son mariage jusqu'à l'automne, d'un départ précipité qui, plaçant sa mère devant le fait accompli, l'empêcherait de refuser plus longtemps son consentement. Elle me donna son accord sans réserve et se montra même tout à fait ravie, ne faisant aucun mystère de sa complète indifférence à l'égard de la bénédiction religieuse ; unie à moi par un lien indissoluble, étrangère à tous les autres, son unique désir était de partir le plus tôt possible parcourir le monde et aucun égard, pas même ceux que lui inspirait une mère tendrement aimée, ne devait le contrarier. Pas plus qu'une autre, cette dernière n'aurait pu remarquer la moindre nervosité chez sa fille pendant les quelques jours qui me furent nécessaires pour préparer ce voyage, et moi-même, qui ne suis assurément pas un novice dans l'art de la dissimulation, je m'étonnai de l'innocence pleine de gaieté avec laquelle Maria étreignit sa mère, le matin du départ, quittant la maison où elle avait passé son enfance comme si elle partait pour une promenade et non pas pour longtemps, voire pour toujours.

J'avais pris soin qu'aucune nouvelle ne pût nous parvenir dans les premiers jours. Quant aux lettres de Maria, sa mère ne les reçut qu'après notre premier changement de séjour et elles furent, dès le début, si naturelles et si déterminées à la fois qu'elle ne put dissimuler, dès sa première réponse, sa satisfaction au sujet de la bonne santé évidente et de l'humeur sereine de sa fille, bien qu'elle tentât de se montrer fâchée, voire courroucée. La timide suggestion, certainement bien intentionnée, qu'elle nous fit alors de raccourcir, voire d'interrompre notre voyage en vue d'un rapide mariage, conforme à notre condition, n'eut d'autre résultat que de nous faire sourire. Plus nous nous éloignions, et plus s'effaçaient en nous les traces d'une agitation fébrile qui n'avait d'ailleurs son origine qu'en moi seul. Nous nous rendîmes d'abord, presque sans nous arrêter, jusqu'à Naples, où nous fîmes un assez court séjour, avant de remonter vers Rome, puis vers Florence, où nous pensions rester plus longtemps. Ce fut un émerveillement pour moi de voir Maria, encore très tendue au début et prisonnière, au sein de son bonheur, de sa nature sérieuse, se montrer de plus en plus libre et de plus en plus gaie. Son âme s'ouvrait à toutes les influences, au ciel, au paysage et aux tableaux que nous regardions comme aux inconnus que nous rencontrions ; elle devenait, sous mes yeux, capable de sensations auxquelles elle s'était auparavant fermée et d'impressions à côté desquelles elle était autrefois négligemment passée. Ma propre transformation me remplissait aussi d'une sorte de curiosité : l'humeur sombre et grandiose dans laquelle j'avais entrepris ce voyage, celle d'un amoureux et d'un criminel tout ensemble, s'évanouissait peu à peu et tous les timides signes de honte ou de remords, qui tentaient de se manifester en moi, pâlissaient devant la charmante illusion qui faisait mon bonheur. Le caractère passionné de nos relations avait apparemment la plus heureuse influence sur la maladie de Maria et ce, d'une manière si frappante, que je me demandai plus d'une fois si le médecin que sa mère m'avait envoyé n'était pas un ignorant, un fou ou un jaloux. Je me sentais pour ma part devenir meilleur et plus pur. Toute ambition professionnelle, voire la simple vanité humaine, semblaient se détacher de moi. Exister, aimer et être aimé, jouir du monde sans nourrir la ridicule illusion de devoir le reproduire, me réjouir à la vue de ce que d'autres, plus grands que moi, avaient créé sans éprouver l'envieux chagrin que nous nommons ambition — cela me suffisait, que dis-je ? cela me comblait tout simplement. Je pense aujourd'hui que j'aurais été capable, ces jours-là, de n'importe quel noble sacrifice, de donner tous mes biens à un mendiant ou de risquer ma vie pour un inconnu... mais peut-être le sort n'eut-il pas tort, comme tu le penseras sans doute, de renoncer à me mettre à l'épreuve.

C'est à peine si j'avais remarqué que Maria ne m'avait pour ainsi dire jusque-là jamais dit un mot de mes essais et de mes réussites littéraires. Il était certes facile de voir qu'elle avait trouvé mes pièces assez odieuses, même si elle ne l'avait jamais franchement déclaré ; elle ne se montra guère surprise par ailleurs que non seulement je ne m'en vexe pas — car je ne cherchai pas à lui dissimuler que je le savais — mais qu'au contraire je m'en amuse. Cependant, l'aveu qu'elle me fit alors d'avoir de temps à autre pressenti, même dans ces productions qui lui répugnaient, un être différent et meilleur que celui qui s'y manifestait — sans prétendre naturellement juger s'il s'agissait aussi d'un poète d'une qualité supérieure à celle que le public m'avait jusqu'ici reconnue — me toucha singulièrement et me remplit de joie. Elle ne montra néanmoins aucune satisfaction quand je lui fis part de ma décision d'abandonner l'écriture car, si éloigné que fût un cœur véritablement pur comme le sien d'aspirer pour son amant aux honneurs et à la gloire, elle pouvait encore moins se le représenter à la longue sans occupation ni but précis ; elle sentait et disait avec toute la clarté requise, qu'une activité féconde n'est concevable pour chacun que dans le cadre que lui assignent ses dons.

L'été approchait, avec ses chaudes journées et ses nuits lourdes. Maria avait de légers accès de faiblesse, auxquels j'attribuai d'autant moins d'importance qu'elle ne semblait y prêter elle-même aucune attention, jusqu'à ce qu'elle perdît un jour entièrement connaissance de façon tout à fait inattendue. Nous étions assis, un peu avant le coucher du soleil, sur le petit balcon de notre appartement donnant sur l'Arno et j'aurais pu croire qu'elle dormait, si son visage n'avait pris cette terrible pâleur dont j'avais conservé le souvenir, comme d'un avertissement, depuis le soir du bal. Quand elle eut enfin rouvert les yeux, sur mes appels répétés, elle affirma que ce n'était rien et qu'elle se sentait à nouveau tout à fait bien ; elle fit même ce soir-là une petite promenade avec moi sans ressentir la moindre fatigue. Toutefois, le même phénomène se reproduisit le lendemain à la même heure : elle resta une minute sans connaissance, pendant laquelle son pouls était à peine perceptible, les couleurs ne lui revinrent pas dès son réveil et, à la place du sourire attendu, il y avait dans ses yeux une expression de détresse que je n'y avais encore jamais vue. Elle me pria instamment de ne pas consulter de médecin, car elle ne doutait pas, ayant souvent été victime dans le passé de semblables accès sans conséquences fâcheuses, que ceux-ci passent également sans laisser de traces. Je cédai d'abord à ses prières, sans me demander pourquoi — ne m'avait-il pas toujours été jusqu'à un certain point loisible de ne pas me laisser dominer par des pensées qui, pour une raison quelconque, me gênaient ? Je sais cependant aujourd'hui ce que je ne voulais pas encore savoir alors : si je ne partageais nullement l'opinion de Maria, je ne pouvais, dans un sens plus profond, que souhaiter l'évolution qu'annonçaient ses récents évanouissements.

L'état dans lequel je la trouvai deux jours plus tard, en revenant d'une des promenades solitaires auxquelles je n'avais ni voulu ni pu renoncer, le spectacle qu'elle offrit à mes yeux épouvantés, étendue de tout son long sur le plancher comme une morte, me frappèrent cependant si directement qu'ils parvinrent à faire naître en moi un mouvement naturel et humain. Bouleversé jusqu'au tréfonds de mon âme, je relevai Maria, la portai dans son lit et envoyai quérir le médecin le plus connu de Florence, dont je m'étais fait indiquer le nom par précaution quelques jours plus tôt. Il vint aussitôt et ses questions, à la fois bienveillantes et insistantes, amenèrent Maria à des aveux qu'il n'avait jamais été en mon pouvoir d'obtenir d'elle jusque-là — j'appris ainsi qu'elle ressentait aussi entre les évanouissements de fortes douleurs qu'elle m'avait tues par excès d'amour et que je n'avais pas remarquées (il ne m'était désormais plus possible de me le dissimuler) uniquement parce que je n'avais pas voulu les remarquer. Il prescrivit le nécessaire et eut pour elle des paroles si aimables et même si encourageantes que j'en aurais été dupe, s'il ne m'avait ensuite parlé seul à seul sans aucun ménagement : Maria était perdue et la fin inéluctable, que ce fût dans les jours suivants ou dans quelques mois ; on pouvait certainement la soulager, mais la seule chose à lui souhaiter, à espérer ou implorer pour elle, était de ne pas se réveiller de l'une de ces crises.

Comme il m'avait pour finir conseillé de manière pressante de partir avec elle pour des régions plus élevées, plus fraîches et entourées de forêts, nous nous rendîmes quelques jours plus tard dans un village des Dolomites, dont j'avais gardé la nostalgie depuis l'été que j'y avais passé de nombreuses années auparavant. La région me parut plus inhospitalière, voire plus hostile qu'alors, les forêts plus sombres et le soleil, malgré tout son éclat, comme voilé. Maria ne pouvant plus entreprendre les promenades qui m'étaient indispensables, quelles que fussent les circonstances, je la laissai souvent seule pendant des heures et, chaque fois qu'elle prenait tendrement congé de moi, au matin, je croyais lire dans ses airs de gaieté feinte que nous venions peut-être de nous dire adieu pour toujours et qu'elle le savait. Car elle avait pris clairement conscience de son état, depuis le discours tranquillisant du médecin de Florence, je l'avais compris de manière indubitable sans l'avoir jamais questionnée et sans qu'elle me l'eût elle-même avoué. C'est alors seulement qu'il s'avéra — pour la première fois du moins à mon sentiment — que nous pouvions, que deux êtres humains peuvent vraiment s'appartenir mutuellement. En effet, même dans les liaisons les plus profondes, dans les cas de parfaite fidélité réciproque, le désir instinctif qui pousse chaque sexe l'un vers l'autre continue de régner imperturbablement, conformément à des lois éternelles, dans les profondeurs de notre âme ; même si les êtres les plus intimement unis n'ont pas la nostalgie d'autres amours, même si le simple jeu avec la possibilité de ces amours les épouvante, la conscience de cette possibilité et de son caractère de loi naturelle demeure et aucune explication, aucune interprétation ne peut en délivrer. Or, ces jours-là, Maria et moi avions même renoncé à cette modeste part inconsciente de liberté ; nous formions un tout indissoluble et indivisible, nous étions véritablement devenus un seul et même être, non pas comme d'aucuns dans la faute, mais dans la félicité. Et c'est seulement alors que la mystérieuse signification, au-delà de ma personne et de notre amour, du destin qui nous avait réunis se révéla à moi, emportant mes derniers doutes. Si le mot amour est déjà bien trop pauvre pour exprimer ce qui nous unissait, celui de douleur me semblait ridiculement vain et comme emprunté à une autre langue, étrangère et sonnant creux, pour désigner le sort qui serait inexorablement le mien dès que Maria m'aurait laissé seul sur terre. Je ne pouvais me faire la moindre idée de ce qui m'attendait après sa mort : la plénitude du souvenir, une inextinguible nostalgie et la solitude humaine dans tout ce qu'elle a de plus monstrueux s'uniraient pour donner naissance à quelque chose de nouveau, à un état que personne n'avait connu jusqu'ici... et c'est de cet abîme insondable que s'élèverait ce que j'avais sans doute déjà pressenti comme ma mission sur terre, mais que je voyais maintenant dans toute sa nécessité : mon *œuvre*. Je ne craignis donc pas pour Maria car, si les hommes sont en général ainsi faits qu'ils peuvent à la fois souhaiter une chose et trembler de peur à l'idée de sa réalisation... mon calme et ma clairvoyance au sujet de ce qui allait arriver, ne pouvait pas ne pas arriver, dépassaient d'aussi loin ce qu'il est permis de nommer peur ou espoir que mes autres sentiments ce que les hommes ont coutume d'appeler amour ou douleur. Demander si je me sentais heureux ou malheureux n'aurait également aucun sens : ni mon âme ni même, autant que mon imagination et mon expérience me permettaient d'en juger, aucune autre âme humaine n'avaient jamais rien connu de semblable à mon état. Une *seule* loi me rattachait encore à l'humanité en général, l'unique loi à laquelle nous sommes tous nécessairement soumis et qui annule en un certain sens toutes les autres : celle qui veut qu'à chacun de nos états d'âme ne soit accordé qu'un temps limité, dont la durée ne dépend pas de notre volonté.

Un jour que j'étais étendu sous l'éclatant soleil de midi dans une prairie parcourue par les âpres souffles de l'air des hauteurs, il me sembla soudain que je devais absolument me rappeler quelque chose d'extrêmement important, mais d'une manière d'abord si vague que je cherchai l'origine de cette impression dans le quotidien, examinant si je n'avais pas oublié par exemple de répondre à une lettre ou de régler une facture. Cependant, j'eus vite reconnu que mon malaise devait avoir des causes plus profondes et donc malaisément discernables.

M'étant trouvé la veille à la même heure dans la même prairie, baigné dans la même lumière et par les mêmes souffles d'air, je pus me remémorer avec une parfaite clarté mon état d'âme d'alors : il me parut avoir été celui d'un être tout à fait différent, sans doute ni plus heureux ni plus malheureux, mais meilleur, plus noble et plus proche de Dieu, et je frissonnai à l'idée que l'homme immensément riche que j'étais se trouvât d'un seul coup devenu un mendiant. Et comme, au même instant, mon cœur se tournait vers Maria, espérant trouver en elle le salut, son image se dressa devant moi ; je la voyais avec une telle précision que j'aurais presque pu la croire physiquement présente, mais elle flottait dans un vide où ne lui parvenaient pas les appels de mon âme. Un compréhensible instinct de conservation, rapidement éveillé en moi, tenta d'attribuer la cruelle défaillance dont je prenais conscience à une lassitude passagère due au caractère passionné, aussi bien sur le plan physique que psychologique, de nos rapports de possession, mais cette idée, qui se voulait salvatrice, me plongea dans le désespoir le plus irrémédiable. En effet, si elle était exacte, j'étais, *nous* étions, tous les deux... des êtres humains comme les autres et ce qui nous unissait devenait un lien tel qu'il s'en est noué, puis relâché et finalement défait entre des millions de couples. Si mon amour n'était pas quelque chose d'entièrement nouveau, d'inouï et si, en conséquence, la douleur qui m'attendait devait aussi avoir été celle d'autres amants séparés par la mort de l'être aimé... ma mission n'était alors pas autre chose qu'un jeu de ma vanité et de mon imagination, pis encore, qu'une subtile opération arithmétique qui se révélait fausse une fois mise à l'épreuve. Cette découverte, ou l'état d'esprit que je considérai comme telle, me fit apparaître si misérable et si abject à mes propres yeux que je n'envisageai plus qu'une issue... et mon regard se dirigea vers une arête rocheuse, du haut de laquelle un saut dans le vide représenterait la seule conclusion légitime de mon existence. Même si je n'ai pas cédé ce jour-là à cette inspiration soudaine, il m'est permis de l'évoquer aujourd'hui sans que personne, et pas même toi, mon ami, puisse douter de sa spontanéité. Car ce n'est pas du tout par lâcheté que je ne suivis pas ce premier mouvement, mais parce que l'idée s'imposa aussitôt à moi que mon geste constituerait une terrible énigme pour Maria et que ses tentatives pour la résoudre, voire sa solution elle-même, la condamneraient à des tourments tels que les lui infliger serait le plus inexpiable de tous mes crimes. Et ces réflexions firent à nouveau de moi un homme, un amant comme les autres, soumis aux lois de l'éternel quotidien ; des espoirs et des angoisses que je croyais disparus se manifestèrent derechef, et la première idée qui se présenta à mon esprit fut que les médecins se trompent et que le Florentin lui-même n'était pas infaillible. Aussi, lorsque, au retour de ma promenade, je trouvai Maria m'attendant, comme toujours à cette heure de la journée, sur le banc le long du mur, ma seule préoccupation fut-elle de mettre en œuvre tous les moyens possibles, en mon pouvoir ou dans celui de tierces personnes, pour la sauver.

On ne pouvait supposer ni, en tout cas, remarquer une aggravation particulière de son état au cours de la dernière semaine — à moins que nous ne nous fussions tous deux habitués à ces avertissements dont le retour fréquent cédait toujours la place, malgré son caractère alarmant, à une santé apparemment parfaite. Maria prenait les médicaments prescrits à Florence et s'entretenait de temps à autre avec moi sur un ton léger des symptômes de sa maladie, semblant une nouvelle fois ne pas soupçonner leur gravité, comme je feignais moi-même de ne leur attribuer aucune espèce d'importance. Je ne pouvais cependant m'empêcher d'être plus attentif à son état et de trahir ma préoccupation par des questions incidemment posées. Maria se mit alors à s'observer elle-même, ce qui n'était pas dans ses habitudes auparavant, et me demanda un jour sans détour si sa maladie n'était pas plus dangereuse qu'on n'avait bien voulu le lui dire jusqu'alors. Tout en le niant bien sûr énergiquement, je lui proposai de consulter, pour sa propre tranquillité bien plus que pour la mienne, un médecin de Nauheim*, auquel ses méthodes de traitement avaient valu une célébrité mondiale. Elle se déclara d'accord, je fis les préparatifs de départ et m'apprêtais à envoyer une dépêche pour m'assurer de bien le trouver à son domicile habituel, lorsque le portier auquel je remettais mon télégramme me dit qu'un docteur du même nom, désireux de venir se reposer ici, avait annoncé son arrivée pour le jour suivant. Ce hasard me parut un heureux signe, comme si le destin lui-même avait voulu me témoigner sa bienveillante approbation et son bon vouloir, et la nouvelle remplit aussi Maria de joie et d'espoir. J'étais près du portail le lendemain matin, quand la voiture amenant le docteur, sa femme et ses enfants fit son apparition, et la gaieté qui entoura cette arrivée suffit à elle seule à renforcer ma confiance. Mon nom lui étant connu, il accueillit ma demande avec complaisance, bien qu'il eût coutume de n'en accepter aucune hors de la ville où il pratiquait, et il me dit que je pouvais compter sur sa visite le matin

* Bad Nauheim, station thermale en Hesse, réputée pour le traitement des maladies de cœur. *(N.d.T.)*

même. Cependant, le regard qu'il porta dès son entrée sur Maria, allongée sur le divan, reflétait si indubitablement et de manière si bouleversante la constatation qu'il faisait de son véritable état que rien de ce que j'appris de lui, après son examen, ne put me surprendre. Il essaya naturellement au début de me cacher lui aussi l'entière vérité, se bornant à me conseiller de rentrer avant le commencement de l'automne sous prétexte que les malades ne sont nulle part mieux soignés que chez eux, mais ce que je lui dis de l'opinion de ses collègues précédemment consultés, mes questions, toute mon attitude enfin, l'amenèrent bientôt à s'exprimer franchement. Il m'expliqua alors, en une dernière et faible tentative de consolation, qu'il n'existait pas, précisément dans ce genre de maladie, de certitude absolue, et qu'il avait lui-même appris avec les années et bien que la nature de sa profession s'y prêtât fort peu, à croire davantage aux miracles. Aussi insensé que cela paraisse, loin de considérer cette observation comme une consolation, je m'y raccrochai presque comme à une promesse et, quelques jours calmes ayant suivi sa visite et la vie commune de frère et sœur, à laquelle je m'étais résolu après un discret avertissement de sa part ayant visiblement permis à Maria de se rétablir, je me crus toujours plus justifié à attendre le miracle d'une guérison complète ; le regard encourageant et la chaleureuse poignée de main avec laquelle le professeur prit congé de moi, alors que nous avions déjà pris place, Maria et moi, dans la voiture qui allait nous ramener plus au sud dans la vallée, firent le reste. Ainsi, pendant cette descente au cours de laquelle elle sommeilla contre ma poitrine tandis que je gardais la main posée sur son front, l'impression de quitter l'air des sommets, pour la pureté céleste duquel je n'étais pas fait, à la rencontre d'un doux et modeste bonheur quotidien, apanage de la vallée, ne cessa de s'imposer à moi avec toute la clarté d'une métaphore.

Il n'y a pas encore trois semaines, comme tu sais, que nous nous sommes arrêtés ici, au bord de ce lac merveilleux sur lequel flottent maintenant les premières brumes du matin. Il ne fera sans doute pas complètement jour avant une heure, c'est le temps qui me reste. Je viens d'aller quelques secondes dans la chambre à côté. La belle infirmière, assoupie sur sa chaise, ne m'a pas entendu et Maria dort profondément, très profondément. Tu as bien fait, mon ami, mais tu aurais pu me dire qu'elle ne se réveillerait pas cette fois-ci. Je le sais et je suis calme, parce que résolu.

Donc, il y a trois semaines, nous nous sommes installés dans la magnifique villa du comte Bardi (bien que je ne sois pas aussi riche que cela pourrait t'amener à conclure). L'extraordinaire différence d'air, ainsi que la chaleur lourde et accablante de ces premières journées de septembre m'ont sans doute valu de tomber dans un état de somnolence et d'inertie tel que je n'ai jamais tenté de me rendre raison ni de moi-même ni des êtres et des choses en dehors de moi. Peut-être suis-je abusé par ma mémoire, mais il me semble que Maria et moi nous sommes à peine adressé la parole pendant les premiers jours. J'ai certes remarqué que, malgré l'absence d'autres symptômes alarmants, elle s'affaiblissait de plus en plus, s'éteignant en quelque sorte lentement, mais je me suis montré d'une complète indifférence non seulement envers elle, mais aussi envers moi-même. Nous nous laissions quelquefois porter tous deux par les flots dans une barque, sans que je touche une rame, ou bien nous nous allongions à l'ombre des chênes, dans la petite crique du parc, en nous tenant par la main comme des amoureux, mais ce n'était plus qu'un geste de l'amour, presque le seul, à vrai dire, qui nous restât, car nous étions déjà trop fatigués pour nous sourire. L'idée que Maria était promise à la mort ne me revint que lentement à l'esprit, et sans aucune sentimentalité... oui, elle mourrait et serait enterrée dans ce lieu, peut-être même dans ce parc, puis je partirais chez moi ou peut-être ailleurs. Je recommencerais à travailler après un certain temps, comme je l'avais fait dans d'autres cas semblables... après la mort de ma mère ou d'un amour de jeunesse. J'écrirais une comédie, froide et bien venue dans son insolence sans rides, comme j'avais accoutumé d'en donner au public. Oui, une entreprise de ce genre se révélerait sans doute nécessaire car, sache-le, mon ami, je ne suis pas riche, et même pas aisé ; j'ai vécu bien au-delà de mes moyens et, si j'avais l'intention de continuer à vivre comme je l'ai fait jusqu'ici, voire tout simplement de continuer à exister, il ne me resterait d'autre solution que de gagner ma vie. Il est toujours possible, penseras-tu, de faire un riche mariage et je ne nierai pas que l'idée m'en soit aussi venue, en ces jours où l'inertie avait pris possession de moi. Voilà quelle sorte d'homme j'étais alors — pas un scélérat, ce serait un bien trop grand mot, non, mais tout simplement un pauvre diable... vide, éteint et sans âme. Mon Dieu, par quelles épreuves ne devons-nous pas passer dans notre courte vie ! C'est chose étonnante, crois-moi, que cet état — qui n'est étrange et inquiétant que dans mon souvenir, puisqu'il ne me fit par lui-même aucune impression — ait duré aussi longtemps... trois, huit ou dix jours, jusqu'à ce qu'un beau soir, sur les bords du lac, nous nous soyons comme par hasard regardés à nouveau, elle et moi, et que chacun de nous, plein de surprise et d'émotion, se soit senti revenir à la vie sous le regard de l'autre. Ce fut le même regard, exactement le même que celui que nous avions échangé le soir du bal en prenant brusquement conscience que nous nous appartenions, plus encore : que nous étions voués l'un à l'autre. Et, comme pour un premier baiser, nous nous tombâmes mutuellement dans les bras... et le bonheur put recommencer.

Elle savait qu'elle était perdue et je ne pouvais douter qu'elle le sût. Cependant, nous n'en parlâmes jamais et elle espérait, elle désirait même ardemment, j'en ai lu la demande dans ses yeux, rendre le dernier soupir sur mon cœur. Je savais alors, c'est-à-dire que je savais encore il y a trois jours, que la mort de Maria serait aussi la mienne. J'avais décidé de mettre fin à mes jours dès qu'elle aurait rendu l'âme ; mourir après elle m'importait peu — c'était une formalité et rien d'autre.

Nous en étions là, lorsque d'un seul coup, il y a trois jours, le monde extérieur s'imposa derechef à nous. Il était en effet devenu nécessaire de consulter un médecin, maint soulagement dont elle avait besoin ne pouvant être obtenu autrement. J'ignore si tu as eu personnellement part d'une manière quelconque à la nouvelle, ultime et irrévocable décision que je pris alors, mais cela ne me paraît pas impossible, car c'est à partir de ta première visite que je commençai à me méfier de mon intention d'en finir avec la vie après la mort de Maria. Nous avons beau pouvoir tout nous représenter, une chose nous restera toujours inconcevable : que quelqu'un qui est là, vivant, puisse bientôt n'être plus là. Tout le reste n'est que différence de degré, et non contradiction... la jeunesse et la vieillesse, la santé et la maladie elles-mêmes ne sont que des différences de degré ; il n'y a qu'une seule différence de nature... celle entre la vie et la mort. Aussi ne pouvais-je et ne puis-je prévoir l'effet ni les conséquences ultimes que sa mort aura sur moi. Il n'est pas impensable, oui, j'ose presque affirmer qu'il est vraisemblable que ce qui semblait voulu par le destin lorsqu'il nous fit nous rencontrer, Maria et moi, finisse malgré tout par arriver. Oui, je le sais maintenant, et il n'y a pas en cet instant d'erreur possible, la monstrueuse éventualité que j'ai autrefois attendue, souhaitée et que j'étais prêt à assumer — cette monstruosité ferait de moi un poète et je resterais sur terre pour accomplir ma mission. Créant cette œuvre sans pareille que... qui me justifierait devant Dieu, moi-même et les hommes ! Cela ne doit pas, cela ne peut pas être. Maria est digne d'un sacrifice tel que nul mortel ne s'en est vu offrir jusqu'ici : je m'anéantirai avant de m'accomplir. C'est pourquoi j'ai décidé...

Cette lettre s'interrompt ici. Le médecin allemand de Milan, dans les papiers duquel elle a été trouvée, y a ajouté les quelques lignes ci-dessous, certainement destinées, dans son esprit, à être publiées en même temps que le manuscrit :

« Le signataire a trouvé la lettre ci-jointe, inachevée, le 11 octobre 1887 au matin, sur le bureau de son auteur, un écrivain dont il lui paraît convenable de taire le nom. Celui-ci a effectivement mis fin à ses jours d'un coup de pistolet dans la tête, conclusion que le contenu et encore plus le ton de ce fragment de lettre ne permettaient vraiment pas de tenir pour évidente. Il a été trouvé mort sur sa chaise, devant son bureau, la main encore crispée sur son arme. L'état d'inachèvement du document s'explique par le fait que l'infirmière l'avait brusquement appelé dans la chambre contiguë, où il trouva sa maîtresse sans connaissance et à la dernière extrémité. Sans attendre, ainsi que l'infirmière me le rapporta alors, la fin d'une agonie d'ailleurs totalement indolore, il se rendit dans sa chambre, où il jugea bon de s'expédier le plus rapidement possible dans l'autre monde pour ne pas être finalement obligé de créer l'admirable œuvre promise — ce dont il eût d'ailleurs été parfaitement incapable, comme nul ne saurait en douter encore après avoir lu sa lettre d'adieu. Car, quoi que l'on dise, il n'y a pas de génie sans véritable sens moral et chaque ligne de ce texte révèle avec toute la clarté souhaitable que son auteur, par ailleurs doué, en était entièrement dépourvu. Aussi pourrait-on laisser là sur tout le reste, si certains passages n'appelaient expressément une mise au point. Le soupçon d'avoir administré à la malade une trop forte dose de morphine, écourtant ainsi sa vie avec quelque légèreté, est de ceux qui ne méritent pas réponse ; quant aux accusations voilées de jalousie et de philistinisme — je ne fais ici qu'écrire noir sur blanc les mots que l'auteur a eu tant de mal à retenir —, point n'est besoin non plus de les prendre en considération. Je pense d'autant moins à nier que j'éprouve une certaine antipathie pour lui qu'elle ne saurait paraître entièrement injustifiée à tous ceux qui liront sa dernière lettre. J'ajoute, pour être complet, que le suicidé m'a laissé, dans une enveloppe cachetée, des honoraires assez généreux que j'ai transmis à une œuvre charitable. Je me contenterai enfin de dire, pour caractériser certaines remarques faites sur l'infirmière au début de cette lettre, que j'étais alors déjà secrètement fiancé à cette jeune dame, issue d'une honorable famille de Brescia, qui est devenue mon épouse il y a huit ans et m'a donné trois enfants. Je noterai enfin le détail suivant, qui ne manque pas d'un certain humour tragique : ayant eu l'occasion, au cours d'un voyage de noces qui nous a conduits pour quelques semaines à Vienne, ma ville natale, de voir une des pièces de cet auteur qu'il considérait lui-même comme assez réussie, il nous a fallu longtemps à tous deux, et principalement à ma femme, pour nous remettre de la pénible impression laissée par cette soirée. Et, pour autant que je puisse suivre cela d'ici, pas une seule de ses comédies ne s'est maintenue au répertoire. Il y a aujourd'hui dix ans qu'il s'est tué : l'immortalité ne dure pas aussi longtemps qu'on se l'imagine. Puisse-t-il reposer en paix ! »

Milan, le 11 octobre 1897.
Anton Vollbringer, docteur en médecine.

LA FEMME DU JUGE

I

Après trente-deux ans de règne et dans la cinquante-septième année de sa vie, Karl Eberhardt XVI, duc de Sigmaringen, fut frappé par une mort soudaine dans le pavillon des jardinières et, s'il faut en croire la rumeur publique, dans les bras de la plus jeune d'entre elles. C'est ainsi que l'on désignait dans le peuple le château de Karolslust, un rendez-vous de chasse situé au milieu de vastes forêts, à trois heures de voiture de la résidence et à une demi-heure à peine du gros bourg de Karolsmarkt, où les jeunes filles et les femmes jouissant des faveurs du souverain — leur nombre se situa régulièrement entre dix et quinze — menaient une existence libre de tout souci matériel, mais extrêmement limitée à tous autres égards.

Le duc avait depuis longtemps pris ses dispositions pour que, s'il venait à disparaître subitement, toutes les « jardinières » quittent sans délai le château et soient conduites, suffisamment pourvues d'argent, au-delà de la proche frontière. Aussi, quelques jours à peine après sa mort, le château résidentiel de Sigmaringen et celui de Karolslust étaient-ils prêts à accueillir le nouveau maître, l'ordre du défunt ayant été fidèlement exécuté par un intendant et un personnel habitués à une stricte obéissance. Il était de notoriété publique que le jeune homme avait toujours désapprouvé les manières et la conduite de son père et, continuellement en voyage depuis le début de sa majorité, n'avait plus foulé depuis trois ans le sol du pays sur lequel il devait un jour régner. La nouvelle du décès l'atteignit à Paris où, introduit et apprécié à la cour et dans la noblesse, il entretenait également des relations avec des écrivains et des savants, parmi lesquels les célèbres Encyclopédistes Diderot et Grimm, ce qui lui avait valu plus de sarcasmes que d'animosité de la part de son père.

Feu le duc, passablement détesté de son peuple pendant ses années de jeunesse, ne lui donnait cependant plus de sérieux motifs de se plaindre depuis longtemps. Jouissant des importants revenus que lui avait laissés une épouse morte jeune, parente par alliance de la richissime famille des princes Poniatowski, il avait pu renoncer à accabler outre-mesure ses sujets de taxes et d'impôts et il s'était si bien contenté, particulièrement dans les dernières années de sa vie, des plaisirs de la chasse et de la compagnie de ses « jardinières » qu'il n'avait plus trouvé le temps de se livrer aux jeux de la politique et de la guerre. Si, par suite, la vie était plus agréable et moins dangereuse dans ce petit pays, qu'un bon marcheur aurait pu traverser en une semaine, que dans beaucoup d'autres principautés allemandes, on y rencontrait pourtant aussi des mécontents et des révoltés, dont certains s'exprimaient parfois avec plus de hardiesse que leurs semblables en d'autres lieux, où des propos trop libres, sinon séditieux, auraient pu avoir de fâcheuses conséquences à la fois pour leur auteur et pour leurs auditeurs.

Un certain Tobias Klenk passait pour le discoureur le plus effronté du duché, voire tout simplement pour un sujet douteux. Il reparaissait toujours, même lorsque l'on pensait être à jamais débarrassé de lui, dans sa ville natale de Karolsmarkt où sa mère, la veuve d'un serrurier, vivait dans la solitude et l'indigence. Le pavillon des jardinières avait accueilli Brigitte et Maria, ses deux filles jumelles, dès l'âge de seize ans, sans qu'elle s'y fût le moins du monde opposée. Celles-ci s'y étaient trouvées d'autant moins mal qu'elles pouvaient mettre assez souvent à profit la proximité de leur nouveau séjour pour s'échapper une demi-journée, voire une journée entière, et approvisionner leur pauvre mère en pâtisseries et en vins — leur frère Tobias ne dédaignant alors nullement de partager avec elles ces provisions, tout en proférant maints sarcasmes. Cependant, elles s'étaient enfuies du petit château, et par la même occasion du pays, dix ans déjà avant la fin soudaine du prince, sans prendre congé de leur mère ni de personne.

Longtemps après leur disparition, un voyageur inconnu rapporta de Rome, où de douteux moyens d'existence semblaient assurer une certaine aisance aux deux sœurs, leurs salutations à la mère vieillissante en même temps qu'une importante somme d'argent. Renouvelant leur geste à plusieurs reprises au cours des années suivantes, elles avaient fait transmettre saluts et dons par un voyageur différent chaque fois, jusqu'à ce que cela aussi eût une fin et que, ne donnant plus signe de vie, elles disparussent pour toujours des mémoires.

Leur frère Tobias, en revanche, continuait de reparaître à intervalles convenablement espacés sur les lieux de sa naissance, sans que l'on sût jamais ni d'où il venait ni pourquoi il revenait ; lui-même n'aimait d'ailleurs parler de ses lointains voyages ou de toute autre circonstance de sa vie que par de superficielles et vagues allusions. Toujours est-il qu'il avait vu bien des pays, ayant guerroyé nul ne savait sous quel capitaine ni sur quels champs de bataille, après de turbulentes études entreprises malgré une insuffisante formation préliminaire et poursuivies dans différentes universités allemandes. Il avait aussi accompagné, peut-être en qualité de mentor, un jeune baron en Espagne, au Portugal et en Angleterre, et avait été mêlé à toutes sortes d'affaires plus ou moins honnêtes qui lui avaient valu, disait-on, de faire plus d'une fois connaissance avec la police et les tribunaux, voire avec la prison. Lorsqu'on l'avait revu à Karolsmarkt, quelques années avant la mort du vieux duc, il était vêtu de manière très distinguée et semblait presque un gentilhomme. Il avait apporté à sa mère du linge et des draps de Hollande, ainsi qu'une demi-douzaine d'assiettes en argent, et régalé toutes ses connaissances pendant une semaine à l'auberge du *Lion d'or*, jusqu'à ce qu'un beau soir, une dame plus très jeune mais richement mise vînt l'y chercher dans un vieux carrosse. Puis il était revenu de temps à autre, les vêtements toujours plus élimés, l'humeur toujours plus chagrine et la langue néanmoins toujours plus déliée, mais n'était jamais resté longtemps. Le hasard avait enfin voulu que, arrivant à Karolsmarkt en plus piteux état que jamais et pour ainsi dire en haillons, le jour même où l'on déposait le duc dans le caveau de ses ancêtres, il se disposât désormais, à l'âge de trente-trois ans, à vivre aux crochets d'une vieille mère, qui avait dû se séparer depuis longtemps déjà de sa dernière assiette d'argent et gagnait péniblement sa vie en faisant chez les autres des travaux de couture et de ravaudage.

Sa piètre apparence et sa mauvaise réputation ne l'empêchèrent toutefois pas d'aller tous les soirs occuper sa place, comme si elle lui revenait de droit, à la table du *Lion d'or*. Ses discours insolents et ses médisances mettaient plus d'un paisible bourgeois mal à l'aise, mais on l'écoutait avec beaucoup de patience et de tolérance et il se trouvait même chaque soir, comme par un accord tacite, quelqu'un pour payer ses consommations. Sans doute avaient-ils tous peur en secret de cette figure d'aventurier qu'ils croyaient capable, sur la foi de ses farouches propos et sans se l'avouer les uns aux autres, de toutes les mauvaises actions et même — peut-être à tort — d'une sournoise vengeance.

Si l'un ou l'autre, autour de la table, cherchait parfois à le calmer d'une timide plaisanterie, il y en avait un, en revanche, qui n'hésitait jamais à prendre son parti et à étayer ses propos séditieux d'arguments de nature apparemment philosophique et historique, allant jusqu'à exprimer quelquefois des opinions encore pires et plus dangereuses, voire jusqu'à émettre des prédictions et proférer des menaces telles qu'on n'était pas habitué à en entendre de la bouche de Tobias Klenk lui-même. Et, chose étonnante, celui qui se signalait ainsi n'était autre qu'Adalbert Wogelein, le juge de Karolsmarkt qui, du même âge que Tobias, avait été jadis son camarade d'école.

Les familles des deux enfants, dont la condition également modeste suffisait pourtant à leur assurer une existence convenable, avaient vu se creuser entre elles un fossé qui devait s'élargir d'année en année, après que la mort prématurée du serrurier eut laissé les siens sans fortune. Cette situation, loin d'altérer l'amitié entre les deux enfants, parut plutôt, de façon singulière, la fortifier. Écolier exemplairement doux et studieux, Adalbert tomba rapidement dans une inconcevable sujétion au gamin emporté et indocile qu'était Tobias et il en vint à supporter patiemment, voire avec un certain plaisir, non seulement toutes sortes d'innocentes espiègleries, mais aussi parfois de véritables manifestations de méchanceté ou de tyrannie.

Si, d'aventure, il tentait de se rebeller, en refusant par exemple d'aider l'autre à résoudre un exercice de calcul ou de participer à une polissonnerie quelconque, Tobias s'entendait à le punir, simplement en ne lui adressant plus la parole et en feignant de ne pas l'écouter jusqu'à ce qu'il soit obligé de céder, voire d'implorer humblement son pardon.

Peu après la mort du serrurier, Adalbert s'étant un jour avisé, à la récréation, d'offrir à son ami, devenu pauvre du jour au lendemain, quelques sous pour s'acheter du pain et de la saucisse, il reçut une vigoureuse gifle en guise de réponse et de remerciement. Cependant, Tobias n'en exigea pas moins, un quart d'heure après, sur un ton autoritaire et hargneux, qu'il lui remît toutes les provisions qu'il avait sur lui, comme si elles lui revenaient de plein droit, pour s'en délecter aussitôt en accablant de railleries son camarade, forcé d'assister à son repas le ventre vide.

Un autre jour, comme Adalbert avait rencontré par hasard les sœurs de Tobias au cours d'une promenade dans les environs de la ville, celui-ci apparut brusquement sur leur chemin — il est difficile de dire si cette coïncidence était également due au hasard — et, l'accusant sans aucune raison de s'être conduit de manière inconvenante envers les deux fillettes, alors âgées de quinze ans, il l'avait menacé et sommé de déguerpir au plus vite en lui interdisant de leur adresser désormais la parole. Quelques jours plus tard, Adalbert tombait inopinément sur elles un soir, au coin d'une rue, et se mettait aussitôt en devoir de les éviter en faisant un grand détour, mais Tobias lui fit impérativement signe d'approcher et lui intima l'ordre d'embrasser successivement Brigitte, puis Maria sur la bouche. Devant son hésitation, il le bourra de coups dans les côtes, jusqu'à ce que le malheureux comprît qu'il ne lui restait plus qu'à satisfaire l'incompréhensible caprice de son ami. Cependant, alors qu'il sentait encore sous les siennes les lèvres brûlantes des jeunes filles, Tobias l'apostrophait avec violence, le prévenant qu'il lui donnerait une bonne volée s'il osait se montrer à nouveau à leurs yeux au cours des jours suivants. Et Adalbert avait enfilé en hâte la rue la plus proche, poursuivi par les rires des deux sœurs, le cœur gonflé des sentiments contradictoires que lui laissait cette expérience douce-amère.

Lorsque, quelques jours après cet incident, les deux jeunes filles avaient quitté la maison familiale pour le pavillon des jardinières, un changement de domicile que leur voisinage avait d'ailleurs prédit depuis un certain temps, Tobias en parla à Adalbert comme à un ami intime, évoquant en termes lourds de menaces l'injustice qui frappait ses vertueuses sœurs. Il parut toutefois se résigner bientôt à son sort et au leur, d'autant plus volontiers que les conditions de vie à la maison commencèrent dès lors à s'améliorer visiblement. A l'école — dans la mesure où il daignait encore la fréquenter —, il refusait de plus en plus de se montrer docile, de sorte qu'il devint franchement délicat pour le bon élève Adalbert de continuer à entretenir une amitié que ses maîtres, ses condisciples, voire tous les habitants de la petite ville, considéraient comme un égarement incompréhensible et, en tout cas, extrêmement déplorable. Bien qu'il supportât la désapprobation générale avec résignation et même dans une certaine mesure avec joie, comme un sort librement choisi, il n'en fut pas moins soulagé et se sentit à sa propre surprise comme libéré lorsque, un beau jour, peu après le départ de ses sœurs, Tobias disparut lui aussi de la ville. On apprit par sa mère qu'il était allé provisoirement à la campagne, chez des parents du côté paternel qui avaient accepté, soi-disant par bonté d'âme, de s'occuper de ce gamin qui avait mal tourné.

Tandis que les habitants de Karolsmarkt n'apprenaient plus ensuite sur la vie de Tobias que les quelques détails, à la fois rares et peu sûrs, qu'apportait la rumeur et ce qu'il jugeait bon de raconter lui-même à l'occasion de ses brèves visites, l'évolution et les activités d'Adalbert Wogelein se déroulaient en revanche au grand jour. Après des études de droit à Göttingen, au cours desquelles ses parents étaient morts en peu de temps l'un après l'autre, il avait exercé les fonctions de juge adjoint dans la capitale du duché avant d'être nommé juge dans sa ville natale, à l'âge de vingt-sept ans. Il s'y acquittait depuis lors de sa tâche de manière correcte et satisfaisante, faisant preuve d'une grande fidélité à la lettre de la loi.

A l'âge de trente ans, il se maria avec la fille du pharmacien et bourgmestre, une femme de belle prestance, d'un caractère doux et serein, qui fut pour son savant mari une épouse dévouée, respectueuse et fidèle. Tenant en excellent état son ménage et la petite maison, héritée par Adalbert, qu'ils habitaient à la sortie de la ville, elle coulait des jours paisibles, le cœur et les sens en paix comme des centaines d'autres filles de bourgeois qui, élevées dans un cercle étroit sans soupçonner l'existence d'un monde plus grand et plus vaste, n'en ressentent pas la nostalgie. Leur union était restée jusque-là sans enfants et, à part son père, des parents et quelques amies d'enfance, mariées ou non, personne ne venait chez eux ; elle évitait le plus possible la fréquentation des hommes, principalement des célibataires, son époux n'aimant pas que l'on fît des yeux trop doux ou que l'on tînt des propos trop aimables à la tendre et jolie femme qui était devenue la sienne — et de jeunes hommes peuvent-ils seulement s'en empêcher, même si aucune intention malhonnête ne les anime ?

Deux ou trois fois par semaine, le juge se rendait après dîner à l'auberge du *Lion d'or*, ce dont Agnès pouvait d'autant moins lui tenir rigueur que son propre père, le bourgmestre, ainsi que d'autres bourgeois considérés, avaient l'habitude de s'y retrouver régulièrement et qu'Adalbert, avec son sens inné de l'économie, avait soin de ne boire qu'avec la plus grande modération et ne rentrait jamais après minuit.

Toutefois un changement, qui n'était pas sans inquiéter Agnès, se manifestait sur ce point depuis la réapparition de Tobias Klenk, le jour de l'enterrement du duc. Non seulement Adalbert ne consentait plus à passer une seule soirée à la maison, mais il revenait toujours plus tard et, qui plus est, dans un singulier état d'excitation qu'elle eut au début tendance à n'attribuer qu'à de plus abondantes libations, jusqu'à ce qu'il lui revînt en mémoire que son époux, dont on continuait d'évoquer dans la petite ville l'amitié d'enfance avec le fils du serrurier comme une légende à moitié oubliée, avait subi la même déplaisante transformation deux ans plus tôt, lors du dernier séjour de Tobias. Elle avait alors rencontré celui-ci de temps à autre dans la rue, mais une timidité tout à fait franche et pure de toute curiosité malsaine l'avait détournée de se soucier de lui et encore plus de trouver, voire de rechercher une occasion de lier conversation.

Comme il ne se montrait pour ainsi dire jamais dans les rues, Agnès n'avait cette fois entendu parler de sa présence que par son père, qui avait jugé bon d'aller un matin, après le départ de son gendre pour le tribunal, mettre sa fille au courant de certaines déclarations inquiétantes faites par ce dernier la veille, à l'auberge, visiblement sous la dangereuse influence de son ami revenu depuis peu. De tels propos, qui surenchérissaient même sur ceux de Tobias, avaient paru carrément incompréhensibles dans la bouche d'un fonctionnaire de la justice et ils étaient susceptibles de lui attirer des désagréments de toute sorte, sinon d'avoir des conséquences pires. Certes, le duc avait rendu son âme à Dieu, mais le Conseil ducal n'en restait pas moins en fonction et il se réunissait comme par le passé, promulguant des ordonnances et distribuant des peines ; le capitaine des gardes-chasse de Karolslust continuait de faire respecter les règlements avec la rigueur que l'on savait, dont les braconniers et autres ramasseurs de bois avaient souvent eu à ressentir les effets, et l'on attendait de surcroît l'arrivée du jeune duc d'un jour à l'autre. Or, si l'on n'avait jusqu'ici rien appris de défavorable à son sujet, nul ne pouvait dire quelle sorte de souverain il serait.

Une fois rentré chez lui ce soir-là, Adalbert, conformément à sa nouvelle habitude, commença de s'emporter en se déshabillant pour se coucher. Il vitupéra l'injustice dont bourgeois et paysans étaient partout victimes en terre allemande, partit en guerre contre les dîmes et les impôts, ces contributions arrachées par les princes, pour la satisfaction de leurs plaisirs, à la peine et au labeur de leurs sujets, évoqua le saccage des champs et des campagnes par leurs chasses, le sordide trafic auquel ils se livraient avec les enfants du pays vendus comme soldats en Amérique, ainsi que les infâmes intrigues de leurs maîtresses, dont la tolérance constituait un danger permanent pour toutes les femmes et les jeunes filles. Agnès manifesta son approbation comme à l'accoutumée en secouant sa tête blonde d'un air navré, mais lorsque son époux, s'étant assis sur le bord du lit, s'arrêta un instant de parler pour retirer ses bottes, elle risqua une première et timide objection. Eux-mêmes, les époux Wogelein, lui fit-elle doucement remarquer, leurs parents plus ou moins proches, la petite ville de Karolsmarkt tout entière et même, si l'on y réfléchissait bien, le duché dans son ensemble, n'avaient jamais eu — aussi loin que remonte la mémoire — à souffrir des maux dont il parlait ; aussi ne comprenait-elle pas bien pourquoi il manifestait tout à coup une telle exaspération à propos d'un état de choses qui, au fond, ne les concernait en rien.

Surpris d'une opposition à laquelle il n'était pas habitué, Adalbert répliqua d'un ton cassant qu'il était capable, elle le savait fort bien, de voir bien au-delà de son sort personnel, de celui de ses parents, amis et concitoyens, mais que, même dans leur entourage le plus proche, pour ne parler que de lui, les choses n'étaient pas du tout aussi merveilleuses qu'Agnès prétendait se l'imaginer ; et il trouvait vraiment singulier qu'elle feignît de n'avoir même pas une idée de l'infamie qui, depuis des années, s'étalait dans leur voisinage immédiat avec une insolence méprisante. Mais le jour n'était plus loin, où le château de Karolslust, cette gueule d'enfer qui avait englouti tant de jeunes filles et de femmes honorables, comme par exemple les sœurs de son vieil ami Tobias Klenk... où Karolslust, mainte autre résidence de ce genre, et bien d'autres choses encore, disparaîtraient sans laisser de traces de la surface de la terre...

Remplie de frayeur, Agnès se dressa sur son séant

dans le lit. Ses longs cheveux blonds dénoués tombant sur les épaules, elle écoutait avec une inquiétude croissante son époux qui, la robe de chambre ouverte, la perruque de travers et balançant ses bottes à bout de bras, faisait suivre sa première prophétie de toute une série d'autres encore plus farouches, tant et si bien qu'elle crut bientôt sentir leur paisible chambre à coucher s'emplir d'une odeur de sang et de fumée. Puis, jetant enfin ses bottes, il enleva sa robe de chambre et sa perruque, et enfonça un bonnet de nuit blanc sur son front rouge brique et ses cheveux courts tout hérissés. Profitant de l'occasion, Agnès lui demanda anxieusement si sa sympathie pour l'humanité souffrante ne l'avait pas finalement entraîné à prononcer d'aussi terribles prédictions également devant des gens qui n'étaient peut-être pas suffisamment intelligents pour les comprendre correctement ou qui, les interprétant mal, pourraient par méchanceté ou par jalousie les utiliser contre lui dans une circonstance quelconque.

Adalbert roula des yeux, tourna et retourna sans aucune raison son oreiller avant d'y poser la tête, puis demanda à sa femme, d'un ton railleur, si elle le prenait pour une poule mouillée ou pour un homme. Étendant ensuite un bras devant lui comme pour repousser toute réplique et sans plus daigner la regarder, il ramena la couverture par-dessus son menton et s'endormit, le visage tourné de côté, plus vite qu'Agnès ne s'y attendait ou ne l'aurait cru possible après un tel accès de violence et de passion.

II

Il n'y avait plus, le lendemain matin, la moindre trace chez Adalbert Wogelein de l'excitation qui s'était emparée de lui la veille. Lorsque, après avoir avalé son petit déjeuner et pris congé d'un baiser négligent de son épouse restée au lit, il quitta son domicile la tête haute et portant avec dignité le costume de sa fonction, le chapeau et la canne à la main, il semblait un tout autre homme que ce révolté furibond et scandalisé dont les propos et les gestes avaient ému et apeuré la femme, la nuit précédente.

Celle-ci retrouva son calme au cours de la journée. Quand Adalbert, revenu du tribunal, lui raconta comme à son habitude et de l'air important qui lui était coutumier, tous les petits événements sans intérêt survenus au bourg et à la campagne, ainsi que les jugements tout à fait perspicaces qu'il avait rendus ce jour-là, puis qu'ayant terminé son repas, il se renversa en arrière dans son siège, les mains mollement croisées sur le ventre, et l'attira vers lui, apparemment disposé à quelques tendresses conjugales, elle conçut l'espoir de le retenir sans difficulté à la maison ce soir-là. Cependant, il se leva brusquement, avec un sourire rusé, au moment où elle s'y attendait le moins, comme s'il avait jusque-là volontairement bercé son innocente épouse d'une certitude illusoire et, sans plus d'explications, se délectant visiblement de sa déception, il prit sa canne et son chapeau, lui dit à peine un au revoir et fut d'un seul coup sur le pas de la porte.

Agnès ne put trouver le repos jusqu'à son retour, une fois de plus bien après minuit. Elle n'eut aucune peine à voir qu'il se trouvait dans un état semblable à celui des jours précédents, sinon pire : si ses propos conservaient la veille encore, malgré toute leur hardiesse, une certaine qualité formelle, il ne prononça cette nuit-là que des phrases embrouillées et décousues, desquelles s'échappait de temps à autre, pour retentir dans la pièce, un mot maléfique dont la signification n'était que trop claire. Et, lorsqu'il proféra soudain un juron à la limite du blasphème et qu'elle n'avait encore jamais entendu dans sa bouche, elle s'écria, en se dressant d'un bond dans ses coussins et comme frappée d'une illumination :

— Maintenant je comprends, Adalbert, tout est clair : ils veulent ta perte !

Il resta la bouche ouverte, puis eut un balbutiement. Alors, profitant de son désarroi, elle se mit à parler hâtivement et d'une voix suppliante, comme si le flot de paroles qui, à sa propre surprise, s'échappait maintenant si facilement de ses lèvres, lui avait longtemps pesé sur le cœur. Elle l'accusa ouvertement d'être mêlé à une conspiration secrète, dont les membres — Tobias Klenk, leur détestable émissaire, ne venait-il pas justement de faire sa réapparition au pays ? — n'avaient certainement pas d'autre intention que d'utiliser son courage, son intelligence et surtout sa position officielle, pour réaliser leurs ténébreux desseins. Elle ne pouvait, pour sa part, continuer plus longtemps de regarder sans rien dire, car ce n'était pas à lui, magistrat, époux et qui sait ? futur père de famille, qu'il revenait d'extirper des maux dont l'Allemagne avait peut-être à souffrir, mais qui se faisaient moins sentir dans leur duché que partout ailleurs. Il y avait pour cette besogne des célibataires ou des vagabonds, des gens qui n'avaient généralement rien à perdre et qui n'étaient pas responsables du sort d'une femme ou d'enfants.

— As-tu perdu la raison ? cria Adalbert.

— J'aimerais, lui répondit-elle, avoir aussi peu de motifs de douter de ta raison que de la mienne. Je ne sais vraiment pas quel mauvais esprit t'habite depuis quelques jours. L'idée ne t'est jamais venue, aussi longtemps qu'à vécu le duc — dont on pouvait certes dire beaucoup de mal, même si nous n'avons pour notre part jamais eu à nous plaindre de lui —, de tenir des discours à faire se figer le sang de ceux qui les écoutent. Et c'est maintenant, alors que des temps meilleurs semblent s'annoncer, que nous avons pour maître un jeune prince dont on n'a jamais ouï dire le moindre mal et qui va peut-être faire de notre pays le plus heureux de l'Empire, c'est maintenant que tu prêches la révolte, l'incendie et le meurtre !

Debout devant elle, Adalbert ouvrait des yeux toujours plus grands, tant le flot déchaîné de ses paroles l'étonnait, encore plus que leur audace.

— Comment sais-tu que le prince est déjà rentré ? lui demanda-t-il d'une voix menaçante.

— Il est arrivé ? s'écria-t-elle, les yeux brillants.

— Que t'importe, cria-t-il, qu'il soit là ou non ?

— Il est arrivé ! répéta-t-elle, et ce n'était plus cette fois une question mais une exclamation de joie dans sa bouche.

— Qui t'a révélé qu'il était de retour au pays ?

— Nul autre que toi, répondit-elle en riant. Serait-ce un secret, ou bien dois-je être la seule à ne pas l'apprendre ?

— Il n'est arrivé à la résidence qu'à midi, cria Adalbert, on vient juste de nous en apporter la nouvelle à l'auberge et... tu le sais déjà ?

Il s'assit auprès d'elle sur le lit, lui saisit les mains et la regarda dans les yeux d'un air terrible.

— Pourquoi donc es-tu si irascible, Adalbert ? demanda-t-elle, en constatant avec surprise qu'elle avait de moins en moins peur de lui. Ne dois-je pas me réjouir ? Ne devons-nous pas tous nous réjouir que notre jeune maître soit enfin de retour ?

— Que t'importe, lui lança-t-il au visage, qu'il soit jeune ou vieux ?

— Vingt-six ans ! s'exclama-t-elle avec candeur. Il en avait vingt et un lors de son dernier séjour, il y a juste cinq ans.

Il la regarda fixement :

— Le connaîtrais-tu, Agnès ?

— Ni plus ni mieux que toi et que nous tous, répondit-elle en partant d'un rire joyeux. Et pourquoi ne devrais-je pas connaître le prince héritier ?

— L'as-tu déjà vu ?

— Mais qu'as-tu, Adalbert ? Fallait-il que je me bande les yeux chaque fois qu'il traversait notre petite ville pour aller à la chasse ? Oh, cela n'arrivait pas bien souvent ! Mais quel noble maintien il avait, quelle douceur dans le regard et comme son front rayonnait ! Non, Adalbert, nous n'avons rien à craindre de la part d'un tel homme !

Il se remit alors à crier, lui demandant si elle n'était pas devenue complètement folle d'aller s'imaginer que le jeune prince était d'une trempe différente de celle des autres grands messieurs. Même si plus d'un semblait montrer de meilleures dispositions dans ses jeunes années, il se comportait, une fois au pouvoir — cela s'était cent fois vérifié — exactement comme ses pères et ses aïeux avant lui. Le nouveau duc, pour sa part, avait certes été, à Paris, l'ami d'écrivains et de savants, mais cela ne l'avait pas empêché de fréquenter des femmes de la pire espèce et de mener une vie telle que l'on pouvait douter que l'horrible mal qualifié à juste titre de « français » l'eût épargné. Et son premier soin, une fois revenu ici, serait en tout cas de remettre en activité le pavillon des jardinières qui s'apprêtait déjà, disait-on, à accueillir le nouveau souverain — une nouvelle preuve de ce que la cour tout entière, du ministre au dernier porte-arquebuse, savait fort bien à quoi elle devait s'attendre de la part du jeune prince.

— N'as-tu pas entendu dire, continua-t-il, qu'il est à nouveau rigoureusement interdit de s'approcher à moins de cent mètres du pavillon et que personne n'a le droit de se promener avec une arme aux alentours du terrain de chasse ? Sans doute est-on déjà en train de rabattre le gibier pour lui et toute sa belle compagnie — puisse Dieu prendre en pitié nos pauvres paysans aussi longtemps que durera la saison de la chasse !

Agnès, étendue dans le lit, le regardait de ses grands yeux d'enfant et l'écoutait calmement, comme une écolière avide de s'instruire écoute le maître, sans manifester le moindre doute ni oser le contredire. Aussi Adalbert se dit-il peu à peu qu'il avait réussi à la convaincre aussi bien de la vérité de ses dires que de l'infaillibilité de ses vues, ce qui l'apaisa à son tour. La pression de ses mains se fit plus légère et la colère qui s'était emparée de tout son être céda la place au frisson plus doux, mais toujours plus intense, que faisait naître en lui le regard de sa femme, dont il n'avait jamais vu les yeux briller d'un éclat aussi vif.

Cependant, lorsqu'il s'allongea enfin à son côté, elle lui sembla, à sa grande déception, déjà plongée dans un profond sommeil. Il essaya de l'éveiller en l'embrassant doucement sur le front, mais elle, y passant la main, se pelotonna sous la couverture comme un enfant qu'une mouche a dérangé. Elle dormait encore lorsque Adalbert s'éveilla le lendemain matin ; il se leva, se racla distinctement la gorge puis, après quelques allées et venues dans la maison, prit son petit déjeuner et revêtit sa tenue... Elle dormait toujours lorsque, partant enfin, il laissa non sans bruit retomber la porte derrière lui.

Elle sortit peu après son départ et se rendit au marché. Comme d'habitude, les rues étaient calmes et les conversations qu'elle eut avec quelques connaissances rencontrées par hasard et les commerçants chez lesquels elle fit ses emplettes, furent comme toujours banales et indifférentes. Bien que le retour du jeune souverain y fût sans cesse abordé, personne ne semblait particulièrement ému par un événement qui faisait tout naturellement partie du simple cours des choses.

Agnès s'attarda aussi un moment dans la boutique de son père, auquel elle annonça qu'elle avait fait promettre à son mari de renoncer désormais à tenir des discours dangereux à l'auberge. Elle apprit non sans surprise que, la veille au soir déjà, Adalbert, quoique ayant bu plus que de raison, n'avait pas joint comme à l'accoutumée sa voix à celle de Tobias Klenk, dont les gens commençaient d'ailleurs à rire, trouvant ses bavardages tout à fait absurdes.

Elle se rendit ensuite chez une de ses amies, qui lui avait confié quelques années auparavant, alors qu'elle était encore une toute jeune fille, qu'elle n'imaginait pas de plus bel avenir pour elle que d'aller habiter le pavillon des jardinières. Mariée peu après, presque en même temps qu'Agnès, elle avait mis au monde deux enfants et se consacrait maintenant entièrement à ses devoirs de femme et de mère. Sans bien savoir pourquoi, Agnès eut envie ce jour-là de lui rappeler ses innocents rêves sensuels de jeune fille et elle lui donna comme absolument certain ce qu'Adalbert avait seulement supposé la veille en déclarant que le jeune prince allait sans délai rendre le château de Karolslust à sa destination première. Son amie ne parut toutefois guère saisir le sens de ses propos et Agnès, sentant la gêne l'envahir et s'empourprer ses joues, son cou et sa nuque, commença à comprendre ce qu'elle avait dit et pourquoi elle l'avait dit. Tout d'un coup, le terme de « jardinière » ne fut plus pour elle un simple mot comme il l'avait été jusque-là, mais une image, qui se dressait devant elle et dont la vue la faisait délicieusement frissonner. Alors qu'elle ne s'était encore jamais plainte de ne pas avoir eu d'enfant, non seulement elle en ressentit soudain douloureusement le manque, mais sa peine se transforma aussitôt en un reproche à son époux. Elle prit alors rapidement congé de son amie et se retrouva dans la rue où l'air tremblait, comme sous l'effet d'une attente inquiète — ce n'était pourtant qu'une journée du début de l'été, comme elle en avait connu beaucoup d'autres sans ressentir d'émotion particulière. « Mais que m'importe le retour du prince ? se demanda-t-elle. Je ne penserais même pas à lui, si Adalbert ne m'avait pas raconté toutes ces sottises à son sujet ! » Et son cœur lui en fit aussi reproche.

Celui-ci, de son côté, semblait parfaitement conscient de l'altération subie par son image, au cours des derniers jours, dans l'esprit de sa femme. Aussi parla-t-il moins haut lors du repas de midi, manifestant même quelque embarras, comme s'il voulait faire oublier l'impression laissée par son comportement de la veille et de l'avant-veille. Et lorsqu'il fit mention à brûle-pourpoint, entre la soupe et le plat de viandes, de la rumeur selon laquelle le jeune duc allait prochainement se fiancer avec une princesse wurtembergeoise, rien dans sa voix ne trahissait qu'il parlait de celui qu'ils avaient tous les deux évoqué la veille sur un tout autre ton.

— Ah, vraiment ? lui répondit Agnès sans sourciller et l'air indifférent.

Après le repas, il se mit à consulter les documents qu'il avait amenés du tribunal, et Agnès constata qu'elle envisageait sans la moindre joie l'idée qu'il pût éventuellement renoncer à se rendre comme tous les soirs à l'auberge. Elle faillit même pousser un soupir de soulagement lorsqu'elle le vit sortir à la tombée du soir, et elle décida de feindre de dormir profondément, quelle que fût l'heure à laquelle il rentrerait et quelque bruit qu'il fît.

Elle s'endormit toutefois vraiment, puis se réveilla vraiment lorsque, vers minuit, Adalbert s'approcha de son lit. Debout à côté d'elle, il ne put lui échapper qu'elle soulevait les paupières et clignait des yeux. Comme s'il n'avait attendu que cet instant, il se mit à lui raconter d'une voix calme mais pleine d'importance ce qui avait été ce soir-là l'unique sujet de conversation autour de la table du *Lion d'or*. On avait trouvé Tobias Klenk, armé d'un fusil, dans la forêt à proximité du château de Karolslust ; arrêté sur l'ordre du capitaine des gardes-chasse pour présomption de braconnage et résistance à l'autorité, il avait été enchaîné et conduit à la prison de Karolsmarkt, d'où il serait amené le lendemain devant le juge — c'est-à-dire devant lui, Adalbert Wogelein.

— Et que vas-tu faire ? demanda Agnès d'une voix inquiète.

— Je ne puis le dire avant d'avoir interrogé l'accusé.

— Mais tu viens de me raconter, Adalbert, que Tobias Klenk s'était livré au braconnage et avait usé de violence — je suppose qu'on ne l'aurait pas enchaîné pour le conduire en prison sans cela. Tu vas devoir, quoi qu'il en soit, le condamner à une peine sévère.

— Le délit de braconnage n'est pas prouvé, répondit Adalbert en plissant le front, et il conviendra également d'examiner ce que signifie le terme « emploi de la violence » quand l'on se trouve seul en face de trois personnes — n'est-ce pas alors plutôt de la légitime défense ? Voilà ce qui devrait d'abord être prouvé. En aucun cas, je ne rendrai une sentence destinée à plaire au capitaine des gardes-chasse ou au prince ; elle ne se conformera pas non plus à la lettre d'une loi caduque, mais je jugerai selon le véritable droit. Et Tobias Klenk eût-il voulu tuer un chevreuil pour sa pauvre mère, oui, eût-il assommé l'un des valets du prince qui portaient la main sur lui... j'examinerai avant tout s'il ne conviendrait pas de demander aussi des comptes aux personnes qui lui ont confisqué sa propriété — son fusil —, l'ont agressé physiquement et lui ont lié les pieds et les mains.

— Adalbert ! s'écria-t-elle en le regardant avec des yeux remplis de frayeur.

Et lui, croyant lire dans ce regard quelque chose comme de l'admiration, poursuivit sans se troubler :

— J'étais justement en train de me demander si je ne devrais pas tout simplement faire enlever ses chaînes à Tobias Klenk, voire le faire remettre en liberté. Toutefois, en y réfléchissant mieux, il me paraît juste que cette affaire soit plaidée au grand jour et en public.

— Qu'as-tu l'intention de faire, Adalbert ?

— Si tu as peur, Agnès, tu peux aller dès aujourd'hui chez ton père, le bourgmestre, afin de ne pas devoir supporter avec moi les conséquences éventuelles de mes actes !

Et il sentait chacune de ses paroles le grandir à ses propres yeux.

— Non, je ne te quitterai jamais, Adalbert, mais — et Agnès leva les mains vers lui comme pour le conjurer — je te supplie encore une fois de réfléchir...

— C'est tout réfléchi, Agnès, et je regrette seulement que le procès ait lieu ici, dans notre petite ville, et non point à la résidence ou, mieux encore, devant la cour suprême de l'Empire, à Wetzlar. Il n'est pas impossible cependant que mes paroles retentissent au loin et que mon jugement, tel un flambeau, projette sa lumière sur l'Allemagne tout entière.

— Adalbert, cria Agnès, tu te sacrifies par amitié pour Tobias Klenk !

— Tobias ou un autre, répondit-il en se redressant, ami ou ennemi, je ne m'en soucie pas !

— Tu cours à ta perte, Adalbert, et... tu causeras aussi la mienne !

Il crut à nouveau, en l'entendant parler ainsi, voir briller au fond de ses yeux un rayon de timide admiration et l'idée lui vint d'aller cueillir sur ses lèvres la récompense de son audace. Il se pencha sur elle, qui tressaillit en sentant l'odeur de vin qu'il exhalait et, comme il s'approchait encore, éclata brusquement en sanglots. Et, ne parvenant pas à la calmer... il dut, quelque amertume qu'il en eût, se résigner finalement à la laisser dormir.

III

Quand, le lendemain matin, Adalbert Wogelein pénétra dans la salle d'audience au rez-de-chaussée du grand bâtiment ancien sur la place du marché, le greffier, suivant l'usage, lui présenta la liste des affaires en instance. Ce furent d'abord deux bourgeois, qu'opposait une question de recouvrement de créance ; après audition des parties et de trois témoins, Adalbert trancha en son âme et conscience au préjudice du plaignant, dont la demande fut rejetée comme étant périmée. On introduisit ensuite deux jeunes garçons qui, après s'être mutuellement porté, au cours d'une bagarre, des coups entraînant de graves blessures, puis réconciliés pendant leur détention, n'arrivèrent pas à comprendre la décision du juge les condamnant néanmoins à quelques semaines sous les verrous, au pain sec et à l'eau.

On les emmenait, lorsque la nouvelle se répandit dans la salle d'audience que le jeune souverain venait d'arriver sans aucune suite à Karolsmarkt et qu'il s'était arrêté devant l'école, où il assistait maintenant à la classe. Le greffier, un homme d'âge moyen, sans beaucoup de science mais assez malin, avec lequel Adalbert Wogelein en personne ne détestait pas s'entretenir en maintes occasions de cas litigieux compliqués, apprit alors au juge que la veille déjà, peu après son arrivée, le duc avait inopinément inspecté quelques services de l'État et établissements publics de la résidence, ce dont certains conseillers et fonctionnaires ne s'étaient pas bien trouvés.

Bien qu'il sentît de légers frissons lui parcourir le dos, Adalbert Wogelein, sans faire la moindre remarque sur ce que venait de lui dire le greffier, passa à l'affaire suivante : un vagabond d'un certain âge, maigre et d'aspect pitoyable, soupçonné d'avoir dérobé, dans la maison d'une veuve où il avait passé la nuit, toutes sortes d'outils de travail appartenant à l'époux décédé, ainsi que de la nourriture. Il était en train de jurer solennellement, d'une pauvre voix larmoyante, qu'il n'avait pas plus volé dans toute sa vie qu'il n'y avait de place entre l'ongle et la chair de son pouce, lorsque la porte de la salle s'ouvrit brusquement, livrant passage à un jeune ordonnance qui cria, hors d'haleine :

— Son Excellence le Duc !

Adalbert sut rester parfaitement calme. Il fit signe au greffier, qui s'était levé d'un bond, de reprendre sa place, et s'apprêtait à poser une nouvelle question au vagabond, lorsque le duc fit son entrée. Vêtu de noir, avec distinction mais sans aucun étalage de luxe, svelte et fort à la fois, il paraissait malgré son évidente jeunesse plus vieux que son âge. Adalbert Wogelein s'étant levé dans l'intention de faire quelques pas à sa rencontre pour le saluer avec tout le respect qui lui était dû, il déclara, d'une voix basse et cependant agréable : « Veuillez continuer, monsieur le juge, de remplir vos fonctions, et conduire les débats exactement comme si je n'étais pas là. » Il fit également signe à l'huissier, qui cherchait à contenir la foule qui se pressait pour entrer derrière lui, de laisser pénétrer autant de gens que la salle pouvait en contenir, puis prit des mains du greffier la chaise qu'il lui avançait et la plaça lui-même de manière à être assis non loin du juge, mais légèrement en retrait sur le côté.

Adalbert continua de poser ses questions d'une voix assurée et comme, devant les dénégations répétées du vagabond, la veuve jurait que nul autre que lui ne pouvait être coupable, il rendit son arrêt : l'accusé, chez lequel aucun des objets volés n'avait été retrouvé, serait remis en liberté, mais devrait quitter la ville sur-le-champ et le pays dans les vingt-quatre heures. Après quoi, il dit simplement : « Continuons ! », comme il le faisait toujours avant de passer à un nouveau cas et, s'il montrait ainsi de façon probante le peu de souci qu'il faisait de la présence du souverain, la pensée que cette manière d'agir correspondait en même temps à la volonté expressément manifestée par celui-ci l'emplissait de satisfaction.

Tobias Klenk entra dans la salle sans attendre d'être appelé par l'huissier, qui n'en avait pas encore fini avec le vagabond. Il était vêtu d'un habit usé quoique de bonne coupe, avec lequel ses grandes bottes jaunes juraient quelque peu, et ses cheveux noirs tombant en désordre sur son front pâle et ridé, ainsi que son regard hautain et légèrement sournois, lui donnaient un air étrange et presque menaçant. Allant tout droit vers le juge comme s'il eût ignoré la présence du duc, il déclara d'une voix tranchante, mais sans grossièreté :

— Adalbert, mon ami, je voudrais avant tout être débarrassé de ces menottes !

L'étroite salle d'audience, que remplissait la foule, fut parcourue de murmures et de chuchotements ; les regards se tournèrent vers le prince, puis, le voyant immobile, les bras croisés sur sa chaise, se reportèrent vers le juge.

— On vous les aurait enlevées avant votre entrée, répondit alors ce dernier, si vous aviez eu la patience d'attendre que l'on vous appelle. Et si je puis être votre ami partout ailleurs, Tobias Klenk, je ne le suis pas ici, dans la salle d'audience !

Puis il fit signe de lui ôter les menottes, tout en ordonnant au greffier de donner lecture de l'acte d'accusation. Cependant, à peine celui-ci se fut-il levé que Tobias lui prit son papier des mains, le roula en boule et le jeta sur la table.

— Pourvu qu'il ne me rende pas la tâche trop difficile ! pensa Adalbert.

— Qu'ai-je à faire de ce papier ? s'écria Tobias. Où sont les gaillards qui m'ont pris mon fusil, roué de coups et emmené pieds et poings liés ? Où sont les gardes-chasse ? Où est leur capitaine ? C'est avec eux que j'ai maille à partir, et pas du tout avec ce papier !

— Tobias Klenk, commença Adalbert Wogelein en espérant que personne ne remarquerait le léger tremblement de sa voix, je vous engage à ne pas oublier la majesté du lieu où vous vous trouvez qui, de surcroît, est aujourd'hui rehaussée par la présence de Son Altesse le Duc !

Il était en train de se dire qu'il n'aurait pas dû

prononcer ces mots, lorsqu'il entendit la voix douce, mais ferme du duc, qui lui disait :

— Ma présence, monsieur le juge, ne fait rien à l'affaire ! tout en repoussant d'un léger geste de la main la révérence, trop appuyée pour ne pas être railleuse, que Tobias Klenk consentait maintenant à lui faire, comme s'il venait seulement de s'apercevoir de sa présence.

Du regard, Adalbert Wogelein fit alors signe au greffier de lire et celui-ci, finissant de défroisser le papier qu'il avait eu soin de reprendre, commença :

« Je soussigné, Franz Sever von Wolfenstein, capitaine des gardes-chasse de Son Altesse le Duc, déclare avoir rencontré cet après-midi, au cours d'une ronde sur le territoire de chasse ducal, à cent mètres à peine de la clôture, le dénommé Tobias Klenk, natif de Karolsmarkt, où il réside également, bien qu'il en soit le plus souvent absent. Cet individu de mauvaise réputation — à ces mots, Tobias partit d'un éclat de rire et Adalbert hocha la tête d'un air désapprobateur, sans que l'on puisse savoir si c'était à cause de ce rire ou de la remarque du grand veneur — était porteur d'un fusil de chasse. Bien que j'eusse été en droit, de par la loi en vigueur, et peut-être même dans l'obligation, d'enlever sans autre forme de procès son arme au susdit Tobias Klenk et de le faire mettre aux arrêts, je lui adressai tout d'abord un avertissement et lui intimai l'ordre de s'éloigner immédiatement de la chasse gardée, sur laquelle il n'avait manifestement pénétré que pour se livrer au braconnage. Ce n'est que lorsqu'il m'eut répliqué par des paroles insolentes, voire menaçantes, que j'appelai à l'aide d'un coup de sifflet. Les gardes-chasse Kuno Waldhaber et Franz Rebler, qui se trouvaient à proximité, étant accourus, enlevèrent son fusil au susdit Tobias Klenk et, comme il frappait autour de lui à coups de pied et de poing et se conduisait en véritable forcené, l'enchaînèrent. Je le fis ensuite conduire à Karolsmarkt, afin qu'il y soit entendu et jugé comme il est de droit, devant le tribunal de droit commun, aux trois chefs d'accusation suivants, à savoir : 1° port d'arme prohibée sur le terrain de chasse ducal, 2° intention de braconner et 3° violences sur la personne d'agents de l'administration ducale dans l'exercice de leurs fonctions. »

Dès que le greffier eut terminé sa lecture, le juge Adalbert Wogelein, s'adressant à l'accusé, lui demanda :

— Vous vous appelez Tobias Klenk ?

— Oui, aussi vrai que tu t'appelles Adalbert Wogelein !

— Age... 33 ans, célibataire...

— Et espérant bien le rester.

— Profession ?

— Ne vas-tu pas bientôt te lasser de poser des questions superflues, Adalbert ?

— Je suis ici pour poser des questions, et vous pour y répondre.

— Eh bien, inscris ici cette réponse : « Ce qu'il fut ne regarde personne ; ce qu'il sera, lui-même ne saurait le prédire aujourd'hui ; quant à ce qu'il est, chacun peut le voir du premier coup d'œil, et les mots ne serviront à rien à qui ne le voit pas. »

— Vos mots d'esprit nous font seulement perdre du temps, remarqua le juge qui, ayant louché du côté du duc et cru remarquer un sourire sur son visage, ajouta d'un ton dégagé : Je vais donc prendre la responsabilité d'écrire : « actuellement sans occupation ».

— Comment donc, ami Wogelein ? *Ton* occupation consiste à poser des questions et *la mienne* à y répondre.

Que nous le voulions ou non, nous sommes l'un et l'autre soumis à la même loi et, cependant, il me semble presque être plus à l'aise que toi.

Un léger murmure parcourut la salle. Impassible sur son siège, Adalbert Wogelein pensait :

— Je vais malgré tout l'acquitter, quelles qu'en soient les conséquences.

Et il demanda :

— Tobias Klenk, vous reconnaissez-vous coupable ?

— Non, répondit l'interpellé.

— Vous contestez donc l'exactitude du procès-verbal établi par monsieur le capitaine des gardes-chasse, dont lecture vient de vous être faite ?

— Je ne conteste nullement les faits qu'il rapporte, mais je conteste qu'ils constituent une faute.

— Vous êtes accusé au premier chef d'avoir porté une arme — à savoir un fusil de chasse — sur la chasse ducale, enfreignant en ceci un ordre formel.

— Je n'ignore pas cet ordre, mais je conteste que l'on doive obéir inconditionnellement à tous les ordres, même lorsqu'ils sont absurdes. Il pourrait par exemple venir à l'idée de n'importe quel prince de décréter qu'il est interdit à tous ceux qui ont des bottes jaunes de pénétrer sur son terrain de chasse... ou bien qu'aucun de ses sujets n'a le droit d'avoir plus de trois boutons à sa veste. A ton avis, Adalbert Wogelein, serais-je, serais-tu tenu de respecter aussi une loi de ce genre, sous prétexte qu'un prince ou un capitaine des gardes-chasse l'aurait décrétée ?

— Semblables interdictions n'auraient, j'en conviens, aucun sens, répliqua Adalbert, et supposer qu'un prince puisse les prononcer représente déjà une sorte d'offense à son autorité... mais il s'agit ici de l'interdiction de porter des armes, une mesure qui n'a rien d'absurde, puisqu'elle a manifestement été prise, chacun le sait, dans le but d'empêcher le braconnage.

— Je déclare absurde toute interdiction, déclara alors Tobias, qui limite arbitrairement la liberté de centaines de personnes asservies au profit de la puissance d'un seul et je refuse d'accepter un monde dans lequel un seul homme possède un pouvoir illimité de commander, tandis que cent mille autres sont condamnés à lui obéir ; un monde, où celui qui peut consommer un rôti de chevreuil quand il lui plaît et sans avoir à le payer, a de surcroît le droit de faire enfermer l'autre sur le simple soupçon d'avoir eu aussi envie d'un rôti de chevreuil.

Chuchotements et murmures allaient s'amplifiant dans la salle et Adalbert Wogelein sentit le rouge lui monter au front, car la phrase que Tobias Klenk venait de prononcer ressemblait à s'y méprendre à l'une de celles qu'il avait lui-même dites quelques jours plus tôt à l'auberge du *Lion d'or*. Il ne perdit toutefois pas contenance et fit remarquer avec un sourire de supériorité :

— Voilà une philosophie, Tobias Klenk, dont il vous est loisible de vous entretenir avec des savants et des hommes d'État ou bien avec qui bon vous semble à une table d'auberge, mais nous n'avons ici, au tribunal, à débattre que du cas précis en tant que tel. Or, en ce qui le concerne, je ne puis assimiler les réponses que vous avez faites jusqu'ici qu'à un aveu... à savoir que vous avez pénétré avec votre arme sur le terrain de chasse du duc pour... vous y procurer un rôti de chevreuil à bon marché.

— Ne me fais pas dire ce que je n'ai pas dit, Adalbert ! On peut porter une arme pour de multiples raisons, ne serait-ce que pour sa propre défense, et il n'est pas prouvé que je portais la mienne dans l'intention de me livrer au prétendu braconnage.

— Le tribunal en décidera, dit rapidement Adalbert. Venons-en maintenant au troisième point de l'accusation, d'après lequel vous vous seriez opposé à ce que l'on vous désarme et auriez usé de voies de fait envers les gardes-chasse du duc.

— Je reconnais également ces faits, mais je refuse d'y voir un délit. Mon fusil est ma propriété, et je l'ai certainement acquis d'une manière aussi honnête que plus d'un prince allemand tel ou tel de ses terrains de chasse ou autre domaine. Personne n'a le droit d'exiger que je lui remette ma propriété, voire de me l'enlever de force. En revanche, j'étais légitimement justifié à défendre ma peau, lorsque me sont tombés dessus deux gaillards armés qui n'auraient pas eu à craindre le moindre châtiment, même s'ils m'avaient occis à cette occasion.

— On peut supposer sans crainte de se tromper, dit alors calmement Adalbert, que l'on ne vous aurait fait aucun mal, si vous vous étiez soumis de bonne grâce, Tobias Klenk.

— Je ne suis pas homme à me soumettre, même lorsque mon bon droit n'est pas absolument incontestable, et je le devrais lorsque l'on me fait violence et injustice ?

— Vous reconnaissez donc par là même, dit Adalbert Wogelein, qui éprouvait une vive inquiétude en voyant approcher la fin des débats, car il sentait que la décision, dont ne dépendait pas seulement le sort de Tobias, était entre ses mains, vous reconnaissez donc aussi vous être opposé par la force à votre arrestation. Avez-vous quelque chose à déclarer pour votre justification sur ce point ?

— Je n'ai pas à me justifier, car je suis conscient de n'avoir commis aucune faute. C'est au contraire *moi* qui porte plainte et, premièrement...

Adalbert l'interrompit en toute hâte :

— Si vous avez une plainte à déposer, vous voudrez bien le faire en temps voulu et dans les formes prescrites. Il me reste encore quatre affaires à régler aujourd'hui, nous devons maintenant conclure.

— J'accuse..., reprit Tobias.

— Silence ! cria Adalbert, tout en se disant : « Il n'y a rien à faire, ni pour lui... ni pour moi ! »

— J'accuse, criait Tobias Klenk, premièrement les gardes-chasse Kuno Waldhaber et Franz Rebler, ainsi que leur capitaine Franz Sever von Wolfenstein et, troisièmement...

« Continue, continue, pensait Adalbert, tu es en train de creuser toi-même ta propre tombe... ce qui pourrait être mon salut... »

— ... troisièmement, continuait Tobias, je porte plainte contre le souverain de ce pays, le duc...

— Assez, cria Adalbert en haussant le ton, tandis que tous les regards se tournaient vers le prince dont le visage ne trahissait pas la moindre émotion. Une plainte contre le souverain est irrecevable par les tribunaux du duché, mais il est loisible à tout sujet s'estimant offensé dans son honneur ou lésé dans ses biens par qui que ce soit, fût-ce par le maître de son pays, de porter plainte auprès de la cour suprême d'Empire de Wetzlar.

Et il poussa un profond soupir de soulagement, en se disant qu'il avait été aussi prévenant qu'il était possible pour le téméraire et impudent personnage qui se tenait en face de lui.

— En ce qui concerne maintenant le cas qui fait l'objet des débats d'aujourd'hui — dit-il en se levant

— moi, Adalbert Wogelein, juge à Karolsmarkt et parlant au nom de Son Altesse Monseigneur le Duc, je vous déclare coupable, Tobias Klenk, et selon votre propre aveu, sur les trois points suivants : 1° port d'armes prohibé, 2° tentative de braconnage et 3° résistance par la force à des personnes au service de Son Altesse. Vous ne pouvez nier vous-même que l'on vous ait trouvé sur les chasses ducales, porteur d'un fusil de chasse, et il n'est nullement plausible que vous l'ayez porté dans un autre but que le braconnage. Il est enfin prouvé que vous vous êtes opposé à votre arrestation par des moyens illicites entraînant des conséquences dangereuses pour la santé et la vie de personnes agissant dans l'exercice de leurs fonctions. En conséquence de quoi je vous condamne — et il eut un instant d'hésitation, sentant bien qu'il était sur le point de rendre un jugement décisif aussi pour son propre destin — à une peine d'emprisonnement d'un an, suivie de bannissement.

Adalbert, à ce moment précis, s'attendait à tout. Il tenait pour également pensable que Tobias Klenk le dénonçât immédiatement comme conjuré ou complice, ou bien se précipitât sur lui dans l'intention de se livrer à quelque violence. Il le regarda fixement dans les yeux comme pour le tenir en échec, mais il ne put lire autre chose dans son regard que l'expression d'un mépris sans borne. Cependant, il trouva plus étrange et plus inquiétant encore que le duc reste assis à sa place, immobile et muet, les bras croisés sur la poitrine.

Il fit alors signe au greffier d'emmener le condamné, mais celui-ci, sans daigner honorer le juge ou l'une quelconque des personnes présentes ne fût-ce que d'un regard, se tourna vers la porte et sortit. Les autres demeurèrent dans la salle et, comme envoûtés par le silence et l'immobilité du prince, ils se lançaient des regards incertains et restaient là, sans faire un mouvement.

Adalbert, aussi seul que s'il se fût trouvé dans une pièce vide, proféra à nouveau, presque inconsciemment, son « Continuons ! ». Il prit un document devant lui et, se tournant vers le greffier comme pour faire quelque remarque à son sujet, lui murmura à l'oreille :

— Veillez à ce que l'on enferme Tobias Klenk dans un réduit tout à fait sûr au fond de la cave !

Le greffier hocha la tête et se leva, tandis qu'on introduisait un couple de paysans dont l'un des membres — la femme — accusait l'autre de mauvais traitements.

Le duc se leva pendant qu'Adalbert leur posait ses premières questions et, le voyant se lever aussi, il l'en dissuada en lui disant doucement :

— Ne vous dérangez pas, monsieur le juge !

Puis, ayant salué l'assistance de tous côtés, il s'en alla comme il était venu, sans un seul mot de satisfaction ou de désapprobation. Il adressa de la porte, sans sourire, un signe plein de bienveillance au juge, qui ne parvint toutefois pas à s'en réjouir et poursuivit l'audition des deux paysans, après avoir rappelé au calme, d'un ton bourru, les gens qui partaient en foule à la suite du prince. Le greffier revint et lui fit comprendre d'un regard que son ordre avait été transmis et exécuté. Adalbert Wogelein régla alors rondement, et non sans quelque mauvaise humeur, l'affaire des époux en dispute, puis plus rapidement encore les litiges suivants, et mit prématurément fin à la séance du tribunal. Il alla s'assurer auprès du gardien que Tobias se trouvait bien en lieu sûr et lui rappela que, s'il convenait de ne négliger aucune mesure de prudence à son égard, on ne devait pas pour autant manquer de lui donner abondamment à manger et à boire.

Il apprit dans la rue que le duc avait entre-temps rendu visite à des artisans — un orfèvre, auquel il avait acheté quelques bijoux, ainsi qu'un tourneur chez lequel il avait fait l'acquisition d'un jeu d'échecs. Il se trouvait maintenant, lui dit-on, à l'église, non point pour y faire ses dévotions, mais pour écouter le maître d'école, dont le talent d'organiste était connu, lui jouer un morceau de musique. Les puissants accords de cet instrument vinrent en effet frapper son oreille lorsqu'il passa par là ; la voiture du duc attendait devant le portail, dans une rue au demeurant presque vide, la foule ayant suivi le jeune souverain à l'intérieur.

IV

La chaleur était accablante, d'une lourdeur inhabituelle pour la saison. Il n'y avait pas un souffle d'air et Adalbert éprouvait un sentiment de malaise physique et moral à la fois. Tout en devant reconnaître en effet que, dans la situation infiniment difficile qui avait été la sienne, il s'était comporté aussi dignement et intelligemment que possible, il se sentait néanmoins non seulement singulièrement mal assuré, mais aussi plus mécontent de lui que jamais. Comme il interrogeait sa conscience, se demandant s'il eût rendu un autre jugement si le duc n'avait pas assisté aux débats, une autre question se présenta aussitôt à son esprit : est-ce que Tobias Klenk, dans ce cas, ne se serait pas comporté autrement ? Il était bien sûr difficile de dire s'il se serait montré plus calme ou plus insolent ; de toute manière, il n'était manifestement pas possible, dans l'état des choses, de le laisser totalement impuni… Aussi bien, qu'il dût passer six mois ou une année entière sous les verrous, où était la différence ?

Ce qui tourmentait le plus le juge Wogelein, c'était de s'être vanté auprès de sa femme de faire remettre Tobias en liberté, quoi qu'il arrive. Cependant, cette déclaration l'avait si violemment effrayée qu'elle pousserait sûrement un soupir de soulagement en apprenant que, loin de nier sa faute, il avait eu devant le tribunal un comportement excessivement insolent et provocateur, comme s'il s'était fixé pour but d'attirer sur sa tête le châtiment le plus sévère. Quelle pouvait être l'intention secrète qui se dissimulait derrière cette attitude ? Était-ce simplement une détestable manie de la fanfaronnade ou bien une sincère indignation ? Ou, en fin de compte, seulement le malin besoin de mettre dans le pétrin son ancien ami et condisciple, le juge Adalbert Wogelein ?

A cette idée, il fut pris d'un frisson. Que savait-il finalement de la véritable nature et du caractère du duc ? Le greffier n'avait-il pas évoqué, le matin même, toutes sortes de désagréments survenus à certains conseillers de la résidence ? Rien ne prouvait encore que l'on eût affaire à un prince clément, voire plein de générosité, plutôt qu'à un maître sournois et cruel, et il n'était nullement hors du domaine des possibilités que les sbires attendissent devant chez lui le juge Wogelein pour l'arrêter et le traîner au cachot, sous l'inculpation d'entente secrète avec un individu dont l'insolence subversive représentait un danger pour la sûreté de l'État. Adalbert, entretenu dans l'illusion de la sécurité par l'attitude impénétrable mais condescendante du souverain, n'avait guère pris en considération jusqu'ici le terrible danger suspendu au-dessus de sa tête. Ne convenait-il pas de le prévenir autant que faire se pouvait encore ? Ne devait-il pas solliciter sur-le-champ une audience pour expliquer au duc que les choses n'en étaient pas, dans son cas à lui, juge Wogelein, au point où les discours et le comportement de Tobias Klenk pouvaient le laisser supposer ? Qu'il avait en lui un fonctionnaire honnête et fidèle qui, bien qu'ayant de courageuses opinions personnelles, ne s'était pas une seule fois dans sa vie rendu coupable d'un acte répréhensible ?

Un véritable sentiment d'amertume naquit alors en lui : ce Tobias n'était qu'un incurable fou ! Quelle idée saugrenue que de se comporter en rebelle et, pis encore, de se proclamer tel devant le duc, avant même que les temps soient venus qui rendraient possible une semblable témérité ! N'était-ce pas faire naître les soupçons, dans un domaine où le pouvoir avait des moyens à sa disposition pour dépister les conspirations, les étouffer dans l'œuf et en châtier les instigateurs de la plus cruelle manière ? Et puis qu'en était-il exactement de cette conspiration, dont il parlait toujours en termes voilés ? Où se cachaient donc ces camarades, qui n'attendaient qu'un signe pour agir ? Et quels étaient ces signes, qui devaient être donnés un jour ?... Ah, et si Tobias Klenk lui-même, effrayé par les conséquences de certains engagements pris ou de serments prêtés, s'était tout simplement fait mettre en prison pour être à l'abri des mises en demeure et des ordres de ses complices ? Si bien que lui, Adalbert Wogelein, se retrouvait là, seul responsable, en tant qu'initié pour ainsi dire, et conjuré lui-même... alors qu'en fin de compte, il ne savait à peu près rien de toute cette affaire et n'y comprenait goutte... Et si les conjurés qui, à en croire Tobias, attendaient le signal dans l'ombre en différents points de l'Empire, faisaient leur apparition à Karolsmarkt et lui demandaient des comptes pour avoir fait enfermer Tobias Klenk ?

Des gouttes de sueur perlaient sur son front. Des dangers de tous côtés, c'était à devenir fou ! Il avait marché si vite qu'il apercevait déjà sa maison, la dernière là-bas, avec ses lilas en fleur dans le petit jardin de devant, paisible et imperturbablement sereine dans l'aimable silence de cet après-midi finissant, même si de petits nuages gris étaient apparus entre-temps dans le ciel. Allons, elle ne donnait pas du tout l'impression que des sbires s'y soient mis quelque part à l'affût !

Une nouvelle idée surgit cependant dans son esprit, qui l'inquiéta presque plus vivement encore que les précédentes : il était forcé de s'avouer que la pensée de revoir Agnès l'angoissait. Elle était encore couchée lorsqu'il était parti ce matin, et il avait senti un trouble incompréhensible l'envahir quand, après avoir tendu le front à son baiser avec, dans les yeux, un regard étranger d'où tout souvenir de leur discussion de la veille semblait avoir disparu, elle s'était aussitôt détournée en les refermant, comme si elle eût refusé de prendre conscience qu'une nouvelle journée commençait. Comment allait-elle le recevoir maintenant ? Et comment allait-elle accueillir le récit qu'il avait à lui faire ?

Il la trouva assise près de la fenêtre en saillie, un ouvrage au crochet sur les genoux et le regard tourné vers le bois qui commençait à quelques pas de leur maison et s'étendait jusqu'au château de Karolslust et au-delà. Elle avait coutume d'interrompre son travail dès qu'elle entendait arriver son mari et d'aller à sa rencontre, mais ce jour-là elle sembla ne rien remarquer, puis, se levant tout d'un coup, courut au-devant de lui et lui sauta au cou avec une impétuosité inhabituelle. D'abord interdit, il pensa avec un soupir de soulagement : « Elle sait tout ! On lui aura rapporté combien je me suis montré digne et elle est fière de son époux ! » et, tendant son manteau et son chapeau à la bonne, il dit d'un ton enjoué :

— J'espère que le repas est prêt ! Je peux dire que j'ai grand-faim !

Lorsque la servante eut quitté la pièce, Agnès voulut lui ôter elle-même sa perruque, ainsi qu'elle le faisait parfois, mi-sérieuse, mi-railleuse, mais il ne la laissa pas faire, la gardant sur la tête comme s'il voulait conserver avec elle toute sa dignité.

— Eh bien, comment a-t-on passé cette journée ? demanda-t-il, l'air réjoui. A-t-on fait beaucoup de choses dans la maison et au jardin ? eu de la visite ?

Elle répondit que non, ce qui l'étonna : comment savait-elle, si personne n'était venu ? Et, si elle ne savait pas, qu'est-ce qui la rendait si joyeuse ? Il s'enquit alors avec prudence :

— Mais qu'arrive-t-il à ma chère femme ? De si bonne humeur et si peu bavarde... ce n'est pas ainsi que je la connais !

— Figure-toi, Adalbert, lui répondit-elle, les yeux brillants, que juste après ton départ ce matin, alors que je venais de me lever, le duc est passé en voiture devant la maison et m'a saluée de la main !

Adalbert sentit la colère l'étouffer, mais n'en laissa rien voir et dit, en détournant la tête :

— Qu'y a-t-il là d'extraordinaire ? Il faut bien qu'il passe devant chez nous, lorsqu'il veut aller de la résidence au bourg par Karolslust !

— Et moi, figure-toi que je ne l'ai pas reconnu tout de suite ! J'ai d'abord cru que c'était un gentilhomme de la cour ou quelqu'un de semblable, et ce n'est que lorsqu'il m'a souri et saluée que j'ai compris que c'était *lui* et personne d'autre. J'ai alors fait une profonde révérence...

Et, à ce souvenir, elle fit à nouveau la révérence, restant un moment inclinée.

— Tu as bien fait, dit Adalbert, qui maîtrisait encore sa colère, de t'incliner si poliment, mais la scène a dû avoir l'air un peu comique si, en faisant la révérence, tu es devenue aussi rouge que tu l'es... en me la racontant !

S'étant dominé à grand-peine, il la prit par la taille et, tandis qu'elle le regardait de côté d'un air étonné, il l'accompagna jusqu'à la table sur laquelle on venait d'apporter la soupe.

Elle les servit tous les deux et dit :

— Il se peut qu'il m'ait trouvée un peu comique, car il s'est retourné vers moi en souriant et m'a saluée une nouvelle fois.

Et, levant la main, elle imita le signe que le duc lui avait fait.

— Pas possible, s'écria Adalbert en tournant furieusement sa cuillère dans son assiette, il t'a saluée ? Voilà un bien gracieux et condescendant seigneur ! Oh, si c'était la tante Katharina qu'il avait vue à la fenêtre, sans doute ne se serait-il pas retourné, peut-être même aurait-il à peine fait un signe... il n'aurait pas seulement remarqué la digne dame !

Et il partit d'un éclat de rire exagérément bruyant.

— Que dis-tu là, Adalbert ! Penses-tu vraiment que son salut ne s'adressait qu'à ma jeunesse, à mes cheveux blonds et à la fraîcheur de mon visage ? Je suis sûre qu'il salue tout le monde, hommes et femmes, jeunes et vieux, de la même façon. Ah, si tu l'avais vu ! La bonté, la noblesse, la sérénité de son regard ! Il m'a rendue heureuse pour la journée. Pas seulement pour moi, Adalbert, mais pour nous tous !

— Ma foi, j'admire que tu aies pu lire toutes ces belles choses sur sa figure ! Sans doute est-ce ma faute si je ne les y ai pas vues comme toi, mais cela pourrait malheureusement venir de ce que le visage qu'il m'a montré, loin d'être souriant, était celui d'un tyran, exécrable et grimaçant !

Dans son saisissement, Agnès oublia de porter sa cuillère jusqu'à sa bouche :

— Que dis-tu, Adalbert ? Tu as vu le duc ?

— Eh, voilà bien un autre miracle ! Crois-tu qu'il ait fait en sorte de se rendre invisible dans le bourg ? Ou qu'il ait seulement visité l'école, la mairie et l'église, acheté un jeu d'échecs, une petite chaîne et des anneaux, puis écouté de la musique d'orgue ? Il est aussi allé au tribunal, comme il se doit... et m'a fait la grâce toute particulière d'y rester une heure ou plus pour me voir dans l'exercice de mes fonctions.

— Pourquoi ne me l'as-tu pas dit tout de suite, Adalbert, dit-elle en pâlissant. Qu'est-il arrivé ? N'évoquais-tu pas, il y a un instant, son visage de tyran, exécrable et grimaçant ? Parle, Adalbert, parle ! J'ai l'impression que je n'ai plus de motif d'être de bonne humeur ! Était-il là lorsque tu as examiné l'affaire de Tobias Klenk ? Parle, Adalbert !... As-tu finalement... acquitté Tobias ?

Adalbert plissa le front :

— Si je ne l'ai pas fait, c'est uniquement pour le préserver du pire ! et, repoussant son assiette : Sache-le tout de suite, Agnès, c'est à cause de lui que le duc est venu à Karolsmarkt.

— Comment ?

— Il n’a fait tout le reste que pour donner le change. On lui avait en effet rapporté sans attendre que le capitaine des gardes-chasse avait été gravement mis à mal par Tobias et l’on m’a fait savoir — mais ne va surtout pas l’ébruiter, malheureuse ! — que l’on souhaitait voir appliquer à ce dernier la peine la plus sévère... en un mot, qu’il soit pendu. Car le bruit d’un complot en préparation est déjà parvenu, il n’y a pas de doute, aux oreilles du prince.

— Dieu du ciel, s’écria Agnès, qui ne toucha même pas au rôti que l’on venait d’apporter, tu vas finalement avoir toi aussi des ennuis !

Adalbert vida d’un trait son verre de vin :

— Il n’est pas question de moi — pour le moment... mais, sache-le bien, Agnès : voilà ce qu’il en est en vérité, voilà à quoi ressemble, vu de près, ton duc si noble et si bon ! Faire pendre un pauvre diable, qui voulait seulement rapporter quelque chose à manger à sa mère !... Et si tu avais vu l’individu, Agnès, qui s’est furtivement approché de moi tôt ce matin, avant que j’entre au tribunal, et m’a donné à entendre que l’on saurait récompenser mes services ! De quel limon le Seigneur a-t-il façonné de semblables figures, je me le demande ? Et comment se fait-il qu’un souverain ait toujours sous la main de telles créatures ? Comment font-elles enfin pour rentrer sous terre, aussitôt après avoir débité leur petite histoire ?

— Raconte, mais raconte donc ! dit Agnès d’une voix étouffée.

— Comme si tu n’en savais déjà pas assez ! répliqua Adalbert. J’ai vu tout à coup le duc assis dans la salle, sans que personne sache comment il y avait pénétré — le drôle ne m’avait bien sûr pas dit qu’il viendrait en personne. Alors, en le voyant là, le duc, j’ai compris qu'il n'avait quitté la résidence et n'était venu qu'à cause de Tobias Klenk, qu'on lui avait dénoncé comme meneur. J'ai continué de remplir mon office sans m'inquiéter, comme tous les jours, et n'ai pas donné l'ordre d'introduire Tobias avant son tour. Quant à lui, on aurait vraiment dit qu'il n'avait d'autre but que de payer ses discours de sa vie : non content d'avouer sans hésiter tous les délits dont il était accusé, il s'est mis, pour faire bonne mesure, à prononcer une harangue contre le pouvoir des princes et la tyrannie, tout en se montrant à tu et à toi avec moi, comme s'il avait fait le pari que j'irais me balancer au gibet à côté du sien. Il n'a vraiment pas mérité la mansuétude avec laquelle je l'ai traité, en ne le condamnant qu'à quelques mois de prison, et il mérite encore moins que je le fasse libérer, comme j'en ai la ferme intention, dès que la chose sera possible d'une manière ou d'une autre, cette nuit même peut-être, et conduire sous bonne escorte au-delà des frontières, à l'abri de la vengeance ducale.

— Parles-tu sérieusement ? s'écria Agnès.

— Aussi sérieusement qu'il est vrai que je suis assis en ce moment à cette table !

— Eh bien, puisque Dieu m'a donné pour époux un incorrigible fou, je vais demander moi-même une audience au duc et l'implorer de ne pas te faire expier ton comportement, car c'est Tobias Klenk, et lui seul, qui est coupable de tout et qui t'a rendu fou !

— Qu'est-ce qui te prend, malheureuse ? cria Adalbert. Voudrais-tu me livrer au duc, qui n'a peut-être encore aucune preuve contre moi ?

Et, la saisissant par les épaules comme s'il eût craint qu'elle mît sur-le-champ ses paroles à exécution :

— Ou bien peut-être que, réduit à l'impuissance, je

languisse entre les murs d'un cachot, tandis que ce misérable noceur pourrait à son aise...

Au même instant, un bruit sourd se fit entendre dans la rue. Comme le ciel s'était entre-temps couvert de nuages, Adalbert pensa d'abord au tonnerre, puis s'avisa que c'était un bruit différent, plutôt semblable à celui que ferait en tombant un objet gros et lourd. Agnès courut à la croisée, pencha la tête au-dehors et, se retournant vers son mari que la peur et les pressentiments semblaient avoir cloué au sol, elle dit d'une voix blanche :

— C'est une voiture qui... s'est renversée !

Il s'approcha d'elle et vit la servante passer en courant sous la fenêtre, se dirigeant vers le lieu de l'accident.

A environ cinquante mètres de la maison, le carrosse gisait au milieu de la chaussée. Le cocher était en train de se relever, dans le champ où il avait été projeté, tandis qu'un laquais se baissait pour tendre la main sous la voiture à un personnage qui, après en être sorti avec force contorsions, se redressa tout d'un coup en s'étirant. C'était le duc. Ils l'entendirent parler, sans pouvoir comprendre ce qu'il disait. Il s'adressait apparemment en termes rassurants aux quelques personnes qui étaient accourues, puis parut donner un ordre au laquais. Tandis que le cocher s'affairait déjà auprès des chevaux, le prince, regardant autour de lui, aperçut aussitôt la maison du juge, qui était la seule à cet endroit, sans voir toutefois, de l'endroit où il se trouvait, les deux têtes à la fenêtre.

Il s'y dirigea après un court moment de réflexion. La bonne, qui avait laissé ouverts le portail du jardin et la porte d'entrée, le précédait en courant ; se précipitant dans la pièce, elle ne parvint pas à articuler un mot et se contenta d'agiter les bras en faisant signe derrière elle avant de disparaître. Adalbert et Agnès se dévisageaient, le regard vide, lorsqu'ils entendirent des bruits de pas dehors. Ayant retrouvé le premier ses esprits, le juge alla dans le vestibule à la rencontre du duc qu'il accueillit d'une profonde révérence.

Celui-ci le reconnut aussitôt :

— C'est donc ici chez vous, monsieur le juge ? Voilà qui tombe bien : voudriez-vous m'accorder l'hospitalité jusqu'à ce que les légers dommages subis par ma voiture aient été réparés ?

Comme il disait ces mots, les premières gouttes de pluie se mirent à tomber lourdement sur le seuil.

— Monseigneur..., commença Adalbert, mais il fut incapable d'en dire plus et se tut, montrant d'un geste respectueux la porte ouverte sur le salon.

Le duc entra et il le suivit.

Agnès, qui était restée à la fenêtre, avait tourné la tête vers lui à son entrée. C'est à peine si elle esquissa une révérence : sa pâleur, ses yeux brillants et ses bras, retombés sans force le long de son corps, disaient suffisamment son émotion.

Le duc se tourna un instant vers Adalbert, qui se tenait courbé derrière lui, et demanda :

— Votre épouse, monsieur le juge ? Puis, sans attendre sa réponse, il s'avança vers elle :

— En passant ici ce matin, je vous ai prise pour une jeune fille. Bienvenu soit le hasard, qui a fait que ma voiture perde une roue juste devant cette maison ! L'accident n'est guère grave, et je ne vous importunerai pas longtemps... Mais je vois que j'ai interrompu votre repas, ce n'était pas dans mon intention, aussi prendrai-je, avec votre permission, place à votre table.

— Monseigneur, dit Adalbert en lui avançant une chaise, l'honneur qui échoit à notre modeste demeure est si grand que les plus humbles remerciements eux-mêmes ne sauraient exprimer le bonheur que nous ressentons.

Et il lança un rapide clin d'œil à Agnès, destiné à lui faire croire que seule la raillerie qui s'y dissimulait donnait à ses paroles un tour aussi servile.

Elle, perdue dans la contemplation du prince, avait à peine entendu les paroles de son époux. Le duc l'invita d'un geste à prendre place à table, mais elle ne bougea pas ; Adalbert lui fit signe à son tour de répondre à l'invitation, mais elle ne le remarqua même pas. Alors le duc, s'avançant vers elle, lui prit la main et la conduisit à table comme on le fait à la cour, n'allant s'asseoir en face d'elle qu'après qu'elle eut pris place, cependant qu'Adalbert, perplexe, restait debout.

— Eh bien, monsieur le juge, dit-il alors en souriant, ne voulez-vous pas nous tenir compagnie ?

— Monseigneur, répondit celui-ci, notre repas était déjà terminé, mais je demanderai à Son Altesse la permission de lui offrir une collation et quelque boisson.

Le duc répondit qu'il goûterait volontiers aux fruits candis et aux pâtisseries, tout en buvant une gorgée de vin. Ayant apporté une assiette et un verre, Adalbert servit le duc et lui versa à boire ; celui-ci insista pour qu'il s'assoie, puis but à la santé de ses hôtes en les invitant à faire de même.

Adalbert s'exécuta, mais il fallut un nouveau regard d'encouragement du prince pour qu'Agnès, qui tenait son verre serré dans sa main, le portât jusqu'à sa bouche et y trempât les lèvres. Adalbert remplit à nouveau le verre de son hôte, qui but, mangea un morceau d'abricot candi et, jetant autour de lui des coups d'œil approbateurs, loua l'ordre parfait qui régnait dans la pièce, l'agréable situation de la maison et le charme du petit jardin. Il parlait d'abondance, avec une aimable simplicité, visiblement destinée à dissiper tout embarras chez la belle maîtresse de maison. Quant à Adalbert, quelque regret qu'il eût que le duc ne se fût pas rompu le cou dans l'accident de sa voiture, il était ébloui et se sentait impuissant à résister à l'éclat que répandait dans sa demeure la présence du souverain.

Celui-ci dit alors combien il avait été sensible à la qualité du jeu de l'organiste qu'il venait d'avoir le plaisir d'entendre à l'église, et fit l'éloge du savoir-faire des artisans chez lesquels il avait fait quelques acquisitions. Sa visite à l'école lui avait également donné pleine satisfaction et il trouva les mots les plus aimables pour parler de l'air de propreté et de l'atmosphère d'activité de la petite ville. Il ne se montra pas non plus avare d'éloges envers le bourgmestre qu'il avait trouvé, en descendant tôt ce matin et de manière tout à fait inopinée à l'hôtel de ville, déjà penché sur les dossiers des affaires municipales.

— Le bourgmestre, Monseigneur, se permit de faire remarquer le juge, est le père de ma femme.

Le duc hocha la tête et sourit à Agnès, qui n'avait pas encore dit un seul mot et restait suspendue à ses lèvres, les yeux grands ouverts :

— Ainsi, belle dame, lui dit-il, n'avez-vous pas seulement un bon époux, mais aussi un excellent père, et je me réjouis pour ma part de savoir d'aussi remarquables personnes à mon service.

Puis, se tournant vers Adalbert, dont le cœur se remit à battre avec violence :

— Mais c'est l'heure que j'ai passée au tribunal, pourquoi ne le dirais-je pas, qui a été la plus intéressante de toutes — et particulièrement cette figure d'aventurier en bottes jaunes, comment s'appelait-t-il donc… ?

— Tobias Klenk, Monseigneur.

— ... Il m'a à la fois diverti et beaucoup instruit. Je n'imaginais guère en effet qu'il y eût des esprits aussi originaux dans mon petit pays.

Raidi par la peur, Adalbert Wogelein osait à peine respirer, tandis que le duc continuait :

— Je trouve très louable de votre part, monsieur le juge, de ne pas dédaigner de vous asseoir, lorsque le hasard le veut, à la même table que de tels personnages. C'est en effet la seule manière pour des hommes dont la profession exige qu'ils sachent lire dans l'âme humaine d'acquérir des connaissances et de faire des expériences, auxquelles ils n'auraient pas facilement accès sans cela.

— C'est une chose que j'ai rapidement comprise, Monseigneur, remarqua le juge en lançant un regard mal assuré à Agnès qui, murée dans son silence, semblait s'éloigner toujours plus de lui, et il ajouta : Il y a toutes sortes de sujets dangereux dans notre pays.

Cette dernière phrase lui avait à vrai dire échappé, mais il était trop tard pour la rattraper.

— Vous avez sans doute raison, monsieur le juge, repartit le duc, mais ce Tobias Klenk ne me paraît pas faire partie de ces individus dangereux. Il ne faut pas prendre au sérieux des sujets comme lui... ils n'ont en tout cas aucune importance par eux-mêmes. Ils peuvent certes faire du mal, s'ils se trouvent en nombre au milieu d'une foule excitée mais, dans ce pays, les opinions dont cet extravagant personnage a fait parade devant le tribunal ne risquent guère de trouver le moindre écho dans les esprits de mes bons sujets. Qu'en pensez-vous, monsieur le juge Adalbert Wogelein ?

— Je crois pouvoir également m'en porter garant, Monseigneur. Il est vrai que, s'il m'est permis de faire une remarque...

— Vous pouvez parler librement, Adalbert Wogelein.

— Même en tant qu'individu isolé, Monseigneur, on ne saurait tenir tout à fait Tobias Klenk pour inoffensif, comme Monseigneur daigne le supposer dans sa souveraine clémence. Il l'a montré non seulement par son comportement vis-à-vis de monsieur le capitaine des gardes-chasse et de ses aides, par son attitude inconvenante devant le tribunal — et ce, qui plus est, de manière extrêmement regrettable, en présence de Son Altesse — ... mais son passé aussi, sa réputation, la rumeur...

— Bon, dit le duc en l'interrompant avec un peu d'impatience, de tels sujets ne parviendront jamais à faire du mal dans mon pays aussi longtemps que j'aurai à mon service, gardes-chasse ou juges, des personnes d'une aussi grande valeur qu'il m'est par bonheur — et par la grâce de Dieu — donné d'en avoir.

Tout en parlant, le duc évitait, comme sous le coup d'un malaise croissant, de regarder le juge. Ce dernier, qui sentait le regard de sa femme se fixer de plus en plus intensément sur lui de seconde en seconde, se mit à souhaiter que toutes les paroles aimablement condescendantes du souverain et son attitude pleine de mansuétude ne lui fussent dictées que par l'hypocrisie et la perfidie... Oui, il souhaitait presque que les sbires fussent devant la maison, n'attendant qu'un signe de leur maître pour le traîner en prison de telle sorte que tous les mensonges que sa lâcheté lui avait fait raconter à sa femme au sujet du duc se révéleraient malgré tout être en fin de compte la triste vérité. Et pourtant, en même temps que ces pensées lui venaient à l'esprit, il sentit sa tête s'incliner d'elle-même presque jusqu'à son assiette, en signe de remerciement pour cet éloge, et il s'entendit prononcer, à sa propre surprise et comme si c'était un autre que lui qui parlait, les obséquieuses paroles suivantes : « Mon plus grand bonheur sera toujours de mériter la satisfaction de Monseigneur le duc, mon maître ! »

Le laquais entra sur ces mots et annonça que la voiture était réparée. Son maître se leva, but encore une fois à la santé d'Agnès et déclara :

— Soyez remerciée pour votre aimable accueil ! J'aimerais vous témoigner ma reconnaissance, aussi vous prierai-je d'exprimer un vœu dont la réalisation vous tient à cœur... avant que je prenne congé de cette demeure hospitalière.

Comme s'il voulait éviter qu'Agnès fasse entendre sa voix devant le duc, Adalbert répondit alors à sa place :

— Que Monseigneur ait daigné franchir le seuil de notre humble demeure, s'asseoir à notre table et goûter notre mauvais vin — voilà un remerciement qui suffit à nous combler !

— Vous, peut-être, monsieur le juge, repartit le duc d'un ton assez froid, mais, comme je m'attendais presque à semblable réponse de votre part, j'ai préféré adresser ma demande à votre gracieuse épouse. Je l'ai également fait parce que je serais heureux d'entendre enfin le son de sa voix, ce qui ne m'a malheureusement pas été accordé jusqu'à présent. Ainsi donc, encore une fois, belle dame, veuillez exprimer un souhait et, si cela m'est en quelque façon possible, je l'exaucerai !

— Monseigneur, commença celle-ci doucement mais distinctement, cependant qu'Adalbert sentait un frisson lui parcourir le corps, Monseigneur le duc, je n'ai qu'une prière à vous adresser : veuillez examiner avec la plus grande clémence la peine de Tobias Klenk et le faire mettre en liberté !

D'un seul coup, le visage du duc devint grave et

Adalbert conçut l'espoir — un espoir vague et insensé — qu'il rejette avec dureté la demande d'Agnès :

— Comment, réviser cette condamnation déjà beaucoup trop légère à une année de prison ? Quelle audace ! Ah, je me rends maintenant bien compte que vous êtes tous ses complices... eh bien, que l'on mette ces deux-là en prison et que l'on pende Tobias Klenk !

La réponse du duc fut toutefois différente :

— Je regrette vraiment beaucoup, excellente dame, dit-il, que, parmi les cent, les mille vœux qui auraient pu vous venir à l'esprit, vous ayez justement exprimé celui que je suis tout à fait hors d'état de satisfaire.

Et, après un court moment d'hésitation :

— Je ne puis accorder la liberté à Tobias Klenk... car il en jouit à nouveau depuis une heure !... Oui, monsieur le juge, ajouta-t-il en se tournant vers Adalbert qui restait là, comme frappé d'un coup de massue, j'ai, avec votre permission, fait remettre en liberté ce burlesque gaillard et j'ai même l'intention — je peux bien vous le révéler — de l'engager comme aide garde-chasse à Karolslust, où il pourra satisfaire ses envies plus facilement que par le passé, et sans danger aussi bien pour lui-même que pour mes autres employés.

Pâle comme un mort, la bouche tordue par un maigre sourire vide de toute expression, Adalbert n'osait pas même regarder du côté d'Agnès. Chercher une réplique n'aurait eu aucun sens, aussi se contenta-t-il de s'incliner profondément, comme il l'avait déjà si souvent fait au cours de cette dernière heure et comme s'il éprouvait le besoin de remercier, au nom de Tobias Klenk, le prince pour son geste.

Cependant, ce dernier incitait Agnès à formuler un autre vœu, plus facile à réaliser, pour ne pas devoir, conclut-il, quitter en débiteur obligé une demeure aussi hospitalière.

La voix de sa femme parvint alors, si lointaine et si étrangère, aux oreilles d'Adalbert, qu'un frisson lui courut le long du dos :

— Dans ces conditions, disait-elle, je souhaite que Son Altesse, mon maître et seigneur le duc, m'élise comme jardinière... et s'il ne plaisait à Monseigneur de m'emmener immédiatement avec lui à Karolslust, je demande à être conduite sur-le-champ et sous sa protection en n'importe quel autre lieu sûr, afin de ne pas devoir vivre une heure de plus dans cette maison, aux côtés de cet homme qui fut mon mari.

Submergé de honte, de colère et de désespoir, Adalbert aurait voulu rentrer sous terre, mais il ne put que pâlir encore plus, tandis que ses traits se déformaient davantage et que ses lèvres se mettaient à trembler. Le duc lui jeta un regard apitoyé mais à peine étonné, puis détourna aussitôt les yeux, comme s'il voulait l'épargner. S'adressant à Agnès, qui se tenait immobile devant lui, ne donnant nullement l'impression d'une femme prête à se jeter au cou de son bien-aimé dans un accès soudain de passion, mais plutôt de quelqu'un qui vient de prendre, de manière ferme et irrémédiable, une triste décision, il lui dit, en hochant la tête comme pour exprimer un regret poli :

— Curieusement, belle dame, je ne suis pas non plus en mesure de réaliser votre second vœu : j'ai en effet l'intention d'abolir l'institution des « jeunes jardinières », comme mainte autre chose dans ce pays... et de faire du château de Karolslust ma résidence d'été et celle de ma future épouse, la princesse de Wurtemberg.

Agnès l'avait écouté sans bouger, et tout le sang semblait s'être retiré de ses joues. Le duc la regarda un long moment, puis continua d'une voix douce et presque amicale :

— Peut-être votre désir, belle dame, ne va-t-il pas aussi loin que vous le croyez vous-même et avez-vous seulement envie de voir une fois de près le château sur lequel tant de rumeurs circulent dans ce pays. Je vous invite donc à venir faire une petite visite à Karolslust : nous nous y promènerons, s'il vous est agréable, un moment dans le parc et vous me confierez vos soucis et vos peines, qui ne se révéleront peut-être pas aussi difficiles à apaiser qu'il peut vous sembler actuellement. Vous déciderez ensuite vous-même si vous voulez demeurer à Karolslust sous la protection de la femme du capitaine des gardes-chasse ou ne préférez pas revenir avant la nuit sous ce toit, afin d'éviter de commettre un acte que vous pourriez être amenée à regretter un jour.

— Je ne regretterai désormais plus aucun de mes actes, répondit Agnès d'une voix qu'Adalbert eut l'impression d'entendre pour la première fois, quoi que je fasse, Monseigneur, que ce soit une promenade au bois ou un voyage autour du monde !

Saisissant une cape sur le dossier d'une chaise, elle déclara :

— Je suis prête !

Puis, comme si ce geste lui avait été familier depuis toujours, elle tendit la main au duc, le bras gracieusement levé. Celui-ci la prit et accompagna Agnès jusqu'à la porte comme il l'eût fait à la cour avec une dame de sang noble.

Elle passa à côté d'Adalbert sans le regarder, semblant plutôt ne pas le voir du tout, comme si elle l'eût rayé du nombre des vivants. Lorsqu'ils furent près de la porte, le duc, comme par un brusque mouvement de pitié, se retourna et dit :

— Nous espérons malgré tout, monsieur le juge Wogelein, que cette affaire se réglera de manière satisfaisante et pas entièrement à votre désavantage. Vous pouvez, quoi qu'il en soit, être assuré jusqu'à nouvel ordre de ma bienveillance.

Et, sur ces mots, il sortit avec elle.

Cloué sur place, Adalbert entendit leurs pas sur le gravier du jardin, puis un murmure parvint à ses oreilles : il comprit, sans avoir besoin de rien voir, qu'il y avait des gens autour de la voiture du prince, qui assistaient à son départ en compagnie de sa femme. Les murmures grossirent, il crut même saisir quelques mots, puis les voix s'éloignèrent peu à peu. Il n'eut plus dans les oreilles qu'un sourd bourdonnement et la pièce se mit à tourner devant lui ; ses jambes étaient lourdes comme du plomb et les pensées tourbillonnaient dans sa tête. Il tendit l'oreille en direction de la cuisine et, n'entendant aucun bruit, il en conclut que la servante était partie elle aussi ; elle serait certainement allée au bourg, chez son beau-père le bourgmestre, pour lui rapporter au plus vite la prodigieuse nouvelle. Se glissant alors jusqu'à la porte restée ouverte, il la referma sans bien savoir pourquoi, puis se laissa tomber sur la chaise où le duc était assis quelques instants auparavant, saisit et froissa la nappe entre ses mains d'un mouvement qui fit s'entrechoquer les verres et les assiettes et se mit à gémir en regardant devant lui, les yeux vitreux. Il prit un couteau et, le tournant et retournant entre ses doigts, se dit que la solution la plus sensée serait de se trancher la gorge, mais il savait bien qu'il n'avait jamais été et ne serait jamais capable d'un geste aussi hardi.

Il se demanda ce qu'il devait faire. Rester assis

jusqu'à ce qu'arrive son beau-père, venu lui témoigner, en compagnie d'autres gens du bourg, sa moqueuse compassion ?... Ou bien jusqu'à ce qu'Agnès rentre de sa promenade... ? Haha, rentre ! Elle ne reviendrait jamais, c'était sûr ! Le duc n'était pas fou au point de ne pas prendre ce qui s'offrait à lui avec tant de bonne grâce. Cette nuit, en ce moment même, Agnès allait voir s'accomplir son désir... devenir une « jardinière », la première « jardinière » du nouveau duc au château de Karolslust ! Elle s'était déjà abandonnée à lui corps et âme, à l'instant où il avait pour la première fois franchi cette porte... et même plus tôt, ce matin déjà, lorsqu'il était passé dans sa voiture. Il l'avait bien compris, pour sa part, et toutes les sottises, néanmoins pleines d'une signification profonde, tous les mensonges plus vrais que la vérité que, dans sa colère et son dégoût, il avait débités sur le duc, n'avaient pas eu d'autre cause que cette lucidité. Qu'avait donc dit Son Altesse en passant le seuil pour aller se promener avec cette infâme créature ?

— Nous espérons malgré tout que cette affaire ne se réglera pas entièrement à votre désavantage !

C'était s'exprimer avec beaucoup de ruse et de précaution, car il devait bien se douter qu'Agnès n'allait pas parler de son époux en termes particulièrement flatteurs !

La misérable ! Elle avait attiré la honte et le déshonneur sur lui... sur le juge Adalbert Wogelein, qui, il y a quelques heures encore, siégeait au tribunal dans toute la dignité de ses fonctions, honoré de tous, estimé à la ville comme à la campagne pour son sens de la justice et sa sagesse, et qui n'allait désormais plus pouvoir se risquer dans la rue sans être la risée de chaque gamin et de chaque servante, de toute la population de

Karolsmarkt ! Il ne pourrait plus paraître au tribunal ni se montrer à l'auberge, ni fréquenter aucun des lieux où il était connu. C'en était fait de la dignité et des honneurs inhérents à sa profession, fini de son séjour dans cette ville. Il ne pouvait pas rester ici une nuit de plus ; de quelque façon qu'il envisage son destin, une certitude s'imposait à lui, plus que toute autre : il devait partir, partir, partir avant l'arrivée des gens !

Il se précipita dans la chambre voisine où il conservait, dissimulée dans l'armoire, une petite somme d'argent qui suffirait pour quelques mois. Partir, partir... mais où ? Ne lui fallait-il pas avant tout fuir la vengeance de Tobias Klenk qui, remis en liberté par ce duc de malheur, était peut-être déjà en route et allait venir jusqu'ici, nourrissant Dieu sait quelles mauvaises intentions à son égard ? Ils s'étaient tous conjurés contre lui, Agnès, le duc et Tobias, et tous semblaient maintenant ligués d'on ne sait quelle diabolique façon pour lui nuire !... Il fallait qu'il leur échappe à tous.

Mais qu'adviendrait-il de cette maison, qui lui appartenait ? A qui allait-il la laisser ? A cette dévergondée, qui l'avait quitté pour s'en aller avec le duc ? Et il l'imagina, assise à côté de lui dans le magnifique carrosse roulant vers le château. Il la vit en descendre, vit le duc lui tendre la main, le portail du parc s'ouvrir devant elle, les laquais lui faire une profonde révérence et le souverain la conduire dans la grande allée avant de gravir avec elle l'imposant escalier. Il vit la chambre qu'on lui avait préparée, le lit bombé avec son baldaquin bleu, puis il vit Agnès tomber dans les bras du duc et il entendit les cris de voluptueux ravissement que lui arrachaient ses désirs enfin apaisés.

Il serra les poings et se frappa le front contre le bord de la porte de l'armoire qu'il venait d'ouvrir, puis il lui vint à l'idée qu'il devait se mettre en route sur-le-champ pour Karolslust, afin d'exiger cette femme qui lui appartenait et qu'il avait laissée partir sans lever le petit doigt ni ouvrir la bouche, restant humblement sur le seuil qu'elle venait de franchir comme une dame de la cour... oui, comme une princesse... donnant la main au prince.

Il faisait presque noir dans la pièce où il se trouvait. Dehors, derrière la maison, le crépuscule descendait sur la campagne. C'est alors que l'on frappa à la fenêtre ; Adalbert sursauta de frayeur — il y avait quelqu'un derrière la vitre, une silhouette gigantesque, et cette ombre démesurée était celle de Tobias Klenk ! Elle leva le poing comme pour faire voler la fenêtre en éclats et... frappa quelques petits coups légers contre la vitre !

Adalbert fit les quelques pas qui le séparaient de la fenêtre et entendit la voix de Tobias, sourde et presque douce :

— Ouvre, Adalbert ! Il n'y a personne, ni à la cuisine ni dans le jardin, ta femme et la bonne ne sont pas là, ouvre ! Ouvre donc !

Il hésitait, cherchant des yeux une arme ou un objet quelconque qui pût en tenir lieu. Il saisit un fer à repasser qui se trouvait à proximité, puis le laissa retomber assez doucement pour que Tobias ne pût l'entendre.

— Ouvre-moi, Adalbert ! cria une nouvelle fois Tobias, et il leva derechef le poing, mais d'une manière si menaçante cette fois qu'on eût dit qu'il avait vraiment l'intention de briser la fenêtre en mille morceaux.

Adalbert ouvrit. Tobias Klenk se tenait devant lui, tel qu'il l'avait vu le matin même au tribunal, dans son costume de cheval déchiré et ses grandes bottes jaunes, un large manteau marron jeté autour des épaules, se détachant sur les champs noyés dans le crépuscule et la fine flèche du clocher de Karolsmarkt dressée dans le soir.

— Que me veux-tu ? demanda Adalbert en frissonnant au son de sa propre voix.

— Ne pose pas de questions, répondit Tobias. Si tu as eu assez de courage pour me tirer du trou où j'étais, tu en auras bien aussi pour m'héberger un petit quart d'heure. C'est d'ailleurs plus pour toi que pour moi que je suis venu.

Adalbert ouvrit de grands yeux, mais Tobias l'écarta et, enjambant sans plus de façons la balustrade, il sauta dans la chambre et referma la fenêtre derrière lui.

Qu'avait-il dit ? « Assez de courage pour me tirer du trou... » Adalbert, qui se demandait s'il avait bien entendu, reculait en le regardant fixement.

— Ah, je vois, tu n'es pas très rassuré, dit Tobias Klenk en montrant le linge épars dans la pièce, et tu fais déjà ta valise !

— Je fais quoi ? bredouilla Adalbert.

Tobias voulait-il se moquer de lui, jouer avec lui comme le chat avec la souris ? Assez de courage pour le tirer du trou ? Qu'est-ce que cela signifiait ? Il s'était passé quelque chose, qu'il ne comprenait pas encore et que seules les explications de Tobias pouvaient élucider ; quant à lui, il n'avait pour commencer rien d'autre à faire que de se taire.

— Et tu as expédié ta femme la première ! Tu as bien fait, Adalbert, tu as bien fait, on n'est jamais assez prudent !

— Viens ! dit Adalbert, dont les idées se brouillaient, et il le précéda dans le salon où les assiettes et les verres, encore à moitié pleins, luisaient dans la pénombre.

« Il reste encore des pâtisseries et du vin, tu n'auras sans doute pas mangé grand-chose à midi », ajouta-t-il en remplissant le verre dans lequel le duc avait bu une heure à peine auparavant ; et il ressentit une sorte de réconfort, comme si ce geste eût été le début de sa vengeance.

Tobias but puis, saisissant la cruche de vin, se servit un second verre qu'il vida d'un trait.

— Je te remercie, Adalbert. Et maintenant, faisons très vite, il faut que je passe tout de suite la frontière. Cette nuit même. J'ai des amis de l'autre côté, tout près. Mais toi ? Le duc saura bientôt que tu m'as fait sortir, on ne peut pas plus faire confiance au geôlier qu'à personne d'autre, crois-moi !

Il était maintenant hors de doute pour le juge que c'était le duc en personne qui avait ordonné de libérer Tobias, en son nom à lui, mais il ne comprenait pas pourquoi... Noblesse d'âme ou bien ruse ? Comment savoir avec cet homme ? Ne devait-on pas s'attendre à tout de sa part ? Et pourtant, c'était bien le même qui venait de partir avec Agnès ! Le sang, à cette pensée, lui afflua de nouveau au visage. Et si, contre toute attente, il la ramenait maintenant ? si elle le trouvait assis à cette table, en train de boire avec Tobias Klenk, alors qu'elle aurait sûrement appris de sa bouche comment l'affaire s'était réellement déroulée... ? Il fallait avant tout que Tobias s'en aille ! Tout était perdu, en effet, s'il apprenait la vérité. Il fallait qu'il passe la frontière et ne puisse plus jamais revenir.

— Il faut que tu partes, dit-il alors, il le faut ! Pourquoi me regardes-tu avec ces yeux ronds ? Encore un verre, soit, mais file tout de suite après... ou bien aurais-tu envie de te retrouver dans un trou, un trou plus profond et plus sombre que celui où je t'ai fait enfermer pour quelques heures... et pour ta propre sécurité ?

— Pour ma sécurité ?

— Oui, pour ta sécurité et pour ta sauvegarde ! Car, si tu soupçonnais seulement ce que tu risquais en fait, tu saurais ce qu'éprouve un homme destiné à servir de pâture aux corbeaux !

— As-tu perdu l'esprit ? s'écria Tobias, dont le verre tinta dans la main.

— C'est toi qui l'as perdu, Tobias, et cela depuis l'instant où, introduit dans la salle d'audience et y apercevant le duc, tu as refusé de comprendre, malgré tous mes signes et mes clins d'œil, que chacune de mes paroles n'avait d'autre but que de sauver ta tête ! Tu as au contraire tout fait pour être sûr de la perdre, comme si tu n'y attachais pas plus de prix qu'à une citrouille. Je m'attendais à chaque instant à ce que le duc se lève pour prononcer lui-même la sentence qu'il attendait de moi... la mort !

Tobias éclata de rire :

— Me prends-tu pour un imbécile ou bien t'aurait-on pris pour tel, si tant est qu'il en soit encore besoin ?

Adalbert se pencha vers lui par-dessus la table, si près que leurs fronts se touchaient presque, et lui dit :

— Crois-tu vraiment que le duc soit venu à Karolsmarkt uniquement pour voir à quoi ressemble un braconnier ? C'est le séditieux qu'il voulait voir en face, le conjuré sur lequel on lui avait déjà fait un rapport détaillé !

— Un rapport sur moi ?

— Et ce matin, un petit homme maigre et sec en habit de cour noir avec une chaîne d'or autour du cou, qui m'avait guetté pendant que je me rendais au tribunal, m'a fait savoir avant de disparaître sans laisser de trace, comme englouti par le sol, que j'avais aujourd'hui l'unique et ultime possibilité d'effacer le soupçon fatal qui pesait sur moi. Il me suffisait de révéler la dangereuse personnalité de Tobias Klenk et de le condamner à la peine que méritent ceux qui se sont rendus coupables du crime de haute trahison.

— Tu tiens des discours insensés, s'écria Tobias. Je voudrais bien savoir en effet qui au monde pourrait apporter la moindre preuve contre moi ! S'il m'est arrivé de commettre quelque délit, c'est il y a longtemps de cela et ailleurs que dans ce pays.

— J'ignore tout des méfaits que tu as commis à l'étranger, bien que plus d'un bruit ait circulé à leur sujet, car tu as été assez prudent pour ne jamais m'en parler jusqu'à présent. Ne doute cependant pas que d'autres en sachent plus que moi et qu'en particulier des fils ne cessent de se tisser d'une cour à l'autre, d'un prince à l'autre, d'un tribunal à l'autre, toutes sortes de fils mystérieux. Ainsi Son Altesse le duc, mais oui, mon ami Tobias, celui-là même qui était assis ici, il y a une heure à peine, sur la chaise où tu es assis en ce moment, et qui a bu dans le verre où tu es en train de boire, sait fort bien ce à quoi il doit s'attendre de ta part et de la part de tes semblables. Aussi...

— Le duc ici ? A cette table ? Et il a bu dans ce verre ? (Tobias s'était levé et avait posé une main sur le dossier de sa chaise.) Je commence à croire vraiment que tu es devenu fou ! Et que serait-il venu faire ? A-t-il été question de moi ?

— Ah, de toi ! s'écria Adalbert, regardant fixement devant lui d'un œil hagard.

— Quand est-il venu et pourquoi ? Vas-tu te décider à parler ?

— Il est passé devant chez moi il y a deux heures,

juste quand il a commencé à pleuvoir, et il est reparti un quart d'heure après, avec Agnès... pour Karolslust.

— Le duc, avec Agnès ?

— Parti avec ma femme pour Karolslust, et si aucun miracle ne s'est produit entre-temps, elle connaît à cette heure-ci le même sort que tes deux sœurs, jadis, avec feu son père !

Assis, les yeux exorbités, sur sa chaise, Tobias Klenk s'écria alors, d'une voix où il y avait plus de gaieté que de raillerie ou de colère :

— Ta femme avec le duc ? Ou tu déraisonnes, Adalbert, ou bien tu te moques de moi et tu t'en mordras les doigts !

— Ah, tu viens encore me menacer, toi qui es cause de tous les malheurs qui se sont abattus sur nous ! Ma femme, ma charge et mon honneur partis au diable... tout cela parce que je t'ai sauvé de la potence... et tu me menaces ?

— Si ce que tu dis est vrai, Adalbert, je retire ma menace, mais je n'arrive pas à y voir clair dans cette histoire. Si tu te trouvais dans une aussi dangereuse situation et le savais, pourquoi m'aurais-tu fait libérer le jour même ? Serais-tu homme à te comporter de la sorte ? Et puis, comment le duc a-t-il pu contraindre aussi vite ta femme à le suivre à Karolslust, si elle n'était pas déjà d'accord avec lui ? Et si tu l'as laissée partir avec lui, pourquoi fais-tu tes valises, comme si tu avais encore quelque chose à craindre et voulais fuir ?

— Pourquoi toutes ces questions, Tobias ? Je veux faire la connaissance de tes camarades, de ceux dont nous partageons, toi et moi, les idées, afin que nous délibérions tous ensemble sur les moyens à mettre en œuvre pour supprimer l'injustice et l'infamie en ce monde et renverser les tyrans.

La main que Tobias lui posa sur l'épaule se fit pesante :

— As-tu bien réfléchi à ce que tu dis ? Sache que, si tu pars avec moi, tu ne pourras plus revenir. Et si tu viens à le regretter, que ce soit demain, dans plusieurs jours ou plusieurs mois, ce sera trop tard ! Celui qui nous trahit ou fait simplement défection se voit impitoyablement livré à la vengeance, aussi sûrement que s'il était condamné par la sainte Vehme. Demeure plutôt chez toi, Adalbert : je mettrais en effet ma main au feu que plus aucun danger ne te menace. Oui, je suis prêt à parier ma tête que tu vas maintenant t'élever aussi haut que plus d'un avant toi, qui se trouvait dans la même situation. Et, si certains te boudent au début, cela ne durera pas longtemps ; ils en prendront tous leur parti, te feront bientôt leur révérence et te témoigneront leur respect... il n'y en aura plus un seul qui ne t'envie ton bonheur.

— Si tu me tiens pour une canaille, s'écria Adalbert, tu ne mérites pas que je t'aie...

Au même moment, une voiture s'arrêta devant la maison. Adalbert regarda par la fenêtre et sentit son sang se glacer :

— Vite, sauve-toi ! cria-t-il d'une voix étouffée. Baisse-toi et faufile-toi par ici, par la porte, puis va-t'en par la fenêtre comme tu es venu !

— Le duc ? demanda Tobias dans un chuchotement, bien qu'il l'eût déjà vu et reconnu.

— Va-t'en, va-t'en, malheureux ! cria Adalbert en le poussant dans la pièce voisine où, de l'autre côté de la fenêtre restée ouverte, deux sombres silhouettes se dressaient maintenant, immenses sur le ciel envahi par le crépuscule, obstruant la vue sur la campagne. Au même instant, on frappa à la porte d'entrée ; Adalbert se précipita et ouvrit, à peine conscient de ce qu'il faisait.

C'était le duc, accompagné d'un laquais portant un flambeau, avec lequel il alluma, sur un signe de son maître, les bougies des deux chandeliers à trois branches qui se trouvaient sur le dressoir. Toujours sans prononcer une parole, le duc fit un autre signe et le laquais s'éloigna en emportant le flambeau et en fermant la porte derrière lui.

— Fermez l'autre porte, Tobias Klenk, et approchez ! dit alors le duc.

Tobias s'exécuta. Ils étaient maintenant tous les trois dans cette pièce, où seule la fenêtre donnant sur la rue était encore ouverte, laissant entrer l'air frais de ce soir de printemps, qui faisait vaciller la flamme des bougies.

S'asseyant comme s'il avait été chez lui, le duc continua :

— C'est un heureux hasard, Tobias Klenk, qui fait que je vous trouve chez votre ami. Il vous aura sans doute dit mes projets en ce qui vous concerne ?

Adalbert sentit sa gorge se nouer : si cette question ne pouvait en effet concerner autre chose que l'intention du souverain d'engager Tobias comme garde-chasse, celui-ci devait en revanche nécessairement penser qu'elle faisait allusion à la sentence de mort qui, lui avait-il dit, lui était réservée. Quelle que fût sa réponse, le juge ne ferait donc que s'empêtrer une fois de plus, et de manière encore plus effroyable qu'avant. La seule solution qui lui restait était de confesser immédiatement tout ce qui ne manquerait pas d'apparaître au grand jour au cours de l'échange de propos qui allait suivre.

Tobias Klenk le devança toutefois, et il l'entendit répondre à sa place :

— A quoi bon, Monseigneur, puisque je suis ici et, je le sais, entièrement en votre pouvoir. J'ai aussi vu deux de vos gens postés dehors et, si je ne vais pas jusqu'à prétendre me soumettre d'un cœur contrit, je n'ignore pas que tout aura certainement été fait pour qu'il me soit désormais impossible de m'opposer à la décision prise à mon égard, quelle qu'elle soit. Aussi me permettrai-je seulement de vous demander, monsieur le duc, de ne pas tenir rigueur à mon pitoyable ami de m'avoir fait ouvrir prématurément la porte de mon cachot. Il avait plus peur de moi que de Votre Altesse, et d'ailleurs avec raison, car il aurait eu à regretter l'injuste peine qu'il m'avait infligée et la vengeance eût été pire que n'importe quel châtiment venant de vous.

Adalbert restait là comme un condamné, la tête baissée. Il n'osait pas regarder le duc en face et il retint son souffle, lorsque celui-ci, se tournant vers lui, commença à parler :

— Avant que j'en vienne, avec toute la circonspection nécessaire, au cas de Tobias Klenk, vous voudrez sans doute avoir quelque certitude sur le sort de votre épouse. Ne vous faites pas de souci à son sujet, monsieur le juge Adalbert Wogelein ! Il n'a pas été pour le moment possible de la persuader d'une manière ou d'une autre de revenir chez vous, aussi l'ai-je installée chez la femme du capitaine des gardes-chasse. Elle s'est déclarée prête, sur ma demande, à vous recevoir dans un mois pour avoir avec vous une explication approfondie, qui montrera si vous pouvez vous entendre à nouveau et vous réunir. Je vous ai trouvé, pour ma part, plus sensé et plus ingénieux dans vos fonctions de magistrat que comme époux, mais il me semble que vous seriez en mesure d'utiliser vos connaissances juridiques dans des affaires exigeant plus de finesse que de courage et j'ai l'intention de faire en sorte que vous obteniez une charge au tribunal d'Empire de Wetzlar. En ce qui concerne votre décision arbitraire de remettre Tobias Klenk en liberté, nous considérerons que la peur que vous avez éprouvée à la suite de cette faute vous l'a suffisamment fait expier... Quant à vous, Tobias Klenk, apprenez que les deux personnes qui se tiennent dehors ne sont nullement chargées de vous faire à nouveau prisonnier, mais plutôt de vous tirer de prison et de vous conduire à Karolslust. Je ne prétendrai pas que vous m'êtes sympathique, mais j'ai l'intention de vous prendre à mon service comme garde-chasse, puisque vous n'êtes pas qualifié pour un meilleur emploi et paraissez aimer la chasse. Sachez toutefois que vous serez soumis à une étroite surveillance et que la moindre rébellion ou négligence de votre part sera punie de la manière la plus rigoureuse. Je vous mets particulièrement et instamment en garde contre tout acte de ressentiment ou toute tentative de vengeance, de quelque nature que ce soit, à l'égard du juge Adalbert Wogelein.

Ce dernier, qui n'avait cessé de jeter des regards anxieux en direction de Tobias Klenk, vit passer dans ses yeux un tel éclair de méchanceté sournoise, qu'il n'eut plus aucun doute sur ce à quoi il pouvait s'attendre de sa part à la première occasion. La peur lui faisant perdre toute contenance, il se précipita aux genoux du souverain en s'écriant, avant même que Tobias ait pu répondre :

— Qu'importent, Monseigneur, ma personne et ma misérable vie ? Seule une confession sincère est susceptible d'effacer ma dette envers Votre Altesse et de lui témoigner ma gratitude : sachez donc qu'il existe en terre allemande une société secrète — c'est Tobias lui-même qui me l'a confié, il ne pourra le nier —, qui se propose de perpétrer des attentats criminels contre les têtes sacrées de nos princes. Je m'en ferais le complice si, en pleine connaissance de ces faits, je laissais sans souffler mot Monseigneur le duc donner l'occasion à un membre de cette organisation — Tobias Klenk, en l'occurrence — de demeurer dans son entourage immédiat, tant il est vrai que l'on ne peut en aucun cas se fier aux assurances et aux serments de ces gens, quelle que soit la pureté de leurs intentions premières.

— Relevez-vous ! ordonna le duc d'une voix dure, et Adalbert obéit, n'osant pas lever les yeux et encore moins regarder dans la direction de Tobias Klenk.

Puis, après un moment de silence, il déclara :

— Je maintiens ce que je vous ai dit, Tobias Klenk. Je vous engage comme aide-garde-chasse à Karolslust… vous prendrez immédiatement votre service !

— Monseigneur, répondit Tobias Klenk, je ne puis accepter, malgré toute la reconnaissance que je vous en ai, la gracieuse offre de Votre Altesse. Quelque misérable canaille que soit, avec votre respect, monsieur le juge Adalbert Wogelein — ce dont je me suis aperçu dès mon enfance —, il ne serait pas impossible que je sois néanmoins le pire des deux. Il a raison lorsqu'il vous met en garde, Monseigneur, et peut-être beaucoup plus qu'il ne le croit lui-même. Car, lorsque je rôdais sur vos chasses avec mon arme chargée, ce n'était nullement dans l'intention d'abattre un chevreuil, mais pour reconnaître les lieux et la situation aux environs de Karolslust en vue d'une meilleure occasion.

— Que voulez-vous dire ? demanda le duc. Vous pouvez parler sans crainte.

Tobias Klenk hésitait, le regard perdu au loin. Un tressaillement de mépris crispa alors les lèvres du duc :

— Si, malgré ma parole d'honneur, vous craignez encore pour votre vie et votre liberté, vous pouvez ne rien dire, Tobias Klenk ! Et il fit mine de se détourner.

Alors, comme s'il n'y avait à ses yeux pas de plus grande honte que d'être soupçonné de trembler pour sa vie, Tobias se mit à parler avec hâte :

— Pas un seul mot n'est vrai, monsieur le duc, dans tout ce qu'a dit cet individu au sujet d'une société secrète et autres sottises... je ne voudrais pas qu'un suspect innocent puisse avoir à en souffrir. Quant à ce que je projetais, monsieur le duc, cela était et reste mon affaire. Si quelqu'un cependant devait commencer à faire ce qui se fera un jour, inéluctablement, pour que l'ordre, la justice et l'égalité adviennent en ce monde... je crois bien être celui qui convient pour cette tâche. Et vous, monsieur le duc — et il le regarda droit dans les yeux avec une sombre insolence — ... étiez la personne la plus proche sous ma main ! conclut-il sans baisser la tête.

— Eh bien, Tobias Klenk, répondit le souverain après un instant de silence, que vous teniez de tels propos par simple vantardise ou qu'ils vous soient inspirés par un sentiment meilleur ou bien pire, je ne saurais tolérer plus longtemps quelqu'un de votre espèce ni dans mon entourage ni dans mon pays. Les deux hommes qui attendent dehors vont vous conduire immédiatement à la frontière et je vous conseille de ne pas trop fonder d'espoirs sur ma générosité, dont cette seule journée a suffi pour me lasser... pour longtemps ! Sachez donc, Tobias Klenk, que si l'on devait vous revoir, à quelque moment et où que ce soit, sur le territoire de ce duché, vous seriez pendu au gibet le plus proche, aussi vrai que je suis actuellement assis sur cette chaise. Et maintenant, ouvrez la porte à côté de vous !

Tobias Klenk ouvrit la porte. Dehors, les deux sentinelles se tenaient immobiles devant la fenêtre.

— Écoutez-moi, leur cria le duc. Dans un instant, quelqu'un va sauter par cette fenêtre. Vous le placerez entre vous deux et l'escorterez jusqu'à la frontière, à Feldbach. Ne le lâchez pas des yeux et, s'il fait mine de vouloir s'échapper, tirez ! Une fois à la frontière, il pourra filer où bon lui semblera, pour continuer d'y mener l'existence folle et inutile qui est la sienne jusqu'à ce que sa destinée soit arrivée à son terme.

Il montra la fenêtre à Tobias d'un geste impératif et celui-ci, se retournant sans saluer, s'élança par-dessus la balustrade. Les deux hommes de garde posèrent alors leurs lourdes mains sur ses épaules et disparurent avec lui dans la nuit.

Adalbert était maintenant seul avec le duc, qui poursuivit en s'adressant à lui :

— Vous aurez sans doute compris, monsieur le juge, qu'il n'est pas bon de vouloir faire le héros devant le monde, et particulièrement devant sa femme, quand on est né avec une âme de couard. Cela ne va jamais sans mensonge... et, une fois que l'on a consenti au premier, les autres suivent inévitablement. Ils vous encerclent à la fin comme autant d'ennemis malintentionnés que vous avez vous-même engendrés, vous frappent et vous terrassent si bien que vous ne pouvez plus vous relever. C'est ce qui vous est arrivé, Adalbert Wogelein, et vous vous trouvez maintenant dans une situation si lamentable que je devrais avoir pitié de vous. Pourtant, je ne ressens aucune pitié et, comme vous me semblez mériter encore moins que votre ami Tobias Klenk — devant lequel vous n'avez désormais plus besoin de trembler

— un quelconque geste de générosité ou le moindre égard, sachez que j'ai l'intention de me rendre en vous quittant non pas à la résidence, mais tout droit au château de Karolslust, où votre femme ne couchera pas cette nuit chez l'épouse du capitaine des gardes-chasse mais partagera la couche princière, comme elle en avait exprimé le désir. Pour ce qui est de votre nomination au tribunal d'Empire de Wetzlar, on vous l'accordera... Et maintenant, adieu, monsieur le juge Wogelein !

Et il sortit, rejoignant le laquais qui attendait dehors avec son flambeau. La porte se referma, les bruits de pas décrurent, puis on entendit peu après grincer les roues d'une voiture qui s'éloignait.

Adalbert s'écroula, comme abattu d'un seul coup. Il gémit quelque temps, étendu par terre, puis se mit brusquement à rugir comme une bête fauve. La servante, morte de peur, entra dans la pièce.

— Que vient faire celle-là ? cria-t-il alors, en se soulevant et en s'appuyant des deux bras sur le plancher. Puis, se relevant d'un bond : Et où a-t-elle été toute la journée ?

La servante ouvrit de grands yeux et se mit à sangloter stupidement. Adalbert s'approcha d'elle et, comme elle continuait de se lamenter, il la prit par les épaules. L'attirant toujours plus contre lui, il sentit l'odeur tiède et moite qui émanait de sa poitrine lui monter aux narines et son énorme colère se transforma, une fois encore, en une violente excitation sexuelle. Il continuait de crier : « Dehors ! Allez au diable ! » mais la serrait en même temps toujours plus fort contre lui, si bien qu'elle finit par se mettre à rire et se prêta à ses caresses avant même qu'ils aient l'un et l'autre pris conscience de la nature véritable de ce qu'il lui prodiguait avec cette rudesse.

V

Lorsque Agnès arriva le lendemain matin devant la maison dans le carrosse princier, la porte était ouverte. Il n'y avait personne dans l'entrée ni dans la cuisine, mais elle trouva dans la chambre à coucher conjugale la servante dans les bras d'Adalbert. Comme il l'accueillait avec un ricanement stupide, elle, pâle et muette, gifla la bonne, qui sauta du lit en hurlant et s'enfuit en chemise.

Adalbert tira machinalement la couverture sur son visage ; accablé par la conscience de l'inutilité de sa vengeance et par une honte ineffaçable, il sentit une amère volupté l'envahir tout entier.

Lorsqu'il risqua la tête hors des couvertures, il était seul. Il se leva précipitamment, ne sachant pas encore ce qu'il allait faire mais, ne voyant finalement pas d'autre possibilité, il s'apprêta comme chaque matin pour ses occupations quotidiennes. Ne pouvant passer le reste de sa vie enfermé et terré chez lui, il décida, bien qu'avec quelque retard, d'aller au tribunal.

A la cuisine, la servante vaquait déjà à ses occupations habituelles et elle ne leva pas les yeux à son passage. Ce qui parut toutefois encore plus étrange à Adalbert fut de voir Agnès assise dans le jardin de devant ; vêtue d'un peignoir clair, elle exposait sa chevelure blonde aux doux rayons du soleil matinal. Il eut un instant l'impression que tout ce qui s'était passé depuis la veille au soir n'avait été qu'un mauvais rêve. Il était sur le point d'adresser un bonjour à sa femme mais, sentant son regard le traverser comme s'il avait été une ombre, il se tâta machinalement de haut en bas, comme pour s'assurer qu'il existait encore et n'était pas devenu un fantôme.

Sur son chemin, il répondit comme chaque matin à plus d'un salut, où il ne lui sembla voir ni moquerie ni mépris et pas le moindre soupçon de ce qui s'était passé. Le greffier l'attendait au tribunal comme à l'ordinaire ; il ne se montra nullement étonné ni de son retard ni tout simplement de sa venue et les débats reprirent sans plus de délai leur cours quotidien. Le juge Adalbert Wogelein prononça comme à son habitude des jugements sévères mais justes et, en remplissant ainsi ses fonctions, il eut conscience, avec toujours plus de netteté à mesure que le temps passait, de se sentir bien mieux que le jour précédent à la même heure et dans le même lieu. Personne au monde, se dit-il avec soulagement, ne pouvait plus avoir prise sur lui : il était comme immunisé, à l'abri des torts et des dangers de tous côtés.

Il quitta le tribunal la tête haute, entouré des plus obséquieuses salutations du greffier et des marques de respect des collègues de tout grade qu'il croisa dans le couloir et dans l'antichambre. Au retour, il s'arrêta un moment à la pharmacie pour serrer la main à son beau-père, qui se ressaisit tout de suite après un court instant pendant lequel il n'avait pu cacher un certain trouble, et lui souhaiter en passant, comme il lui arrivait souvent de le faire, le bonjour de sa fille. Puis il se remit en route vers sa demeure ; le soleil brillait et Adalbert nourrissait des pensées beaucoup plus calmes que vingt-quatre heures plus tôt.

Agnès était absente. Le carrosse du duc, lui rapporta la servante, était passé la prendre tôt dans l'après-midi. Il se sentit plus à l'aise que s'il l'avait trouvée là et réussit à passer le temps de manière supportable, jusqu'à ce que la voiture revînt le lendemain matin la déposer devant la maison.

Il en fut ainsi bien des soirs, bien des nuits et des

matins, et tous — Agnès, son époux, le bourgmestre son père et tout Karolsmarkt — s'accommodèrent plus rapidement du nouveau cours des choses que nul n'aurait pu le prédire le jour où le duc était rentré dans son pays.

Quant à ce dernier, il devint en peu de temps un souverain tout à fait semblable à ses ancêtres ; sans être vraiment détestable comme nombre de ses prédécesseurs en avaient la réputation, il ne se montra pas non plus l'un des meilleurs. Il continua quelque temps encore de correspondre avec le baron Grimm, invita parfois des personnalités étrangères célèbres à la cour de Sigmaringen, mais dut plutôt son renom à la somptuosité de ses chasses et à ses plantureuses beuveries qu'à ses gestes d'encouragement aux sciences et aux arts.

Karl Eberhardt XVII eut pour épouse une princesse wurtembergeoise et entretint à côté d'elle plus d'une « jardinière ». Il engendra au fil des ans trois enfants légitimes et sept autres illégitimes, dont le premier fut celui qu'Agnès mit au monde et qui fut élevé dans la maison de son époux et sous son nom. Trois ans plus tard, le juge, qui n'entendit plus jamais parler de sa nomination au tribunal d'Empire de Wetzlar, eut un second fils ; celui-ci ne devait toutefois pas jouir dans la vie de la même considération que son frère aîné qui, au tournant du siècle, se vit conférer la dignité de grand-écuyer à la cour de Sigmaringen.

Et d'autres cieux virent dresser la potence à laquelle prit fin l'existence aventureuse de Tobias Klenk.

LA RÉVOLTE DES BOXERS

Fragment

Il était alors lieutenant.

En Chine, la révolte des Boxers, dangereuse, implacable. Sa Majesté avait ordonné que l'on ne fît pas de quartier. Un ordre sans grande utilité.

Mouvement nationaliste, mouvement de libération... mais nous n'avons pas l'intention de parler politique.

Soulèvement général dans les villes, les villages et la campagne, réprimé ici et là ; des centaines, des milliers d'hommes pendus, fusillés.

Nous étions dans un petit village, à deux heures de Pékin. On venait de condamner un groupe de dix-sept hommes. Trois semaines plus tôt, on en avait exécuté trente. On accordait trois heures aux condamnés. Tous étaient calmes et dignes ; comme presque chaque fois, je fis mentalement une statistique. La psychologie des Chinois m'intéressait.

Un pleurait, chose rare qui me frappa. Trois s'entretenaient avec beaucoup de sérieux et de gravité, deux recevaient la visite de parents, un semblait prier et deux autres écrivaient des lettres, car ils n'étaient pas tous originaires du village — il semble que l'on procédait plutôt, à dessein, à une sorte d'échange de conjurés d'un village à l'autre...

J'en étais à seize. Le dix-septième lisait, un livre de

prières, pensai-je d'abord, mais c'était un roman. Au début, je ne dis rien, il continua de lire, levant les yeux de temps à autre pour un coup d'œil rapide, pendant presque une heure. J'eus sur ces entrefaites à m'entretenir avec certains de mes camarades. Il lui restait une heure et demie. Chez les autres — telle fut du moins mon impression — on percevait les signes d'une inquiétude grandissante ; lui lisait toujours. Je finis par l'interroger, en adressant d'abord la parole à un autre pour que cela ne se remarque pas. Je lui demandai ce qu'il lisait, et il me nomma calmement le titre du roman (je comprenais un peu le chinois). Il se remit à lire. J'allai de-ci, de-là, recueillant les lettres de ceux qui avaient écrit à leurs proches, puis retournai vers lui... c'était étrange ! Je finis par lui adresser la parole :

— Ne sais-tu pas que tu es condamné à mort ? lui demandai-je. Il eut un signe de tête affirmatif. *Vous allez trouver que je manque de tact,* mais il n'y avait aucune cruauté dans ma question.

Je continuai : — Ne sais-tu pas que tu vas être passé par les armes avec tes camarades dans une heure et demie ? Il répliqua :

— Nous devons être passés par les armes, certes, mais il n'est pas tout à fait sûr que cela se produise.

Il n'y avait aucune impertinence dans le ton, c'était une observation tout à fait sereine. Il ajouta :

— Ce qui se produira dans l'heure qui vient n'est jamais tout à fait sûr.

— Tout de même, dis-je, il y a de fortes probabilités. Je ne crois pas que l'on vienne vous libérer et vous n'avez pas de grâce à espérer.

Il acquiesça d'un signe de tête. J'eus le sentiment très net que mes questions le dérangeaient un peu. Je lui fis signe, sans manifester d'embarras, de continuer tranquillement à lire, ce qu'il fit. Je m'éloignai, mais ne pus m'empêcher de revenir :

— C'est un beau roman que vous lisez ? lui demandai-je.

Sa mine me répondit pour lui :

— Pas mal du tout !

— Et vous ne préféreriez pas lire autre chose qu'un roman ?

Il me regarda, l'air un peu étonné. Je plaisantai, vous allez trouver à juste titre que c'était manquer un peu de tact, mais j'étais dans un état d'esprit vraiment curieux :

— Il se pourrait bien que vous ne puissiez pas le terminer !

— Je crois que si, dit-il, il me reste encore plus d'une heure.

— Et vous n'avez vraiment rien d'autre à faire, pendant cette heure, que de lire un roman ? lui demandai-je, un peu agacé.

— Et pourquoi pas ? rétorqua-t-il. Je n'ai rien d'autre à faire. *Je n'ai encore jamais eu autant de temps.*

Je résolus alors de le laisser en paix, mais n'y parvins pas. Je revins auprès de lui :

— Que faites-vous dans la vie ? demandai-je. Il répondit très poliment qu'il exerçait le métier de tourneur, à Pékin même. Il avait une femme et deux enfants, qu'il n'avait pas revus depuis quinze mois.

— Et vous n'avez pas envie de leur écrire ? demandai-je, intrigué.

— Ils l'apprendront bien un jour, répondit-il. Peut-être croient-ils même que c'est arrivé depuis longtemps déjà.

— Avez-vous d'autres parents ? demandai-je.

— Oui, répondit-il avec quelque réticence. Je me

retournai, gêné, et il reprit aussitôt sa lecture. Je ne pouvais supporter ça : je trouvais monstrueux que l'on fusillât cet homme, finalement avant même qu'il eût terminé son roman. Oui, c'est vraiment ce que je pensais. Le sort des seize autres m'était indifférent ; ils me faisaient pitié... non, c'était à peine de la pitié. Presque tous avaient terminé leurs lettres et autres préparatifs, quelques-uns étaient étendus sur le sol, les yeux fermés. La plupart, accroupis, regardaient fixement devant eux. Je crus lire la peur de la mort dans les yeux de certains, mais peut-être me trompai-je.

Je sautai en selle, sans l'avoir prémédité une seconde, et passai le commandement à un camarade. L'état-major du régiment était à une demi-heure, dans un autre village. Je m'y rendis, par cette journée d'été torride, et me fis introduire chez le colonel, qui éprouvait une certaine sympathie pour moi. Je le savais, c'était un parent éloigné de ma mère... sinon, je n'aurais peut-être pas osé. Nous nous tutoyions même, en dehors du service. Je lui présentai ma requête : je désirais la grâce de l'un des dix-sept. Je lui donnai mes raisons et m'aperçus tout de suite qu'à vrai dire elles n'en étaient pas. Je dis même quelques absurdités. Je feignis de croire que l'on pourrait encore obtenir quelque chose de cet homme... sa culpabilité n'était même pas parfaitement établie. Voyant le colonel hocher la tête, j'osai enfin être franc et lui racontai tout. Le colonel se mit à rire :

— Le bonhomme t'a percé, dit-il. Ces gens sont fins, crois-moi. Le plus bête d'entre eux est plus malin que nous.

Je m'emportai presque en répliquant et le colonel, devenu plus attentif, me dit :

— L'ordre exprès de Sa Majesté est de ne pas faire de quartier.

Je lui rappelai qu'il y avait pourtant déjà eu deux cas de grâce, et pour des raisons parfaitement anodines. On avait exécuté quelques centaines d'hommes — un de plus ou de moins... Le colonel finit par dire :

— Soit, parce que c'est toi ! J'en prends la responsabilité pour cette fois.

Et il m'établit un ordre écrit.

Je repartis ventre à terre. Douze condamnés étaient déjà allongés, morts, sur le sol, c'était maintenant le tour des cinq derniers. On faisait toujours une petite pause de dix minutes entre les salves. Mon Chinois était encore là, accroupi (dans la cour, le vaste ciel au-dessus de sa tête), et lisait. Je remarquai même, de loin, qu'il annotait les marges de petits signes au crayon. Il ne me voyait pas ; il devait se croire perdu, ne pouvant ignorer que ce serait son tour dans cinq minutes. Tout autour, les soldats. Lorsque j'arrêtai mon cheval, il se retourna, me dévisageant cette fois-ci avec une certaine curiosité. Je fis signe à mon camarade d'approcher et lui déclarai que j'apportais la grâce de l'un des Chinois ; je ne pouvais en dire davantage pour l'instant, pour raisons de service. Peut-être serais-je parvenu à faire encore libérer l'un ou l'autre ?... Les soldats désignés pour fusiller les cinq derniers s'avancèrent. Sur un signe, les cinq Chinois se levèrent ; ils semblaient tous très calmes, sauf un qui éclata d'un rire strident, puis regarda tout autour de lui, l'air effrayé. Je m'approchai de mon Chinois, lui posai, en un geste absurde, la main sur l'épaule et lui dis, d'une voix légèrement enrouée :

— Vous êtes gracié !

Il me regarda, l'air un peu interrogateur, puis eut un faible sourire. Il glissa machinalement le livre, qu'il tenait à la main, dans la poche de sa large veste blanche. Les quatre autres ouvraient de grands yeux, concevant peut-être quelque espoir. Mon Chinois me regarda :

— Eh bien, dit-il, qu'est-ce que je disais, on ne peut jamais savoir.

Il s'approcha de l'un des quatre autres et lui serra la main. Puis il se retourna vers moi et demanda :

— Puis-je m'en aller ?

J'ai répondu :

— Vous êtes libre.

En avais-je le droit ? Il devait encore faire une importante déposition... j'en pris la responsabilité :

— Vous êtes libre, répétai-je d'un ton assez sec.

Il fit un signe de la tête. Entre-temps, les quatre s'étaient placés contre le mur et les soldats attendaient l'ordre de tirer. C'était à moi de le donner. Mon Chinois s'éloignait lentement et j'avais envie de lui courir après. J'attendis qu'il eût disparu sous le porche du bâtiment, puis commandai. La salve partit... *Il tressaillit imperceptiblement, mais ne se retourna pas.* Et je le vis franchir le porche et disparaître dans la rue.

Vous me demanderez ce que j'ai ressenti. J'avais honte. Et nullement le sentiment d'avoir accompli une noble action. Même si chacun d'eux avait eu par la suite son roman dans la poche, il ne lui eût été d'aucun secours... Ce fut heureusement la dernière fois que je participai à une affaire de ce genre. Pas par hasard, mais sur ordre du colonel. D'ailleurs, le Chinois ne m'en avait nullement imposé et je ne l'avais pas admiré non plus ; tout ce que je sais, c'est que je n'ai jamais rencontré au monde un homme qui me fût plus étranger.

(Les phrases en italique indiquent des ajouts manuscrits au texte original tapé à la machine.)

L'AVENTURIER

Fragment

I

Perdre, comme Anselmo, père et mère le même jour était alors le lot de plus d'un adolescent. Le jeune Rigardi n'était même pas le seul dans ce cas à Bergame où la peste, soudainement apparue dans les premiers jours de l'an 1520 après avoir miraculeusement respecté jusque-là cette petite cité, avait déjà décimé plus des trois quarts de la population. Des familles entières avaient été détruites, la plupart des maisons étaient vides, médecins et apothicaires ayant été emportés dès le début, comme il arrivait souvent. Les Rigardi avaient d'abord été épargnés, malgré la vétusté et le piètre état de leur maison située au centre de la ville et pas dans sa partie la plus saine, aussi le baron, sa femme et Anselmo se croyaient-ils immunisés, lorsque le mal s'abattit sur eux de manière tout à fait inattendue, alors que les survivants s'apprêtaient déjà pour de nouveaux travaux et de nouvelles joies. C'est ainsi qu'Anselmo qui, la veille encore, était assis à table avec ses parents, s'était retrouvé seul le lendemain matin, devant leur couche vide. La bonne et le serviteur, pris de peur, s'étaient enfuis ; quant aux morts, un règlement sévère exigeait qu'ils fussent enlevés sans délai par les employés chargés de cette tâche — il n'y avait plus depuis longtemps de funérailles solennelles ni même d'enterrements en règle et c'est en vain que l'on cherchait, plus tard, la sépulture des victimes de l'épidémie.

Cependant, lorsque le portail se fut refermé derrière les cercueils, Anselmo, au-delà de la solitude et de l'horreur qui l'accablaient, éprouva un sentiment qui lui était aussi étranger qu'elles et que la douleur dont il était d'ailleurs encore à peine conscient : celui, entièrement nouveau pour lui, de la liberté. Il n'avait tout d'un coup plus de comptes à rendre à personne, pas plus à un père qu'à une mère. Il aurait pu passer la soirée et la nuit où et comme il voulait sans que personne lui demandât, au matin, d'où il venait. Toutefois, c'est à peine si le soulagement que procure la délivrance se mêlait à sa conscience d'une liberté soudain acquise, car il ne connaissait encore véritablement ni la dépendance ni les contraintes, ayant reçu une éducation certes sévère, mais sans aucune dureté.

Descendants d'une très vieille lignée de barons, les Rigardi avaient vu leur ancienne richesse — ils possédaient jadis presque le quart de la ville en immeubles et en terrains, ainsi que des domaines hors les murs — peu à peu réduite à néant. Leurs ancêtres avaient pris part à des entreprises guerrières dont ils avaient retiré peu de profit en cas de victoire, tandis qu'ils devaient toujours puiser dans leur propre caisse lorsqu'ils appartenaient au parti vaincu. Il se trouvait en outre qu'aucun Rigardi, depuis deux siècles, n'avait pu améliorer sa situation par un bon mariage, comme avaient eu l'heur de le faire nombre de leurs pairs et que l'aïeul, enfin, avait tellement perdu au jeu, que le père d'Anselmo, un homme honnête et sérieux, avait dû passer sa vie à rembourser les dettes de la famille. Aussi ne lui restait-il plus, en dehors d'une exploitation agricole qu'il avait affermée et qui fournissait maints produits nécessaires à sa subsistance et à celle des siens, que la maison de la famille, le palazzo Rigardi. Celui-ci n'avait certes plus grand-chose d'un palais, si ce n'est le puissant assemblage de ses sombres pierres de taille, qui auraient résisté à l'éternité elle-même, le portail en fer, sur lequel était venu se briser, cent cinquante ans plus tôt, l'assaut des lanciers de Vérone, et la grande salle aux reliefs sculptés par Giuliani, sous les hautes voûtes de laquelle ne se donnait plus aucune fête depuis longtemps. Seul le cliquetis des épées y résonnait encore, lorsque Anselmo s'exerçait avec son maître d'armes, le vieux et célèbre Raboldi de Naples, inventeur d'un certain coup de prime imparable qui resta attaché à son nom pendant des décennies. Depuis quelques années pourtant, même celui-ci n'inspirait plus de crainte à Anselmo, devenu très habile en cet art, où il était pour ainsi dire passé maître l'année précédente. Les quelques jeunes seigneurs de Bergame, avec lesquels il disputait une ou deux fois par mois des tournois organisés et dirigés par Raboldi qui constituaient en quelque sorte son unique divertissement, s'étonnaient qu'avec de tels dons il ne montrât aucun goût pour la guerre et parût ne vouloir exercer ses talents que pour l'amour de l'art. Plus d'un, et Raboldi lui-même, pensait qu'il ne pouvait manquer de faire son chemin grâce à ce talent particulièrement prisé par son époque, pour peu qu'il voyageât et, ce qui devait être aisé avec le nom qu'il portait, sût trouver accès à l'une des nombreuses cours de prince ou de cardinal que comptait ce pays en proie au déchirement. Comme l'on ne disposait toutefois pas de moyens suffisants pour pourvoir le jeune homme de l'équipement nécessaire, du moins selon le vieux Raboldi, à une telle entreprise, il avait été plutôt question, l'année avant l'apparition de la peste, de l'envoyer étudier le droit ou la médecine à l'université de Padoue, car il avait aussi acquis, sous la direction de son père et, sinon avec enthousiasme, du moins avec un certain zèle, une bonne formation en latin et en mathématiques. Personne n'y avait encore pensé vraiment sérieusement, mais Anselmo ne se serait pour sa part nullement opposé à une incitation décidée, car il n'avait jamais eu jusque-là l'occasion de soutenir une opinion personnelle. Il lui semblait, ainsi qu'aux quelques amis que comptait sa famille, que ni son père ni sa mère ne l'aurait laissé partir d'un cœur léger, d'autant plus que sa sœur unique s'était noyée l'été précédent, dans la fleur de ses quinze ans, en même temps que les deux jeunes Decarli au cours d'une promenade en barque sur le lac d'Iseo, juste avant l'apparition de la peste, comme si elle avait voulu fuir l'horrible mal dans une mort plus douce. Anselmo ne savait lequel des trois il regrettait le plus — sa sœur, Florio, son meilleur ami, ou bien Maria, la seule jeune fille pour laquelle il eût éprouvé jusque-là de tendres sentiments. Cet amour avait préservé ses dix-huit ans de toutes les tentations qui s'étaient présentées à lui sous des apparences variées, gracieuses ou douteuses. Lorsque, peu après la mort de ces trois êtres dans la fleur de l'âge, l'horreur s'était abattue sur la ville, les seuls à s'abandonner à la jouissance furent ceux auxquels elle était déjà familière et pour lesquels elle représentait un moyen de se libérer de la peur et de l'épouvante. On vit alors souvent la maladie frapper un homme dans les bras de sa maîtresse ou une femme dans ceux de son amant, et rarement s'écouler un jour et une nuit avant que l'un ne suivît l'autre dans la mort.

Tels étaient les images, les pensées et les souvenirs

qui se pressaient en désordre dans la tête d'Anselmo, tandis qu'il parcourait de long en large, dans une continuelle agitation, la grande salle qu'envahissait peu à peu l'obscurité. Pas un seul de ses amis — mais bien peu vivaient encore — ne s'était montré dans la demeure visitée par la peste, depuis que l'on avait emmené, vers midi, les corps de ses parents et aucun serviteur n'avait allumé les flambeaux qui, hier encore, éclairaient la salle à cette même heure. Les personnages de Giuliani — chevaux écumants, vieillards ivres, femmes au front ceint de couronnes — luisaient vaguement sur le mur, semblaient s'animer et s'enfuir eux aussi, tandis que le large escalier menant à l'étage supérieur, que les civières noires chargées des corps recouverts d'un linceul et leurs porteurs masqués avaient descendu peu de temps auparavant en oscillant, se perdait vers le haut comme dans la nuit. Personne non plus ne lui avait préparé son repas ni apprêté son lit, et il allait et venait sans but ni raison le long des murs de la grande salle qui, tantôt s'élargissant, tantôt se rétrécissant, lui paraissait tantôt une prison, tantôt l'infini lui-même.

Anselmo comprit soudain que seule la mort pouvait encore l'attendre ici. Mais que devait-il faire ? Aller chercher à l'office du pain et des fruits qui étaient peut-être contaminés ? Se rafraîchir à l'eau polluée de la fontaine ? Devait-il monter dans sa chambre, où il n'était pas retourné depuis que les cris de ses parents agonisants l'avaient appelé auprès d'eux au petit matin, s'allonger sur son lit et attendre que la maladie lui fît aussi pousser un dernier cri que personne n'entendrait, ou bien se mettre à la fenêtre et appeler à l'aide ? Mais pouvait-on l'aider ? La maison où il se trouvait était maintenant la seule qui fût encore contaminée à Bergame et personne n'oserait en franchir le seuil... sinon quelqu'un, ne fût-ce qu'une seule personne, serait déjà venu. Non, ils pensaient sans doute attendre que la mort l'ait surpris lui aussi et que les porteurs masqués l'aient traîné à l'extérieur pour venir fumiger le palazzo, voire pour le piller.

Il n'avait donc plus qu'à fuir. A peine s'y fut-il résolu que le danger, prêt à bondir sur lui de tous les coins de la maison, lui sembla moindre et que, d'un seul coup, il se sentit immunisé.

Il alluma une chandelle, se rendit à l'office, dont il rapporta toutes sortes de victuailles, de pâtisseries et de fruits, ainsi qu'un poulet rôti qui restait du souper de la veille, et ramena de la cave une bouteille de vin rouge. Puis, ayant allumé les torches dans la grande salle et sans plus s'effrayer des ombres dansantes sur le sol, il tira la table sur laquelle il avait dîné la veille avec ses parents du coin où on l'avait repoussée, et mangea d'excellent appétit. Il était, chose qui lui parut prodigieuse, tout aussi à son aise que s'il n'eût pas vécu toutes ces heures effroyables depuis le jour précédent, et jouissait d'une façon incompréhensible de sa solitude et de sa tranquillité. La conscience d'être tout à fait seul, de ne dépendre que de lui-même et de ne devoir obéir à personne faisait insensiblement naître en lui une fierté telle qu'il n'en avait encore jamais ressentie. Il n'était plus Anselmo, le fils des Rigardi, ce jeune seigneur descendant d'une maison ruinée, qui devait soumettre à délibération chacune de ses volontés et rendre compte de chacun de ses actes, et rien ne le forçait non plus d'aller étudier à Padoue. Il n'était que le jeune Anselmo, un adolescent libre de diriger ses pas où il le voulait et auquel le monde appartenait.

Le vin, qu'il buvait pour la première fois en aussi grande quantité, courant dans ses veines et faisant s'évanouir sa peur d'aller se coucher, il se rendit dans la petite chambre de la tour qu'il habitait depuis son enfance, se dévêtit et s'étendit sur sa couche. Il entendit dans son premier sommeil des jeunes gens rire et chanter dans la rue et il lui sembla reconnaître quelques-unes des voix et distinguer le rire d'une certaine femme, qui avait tenté ces jours derniers de lui faire oublier Maria. Elle non plus n'avait pas osé venir aujourd'hui et ne se serait guère souciée de lui s'il était déjà mort. Il n'avait rien à faire avec elle, pas plus qu'avec tous ses amis et toutes ses amies, se dit-il en pensant à tous ceux que la peste avait emportés et à ceux, plus rares, qui avaient survécu, et se souvenant à peine, dans plus d'un cas, s'ils étaient encore du nombre des vivants.

Lorsqu'il ouvrit les yeux, les premières lueurs de l'aube pénétraient par la haute fenêtre étroite. Aucun rêve n'avait visité son sommeil et jamais jour aussi clair n'avait salué son réveil. Il n'eut pas besoin de rassembler peu à peu ses esprits, comme on doit généralement le faire lorsque le matin succède à une journée remplie d'événements effrayants ; il eut immédiatement présente à l'esprit la mort de son père et de sa mère. C'était comme s'il eût déjà laissé derrière lui sa douleur, comme si le flot puissant de la nuit eût tout de suite entraîné avec lui ses parents dans les profondeurs où se trouvaient les morts précédents. Il se leva et, dévalant bruyamment l'escalier, il courut, à travers la grande salle encore plongée dans la pénombre, jusque dans la cour où il se lava à la fontaine, sous le ciel où le jour commençait à poindre. Il revêtit son plus beau linge et son plus bel habit, et mit quelques vêtements dans son petit sac de voyage ; puis il prit dans l'armoire où son père gardait son argent toutes les pièces d'or et toute la monnaie de nickel qui s'y trouvaient, ceignit son épée et, comme quelqu'un qui s'apprête à quitter pour toujours un lieu d'horreur et de malédiction, il sortit en laissant le portail ouvert à deux battants. Ils pouvaient faire ce que bon leur semblerait du palazzo Rigardi.

Ses pas résonnaient sur les pavés dans la rue encore déserte. Débouchant d'une ruelle transversale au coin le plus proche, un couple — un de ses amis en compagnie d'une jeune personne voilée — venait à sa rencontre. L'ayant aperçu, ils le fixèrent du regard et, comme il allait leur tendre la main d'un geste machinal, ils firent demi-tour comme devant un spectre et s'enfuirent en courant ; et même son éclat de rire moqueur ne put les faire se retourner.

Il prit à cet instant pleinement conscience de l'étrangeté de son destin présent et futur, et son rire, qu'il ne pouvait s'expliquer, se changea en une exultante allégresse. Ainsi n'avait-il pas conscience, en se dirigeant vers la porte à l'est de la cité, d'être marqué par le destin ou condamné à la fuite ; il avait l'âme d'un adolescent qui sent au-dessus de lui comme une bénédiction la grande liberté du voyage. Il sortit de la ville sans rencontrer de gardien et poursuivit son chemin sur la grand-route, entre deux rangées de peupliers qui dressaient leurs têtes jusque dans le bleu du ciel, regardant fixement le soleil jusqu'à ce que son disque d'un rouge mat prenne peu à peu un flamboyant éclat doré et l'oblige à détourner les yeux. Longeant des champs labourés, des oliveraies, des coteaux plantés de vignes, des ruisseaux, des fontaines et des prairies, il croisa des paysans qui se rendaient à leur travail, des charrettes transportant à la ville lait, beurre, fruits et légumes ; certains de leurs conducteurs allaient à pied à côté d'elles, d'autres étaient assis sur l'étroite planche du siège ou des sacs rebondis et il en vit même un juché sur un tonneau. Il rencontra plus loin deux jeunes paysannes, qui lancèrent un regard timide et presque apeuré à ce jeune homme que son costume étrange faisait ressembler moitié à un chevalier et moitié à un vagabond, avec son épée, son pourpoint et le petit sac de voyage qui eût mieux convenu à un écuyer. Toutefois, son regard joyeux et peut-être aussi le soleil, qui donnait à son pourpoint un éclat d'argent, fit passer l'expression de leurs yeux de la peur à l'admiration. Il passa aussi devant une auberge, où quelques hommes étaient déjà assis devant un verre de vin, et vit briller au loin les eaux du petit lac dans les silencieuses profondeurs duquel reposaient les corps de sa sœur, de son ami et de sa fiancée, que l'on n'avait jamais retrouvés. Il passa également près du domaine dont il était maintenant le propriétaire et dont les fermiers auraient dû l'accueillir sans façons... mais il ne s'arrêta pas ; il voulait aller plus avant, loin de tout ce qui pouvait encore lui rappeler le passé, les événements de la veille. S'arrêter représentait pour lui un danger imprécis et plus il s'éloignait des lieux qu'il connaissait et où l'avaient mené de temps en temps des promenades ou des sorties en voiture, plus grandissait le sentiment de liberté et de sécurité avec lequel il avançait vers son unique but, qui l'attirait sans qu'il le connût. Certes, ni le paysage ni l'air lui-même ne changeait mais, comme si ses pas avaient été doués de mémoire, il lui sembla insensiblement commencer à fouler un sol nouveau, une région où il n'avait encore jamais pénétré, le pays de l'inconnu et de l'aventure.

II

Après plusieurs heures de marche — le soleil, déjà haut dans le ciel, rendait estivale la chaleur de cette journée de printemps — il ralentit le pas. Les petites fontaines, auxquelles il avait bu ici et là une gorgée d'eau, n'apaisaient plus sa soif. Son sac pesait à ses épaules et il le fit passer de la droite à la gauche. Il se remémora les premières heures de sa randonnée et il lui sembla avoir volé, voltigé ou plané ; il commençait seulement à prendre le pas ordinaire des marcheurs.

L'ombre rare offerte par un bosquet d'oliviers lui parut presque un cadeau et un sentiment de véritable bonheur l'envahit, lorsqu'il aperçut une maison dans une assez grande clairière. C'était une sorte de taverne d'aspect peu hospitalier, presque en ruine, et reconnaissable seulement aux tables disposées devant l'entrée ; deux gaillards d'apparence peu engageante et presque sauvage y étaient assis devant des gobelets cabossés remplis de vin. Deux filles, visiblement leurs compagnes, se reposaient quelques pas plus loin, à l'ombre des arbres, un manteau roulé sous la tête. Habillées avec négligence de vêtements témoignant encore d'une ancienne richesse, elles paraissaient dormir, ce qui n'était après tout guère étonnant, car il régnait alentour un silence profond. Les deux gaillards restaient aussi sans rien dire, comme perdus dans leurs rêves, et ils n'entendirent même pas le bruit des pas d'Anselmo, étouffé par le sol humide de la prairie.

Il semblait ne pas y avoir de cabaretier et si l'idée de boire, de manger et de se reposer avait au début fortement séduit Anselmo, maintenant qu'il se trouvait à même de la réaliser sans difficulté, la vue des deux personnages, immobiles à leur table comme des figures de cire, le fit brusquement frissonner. Quelque chose en lui l'exhortait à ne pas rester et à poursuivre incontinent son chemin, cependant, afin de ne pas devoir se tenir lui-même pour un couard, il passa tout près de leur table et dévisagea intentionnellement le plus vieux des deux, dont le front s'ornait d'une flamboyante cicatrice. Levant brusquement la tête, l'homme saisit à la hâte la casquette posée à côté de lui et l'enfonça profondément sur son front comme pour dissimuler la flétrissure, tout en se redressant dans une attitude presque menaçante, si bien qu'Anselmo s'arrêta et porta la main à son épée. Tous les deux restèrent ainsi face à face pendant une minute, les yeux dans les yeux et sans prononcer un mot. L'autre restait tranquillement assis ; il était plus élégamment vêtu que son camarade, d'un pourpoint et de culottes de velours bleu foncé de bonne qualité, quoique râpé, et d'abondantes boucles brunes tombaient sur son front et sur le curieux bandeau rouge qui recouvrait son œil gauche. On aurait pu le prendre, avec sa fine barbiche à la française, pour un gentilhomme, s'il n'avait été pieds nus. Il semblait tout simplement considérer la confrontation, engagée sous ses yeux entre les deux autres d'une manière aussi provocatrice, comme une sorte de spectacle et finit par dire, d'une voix très mélodieuse :

— Je pense que nous pourrions inviter ce jeune homme à notre table, à moins qu'il ne veuille nous inviter lui-même, ce qui reviendrait à peu près au même, car le cabaretier s'étant attiré par son impolitesse, il y a une heure, de graves ennuis, nous serons sans doute obligés de nous servir nous-mêmes.

— Merci, répondit d'une voix claire Anselmo, auquel les manières du plus jeune des deux hommes ne déplaisaient pas, bien qu'il pût s'imaginer de quelle nature étaient les graves ennuis qu'il avait évoqués. Il se débarrassa de son sac, enleva sa toque et la lança sur le sac, tendit la main à l'aîné puis au plus jeune, s'assit à califourchon, les deux mains sur le dossier d'une chaise vermoulue, et déclara :

— Je m'appelle Anselmo ; quant à mon nom de famille, il n'a pas d'importance. Hier, à la même heure, mon père et ma mère sont morts de la peste et je n'ai pas d'autres parents. J'ai quitté ce matin pour toujours ma maison en emportant le peu que je possède. J'ai appris à manier l'épée avec le fameux maître d'armes Raboldi et je me remettrai en route avant le coucher du soleil.

— Que de choses vous savez à l'avance ! dit le gentilhomme.

Son compagnon enleva à nouveau sa casquette, comme pour montrer qu'il n'avait aucunement honte de la marque au fer rouge et peut-être même qu'il en était fier. Ses traits usés et durs, voire cruels, étaient en même temps empreints d'une telle amertume et d'un tel désespoir qu'Anselmo ressentit de la pitié à son égard. Prenant un gobelet d'étain sur la table voisine, où d'autres avaient dû s'asseoir peu auparavant, il se servit à la cruche en terre pleine de vin rouge et but à la santé des deux autres. Ils lui rendirent la pareille, puis le gentilhomme déchu ordonna avec une certaine grossièreté à l'autre d'aller voir s'il y avait encore quelque chose à manger à l'intérieur de la taverne. Celui-ci se leva, toujours sans mot dire, et disparut après une imperceptible seconde d'hésitation dans le vestibule sombre, par la porte grande ouverte.

— Funeste époque, remarqua le plus jeune. Cette maudite épidémie ne veut pas prendre fin, elle zigzague de droite à gauche comme un chien enragé, se déchaînant d'une ville et d'une demeure à l'autre et, lorsqu'on la croit disparue ici ou là, elle reparaît à l'improviste, comme si elle était restée sournoisement aux aguets.

Même au sein de la nature, où l'on aimerait se croire à l'abri, elle vous assaille avec la brise printanière la plus douce. Nous deux que vous voyez ici sommes les seuls survivants de sept, qui s'étaient associés à l'automne dernier. Trois ont été emportés par la peste, deux autres... par un sort différent. Le dernier est tombé mort, il y a quelques jours, dans un pré, comme frappé par la foudre, et s'y trouve sans doute encore, si des oiseaux affamés ne l'ont pas dévoré entre-temps.

Anselmo fut étonné de la manière choisie, presque maniérée, dont s'exprimait cet homme. Il lui semblait être d'une bonne famille, peut-être même noble, mais il sentit en même temps qu'il devrait se tenir tout particulièrement sur ses gardes avec lui.

Entre-temps, les deux femmes étendues à l'orée du bois s'étaient éveillées et dressées sur leur séant. Le cavalier leur ayant fait signe de s'approcher, elles défroissèrent leurs robes du plat de la main et se recoiffèrent à la hâte. La plus grande était mince, correctement mise, à la manière d'une jeune fille de la bourgeoisie, tandis que la plus petite portait une robe complètement déchirée, dont le bas s'en allait en lambeaux ; elle n'avait pas de corsage et une chemise de toile recouvrait ses épaules. Elle s'était enveloppée dans le manteau rouge qui lui avait servi d'oreiller et le tenait serré d'une main sur sa poitrine. Elles s'approchèrent toutes deux de la table et Anselmo, en voyant de près leurs visages jeunes et insolents, ne douta pas qu'elles se fussent échappées d'une maison mal famée ou qu'on ne les en eût enlevées. Elles lui firent des révérences à la fois polies, gracieuses et provocantes, qui lui semblèrent affectées, cependant que le cavalier les présentait de la même manière, avec une politesse feinte de grand d'Espagne :

— Lorenza et Anita, deux aimables personnes, veuves... l'une de soixante-sept, l'autre de cent vingt-trois hommes, selon les estimations !

— Il pourrait bien y en avoir cent vingt-quatre demain ! ajouta la brune en embrassant Anselmo sur la bouche, tandis que l'autre, maintenant toujours le manteau rouge fermé sur sa poitrine, considérait sans mot dire le jeune homme avec de grands yeux curieux et innocents comme ceux d'un enfant.

L'homme à la flétrissure sortit alors de la maison, apportant un peu de viande froide.

— C'est tout, dit-il. Avec ceci ! et il tira de sa ceinture une petite bourse en cuir.

Le cavalier l'ouvrit et il en tomba quelques pièces d'argent :

— Cette canaille de cabaretier n'avait même pas menti ! fit-il alors, avec une grimace.

— Il en aura enterré d'autres quelque part, dit la brune. Pourquoi ne le chatouillez-vous pas pour lui faire dire où ?

— Il s'est passé certaines choses pendant que vous dormiez... et il ne craint plus les chatouilles !

La blonde s'assit lentement, comme sous l'effet d'une brusque fatigue. L'homme à la flétrissure dit alors :

— Dépêchons-nous, il est insensé de nous attarder ici. Nous n'allons tout de même pas passer la nuit dans cette maison !

— Commençons par consommer tranquillement ce que le propriétaire nous a laissé, répondit l'autre. Personne n'osera rentrer, aussi longtemps que nous serons attablés devant la porte !

Il s'était mis à manger et les autres l'imitèrent, les femmes elles-mêmes ne se faisant pas prier. Il y avait du vin en abondance et les deux hommes entamèrent une conversation à demi-mots, assez obscure, dans laquelle il était question d'un chemin que l'on avait bien repéré, d'une maison de campagne, de la nouvelle lune, de pêcheurs de Livourne, d'un voilier grec, de pièces d'or et d'un habit de moine. La jeune femme brune près d'Anselmo bavardait : elle parlait d'une de ses sœurs, mariée à un médecin, ainsi que d'une autre qui avait pris le voile, et disait qu'elle n'avait plus de nouvelles d'aucune d'elles ; elle avait aussi un frère, qui s'était enrôlé comme soldat et avait été tué dans les combats entre Pavie et Plaisance. Elle raconta également un voyage qu'elle avait fait à Rome avec deux vieux messieurs, dans une magnifique voiture, puis parla d'une maison près de Florence où elle avait habité avec huit autres femmes de sa sorte, ne recevant jamais moins de cinq pièces d'or pour une nuit ; d'un certain Ernesto enfin, qu'elle avait vraiment aimé, et d'un cardinal qui avait voulu la retenir chez lui, à Rome. Et, ce faisant, elle caressait Anselmo, auquel son bavardage et le vin avaient complètement embrouillé l'esprit, comme par habitude et sans la moindre trace de tendresse ou de passion, tandis que sa compagne tenait la tête du jeune homme, qui s'assoupissait de plus en plus sous l'effet du vin, appuyée sur sa poitrine où le manteau plaquait sa tache rouge entre la peau blanche de l'une et les boucles noires de l'autre.

Anselmo fut tiré de son demi-sommeil par un bruit bizarre, qu'il avait pris dans son rêve pour celui de sabots de chevaux. Ouvrant alors des yeux clignotants, il vit le gentilhomme et l'homme à la flétrissure en train d'agiter des dés dans un gobelet d'étain et les quelques pièces d'argent posées entre eux passer et repasser de l'un à l'autre. Lorsqu'ils s'aperçurent qu'il était réveillé, le cavalier lui tendit sans plus de façons le gobelet avec les dés :

— Eh bien, à toi, peut-être la chance te sourira-t-elle !

— Je ne joue jamais, répondit Anselmo.

— Fais une exception aujourd'hui, répliqua l'autre très aimablement. Allons, mise !

Anselmo sortit une bourse de cuir remplie de pièces d'argent — il avait soigneusement caché l'autre dans une poche intérieure secrète de son mateau. Sachant qu'il ne pouvait se défendre — ils auraient finalement pu ne pas prendre autant de précautions avec lui —, il était décidé à perdre et se disait que cela lui serait facile, ses partenaires étant sans aucun doute des joueurs plus adroits et moins scrupuleux que lui. Toutefois, les dés lui furent sans arrêt plus favorables et le jeu prit une tournure inattendue : alors que l'homme à la flétrissure abandonnait rapidement, le cavalier continua de miser, trouvant toujours comme par enchantement de l'argent, voire des pièces d'or qu'il tira pour finir de Dieu sait quels replis de son vêtement, puis des profondeurs de ses bottes, posées par terre près de lui. Lorsque les dernières eurent passé elles aussi dans les mains d'Anselmo, il proposa comme enjeu le manteau qui recouvrait les épaules de la silencieuse femme blonde.

— Restons-en là, dit Anselmo qui sentait sa peur grandir avec la chance. Je ne veux pas dépouiller mademoiselle.

— Mademoiselle m'appartient, répondit le cavalier, son corps et tout ce qu'elle a sur elle. Et s'il me plaît, je la jouerai elle aussi.

Anselmo jeta un coup d'œil sur Anita. Elle était toujours assise là sans rien dire, avec ses grands yeux clairs et muets, comme si rien de ce qui se passait autour d'elle ne la concernait le moins du monde, à moins que, comme il commençait à le supposer, son esprit ne fût depuis qui sait combien de temps sous le coup d'un effroyable événement survenu dans sa vie. Il laissa rouler ses dés, sans regarder, espérant enfin perdre, mais entendit l'instant d'après le cavalier lui annoncer :

— Le manteau est à vous ! et vit qu'il avait sorti les trois six.

Anita, écartant et étendant les bras, laissait déjà glisser son vêtement de ses épaules dans un geste plein d'abandon, lorsque Anselmo, se penchant rapidement, lui dit :

— Gardez-le, mademoiselle, je vous l'offre ! et en recouvrit ses épaules.

Sans sourciller, son partenaire dit alors :

— Puisqu'il lui appartient à nouveau, je le remets en jeu !

Il amena dix-sept points, Anselmo dix-huit ; Anita laissa retomber son manteau, Anselmo lui en fit une nouvelle fois cadeau et le lui remit avec soin autour des épaules.

— Recommençons ! s'écria le cavalier et il agita pendant un moment les dés dans le gobelet avant de les lancer sur la table, amenant treize points.

Anselmo prit à son tour le gobelet, le secoua lui aussi longuement et, regardant autour de lui, remarqua que l'homme à la flétrissure et la femme brune avaient disparu dans l'ombre de la forêt, d'où lui parvint cependant un rire féminin. Il avait entre-temps jeté ses dés, amené dix-sept points et gagné.

Quand Anita voulut à nouveau se débarrasser de son manteau, il le lui maintint fermement sur les épaules et déclara qu'il ne le prendrait sous aucun prétexte ; il considérait la partie comme terminée et rien au monde ne pourrait le déterminer à profiter plus longtemps de l'évident sortilège qui le favorisait au détriment de son adversaire, « car je vois bien, ajouta-t-il, que tout cela n'est pas naturel et vous le voyez aussi ». Il ne croyait certes pas qu'un esprit quelconque intervenait en sa faveur, mais plutôt que le cavalier le laissait gagner dans un dessein sournoisement malintentionné et qu'il s'agissait d'un piège auquel il lui serait finalement impossible d'échapper. Bizarrement, il avait entendu à plusieurs reprises au cours du dernier quart d'heure des voix d'hommes passant probablement non loin de là sur un sentier forestier ou sur la grand-route, et aucun n'avait cherché ou trouvé le chemin conduisant à la clairière où ils se trouvaient. Aussi ne pensa-t-il plus désormais qu'à la manière dont il pourrait filer le plus rapidement possible car, aussi sûr qu'il se sentît en face de l'adversaire le plus habile à l'épée, il se savait impuissant vis-à-vis de ces deux compères avec lesquels les deux femmes, de surcroît, avaient certainement partie liée — sans compter qu'il n'était nullement impossible que d'autres se tinssent cachés quelque part à proximité. Il se voyait déjà gisant assommé à l'intérieur de la maison, par exemple dans la cave, à côté du cabaretier qui avait subi le même sort avant lui et il eut peur de n'avoir échappé à la peste que pour trouver une fin sans gloire, dès le début de son voyage dans le monde de la liberté et de l'aventure.

— Excusez-moi, dit-il en se levant rapidement, mais ma halte s'est prolongée plus qu'il ne convient. Je veux faire encore du chemin avant la tombée de la nuit.

Et, saisissant son sac, il resserra sa ceinture, remit sa toque et fut à la fois étonné et inquiet de voir que le cavalier ne faisait pas mine de le retenir. Il estima convenable de lui tendre la main pour prendre congé, mais celui-ci, au lieu de la prendre, lui montra l'argent qu'il laissait sur la table et lui fit remarquer :

— Vous oubliez votre gain, monsieur !

— Je ne l'oublie pas, rétorqua Anselmo, je l'offre à mademoiselle !

Au même instant, l'autre se leva d'un bond, comme si l'on venait de lui faire le pire des affronts ; Anselmo porta machinalement la main à son épée et, comme si toute la précieuse force de son arme eût passé dans ses veines, il sentit renaître en lui son intrépidité naturelle. Cependant le cavalier, dont le visage avait retrouvé toute sa sérénité, lui disait : — Mademoiselle n'accepte pas votre cadeau, mais laissons encore une fois parler les dés ! Vous miserez tout votre gain, et moi... Anita.

Anselmo sentit tout son sang refluer vers son cœur, non seulement sous l'effet de la peur, mais aussi à la vue de la jeune femme qui, les yeux fermés et la tête inclinée sur la poitrine, serrait encore plus fort son manteau autour d'elle. C'était comme si elle voulait s'assurer d'elle-même et accédait enfin, maintenant que sa personne et son destin étaient en jeu, à la conscience de son existence et de sa dignité après un envoûtement qui avait pesé sur elle des jours, des semaines ou des années ; mais elle ne regardait pas Anselmo et il ne put deviner ce à quoi son cœur aspirait.

L'homme à la flétrissure et la femme brune étaient ressortis de la forêt. Une brise légère, comme un pressentiment de la nuit, passa sur la clairière déjà couverte d'ombre. Tous étaient debout, sauf Anita, qui restait assise, comme ramassée sur elle-même et fortifiée. Anselmo, de son côté, était déjà si bien sur le point de partir qu'il avait machinalement mis un pied devant l'autre.

Le cavalier jeta les dés le premier. Comme indécis, ils rebondirent et roulèrent un temps incroyablement long sur la table avant de s'immobiliser enfin, indiquant dix-sept points ; mais nul ne s'étonna de voir Anselmo amener les trois six.

Le silence leur parut encore plus profond qu'avant et il se prolongea presque une minute. Ils étaient comme transformés en statues, Anselmo le pied toujours en avant. Alors, Anita se leva lentement, les yeux toujours baissés.

— Allez, dit le cavalier, allez tous les deux !

Sentant que la moindre parole, la moindre hésitation eût été insensée et fatalement dangereuse, Anselmo partit sans se retourner ; il entendit le bruit des pas d'Anita derrière lui et même, lui sembla-t-il, son souffle. La forêt se referma sur eux et, quelques minutes plus tard, ils débouchaient sur la grand-route. Le jeune homme, qui n'avait pas pensé qu'elle fût si proche, respira comme s'il venait de fuir à une région peuplée de dangers infernaux. Il n'eût guère été étonné si le bruit des pas d'Anita s'était révélé n'être qu'une illusion et si l'inquiétant sortilège qu'ils avaient laissé derrière eux l'avait pour ainsi dire engloutie à nouveau, mais il la vit en se retournant : elle serrait sur sa poitrine le manteau qui lui entourait les épaules, le bord déchiré de sa robe pendait sur ses pieds nus et, dans son visage entièrement rasséréné, deux yeux très vifs le fixaient avec éclat.

— Ne veux-tu pas enfin me faire entendre le son de ta voix ? demanda Anselmo.

— Je suis à toi ! dit-elle et, comme elle se penchait un peu en avant, il la reçut dans ses bras, dont elle se détacha aussitôt.

III

Au soir, la route était déserte. Le bois qu'ils avaient quitté s'étirait devant eux comme un étroit ruban et avait l'air si petit qu'Anselmo comprenait à peine qu'il ait pu servir de cadre à tout ce qu'il venait de voir ; et, de même que le lieu où s'étaient déroulés ces événements lui semblait inconcevable, leur temps aussi lui paraissait étrangement lointain, tandis qu'il avait maintenant l'impression de retrouver le vrai monde, où avaient cours les lois habituelles.

On voyait peu d'habitations, en dehors de quelques petits châteaux forts ici et là, au sommet de collines éloignées. Ils croisaient des paysans, des moines mendiants et des gens poussant leur âne devant eux. De fins petits nuages reflétaient encore dans le ciel la lumière du soleil, mais le soir tombait déjà et ceux qu'ils rencontraient ne remarquèrent pas vraiment leur étonnant équipage. Peut-être les prirent-ils pour un jeune couple de noble maison, descendus de l'un de ces petits châteaux couronnant les collines. On voyait aussi, en ces temps de désordre, d'épidémie et de dérèglement, les manières de se vêtir les plus hétéroclites, en particulier hors des villes, à l'intérieur du pays, par suite de la confusion de toutes les conditions.

— Continuons d'avancer le plus vite possible, dit Anita, et ne nous arrêtons que dans un endroit sûr. Car, à dire vrai, je n'ai pas confiance en mon mari.

— Ton mari ?

— Oui, nous sommes mariés. Il ne m'a ni séduite ni enlevée, comme tu le crois sans doute, et c'est le père Celestus qui nous a unis, ce matin à quatre heures, dans la chapelle du cloître de Sainte Anne. Me restait-il une autre solution ? J'avais tellement peur dans notre château, où le vent soufflait par les fenêtres brisées et où les frères de ma mère passaient la nuit dans la grande salle à boire et à chanter.

Elle lui raconta encore toutes sortes de choses confuses et folles, vérités, mensonges ou peut-être inventions pêle-mêle. Anselmo en retint que son père avait quitté avec une femme, quelque temps auparavant, la maison familiale, qui avait été peu après pillée de fond en comble par une bande armée ; elle avait continué d'y vivre avec sa mère dans les pièces vides, tantôt mourant de faim, tantôt dans le luxe. L'homme, dont elle se disait l'épouse, tout en étant le dernier amant de sa mère, avait toujours brigué son amour avec ténacité et en tout bien tout honneur. Sa mère l'avait encore battue la veille et elle, Anita, avait quitté la maison ce matin, après la cérémonie du mariage. Son époux, le cavalier, l'avait aussitôt amenée dans une taverne où se trouvaient deux personnes qu'elle n'avait jamais vues auparavant et dont elle ne soupçonnait même pas l'existence, l'homme à la flétrissure et une catin. Ils avaient discuté tous les trois d'un plan qui devait très prochainement être mis à exécution. Le propriétaire de la taverne, qui soi-disant les attendait, leur avait réservé un accueil hostile et les deux hommes l'avaient alors poussé dans la maison, où ils l'avaient manifestement assommé.

Elle ne présentait pas son récit comme une histoire étrange, voire horrible, mais comme une suite d'événements pour ainsi dire quotidiens, qui la touchaient à peine au plus profond d'elle-même, ou encore comme un enfant répète une histoire à moitié comprise, sans aucune exactitude et en amplifiant les détails. Elle parlait sans s'arrêter, sans jamais poser de question à Anselmo, et ne lâcha pas sa main tout le long du chemin.

La nuit était venue. La grand-route s'étirait devant eux, longue et vide, pâle sous les étoiles lointaines, entre ses deux rangées de hauts peupliers. Anselmo se proposait de demander asile pour la nuit à la première maison habitée qu'il verrait, mais on n'apercevait plus rien, ni ferme, ni auberge ni château, même sur les collines, et ils ne croisaient personne. Soudain, il entendit un bruit de roues qui allait grandissant et un rayon de lumière, tombant d'une lanterne suspendue au timon d'une voiture, éclaira la route. Anselmo s'arrêta, laissa s'approcher l'attelage, puis héla son conducteur, qui restait invisible. Le véhicule s'arrêta, une tête sortit de sous la bâche et un grand homme maigre sauta à terre, le fouet à la main, comme prêt au combat. Il se mit à crier à tue-tête comme pour se donner du courage, mais sans bouger ; il semblait ainsi, avec son fouet, vouloir défendre sa voiture et sa vie et continua de crier si fort qu'Anselmo ne put s'empêcher de partir d'un grand éclat de rire, qui se communiqua aussitôt à sa compagne. Alors, l'homme s'approcha d'eux et, voyant qu'ils se tenaient en pleine lumière sous la lanterne, il cessa de crier et, tranquillisé, se mit aussi à rire. Tout heureux de n'être pas tombé comme il l'avait craint dans une embuscade tendue par des voleurs, il fit monter Anita et Anselmo et se déclara prêt à les conduire non pas dans une auberge, comme ce dernier le lui demandait, mais dans sa propre demeure, qui se trouvait tout près, à l'écart de la route. Ce n'était en aucune manière, comme Anselmo pouvait s'en rendre compte maintenant, un charretier ou un paysan, mais une personne de meilleure condition ; on eût dit, avec son habit noir fermé, sa collerette blanche et son chapeau pointu dont s'échappaient des touffes de cheveux blancs, un médecin, un apothicaire ou un juge.

— Vous me semblez de bonne famille, leur dit-il, et je ne veux pas en savoir plus, car je serais peut-être alors obligé de refuser de vous recevoir. Vous pouvez passer la nuit chez moi.

La voiture se remit en marche. Anselmo ne sut jamais combien de temps dura le trajet, car ils s'étaient tous les deux aussitôt endormis et ne se réveillèrent que lorsque, après un brusque arrêt, le vieil homme fut resté quelque temps debout devant eux, tel un humble et fidèle serviteur attendant que ses maîtres descendent sans oser les déranger.

Lorsqu'ils furent enfin descendus, il leur fit traverser avec force manifestations de politesse un petit jardin rempli de grandes fleurs multicolores, qui éclairaient la nuit tout autour d'elles. La maison était un bâtiment bas, très allongé et clair, à toit plat ; il les fit entrer sur sa droite dans une pièce où il les laissa seuls, se tenant par la main dans l'obscurité, confiants et pleins d'espoir comme deux enfants. Ils distinguèrent peu à peu les contours de jolis meubles fins, tout à fait appropriés à une maison de campagne et, au plafond, les lignes entrelacées des lambris. Le vieil homme reparut alors avec deux grands flambeaux, dans lesquels brûlaient des bougies de cire ; les ayant posés sur la petite table carrée, il fit s'asseoir les deux jeunes gens l'un en face de l'autre sur deux chaises à haut dossier, puis ressortit pour leur apporter une minute après de la viande froide, des fruits et des pâtisseries, avec lesquels il leur versa d'une carafe en verre un vin rouge foncé demi-sec, dans deux grands verres à patte. Ils firent bonne chère, heureux de se sentir en sécurité. Leur hôte revint encore deux ou trois fois pour remplir leurs verres et changer les assiettes et lorsqu'il vit qu'ils avaient terminé, il leur fit signe de se lever et les conduisit dans la pièce en face, de l'autre côté du couloir. Une lampe voilée de vert répandait du plafond bas une faible lumière sur un large lit blanc. Une table avec une cuvette, des cruches, des serviettes et tous les ustensiles nécessaires pour se laver et se rafraîchir se trouvait contre le mur le plus long ; au pied du lit, du vin et des fruits étaient apprêtés sur une autre petite table. Et le vieillard disparut en refermant la porte derrière lui, avant même qu'ils aient pu lui souhaiter bonne nuit.

C'était la première fois qu'Anselmo tenait une femme dans ses bras et, dans son inexpérience, il ne comprit pas au début — ou du moins ne s'en soucia-t-il pas — que celle qui s'abandonnait à lui en pleurant, puis avec une passion toujours plus franche, avant de lui prendre la tête dans les mains et de la poser sur son cœur avec une ferveur presque maternelle, était vierge. Cependant, si elle devint tout de suite pleinement femme, au cours de cette nuit d'amour où le sentiment maternel s'éveilla en elle en même temps que la tendresse, Anselmo connut dans ses bras une transformation semblable, devenant pleinement homme au point de sentir l'inquiétude s'insinuer dans son âme, après la fierté de la conquête et la volupté de la fatigue. Il eut peur de se perdre en elle, peur qu'elle le tînt prisonnier, et ressentit le besoin de quitter incontinent la maîtresse qui venait de se donner à lui avec une telle confiance. Les premières lueurs de l'aube, filtrant sur le plancher à travers la fente du rideau, et les premiers pépiements des oiseaux dans le jardin réveillèrent ses désirs, mais ils ne s'adressaient déjà plus à la pâle dormeuse étendue à son côté sur les coussins et qui lui parut incompréhensiblement étrangère, avec ses paupières fermées et ses cheveux blonds répandus sur le front, les joues et les épaules. Il aspirait à de lointains horizons, à la solitude, à la liberté et... à d'autres femmes. L'idée de poursuivre son voyage avec celle-ci lui était insupportable, il avait l'impression qu'une compagne de route, quelle qu'elle fût, ne pouvait être qu'une chaîne à son pied. Il décida de s'en libérer avant son réveil, ne ressentant nulle autre obligation envers elle que de lui laisser un peu d'argent, afin qu'elle ne fût pas dans le besoin jusqu'à ce qu'elle ait retrouvé son mari ou un autre amant. Elle dormait si profondément qu'il lui suffit de quelque précaution pour pouvoir s'habiller en toute tranquillité dans la pénombre de la chambre aux rideaux tirés. Il ne craignait d'ailleurs pas non plus de la réveiller, car il sentait son cœur si cuirassé ou si froid, que ni les larmes ni les supplications, si tant est qu'il dût y en avoir, n'auraient de pouvoir sur lui, et il savait aussi qu'elle n'avait aucun droit sur lui et sur sa liberté. Et s'il rencontrait le vieil homme, qui dormait sans doute dans une autre pièce, celui-ci ne pourrait non plus le retenir, qu'il use de l'amabilité ou de la force. Il ne ressentait plus rien d'autre que le besoin de poursuivre la route sur laquelle il s'était engagé, comme poussé par le destin, en quittant sa maison dans de si sombres circonstances, et au commencement de laquelle s'était présentée une aventure qui, pour embrouillée qu'elle fût, n'en allait pas moins sans quelque danger et en présageait d'autres, plus importantes, à venir.

Lorsqu'il fut prêt à se remettre en route, il jeta un dernier regard sur la jeune femme endormie et constata avec quelque étonnement que la couverture qui la recouvrait avait un peu glissé ; tandis que son corps, le lit et la chambre elle-même étaient encore plongés dans la pénombre, un mince filet de lumière, tombant par la fente du rideau, passait entre ses seins, glissait sur ses lèvres et son front avant de se perdre dans les boucles de sa chevelure, partageant, tel un poignard doré, la dormeuse en deux parties. Il se sentit alors violemment attiré vers elle et grandement tenté de recouvrir de son ombre, en l'étreignant, ce reflet du soleil, mais le matin, dehors, représentait non seulement un appel, mais aussi un danger. Complètement réveillé, il se dit alors que tout retard pouvait lui coûter non seulement la liberté, mais aussi la vie, et il se releva aussitôt sans achever le geste esquissé. Animé d'une froide résolution qu'exaltait encore sa victoire sur la tentation, il sortit sans avoir même effleuré de ses lèvres le front de la jeune femme ; fermant doucement la porte derrière lui, il s'engagea dans l'étroit couloir central encore éclairé par le flambeau allumé au fond, et ouvrit la porte d'entrée. Dans le jardin, les grandes fleurs étalèrent sous ses yeux leurs couleurs éclatantes, tandis que la piquante fraîcheur épicée de l'air lui fit presque tourner la tête, d'une puissante bouffée de surprise et de bonheur, au sortir de la douce atmosphère renfermée de la chambre : c'était comme s'il passait de la plénitude d'une nuit accomplie à un matin qui l'était pareillement. Il respirait à pleins poumons, debout sur le seuil, lorsque, d'un seul coup, le cavalier, venu par le côté, fut devant lui. Il était accoutré comme la veille, mais avait bien meilleure apparence et ne portait plus son bandeau rouge sur l'œil. Anselmo était si éveillé, il sentait en lui, dans la délicieuse fraîcheur de cette heure matinale, une jeunesse si puissamment rayonnante qu'il ne ressentit pas la moindre peur ni la moindre surprise, et l'idée que cette rencontre pouvait être le résultat d'une traîtrise préparée longtemps à l'avance, ne traversa qu'un instant son esprit, comme une sombre flamme, pour s'éteindre aussitôt. Qu'on l'eût joué de manière infâme ou que le cavalier fût parvenu à le retrouver par ruse ou par chance, n'avait en fin de compte pas d'importance.

— Je vous donne pour commencer ma parole, dit alors celui-ci comme s'il avait lu dans les pensées d'Anselmo, que seul mon flair vous a découvert, monsieur Rigardi. Je vous assure en outre qu'il n'y a personne alentour en dehors de moi, dont vous puissiez avoir quelque chose à craindre, si toutefois — ajouta-t-il en souriant — vous étiez homme à craindre quelque chose. Enfin, pour que vous sachiez à qui vous avez affaire, je vous dirai mon nom et ma condition, que je vous ai tus hier pour des raisons bonnes ou mauvaises ; je suis Francesco Raspighi, dernier comte du nom, et je me trouve comme vous sur le chemin de la gloire ou d'une mort précoce. Mais venons-en maintenant à ce qui m'amène !

— Je vous écoute, répondit Anselmo.

— Hier, monsieur Anselmo, au cours d'une honnête partie de dés, vous avez gagné ma femme. Je pense que vous ne verrez pas d'inconvénient à m'accorder une revanche, comme il est d'usage entre gentilshommes.

Anselmo avait déjà sa réponse sur les lèvres — il renonçait à confier au hasard le soin de cette décision et se déclarait prêt à rendre son gain sans combat — mais, sachant que Raspighi n'accepterait sûrement pas et considèrerait même semblable proposition comme une offense, il déclara :

— Je suis naturellement prêt, cependant ne voulez-vous pas me dire quelle sera votre mise, en échange d'Anita ?

— Ma vie, répondit le cavalier d'une voix parfaitement calme.

— Vous plaisantez, dit Anselmo, les enjeux sont

inégaux. Une femme, fût-elle la plus belle, peut toujours se remplacer, tandis que... vous n'avez qu'une vie.

— Une femme et la vie valent à mes yeux également beaucoup ou également peu, et là est l'important.

— Pour moi, déclara Anselmo, toutes les deux n'ont pas la même valeur, si grande soit-elle ; quant à votre vie, elle n'en a aucune. Où serait donc mon gain, si vous la perdiez ?

— La vôtre serait sauve, Anselmo, ce qui n'est pas un moindre gain.

— Je ne vous comprends pas, dit Anselmo, qui se rendait toujours plus clairement compte que tout cela n'était pas une plaisanterie.

— Vous allez comprendre facilement, répondit Raspighi. Si je gagne au jeu et rentre en possession d'Anita, nous serons à égalité, un homme en face d'un autre homme, et nous nous mesurerons à l'épée.

Anselmo fronça le sourcil : — C'est vous qui avez proposé hier de jouer pour Anita, vous n'avez pas à demander de satisfaction.

— Hier était hier. Si je perds à nouveau aujourd'hui ou si vous me refusez la possibilité d'une revanche à laquelle je ne puis vous forcer, je serai mort la minute d'après. Vous devez vous décider dans l'un et l'autre cas.

— Soit, jouons, mais seulement ma vie contre la vôtre !

Tout autour d'eux, les fleurs sur leurs longues tiges dessinaient un grand cercle. Ils se tenaient tous les deux sur le sol recouvert de gravier aux reflets verdâtres comme sur une table de jeu ou sur une lice bien circonscrite.

— Je n'accepte aucun cadeau, déclara le cavalier en secouant la tête.

— Soit, pas de cadeau, répondit Anselmo, soyons tout de suite quitte à quitte. Qu'en serait-il, par exemple, si je vous traitais de canaille ?

Un étrange sourire passa sur les lèvres du cavalier. Ses traits se détendirent, il eut l'air plus jeune et comme fraternel, et Anselmo eut envie de lui tendre la main.

— C'est uniquement pour vous faire plaisir que je veux bien feindre de croire que vous me tenez vraiment pour une canaille, mais vous en rencontrerez de pires, s'il vous arrive encore de rencontrer quelqu'un en ce bas monde.

Et, le visage brusquement transformé, il se dressa de toute sa taille devant Anselmo ; il avait pris une allure princière et, pour la première fois, ressemblait vraiment à un gentilhomme. Au même instant, leurs épées volèrent hors du fourreau et, après l'échange rituel des saluts, commencèrent à s'entrechoquer en lançant des éclairs. Le combat resta un moment indécis ; Anselmo se dit qu'Anita allait sans doute se réveiller, mais il ne vit rien bouger derrière les rideaux et personne ne se montra. Soudain, le vieillard aux cheveux blancs, dont il avait oublié l'existence, apparut, tel un fantôme, dans la porte d'entrée. Dans sa longue robe de chambre, il semblait ne pas comprendre ce qui se passait et regardait les deux adversaires comme s'il eût assisté à une joute. Quand il eut brusquement pris conscience qu'il s'agissait d'un véritable combat, il s'enfuit précipitamment le long de la maison, au coin de laquelle il disparut en poussant le même cri de poltron rendu fou par la peur que la veille, lors de sa rencontre avec Anselmo. Les deux autres continuèrent de se battre sans se soucier de lui. Anselmo prenait plaisir à pratiquer son art, qui était véritablement devenu un jeu pour lui et, bien qu'il sût que ce n'en était pas un, il n'arrivait pas à s'imaginer que l'un d'eux pouvait à chaque instant s'écrouler sur le sol, blessé ou mort.

Ce fut l'autre qui tomba et, au même instant et pour la première fois, un frisson de peur fit palpiter le cœur d'Anselmo. Il ne craignait pas les suites éventuelles de l'affaire, mais il était épouvanté à l'idée que celui qui, un instant plus tôt, était si vivant, si jeune et si fraternellement proche de lui, aurait, dans les secondes suivantes, quitté la vie et ce monde pour l'éternité. L'épée qui venait de porter le coup mortel encore à la main, il s'agenouilla auprès du cavalier, de la gorge duquel jaillissait un sang rouge clair. Il essaya machinalement de refermer la plaie de la main tout en appelant Anita, comme si elle eût été capable d'apporter quelque secours. Le cavalier ouvrit alors les yeux et eut encore la force de dire :

— Allez jusqu'au tribunal le plus proche et dites que vous avez tué le comte Raspighi, vous aurez sûrement une bonne récompense.

Puis il saisit de sa main gauche le bras d'Anselmo et le repoussa, comme s'il eût été entièrement vain de vouloir différer sa fin de quelques secondes. Plongeant alors son regard dans les yeux du jeune homme au-dessus de lui, il dit encore :

— Je sais que vous ne le ferez pas,
et se redressa brusquement comme pour se lever, mais le violent sursaut qui avait tendu un instant tout son corps l'abandonna, il retomba brutalement en arrière et mourut.

Anselmo, perplexe, regarda vers la maison. Debout derrière la fenêtre, Anita, les yeux écarquillés et fixes, serrait le manteau pourpre contre sa poitrine. Il se demanda si elle avait compris ce qui venait de se passer et lui dit :

— Ton mari est mort.

— Laisse-moi seule avec lui ! répondit-elle et, comme il s'approchait, elle le repoussa, les bras croisés sur son manteau et les mains tendues en avant :

— Va-t'en !

Il n'y avait ni colère ni douleur, ni révolte ni résignation dans ses paroles. Elles exprimaient simplement un savoir d'une mystérieuse lucidité, le don de distinguer entre ce qui est nécessaire et ce qui n'a ni sens ni valeur. Anselmo sentit qu'elle voyait clair dans son âme, dans les bouleversements que les événements des dernières heures avaient provoqués en lui et ces violents remous qui l'agitaient de fond en comble : elle y lisait l'illusion qui le possédait, son unique et irrépressible désir de poursuivre sa route. La maison, le jardin et ses grandes fleurs multicolores, le corps étendu sur le gravier, la femme à la fenêtre et la tache pourpre de son manteau s'effacèrent. Le ciel au-dessus de lui, très haut, très loin, étendait sa toile immense. L'énorme silence se mit à bourdonner, Anselmo fit demi-tour et partit.

IV

Il marcha pendant des jours, le plus souvent sur la grand-route en direction du sud, mais il prenait parfois des raccourcis, traversant champs et terres cultivées ou plantées d'arbres. Il remarqua à de nombreux signes — ou peut-être en eut-il seulement l'impression — que l'épidémie avait abandonné depuis longtemps cette région ou bien l'avait purement et simplement épargnée. D'heure en heure, le monde devenait plus lumineux, se faisait plus riche de promesses et de joies. Anselmo prenait ses repas dans des tavernes bien tenues, voire dans de confortables auberges et couchait la nuit dans des lits propres. Les noms des localités plus ou moins importantes qu'il traversait lui étaient pour la plupart inconnus ; il en avait sans doute entendu plus d'un autrefois, chez lui, mais n'avait jamais pensé qu'il verrait un jour tous ces lieux, qui ne représentaient pour lui qu'un monde lointain et étranger. Les gens aussi, avec lesquels il lui arrivait de s'entretenir lors de rencontres éphémères ou de haltes plus longues, lui semblaient, bien qu'appartenant à la même race que lui, avoir une autre prononciation et un autre accent ; leur comportement lui parut également différent, plus insouciant et plus libre, moins curieux et fermé à la fois, plus indifférent et plus majestueux que celui de toutes les personnes qu'il avait connues jusqu'ici. Plus il avançait et plus les regards cessaient de l'inquiéter, plus il jouissait de sa liberté et de son autonomie, bien que son accoutrement fût malgré tout inhabituel et sa noble physionomie, à la fois juvénile et dure, peu commune dans cette région aussi, même s'il n'en avait guère conscience. Le paysage qu'il traversait s'étalait avec grâce devant ses yeux ; en dépit du manque d'ombre, le bleu du ciel était moins foncé que d'habitude et il y passait presque toujours une brise légère. La ligne d'une chaîne de montagnes l'accompagnait, s'élevant lentement mais constamment sans jamais se rapprocher ; les sommets brillaient par moments d'une chaude blancheur — petits nuages fins ou dernière neige, que l'haleine du printemps effaçait peu à peu. Le vent apportait avec lui d'âpres odeurs et le goût de sel sur ses lèvres révéla bientôt à Anselmo qu'il longeait la mer, dont l'humidité se reflétait dans l'azur, si éloignée qu'elle fût encore. Il allait d'un pas merveilleusement léger, sans ressentir la fatigue, même après avoir marché pendant des heures, et il lui semblait parfois être sorti de cette aventure déjà bien oubliée comme d'un bain magique, qui avait transformé en jeune homme le garçon qu'il était. Il n'y avait plus aucune trace de peur, de tristesse ou de nostalgie en lui et si, au début, un frisson le saisissait encore à la pensée que la ville de ses pères, ses parents que la mort avait emportés, les amis disparus ou infidèles, sa sœur, son camarade de jeux et son amie, qui reposaient là-bas au fond d'un lac, avaient pu pâlir au point de s'effacer complètement de sa mémoire, c'était maintenant fini ; le frisson lui-même s'était évanoui, laissant la place au bonheur d'être seul et libre, et au merveilleux sentiment de vivre le commencement d'une aventure. Mainte occasion de nouer des relations s'était présentée sur son chemin et mainte possibilité de toute sorte offerte à lui, mais il se préservait de toutes les façons et n'éprouvait aucune difficulté à le faire ; en effet, si les événements survenus lors du premier jour de son voyage l'avaient tout de suite agressé et s'étaient violemment emparés de son âme, il passait maintenant en quelque sorte au travers de tout et plus rien ne s'attachait à lui. C'est ainsi qu'il avait pris congé en riant de deux jeunes filles, avec lesquelles il avait échangé de tendres gestes un soir, sur le bord de la route, lorsqu'elles avaient voulu l'attirer dans une ferme proche, et laissé repartir avec un remerciement poli une jeune dame richement vêtue qui avait fait arrêter sa voiture et lui avait proposé de l'amener un peu plus loin. Il refusa également, après une conversation animée, l'invitation de deux jeunes seigneurs à se rendre au château de leurs parents, le baron de Vincenti, et laissa poursuivre leur route, après avoir bu avec eux, sept soldats qui rejoignaient ensemble le régiment du comte Tovaldi, dans lequel ils avaient été enrôlés, et l'exhortaient à se joindre à eux. Il ne se laissa guère tenter non plus par une partie de dés que lui proposaient quelques jeunes gens, avec lesquels il était entré en conversation en plein jour, sur la place d'une église, pas plus qu'il n'eut envie de répondre à la vieille femme qui l'invita un autre soir, dans une rue tranquille, à dîner avec elle et ses deux filles de douze et quatorze ans, sans même lui demander d'argent. Et, chose plus curieuse encore, il ne prêta pour ainsi dire pas attention aux brocards insolents et provocateurs de quelques jeunes garçons qui semblaient l'attendre à la sortie d'une petite ville et qui disparurent sans demander leur reste lorsque, s'arrêtant, il porta la main à son épée en posant sur eux le regard plus intrigué que courroucé de ses grands yeux graves. Railleries, invites, regards et séductions de toute sorte, rien n'avait prise sur lui, c'était comme s'ils perdaient toute signification et toute force avant de toucher son cœur et son esprit. Il n'était pas d'humeur à se prodiguer le moins du monde, sentant bien, même si ce n'était pas de manière entièrement consciente, que ce qui l'attendait se présenterait à l'avenir avec une netteté excluant tout doute et toute méprise, et que ses aventures du premier jour n'avaient elles-mêmes été que la grande ombre projetée par son destin pour qu'il se tînt prêt, le moment venu. Il y avait maintenant sept jours qu'il marchait et ces sept jours étaient comme le sommeil matinal qui succède à un cauchemar ; ce qui lui était arrivé pendant le sommeil avait peut-être encore moins d'importance que le rêve, dans lequel étaient déjà perceptibles des voix et des appels en provenance d'une lointaine et pourtant toujours plus proche réalité. Son réveil définitif ne pouvait plus se faire attendre longtemps.

Au soir du septième jour, après une marche de plusieurs heures interrompue seulement par une courte halte à midi, Anselmo, qui s'était écarté sans intention particulière de la grand-route, se trouva dans une vaste prairie couverte de fleurs rouges, blanches et bleues. L'étroit sentier forestier qu'il avait emprunté semblait s'arrêter là lui aussi, comme englouti par le tapis de fleurs, et Anselmo ne parvint pas à voir s'il reprenait de l'autre côté, où de grands arbres se dressaient comme une muraille impénétrable. Il aperçut à sa droite, à une distance assez éloignée, un mur recouvert d'une si luxuriante verdure qu'il ne put distinguer que quelques créneaux, derrière lesquels on pouvait imaginer un parc et un château. Bien qu'il n'eût aucun but précis, Anselmo eut l'impression de s'être égaré ; il jeta un coup d'œil derrière lui à la recherche du sentier par lequel il était arrivé, mais en vain : celui-ci demeurait introuvable. Il pouvait certes s'expliquer cette disparition d'une manière naturelle et restait tout à fait sûr de trouver une issue quelque part, mais le fait de se voir en quelque sorte prisonnier de ce vaste espace lui parut sinon tenir du prodige, du moins être un signe autorisant toutes sortes d'interprétations favorables ou funestes — ou peut-être les deux à la fois —, une invitation et un danger tout ensemble. Il se fiait d'autant plus à ses pressentiments qu'ils venaient des profondeurs de son âme, du siège de ses désirs et de sa volonté. Il regarda autour de lui, comme si l'aventure, voire le destin qui lui était réservé, allait immanquablement surgir de quelque endroit. Il était si merveilleusement prêt et avide à la fois qu'après avoir longtemps promené ses regards autour de lui, il les laissa errer de tous côtés sur la prairie multicolore avant de les élever vers le ciel, comme si un miracle eût finalement pu venir aussi de là-haut. Pourtant, tout restait vide, immobile et, de surcroît, si calme qu'Anselmo crut entendre sa propre respiration. Si fréquente qu'eût été son expérience de la solitude et du silence au cours des derniers jours — car ces deux états constituaient aussi des expériences pour lui —, il s'agissait cette fois-ci d'un phénomène particulier et comme préliminaire. Il lui sembla se trouver sur un vaste champ clos ; bien plus, il s'y vit vraiment et, comme s'il sortait seul, voire vainqueur, de grands combats, il se cambra machinalement. Il ne pouvait s'expliquer ce sentiment qu'aucune action, mais seulement un geste et une attitude avaient fait naître en lui, mais il resta toutefois un moment dans cette pose, si ridicule qu'elle lui parût peu à peu. Cependant, tout mouvement et tout changement ne répondant pas à une fin quelconque lui semblant vains, il demeura d'abord indécis, hésitant s'il devait rester là et s'étendre dans l'herbe ou s'il ne ferait pas mieux de quitter cette clairière et de repartir dans n'importe quelle direction. C'est alors qu'apparut soudain, sur le côté gauche où la forêt, moins haute, ne consistait plus qu'en buissons, une forme humaine. C'était un vieillard à la barbe blanche et vêtu d'un froc marron foncé qui, ne l'ayant tout d'abord pas remarqué, s'arrêta après avoir fait quelques pas le long des buissons et se pencha. Anselmo, s'étant approché, le vit remplir une cruche de terre au tuyau d'une fontaine, puis boire à la cruche, s'asseoir au bord de la fontaine, tirer un morceau de pain de son sac et se mettre à manger. Comme Anselmo continuait de s'approcher, il lui fit signe aussi familièrement que s'il l'avait attendu puis, l'adolescent lui souhaitant un bon soir, il lui offrit à boire :

— Ce n'est certes que de l'eau, dit-il d'une voix frêle et comme mourante, mais c'est la plus savoureuse de toute la région.

Anselmo but et se rendit compte qu'il avait très soif

et aussi qu'il était fatigué, si fatigué qu'il s'étendit dans l'herbe auprès de la fontaine.

— Vous êtes sans doute en route vers la capitale pour vous enrôler ? lui demanda le vieil homme.

Il se souvint alors avoir vu et entendu, au cours des dernières journées, beaucoup de signes et de propos laissant prévoir la possibilité d'une guerre, voire sa préparation, mais c'est à peine s'il leur avait prêté attention, comme à tout ce qui aurait pu donner un but certain à son voyage et le contraindre à prendre une décision précise, faisant même la sourde oreille, comme si cela ne pouvait, voire ne devait pas le préoccuper pour le moment. Il se sentit cependant touché ce jour-là par la question du vieillard, comme quelqu'un qui entend à son réveil une voix qui s'est adressée à lui de manière différente pendant son sommeil, et il écouta son récit avec un intérêt croissant. Le souverain du pays, apprit-il ainsi, était malade, d'aucuns disaient déjà à la mort ; le prince héritier, parti en voyage à l'étranger à la suite d'un désaccord avec son père, était considéré comme disparu depuis des mois ; un noble du nom de Silvio, membre de la dynastie détrônée plusieurs décennies auparavant, avait acquis une dangereuse puissance et l'État voisin, dont l'attitude était depuis longtemps déjà équivoque, se préparait de façon évidente à une attaque sans avoir fait la moindre déclaration de guerre. On n'avait commencé ici à recruter et à s'armer que depuis quelques jours, et ce non point de manière uniforme, mais de différents côtés à la fois, de telle sorte que l'on courait le risque de voir les troupes, au lieu de marcher unies contre l'ennemi extérieur, se diviser en deux partis et se déchirer dans une lutte fratricide, faisant du pays une proie facile...

— Si bien que vous devriez avant toute autre chose,

jeune homme, conclut-il, décider de quel côté vous voulez vous battre.

Anselmo ne pouvait pas plus répondre au vieil homme qu'à soi-même. Non seulement il ignorait de quel côté se trouvait le bon droit, mais encore cela lui importait peu : il n'avait pas de jugement là-dessus, et il lui paraissait pour finir absurde de devoir se ranger dans l'un ou l'autre camp, si l'envie lui venait de participer aux combats.

— Je ne sais pas encore si je me rallierai à un parti quelconque, car j'ai l'impression d'être un étranger depuis que j'ai laissé derrière moi la porte de ma ville et de la maison de mes parents et que, brutalement devenu orphelin, je suis parti sur les routes que je parcours depuis sept jours déjà. Il me semble que ce pays n'est pas le mien et que ces querelles ne me concernent pas.

— Je vous comprends. Notre pays a cent provinces différentes, qui mènent souvent des guerres plus acharnées entre elles que contre l'étranger. Toutefois, la situation actuelle est telle qu'un jeune homme comme vous devra sans doute prendre malgré tout une décision, s'il veut éviter toutes sortes de désagréments en provenance des deux côtés.

— Et comment le pourrais-je, vénérable vieillard ? J'ignore où se trouve le bon droit et qui, du prince ou du chef du parti opposé, est le meilleur. Veuillez donc avoir la bonté de me renseigner un peu sur chacun d'eux, et me dire avant tout lequel des deux vous aimeriez voir vainqueur pour votre part !

Des craquements et le bruit de branches brisées tombant sur le sol se firent alors entendre et ils virent à l'orée de la forêt, à peu près en face de l'endroit où Anselmo avait débouché sur la prairie, un cavalier en armes arriver au galop. Il était suivi d'un deuxième homme à cheval, sans doute un serviteur à en juger par son moindre équipage, qui tenait par la bride une troisième bête, sellée mais sans cavalier.

Arrivé au milieu de la prairie, le premier promena ses regards autour de lui et cria :

— C'est ici, mais je ne vois rien, ni mur ni maison !

Apercevant alors le moine et le jeune homme, il mit sa main en porte-voix devant sa bouche :

— Hé, vous là-bas, où se trouve la demeure de Géronte ?

— Approchez ! répondit le vieillard en leur faisant signe, car sa voix était à peine audible.

L'autre partit au galop, laissant le serviteur avec les deux autres chevaux au milieu de la prairie, et fut l'instant d'après à côté d'eux.

— Eh bien, où est-ce ? demanda-t-il à nouveau.

Vêtu d'un pourpoint sombre, le pistolet à la ceinture, il était nu-tête et ses cheveux noirs hérissés donnaient à son visage farouche une expression menaçante.

— Approchez-vous encore, dit le vieil homme, et vous verrez le mur dissimulé par les plantes grimpantes.

— Je vois bien le mur, mais pas de porte ! cria l'autre en colère, comme si c'eût été la faute de son interlocuteur.

— Si, juste devant vous. N'apercevez-vous pas, à travers les plantes grimpantes, le reflet verdâtre du métal doré ?

Anselmo commençait aussi à distinguer mieux. Le chevalier, ayant sauté à bas de sa monture, la tenait par la bride et tâtait de la main droite le long du portail :

— La sonnette ? cria-t-il.

— Il n'y en a pas, dit le vieillard, le seigneur Géronte

n'attend pas de visites et ne reçoit personne, à ma connaissance. Bien que j'aie moi-même franchi ce portail il y a fort longtemps — il était alors ouvert à tous et brillait de toutes ses dorures — je ne l'ai jamais vu s'ouvrir depuis des années que je fais chaque soir ma promenade ici, et jamais vu non plus qui que ce soit, même pas Géronte, le franchir.

— Ouvrez ! hurla le chevalier, qui ne cessait, Anselmo ne savait pourquoi, de lancer des regards malveillants au vieux moine.

— Vous n'êtes pas le premier à crier de la sorte, dit alors celui-ci, sans que l'on ait jamais ouvert.

Lançant sa bride à Anselmo, le chevalier se mit à taper des poings à grand fracas contre le portail.

— Vous avez de curieuses manières, mon seigneur, lui dit le jeune homme en riant, la bride à la main.

— Curieuses ou non, il ne s'agit pas de manières ! Ce cheval appartient aux écuries royales, veillez donc à être digne de l'honneur qui vous échoit d'avoir à lui tenir la bride !

Et il se remit à heurter le portail :

— Ouvrez ! Au nom de Sa Majesté !

Le palefrenier s'était approché avec les deux autres chevaux et l'on vit apparaître au même instant, en haut du portail, le visage sillonné de rides d'un homme qui s'y cramponnait des deux mains et regardait sans dire un mot l'individu déchaîné qui faisait un tel vacarme.

— Est-ce bien ici chez Géronte ? cria le chevalier.

— Sans doute, répondit le visage au-dessus du portail, mais encore ?

— Eh bien, ouvrez !

— On ne laisse entrer personne.

— Alors, allez chercher votre maître !

— Il y a des années que le seigneur Géronte ne quitte plus sa maison et son jardin.

— Il faudra bien pourtant qu'il s'y décide une fois. Le souverain est à la mort, le pays dans l'inquiétude, le danger extérieur menace et le prince est au loin ; nous avons besoin d'un maître. Des prétendants s'agitent ici et là, et seul le fait que le souverain est encore en vie les retient. On n'a pas oublié le don de prophétie de Géronte ; il faut qu'il se rende auprès du roi et dise à ses conseillers s'il est vraiment perdu et quand il mourra.

La figure impassible au-dessus du portail répondit :

— Il y a longtemps que Géronte n'exerce plus son art. Des centaines de personnes ont essayé ces dernières années, depuis qu'il s'est retiré dans la solitude, de l'amener à leur révéler l'heure de leur mort, soit en lui offrant de l'or et des pierres précieuses, soit en le suppliant ou en le menaçant, mais aucune n'y est parvenue. Il ne répondra pas non plus à votre souhait.

— Si, car c'est le destin du roi, du pays, de l'État qui sont en jeu !

— Il ne se soucie ni du roi, ni du pays ni de l'État ! Tout est inutile. Remontez sur votre cheval et retournez d'où vous venez !

— Ne partez pas si vite, cria le chevalier, écoutez-moi bien ! Allez dire à votre maître que, s'il n'accepte pas, une troupe d'hommes en armes, pourvus d'échelles et de tout l'équipement nécessaire, sera ici dans moins d'un quart d'heure, et que, s'il persiste dans son refus, sa fille — dites-le-lui bien ! — la belle Lucrezia, qu'il a si bien su cacher et protéger pendant seize ans, appartiendra au premier qui aura franchi le mur... ainsi qu'à tous les autres après lui !

D'un seul coup, le visage ridé au-dessus du portail disparut et, une seconde plus tard, les deux battants s'ouvraient pour se refermer aussitôt sur le cheval noir, qui était entré sans attendre. Anselmo crut alors distinguer les ombres d'une troupe de cavaliers à l'orée du bois — mais il pouvait aussi, dans la pénombre du crépuscule, être l'objet d'une illusion d'optique.

Troublé et intrigué par ce qu'il venait de voir et d'entendre, il se tourna vers le vieillard et lui dit :

— Que signifie tout cela ? Dois-je croire que, derrière ces murs, vit quelqu'un qui possède le don de prédire aux hommes l'heure de leur mort ?

L'autre répondit qu'il en était bien ainsi et, comme Anselmo secouait la tête d'un air incrédule, ajouta :

— Si vous faites preuve d'un peu de patience, vous en verrez vous-même la confirmation... en ma propre personne. Je suis en effet le dernier survivant des sept amis auxquels Géronte a prédit leur mort voici cinquante ans, et sa prophétie s'est réalisée chaque fois avec la plus grande exactitude, à l'heure précise fixée par lui. Je suis le seul encore en vie et, aussi éloigné que je puisse vous paraître de mourir malgré mon grand âge, je sais que je m'éteindrai aujourd'hui à minuit — et rien au monde ne pourra conjurer ce destin —, comme il m'a été prédit il y a cinquante ans.

Un long frisson parcourut Anselmo ; cependant, avant même qu'il ait pu poser d'autres questions, le portail s'ouvrit à nouveau, livrant passage à un grand homme maigre, vêtu d'une toge noire et coiffé d'une toque de la même couleur, de laquelle s'échappaient des touffes de cheveux blancs. Ses sourcils, en revanche, étaient d'un noir foncé et les yeux de ce centenaire brillaient avec la même force et le même éclat que ceux d'un adolescent. C'est également d'une voix puissante, qui n'avait rien de commun avec celle d'un vieillard, qu'il cria, en se retournant, au nain dont le visage ravagé par le temps était apparu quelques instants auparavant au-dessus du portail :

— Tu répondras sur ta vie de Lucrezia !

— N'ayez aucune crainte, seigneur Géronte, intervint alors le chevalier, ma menace ne valait que pour le cas où vous auriez refusé de me suivre. Votre Lucrezia est maintenant, au contraire, en aussi parfaite sécurité que si cent grilles de fer la protégeaient !

— Eh bien, en avant ! cria Géronte et, sous les yeux étonnés d'Anselmo, il se hissa en selle sans que le palefrenier, qui était là avec les deux chevaux, dût lui tenir les étriers. Cependant, avant que la porte se fermât, une jeune fille vêtue d'une longue robe blanche flottante, le visage clair encadré de boucles brunes et rayonnant dans la pénombre, apparut entre les battants et s'écria d'une voix angoissée :

— Où vas-tu, père, et pourquoi me laisses-tu seule ?

— Je serai revenu avant l'aube. Quant à toi, le nain, ferme la porte !

Et, au même instant, tout fut terminé ; le nain et la jeune fille avaient disparu derrière le portail, les trois autres — Géronte, le chevalier et, derrière eux, le palefrenier — étaient partis à bride abattue en direction de la forêt, où la fantomatique troupe de cavaliers les accueillit ; après quoi tous s'en furent dans un grand craquement de branches.

Ce court espace de temps avait cependant suffi pour que les yeux de Lucrezia et d'Anselmo se rencontrent et que leurs regards s'enflamment à tel point que l'air était encore comme bourdonnant d'étincelles, lorsque la porte fut refermée. Le bruit des sabots des chevaux s'était éteint en même temps qu'elle retombait dans un dernier heurt sourd ; semblable à un sombre étang, la prairie, dont les fleurs étaient comme autant de flamboyantes gouttes d'eau à la surface, s'étalait largement au pied de la grande forêt ténébreuse, tandis qu'au-dessus d'Anselmo pesait un ciel nocturne sans étoiles et chargé de nuages. Et, comme de très loin, voire d'un autre monde, lui parvint alors la voix pourtant si proche du moine, dont il avait presque oublié l'existence.

— Nous étions sept, disait-il en continuant son histoire comme si ce qui s'était passé entre-temps ne l'avait nullement affecté ou n'avait même pas eu lieu, et comme s'il était nécessaire et urgent à la fois qu'il fît part au jeune étranger de son destin et de ce qui allait lui arriver cette nuit. Je suis le seul survivant de ces sept amis, auxquels Géronte a prédit l'heure de leur mort, il y a cinquante ans. Nous formions un groupe de joyeux compagnons de la table ronde et, si éloignés que fussent nos chemins respectifs pendant la journée, nous nous retrouvions toujours, la nuit venue, pour boire et nous amuser. Les femmes ne manquaient pas non plus dans notre compagnie ; certaines d'entre elles n'appartenaient qu'à un seul, pour un certain temps du moins, tandis que d'autres étaient à celui qui les voulait, et nous les échangions parfois selon nos désirs, le hasard ou la passion, ce qui au-delà d'une extravagance et d'une insouciance certaines, n'allait pas sans maintes batailles et maintes blessures. Cependant, quelque tour fâcheux qu'eussent parfois pris nos affaires, tout se terminait, malgré menaces, insultes et jurons, dans le choc des gobelets et la joie de la réconciliation. Or, à la fin d'une nuit, il y a aujourd'hui cinquante ans, nous en vînmes à parler de Géronte alors que l'aube commençait à poindre. Ce singulier personnage habitait déjà, on ne savait guère depuis combien de temps, la maison qui se cache derrière ces murs. Il avait été médecin et alchimiste dans sa jeunesse — il était en effet déjà vieux et doit être maintenant âgé de plus de cent ans —, puis s'étant un jour lassé de son art et de sa science ou les ayant oubliés, il ne lui en était resté que ce don de prédire à chacun, malade ou bien portant, jeune ou vieillissant, l'heure exacte de sa mort. Il s'appuyait pour ce faire sur un signe quelconque, qu'aucun autre que lui ne pouvait distinguer ou interpréter — le regard ou l'éclat des cheveux, le son de la voix ou le souffle de la respiration — et qui lui permettait d'être exact, que la fin prédite fût encore éloignée dans le temps ou proche et que le destin dût s'accomplir de manière naturelle, par l'effet de la maladie ou de la vieillesse ou bien à la suite d'un accident ou de l'exécution d'une sentence, publique ou secrète. C'est ainsi que des centaines, voire des milliers de personnes, qui avaient été assez folles pour l'interroger, vivaient avec ce terrible savoir ; et ses prédictions étaient si infaillibles que ceux qui les connaissaient pouvaient risquer à tout autre moment les entreprises les plus périlleuses, se précipiter dans les mêlées sur les champs de bataille, partager la couche d'un pestiféré, avaler du poison ou s'enfoncer un poignard dans le cœur sans jamais trouver la mort, invulnérables jusqu'au jour et à l'heure prévus.

» Cette nuit donc, une attirante nuit de printemps, nous avions quitté tous les sept, en compagnie de nos sept femmes, la taverne où la fête avait commencé pour aller la poursuivre en plein air, et le hasard nous avait conduits ici, sur la vaste prairie où nous nous trouvons maintenant. Aucun de nous ne connaissait cet endroit ou ne le reconnut. Nous nous allongeâmes dans l'herbe et nous enivrâmes de l'air printanier, du vin doux dont nous nous étions munis en abondance et des caresses des femmes. Ni droit de propriété, ni choix ni refus n'eurent cours entre nous cette nuit-là, aucun lien amoureux, aucune obligation morale ; nulle ne sut à qui ni à combien elle avait appartenu et toutes appartinrent à tous.

» A l'aube, un vent frais se leva, qui nous tira du sommeil lourd dans lequel nous étions tombés ; toutefois les femmes avaient dû s'éveiller avant nous, car nous les vîmes, serrées les unes contre les autres en une troupe errante, disparaître dans le demi-jour de la forêt, comme saisies d'une honte subite qui les eût poussées à quitter leur place à nos côtés. Nous nous regardâmes alors sans dire un mot, les yeux brillants de haine et du désir de vengeance car, chacun de nous ayant vu au cours de cette nuit sa maîtresse déshonorée, tous se sentaient offensés, volés et couverts de honte. Nous nous serions jetés les uns sur les autres non pas à coups de poing mais d'épée, car nous étions des gentilshommes, et l'affaire aurait eu cette fois une fin tout à fait sanglante, si le portail, là-bas, ne s'était brusquement ouvert comme ce soir, livrant passage au vieux Géronte. Sa venue — vous le comprendrez peut-être, puisque vous venez de le voir — nous frappa, nous bouleversa même autant qu'un miracle, et c'en était effectivement un, car nous eussions dégainé sans cette extraordinaire apparition. Vous ne serez pas étonné non plus si je vous dis que notre sourde envie de nous trancher mutuellement la gorge n'avait pu échapper au terrible et mystérieux pouvoir de cet homme. Il s'approcha de nous comme s'il nous avait attendus et s'adressa à nous comme s'il pensait que nous étions venus, tels beaucoup d'autres avant nous, pour apprendre de sa bouche l'heure de nos fins respectives. Et, même si nul d'entre nous n'y avait pensé, bien que nous nous fussions une seconde avant apprêtés les uns et les autres à nous plonger nos épées dans le cœur et à mettre notre vie en jeu, plus d'un eût néanmoins préféré maintenant s'éclipser. Cependant, jeunes et fous comme nous l'étions, chacun rougit de montrer aux autres qu'il avait peur et nous feignîmes, comme d'un commun accord, de trouver que les propos de Géronte répondaient bien à nos souhaits. Il nous invita alors très poliment à entrer dans sa maison, où nous attendait la collation qu'il avait coutume d'offrir pour fortifier leur cœur à ceux qui allaient entendre ses prédictions. Nous le suivîmes aussitôt, prenant un air serein et enjoué, quelques-uns affichant même une joie insolente et ne montrant pas la moindre surprise en pénétrant dans la grande salle sans apprêt, où était mise une table couverte de toutes les friandises imaginables. Après nous avoir priés de prendre place, il alla de l'un à l'autre, invitant en hôte complaisant chacun à boire et à manger et lui posant des questions sur son origine, ses affaires et ses projets, si bien que nous passâmes insensiblement du trouble et du demi-dérangement de nos sens à la suite des événements de la nuit dans une atmosphère matinale de douceur et de sobriété. Le personnage étrange et inquiétant de Géronte prit un aspect vénérable, voire paternel, et l'on eût vraiment dit que tout cela n'était rien d'autre qu'une instructive plaisanterie et qu'il allait nous laisser quitter cette confortable petite maison, où il demeurait apparemment seul, en nous rendant aux occupations de notre jeunesse sans nous importuner. Cependant, comme nous nous levions après ce petit déjeuner et nous apprêtions à remercier et à saluer notre hôte, il indiqua à chacun de nous, en lui serrant la main et en le regardant dans les yeux d'un regard qui n'avait rien de sombre ni de menaçant, une heure, un jour, un mois et une année. Et chacun de nous sut qu'il s'agissait de l'heure de sa mort.

» Je ne vous dirai pas comment nous sommes partis, ce qui s'est encore passé ce jour-là ni comment nos vies se sont ensuite déroulées, l'incrédulité et l'effroi, la joie la plus turbulente et l'indifférence, la révolte enfin s'y manifestant tour à tour... sachez seulement que nous eûmes tous les sept le sort prédit par Géronte, à la seconde près. Le premier concerné se prit le pied dans une racine d'arbre au cours d'une promenade et fit une chute mortelle, le second mourut après une longue maladie et le troisième à la guerre ; le quatrième fut empoisonné par sa femme, le cinquième emporté par la peste, quant au sixième, qui passa sa vie à fuir son destin, il mourut à l'étranger et, je devais l'apprendre plus tard, exactement à l'heure prédite. Je suis le seul survivant, il me reste seulement jusqu'à minuit à vivre, pas une minute de plus ou de moins... et il n'est pas impossible, conclut-il en souriant, que vous ayez été choisi par le destin pour être mon assassin.

Il termina son récit sur ces mots sans manifester d'émotion, comme s'il eût parlé d'un autre ou comme si toute cette histoire eût été une invention. Toutefois Anselmo, se rappelant ce qu'il avait vu de ses propres yeux depuis l'arrivée du chevalier noir jusqu'à son départ en compagnie de Géronte, pensa qu'il ne pouvait avoir rêvé, si mystérieusement clos et irréel que lui parût le mur devant lui, et il ne put douter de la vérité de ce que le vieil homme lui avait raconté, non plus que de la certitude de sa fin prochaine. De nombreuses questions se pressaient encore à ses lèvres, mais il ne put parler ; il n'osa pas en poser une seule au vieillard qui, comme transfiguré par la proximité de la mort, lui donnait l'impression d'être lui-même étrangement indigne, fou et même impur avec sa jeunesse, sa curiosité et sa vitalité. Il lui parut impossible aussi bien de rester et d'assister à sa mort en spectateur fortuit, de l'attendre en quelque sorte... que de s'en aller en ayant pris congé ou non.

Son indécision et son incapacité totale à trouver ne fût-ce qu'un mot à lui dire commençaient à le désoler, aussi sa surprise fit-elle immédiatement place au soulagement et même à la joie, lorsqu'il vit tout à coup s'ouvrir doucement le portail qui était resté si obstinément fermé une heure avant. Il ne fit que s'entrouvrir, mais suffisamment toutefois pour que vienne s'y encadrer la silhouette de la belle jeune fille qui devait être la fille de Géronte. Cette apparition, que n'avait provoquée aucun geste, aucun appel de sa part, était en elle-même, après le regard où leurs âmes s'étaient rencontrées, une promesse de bonheur et un signe du destin. Anselmo traversa aussitôt la prairie d'un pas ailé et la rejoignit, laissant derrière lui le vieil homme dont le sort était arrêté, la prairie et la forêt, la sécurité de l'instant à venir, voire, il le sentait bien, son avenir tout entier. Le portail se referma sur eux et, se tenant enlacés sans prononcer une parole, comme s'ils avaient été promis l'un à l'autre depuis le commencement des temps, ils traversèrent le jardin d'un pas léger, semblant flotter au-dessus des innombrables fleurs brillantes sous la lune, jusqu'à la maison dont la douce clarté les accueillit. Ils parvinrent, par un escalier bas et étroit, dans une haute pièce claire entourée de rideaux blancs et flottants, qu'on eût dit trop délicate pour être enclose de murs rigides. Éclairée par une faible lumière, dont la source restait invisible, elle semblait destinée de toute éternité, avec son large lit blanc, à servir de chambre nuptiale. Il n'en fut pas autrement que si Lucrezia n'avait vécu jusque-là que pour attendre Anselmo et que si Anselmo ne s'était mis en route que pour trouver

Lucrezia : ils oublièrent tous les deux le monde, proche ou lointain, et tombèrent dans les bras l'un de l'autre.

De même que chacun d'eux avait bu le souffle de l'autre sur ses lèvres, de même se désaltérèrent-ils d'abord au son de leur voix, avant de percevoir peu à peu les mots eux-mêmes ; puis un courant aussi irrésistible que celui qui avait entraîné leur sang fit se joindre et se mêler leurs âmes et chacun d'eux sut bientôt tout ce qu'il lui importait de savoir sur l'autre. Elle apprit ainsi qu'Anselmo, brutalement devenu orphelin, avait quitté son pays quelques jours auparavant et allait, après quelques expériences futiles, à la rencontre d'un grand destin inconnu, et lui, que Lucrezia ne pensait pas avoir vécu ailleurs que dans cette maison, seule avec son père. Elle ne se souvenait pas de sa mère et n'avait jamais franchi les limites du parc, dont elle parlait comme d'un univers. Géronte, auquel elle portait tout l'amour que les autres pères doivent habituellement partager avec la mère et quelques camarades de jeu, l'avait lui-même instruite dans tous les domaines que l'on confie généralement à une cohorte de maîtres et d'éducateurs ; ainsi l'avait-il initiée non seulement aux disciplines communément enseignées aux jeunes filles mais aussi aux langues étrangères, à l'histoire et à l'astronomie. Elle n'ignorait ni le droit ni l'injustice, et pas plus l'amour et la mort que le doute et la croyance. Il l'avait en outre formée aux exercices et aux arts de la chevalerie et certaines sorties dans le parc, aux côtés de son père, devenaient dans sa bouche d'interminables chevauchées, tandis qu'elle parlait de ses exercices d'escrime comme s'il n'existait pas de divertissement plus agréable que de croiser le fer avec le vieil homme. Elle n'ignorait certes pas l'existence du monde au-delà des murs entourant le parc, mais de la même façon que les hommes connaissent le monde infini des étoiles, qui leur demeure toutefois fermé, et sans en ressentir plus qu'eux la nostalgie. Ce père, en qui elle avait la même confiance qu'en un maître adoré, ne lui avait pas caché que sa vie au sein de cette demeure n'était qu'un avant-goût et comme un pressentiment de la vie et des hommes dont la mystérieuse réalité constituait le monde. Un jour, qui ne devait plus être éloigné, le portail par lequel elle venait de rentrer avec Anselmo, s'ouvrirait tout grand et la vie commencerait. Géronte connaissait ce jour, car c'était celui de sa propre mort ; pas plus que la dernière heure des autres hommes ce n'était un secret pour lui, mais il ne voulait pas le révéler à sa fille.

— Il sait donc également quel sera ton dernier jour ? demanda Anselmo, pris d'une étrange peur.

— Non, il ne le sait pas, il ne connaît justement pas le mien. Si infaillible que soit en effet le regard qu'il plonge dans les yeux d'un homme pour y découvrir quand viendra sa fin, l'œil d'un être cher ne lui révèle rien. Ainsi ma mère, et sans doute plus d'une autre femme aimée avant elle, est-elle morte sans qu'il s'y attende et c'est pourquoi je suis aujourd'hui le seul être au monde pour lequel il ait vraiment peur ; il voit en effet le danger me menacer toujours et partout, mais sans soupçonner le lieu et l'heure de ses embuscades.

— Est-ce la raison pour laquelle il te tient enfermée, croyant ainsi t'éviter tous les périls ?

— Qu'il le croie ou non et qu'il ait ou non raison, je n'appelle pas de mes vœux le jour qui doit me délivrer de ma claustration, puisque ce sera aussi celui de sa mort et de notre séparation pour toujours.

— Non, Lucrezia, il croit, ou plutôt il sait que le jour de sa mort t'ouvrira la porte de ce cachot — car c'en est un —, parce que sa mort seule te donnera la liberté.

— N'est-ce pas la même chose, Anselmo, puisque je

ne quitterai volontairement cette maison pour rien au monde, aussi longtemps qu'il vivra ?

— Pas même si je voulais t'emmener avec moi ?

— Même si tu le voulais, Anselmo, je ne partirais pas avec toi !

— Tu me laisserais repartir, tout en étant sûre de ne jamais me revoir ?

— Je t'ai aimé dès l'instant où je t'ai vu et j'ai aussitôt su que je devais t'appartenir, mais je n'ai pas pensé et ne pense pas à te retenir.

— Et si je décidais de rester ici, où tu es, avec toi ?

Il la vit alors, pour la première fois, sourire :

— Tu n'es pas fait pour rester où que ce soit et, si tu l'étais, je ne t'aurais jamais aimé.

— Tu m'aimes donc si peu que tu pourrais me renvoyer après la nuit que nous venons de passer ensemble ?

— C'est pour que tu continues de m'aimer toute ta vie comme je t'aimerai, avec toute la force d'une nostalgie qui ne s'éteint jamais.

C'était un instant d'une trop grande élévation pour qu'Anselmo pût lui répondre par un mot qui n'eût exprimé que de l'amour ; il lui dit alors simplement, ému au plus profond de lui-même :

— Tu n'as pas vécu jusqu'à aujourd'hui, tu n'as parlé avec personne, vu personne — et tu connais aussi bien l'âme des hommes ?

— C'est que Géronte est mon père, répondit-elle. Le monde se reflète dans ses paroles, qui sont plus transparentes et plus claires que toutes les expériences et que tous les événements. Mais il est temps maintenant que nous nous séparions.

Lucrezia lui semblait de plus en plus énigmatique ; il lui était tout à fait impossible de comprendre qu'il pût y avoir dans des yeux de jeune fille à la fois autant de tendresse et d'énergie volontaire. Il n'aurait jamais pensé non plus éprouver une telle douleur à devoir quitter un être qui avait été sien pendant une nuit. Cependant, trop fier pour laisser une prière monter de son cœur à ses lèvres, il revêtit son habit, ceignit son épée et fut prêt à partir. Elle, jetant un manteau par-dessus son vêtement de nuit, ouvrit la porte et, mettant sa main dans la sienne, le conduisit au jardin qu'éclairait déjà l'aube. Assis sur le créneau au-dessus du portail, le nain veillait, une grimace plissant sa bouche aux innombrables rides.

— Que fais-tu là-haut ? cria Lucrezia sans donner, à la surprise d'Anselmo, le moindre signe d'irritation ou de peur.

— Je scrute l'horizon, pour voir si Géronte ne revient pas. Il ne serait pas content de trouver un jeune homme dans sa maison et vous pourriez avoir à vous en repentir autant que moi, qui ai sans doute mérité la mort. Oh, ne portez pas la main à votre épée, elle ne vous serait pas d'une grande utilité contre lui !

Sur ces mots, il se laissa couler au bas du mur, donnant l'impression de glisser sans le toucher ni se tenir nulle part, et resta debout devant le portail, comme pour monter la garde.

— Ouvre, ordonna Lucrezia, et laisse-le passer !

— Trop tard, dit le nain, je viens de voir d'en haut Géronte s'approcher de toute la vitesse de sa monture.

Et, se tournant vers Anselmo :

— Je vous conseille, noble seigneur, de vous cacher en toute hâte dans le parc. Une occasion se présentera sûrement bientôt de vous faire sortir.

Mais Anselmo secoua la tête :

— J'attendrai le seigneur Géronte ici, près du portail, et... à l'instant où il entrera, je lui demanderai la main de Lucrezia !

Avant même que celle-ci ait pu dire quelque chose, on entendit le bruit sourd des sabots d'un cheval lancé au galop sur le sol mou de la prairie. Le nain ouvrit le portail sans attendre qu'on l'eût heurté, et Anselmo vit Géronte sauter sans aucune aide à bas de son cheval. Ne prêtant apparemment pas attention à Lucrezia et au jeune étranger dans le jardin, il remit les rênes au nain et lui dit : Occupe-toi de ma bête ! Nous sommes partis depuis six heures et elle ne s'est reposée qu'une demi-heure ; je suis resté tout ce temps au château, au chevet du prince agonisant. Il a rendu l'âme au moment où j'ai pénétré dans la chambre, le pays n'a plus de maître, les nobles se battent dans les rues de la ville et les bourgeois s'agressent mutuellement à coups de bâton. C'est une mauvaise période qui commence !

Il parut s'apercevoir à cet instant de la présence d'Anselmo et de Lucrezia, cependant pas un seul trait de son visage ne bougea ; il ouvrit seulement les bras et Lucrezia se précipita sur son cœur. Cependant, il se tourna en même temps vers le jeune homme et lui dit :

— Je vous ai vu hier soir en partant. Je vous remercie d'avoir pris ma fille et ma maison sous votre garde, puisque celui-ci — il fit un signe de mépris en direction du nain — s'est montré si peu à la hauteur de sa tâche. Disparais de ma vue !

Et l'autre, effarouché par sa mine courroucée, décampa en tenant le cheval par la bride.

Ce très vieil homme, qui serrait toujours sa fille dans ses bras, et cette fille elle-même, qui ne semblait plus considérer Anselmo comme son amant de la nuit passée, mais à peine encore comme un être vivant et presque comme un fantôme, ces deux êtres lui étaient si incompréhensibles que les mots qu'il était décidé à adresser un instant auparavant à Géronte lui semblèrent vains, si ce n'est ridicules. Peut-être aurait-il pu s'éloigner simplement sans rien dire, et peut-être était-ce précisément ce que l'on attendait de lui ; s'en aller ainsi lui parut toutefois également impossible et il resta là, indécis et plus conscient que jamais de son peu d'importance : jamais, malgré toute sa virilité, il ne s'était autant senti l'âme d'un adolescent.

Géronte et Lucrezia s'étaient détournés et paraissaient vouloir s'éloigner sans plus se soucier de lui, lorsque, se retournant brusquement à demi, le vieil homme lui adressa la parole :

— Je suppose que vous avez encore un long chemin devant vous aujourd'hui, et il n'est pas du tout certain que vous repassiez jamais par ici. Ne voulez-vous pas vous restaurer avant de vous remettre en route ?

Anselmo, ne pouvant s'empêcher de penser que l'on s'apprêtait à le tourner en dérision, voire à l'attirer perfidement dans quelque piège, jeta un coup d'œil à Lucrezia, mais elle, accompagnant les paroles de son père d'un signe de tête amical, lui dit simplement et comme s'il venait d'entrer dans le jardin :

— Soyez le bienvenu !

Irrité de voir celle dont il avait gagné les faveurs la nuit même s'adresser à lui comme à un hôte quelconque et encore plus indigné que Géronte n'eût pas à son égard le comportement qu'il estimait devoir être celui d'un père envers le séducteur de sa fille, comme s'il n'eût pas été un gentilhomme ni tout simplement un homme, pas même un de ceux que l'on renverse d'un coup de poing, Anselmo déclara :

— Seigneur Géronte, je ne puis entrer dans cette maison et vous, en tant que gentilhomme, ne pouvez m'y recevoir que si j'en franchis le seuil en tant que fiancé de votre fille Lucrezia !

— Dans ce cas, intervint aussitôt cette dernière, comme si elle avait voulu ne pas laisser répondre son père, dans ce cas vous serez obligé, quelque regret que j'en éprouve, de rester dehors !

Emporté par sa fougue d'adolescent, Anselmo mit alors la main à son épée ; aussi insensé qu'il lui parût, ce geste était pourtant la seule manière pour lui, à cet instant, d'affirmer sa virilité.

— Comme il vous plaira, dit-il, mais je ne pensais pas avoir été cette nuit l'hôte d'une catin !

Son sentiment de la courtoisie lui dit à l'instant même qu'il venait de prononcer les paroles les moins chevaleresques qui fussent jamais sorties de la bouche d'un amoureux, et il en fut si conscient qu'il se sentit entièrement prêt à offrir son cœur tourmenté aux coups du vieillard. Celui-ci, qui avait dégainé et se tenait prêt à porter la première botte, alors que le jeune homme n'avait pas encore tiré son arme du fourreau, laissa cependant retomber aussitôt son épée et son regard aux éclairs meurtriers sous les sourcils blancs, qui avait pénétré comme un poignard dans les yeux d'Anselmo, se voila d'une étrange façon.

— Frappe ! cria ce dernier, qui s'apprêta à riposter en se mettant en position de parade.

Mais Géronte lui dit en hochant la tête :

— Va en paix, vieil adolescent !

Anselmo vit alors le regard, pour la première fois plein d'angoisse, que Lucrezia portait sur son père, mais il avait compris ce que signifiaient ces paroles.

— Consommez votre victoire, dit-il alors, puisque vous avez déjà lu dans mes yeux que j'étais condamné.

— Tu l'es en effet, mais pas pour cette heure.

— Cela ne dépend que de vous, cria Anselmo en déchirant son pourpoint, allons, finissez-en !

— Quand bien même je te plongerais aujourd'hui mon épée dans le cœur, répondit Géronte, tu n'en expirerais pas moins seulement dans un an, au même jour et à la même heure !

Lucrezia se précipita alors au cou d'Anselmo en s'écriant :

— Reste, et pardonne-moi !

Anselmo se dégagea et, comme elle se pressait avec plus d'insistance contre lui, il la repoussa. Puis il se redressa de toute sa hauteur et, faisant demi-tour, partit sans un dernier regard pour Géronte et sa fille. Il espéra une seconde encore, bien que sachant la chose tout à fait impossible, qu'un mot d'amour ou de pardon parviendrait à ses oreilles, mais il n'entendit que le bruit du portail se refermant derrière lui. Il se retrouva sur la vaste prairie, dans la lumière du soleil matinal, et seul comme il ne l'avait jamais été — laissant derrière lui une énigme, tandis qu'une autre, plus grande encore, se dressait devant ses yeux. Des gouttes de rosée scintillaient sur chaque brin d'herbe et les fleurs resplendissaient de toutes leurs couleurs. Là-bas, près de la fontaine, un moine était allongé, comme s'il dormait, mais Anselmo savait qu'il était mort. Il jeta un bref regard sans aucune émotion sur le cadavre et continua son chemin, au milieu des effluves de cette journée de printemps, au-devant de sa mort — comme tout voyageur chaque jour de printemps et d'automne, qu'il soit joyeux ou d'humeur sombre, jeune ou vieux, audacieux ou craintif, désespéré ou plein d'espoir, en bonne santé ou convalescent... Il allait comme tout un chacun au-devant de sa mort, et pourtant il pensait être le seul à qui ce but fût assigné. En effet, il était à cet instant le seul mortel entre tous les hommes, puisqu'il connaissait l'heure de sa mort.

La suite de cette nouvelle a été esquissée par l'auteur de la façon suivante :

Géronte, ayant tout compris, n'a prédit sa mort à Anselmo que pour voir comment il se comporterait pendant cette année et s'il était digne de Lucrezia. Il le suit, laissant sa fille sous la protection du jardinier.

Entre-temps, le prince revient lentement dans son pays, sans se faire connaître. Ayant appris que le roi est malade, il veut entrer en possession de son héritage. Il envoie Ferondo en ville pour voir où en sont les choses et en particulier pour apprendre si Silvio, qui est depuis longtemps ministre, aspire effectivement au trône. Il serait dans ce cas sûr d'être tué dès qu'il se montrerait dans la ville ; d'où sa prudence.

Ferondo part, laissant le prince en arrière. Anselmo survient, l'humeur très sombre. Ils ont un violent échange de mots et un duel s'ensuit, dans lequel le prince succombe. Il conseille à Anselmo de fuir, mais celui-ci n'en fait rien. Surviennent Silvio et ses partisans. Le roi étant mort et le prince toujours absent, il prend le pouvoir. Il doit le faire d'autant plus que la guerre menace aux frontières.

Silvio a des ennemis dans les rangs de ses propres partisans.

Ferondo se présente et déclare que le prince est sur le chemin du retour.

Anselmo : le prince ne reviendra pas, je l'ai tué.

Silvio veut le faire emprisonner, mais ses adversaires le prennent pour chef, comme étant le plus digne et celui qui a été plus valeureux que le prince lui-même. (Peut-être est-ce ce dernier qui le propose lui-même comme chef, avant de mourir.)

On aperçoit aussi Géronte dans la foule.

Anselmo, qui l'a vu, le fait tout d'abord arrêter (aveugler ?) : le regard de cet homme est dangereux, il ne faut plus lui permettre de continuer ses prédictions, qui causent des ravages dans l'âme des gens.

Anselmo part à la guerre à la tête de l'armée et revient vainqueur.

La reine ne veut pas recevoir le meurtrier de son fils. Il s'est magnifiquement comporté pendant la guerre, essayant d'arracher son secret à la mort.

Rencontre avec la reine dans le caveau. Une fête est donnée.

Il ne peut plus goûter aucun plaisir.

Sa conversation avec le condamné à mort, qui espère encore.

Avec la tête de Silvio décapité.

Épidémie de peste, qui l'épargne.

Il apprend que Lucrezia a mis au monde un fils de lui.

Il prend du poison, car le jour de sa mort approche et il se sent de moins en moins de forces pour l'attendre.

Il va voir Lucrezia et, sur sa demande, envoie chercher Géronte, qui était toujours en prison.

Géronte arrive. Ayant appris qu'Anselmo a fait ses preuves comme prince, héros, etc., il lui annonce que sa prédiction était fausse. Son don n'a jamais été valable que pour des inconnus, mais il l'abandonne, dès que la haine ou l'amour troublent son âme. Lorsqu'il a rencontré Anselmo auprès de Lucrezia, il était rempli de haine à son égard, et n'a donc pu lire dans ses yeux ce qu'il peut y lire chez les autres.

Il est toutefois trop tard, le poison agit ; la prédiction de Géronte était malgré tout exacte et Anselmo meurt le jour annoncé par le vieillard.

LE TÉMOIN

J'avais alors vingt-trois ans et c'était mon septième duel — je veux dire le septième auquel je participais en tant que témoin. Souriez si vous voulez, je sais qu'il est maintenant de mode de se gausser de ces sortes de rencontres, mais je pense que l'on a tort. Je vous assure que la vie était plus belle autrefois ; elle avait, en tout cas, plus d'allure... entre autres raisons parce qu'il fallait aussi la mettre quelquefois en jeu pour des choses qui n'existaient peut-être pas du tout dans un sens plus élevé ou du moins différent, ou qui, mesurées à l'aune actuelle, ne le méritaient pas — l'honneur par exemple, la vertu de la femme aimée, la réputation d'une sœur ou quelque autre futilité de ce genre. On ne devrait après tout pas oublier que nous avons été forcés, au cours des dernières décennies, de sacrifier notre vie pour bien moins que cela et tout à fait inutilement, parce que d'autres l'ordonnaient ou le souhaitaient. Dans un duel, en revanche, la convenance de chacun a toujours eu son mot à dire, même dans les cas où il ne s'agissait apparemment que de contrainte, de convention ou de snobisme. Le simple fait que l'on dût au moins compter, dans un certain milieu, avec la possibilité, voire l'inévitabilité d'une réparation par les armes — ce simple fait, croyez-moi, donnait une certaine dignité ou du moins un certain style à la vie sociale ; et aux hommes de ce milieu, même aux plus frivoles ou aux plus ridicules d'entre eux, une certaine tenue, oui, l'apparence d'une acceptation permanente de la mort, même si cette expression doit vous paraître trop majestueuse dans un tel contexte.

Mais je m'égare avant même d'avoir commencé. Je voulais en effet vous raconter l'histoire de mon septième duel, et je vous vois sourire une nouvelle fois en m'entendant reparler de « mon duel », bien que dans ce cas aussi je n'aie été que témoin et non pas antagoniste, conformément à ce qui semblait être ma destinée. La première fois, j'avais dix-huit ans, j'étais volontaire dans la cavalerie et il s'agissait d'une affaire d'honneur entre un camarade et un attaché de la légation française. Peu après, le célèbre gentleman-rider Vulkovicz me choisit comme second dans son combat avec le prince Luginsfeld et, par la suite, on continua de s'adresser à moi avec une préférence marquée, principalement dans les cas difficiles, chaque fois que l'on avait besoin d'un témoin, bien que, ni noble ni officier de carrière, je sois même d'origine juive. Je ne nierai pas avoir de temps en temps un peu regretté de ne participer à toutes ces affaires qu'en personnage épisodique en quelque sorte. J'aurais aimé affronter moi-même un jour un dangereux adversaire et je ne sais pas même si j'aurais préféré sortir vainqueur de la rencontre ou être tué ; mais le cas ne se présenta jamais, quoique les occasions n'aient vraiment pas manqué et que, comme vous pouvez le penser, il n'y ait jamais eu le moindre doute sur mon bon-vouloir. Peut-être est-ce d'ailleurs en partie pour cela que l'on ne me demanda jamais raison et que les querelles où je fus moi-même obligé de le faire se réglèrent toujours de façon courtoise. Je me consacrai en tout cas corps et âme à mes fonctions de témoin, trouvant toujours quelque chose d'émouvant, de troublant et de grandiose dans la conscience d'être placé en quelque sorte au centre ou plutôt, pour m'exprimer plus exactement, à la périphérie d'un destin.

Ce septième duel, dont je veux vous parler aujourd'hui, ne ressembla à aucun de ceux qui l'avaient précédé ou qui l'ont suivi : en effet, non seulement j'y passai pour ainsi dire de la périphérie au centre, du statut de personnage épisodique à celui de personnage principal, mais je n'en ai parlé jusqu'ici à personne. Vous et votre éternel sourire n'auriez non plus rien su de cette étrange histoire... mais puisque vous n'existez pas véritablement, je continuerai de vous faire l'honneur de m'adresser à vous, jeune homme, qui aurez après tout assez de tact pour vous taire.

Il importe donc peu où et comment débutera mon récit. Je vais raconter cette histoire comme elle me revient à l'esprit, commencer par le premier moment qui s'y présente... celui où je montai dans le train en compagnie du docteur Mülling. Pour ne pas éveiller la méfiance, principalement chez la jeune femme d'Édouard, nous avions quitté le quartier des villas au bord du lac dès le lundi matin, poussant la prudence jusqu'à demander au guichet des billets pour Vienne, bien que nous soyons ensuite naturellement descendus dans la petite ville où la rencontre devait avoir lieu le lendemain matin.

Ami de longue date de Loiberger, le docteur Mülling avait presque le même âge que lui, environ trente-cinq ans. Je devais pour ma part aux circonstances l'honneur d'avoir été choisi comme second témoin, en dehors de la qualification de caractère général que j'évoquais plus haut, puisque, passant mes vacances dans la même villégiature que Loiberger, on me voyait assez souvent dans sa villa. Je ne l'avais jamais trouvé particulièrement sympathique, mais il était sociable et recevait volontiers ; on rencontrait toujours chez lui beaucoup de gens agréables, on y faisait de la musique, jouait au tennis, organisait des excursions ou des courses d'aviron... bref, j'avais vingt-trois ans ! La cause du duel, m'avait-on dit, était une altercation entre Édouard Loiberger et son adversaire, le capitaine de uhlans Urpadinsky. Je connaissais à peine ce dernier. Il était venu en visite de sa garnison, ce dimanche, manifestement à seule fin de créer en provoquant cette dispute un prétexte pour le duel, mais on l'avait déjà vu sur les bords du lac, où il avait passé l'été dernier avec sa femme.

Les deux adversaires étaient manifestement très pressés de régler cette affaire. La rencontre entre les témoins avait eu lieu le dimanche soir, quelques heures seulement après l'incident, à Ischgl*. Mülling et moi avions reçu de Loiberger la consigne d'accepter sans discuter les conditions des témoins adverses — elles furent dures.

Nous nous rendîmes d'abord sur le terrain choisi pour le combat du lendemain. Pendant la petite promenade en voiture que nous fîmes ensuite, Mülling me parla de ses voyages, de ses études universitaires déjà bien lointaines — des duels rituels entre les étudiants, des professeurs et des examens —, de construction de villas, de championnats d'aviron et de toutes sortes de connaissances qui se révélèrent communes. Je m'apprêtais cette année-là à passer mes derniers examens, Mülling était déjà un avocat connu. Nous ne dîmes pas un mot, comme si nous en étions convenus, de ce qui devait se passer le lendemain. Le docteur Mülling en savait sans aucun doute plus sur les causes du duel qu'il n'avait jugé bon de m'en dire.

---

* Ischgl : station de sports d'hiver, dans le Tyrol. *(N.d.T.)*

Édouard Loiberger arriva le soir même. Il avait quitté sa résidence d'été sous prétexte d'ascensions dans les Dolomites prévues depuis longtemps, mais pour lesquelles le temps de ce magnifique mois d'août offrait une occasion plausible. Nous l'accueillîmes comme si de rien n'était et le conduisîmes dans la célèbre vieille auberge de la place du marché, où nous lui avions retenu la meilleure chambre. Nous dînâmes ensemble dans la chambre d'hôtes, bavardant avec animation, buvant et fumant, sans attirer l'attention de quiconque, pas même des quelques officiers assis à la table dans le coin d'en face. Le docteur Mülling décrivit de manière parfaitement neutre le terrain où la rencontre devait avoir lieu, l'habituelle clairière apparemment élue par le destin pour remplir cette fonction, avec une petite auberge toute proche où, fit-il remarquer non sans gaieté, plus d'un petit déjeuner de réconciliation avait été servi — ce fut la seule allusion au motif de notre réunion. Nous parlâmes par ailleurs des régates de voiliers du dimanche suivant, auxquelles Loiberger, déjà vainqueur l'an dernier, devait participer ; de l'annexe qu'il prévoyait pour sa villa et dont il avait dessiné lui-même les plans, en amateur éclairé qu'il était dans tous les domaines possibles en dehors de sa profession de fabricant ; d'un funiculaire en voie d'achèvement sur un sommet proche, dont il critiqua le tracé ; d'une affaire que le docteur Mülling devait plaider pour lui et dans laquelle des avoirs considérables semblaient être en jeu... et de bien d'autres choses encore, jusqu'à ce que le docteur Mülling fît remarquer, vers onze heures, avec un pâle sourire :

— Il serait peut-être temps d'aller au lit, il n'est jamais mauvais, en de semblables circonstances, que tous, témoins ou non, soient bien reposés !

Nous prîmes alors congé de Loiberger en lui recommandant d'aller se coucher, puis sortîmes tous deux dans la belle nuit chaude. La noirceur de l'ombre que projetaient les maisons sur le pavé de la grand-place, brillant sous la lumière de la lune, est le seul souvenir qui me soit resté de cette promenade d'un peu moins d'une heure dans les rues de la petite ville. En revanche, je ne me rappelle absolument aucun des sujets que nous avons abordés ; je sais seulement que nous n'avons pas parlé du duel.

Je me souviens cependant avec beaucoup de précision de notre trajet en voiture, le lendemain matin et j'entends encore le bruit des sabots des chevaux sur la route poussiéreuse, jusqu'à la clairière. Loiberger parla, sur un ton d'une importance exagérée, d'un arbuste japonais récemment introduit en Europe centrale et qu'il avait l'intention de faire planter dans son jardin, avant de sauter de la voiture avec cette élasticité que les journaux de l'époque ne manquaient jamais d'évoquer comme un attribut spécifique des princes régnants. J'en fus frappé et ne pus m'empêcher de sourire, ce dont j'eus un peu honte, Loiberger m'ayant regardé juste à ce moment.

L'image qui m'est restée en mémoire du duel lui-même est celle d'un spectacle de marionnettes : Édouard Loiberger, sur le sol où l'avait étendu la balle de son adversaire, ressemblait à une marionnette, à une marionnette aussi le médecin-major, un grand homme maigre d'un certain âge, avec des moustaches à la polonaise, qui constata la mort. Le ciel au-dessus de nos têtes était sans nuages, mais d'un bleu étrangement terne. Je jetai un coup d'œil à ma montre — il était huit heures moins dix. On en eut rapidement terminé avec le protocole et les autres formalités d'usage, et je me réjouis qu'il nous fût encore possible de prendre l'express de neuf heures ; il aurait été insupportable de devoir rester ne fût-ce qu'une heure de plus dans cette malheureuse ville.

Nous fîmes les cent pas sur le quai sans mot dire et, sans être trop remarqués — deux élégants touristes en voyage. Puis, tandis que je buvais un café, Mülling, qui lisait le journal, m'annonça que le roi d'Angleterre* et son premier ministre étaient attendus dans les jours suivants à Ischgl, où ils rendraient visite à l'Empereur. Une conversation politique s'engagea entre nous — je devrais plutôt dire : le docteur Mülling commença un exposé que j'interrompis de quelques objections qui ne brillaient pas par leur compréhension. Lorsque le train de Vienne arriva, je respirai plus librement, comme si tout ce qui s'était passé pouvait maintenant être effacé et Loiberger ressusciter. Nous fûmes seuls dans le compartiment pendant tout le trajet ; après être resté longtemps silencieux, le docteur Mülling, comme pour s'excuser de n'avoir encore rien dit, remarqua :

— Même en y étant préparé, il faut du temps pour réaliser !

Nous nous mîmes alors à évoquer toute sorte d'autres combats, anodins ou moins heureux, auxquels nous avions pris part en tant que témoins... mais aucun de nous deux n'avait encore participé à une rencontre se terminant par la mort de l'un des adversaires. Au début, nous parlâmes de celle qui venait de se terminer de si triste manière en des termes qui n'avaient rien de sentimental, mais plutôt d'un point de vue esthético-

---

* Édouard VII, en route pour Marienbad, avait rendu visite à l'empereur François-Joseph, à Ischgl, les étés 1905, 1907 et 1908. *(N.d.T.)*

sportif. Loiberger s'était, comme il fallait s'y attendre, fameusement bien comporté, le capitaine de cavalerie avait été beaucoup plus agité et beaucoup plus pâle, on avait même pu voir distinctement sa main trembler avant le premier échange de balles. Ils avaient tiré tous les deux en même temps, et tous les deux manqué le but. La deuxième fois, la balle du capitaine avait effleuré la tempe de Loiberger, qui y avait machinalement porté la main et souri. Au troisième échange, toutefois, il s'était écroulé aussitôt après que l'ordre de tirer avait été donné, avant d'avoir pu faire feu lui-même.

C'est alors seulement que le docteur Mülling dit, comme s'il se sentait désormais délié d'une parole donnée :

— Pour dire la vérité, je l'avais vu venir, je m'y attendais déjà l'année dernière. Tous deux, aussi bien notre ami Loiberger que Mme von Urpadinsky — mais vous ne connaissez pas la femme du capitaine, c'est dommage ! — se comportaient de la manière la plus imprudente possible. Tout le monde le savait à St Gilgen*, seul le capitaine ne soupçonnait rien, bien qu'il y revînt souvent de sa garnison. C'est seulement l'hiver dernier qu'ayant reçu, dit-on, des lettres anonymes, il s'est mis à faire son enquête, et il semble que ce soit sa femme elle-même qui ait tout avoué, manifestement pour échapper au tourment de ses questions incessantes. Et la suite est venue d'elle-même.

— C'est incompréhensible ! dis-je.

— Comment cela ? demanda Mülling.

— Quand on a une femme comme celle de Loiberger... et moi qui croyais leur mariage très heureux !

* Sankt Gilgen : lieu de l'action, sur les bords du Wolfgangsee (lac Wolfgang), dans le Salzkammergut. *(N.d.T.)*

répondis-je en pensant à Agathe et à son air de jeune fille ou de fiancée...

Oui, vraiment, quand on voyait Édouard et Agathe ensemble, on les aurait pris plutôt pour un couple d'amoureux — après quatre ou cinq ans de mariage — que pour des gens mariés. Lors de l'excursion à l'Eichberg, par exemple, il y a quinze jours, nous nous étions allongés sur l'herbe au soleil de midi, tous les sept ou huit (je déteste à vrai dire ces sorties collectives et ne m'y étais joint qu'à cause de Mlle Coulin), et Agathe semblait sommeiller, à moins qu'elle n'ait fermé les yeux que parce que le soleil l'aveuglait... Il lui caressait les cheveux et le front du bout des doigts et tous deux souriaient et chuchotaient comme de jeunes amoureux.

— Croyez-vous que Mme Loiberger ait eu des soupçons ? demandai-je à Mülling.

Il haussa les épaules :

— Je ne crois pas. En tout cas, elle ne s'est nullement doutée du duel qui se préparait et ne sait pas à l'heure qu'il est que son mari est mort.

Une sorte d'effroi me saisit à l'idée que le train nous rapprochait toujours plus de la malheureuse épouse, et je demandai :

— Qui est-ce qui va le lui dire ?

— Il ne nous reste plus, je pense, qu'à aller tous deux...

Impossible, pensai-je, nous ne pouvons tout de même pas nous présenter tous les deux chez elle, comme les membres d'un comité des fêtes venus apporter une invitation pour leur bal ! — et je dis à Mülling :

— Nous aurions dû télégraphier de là-bas !

— La dépêche, répliqua-t-il, n'aurait jamais été

qu'une sorte de notification préalable. On ne saurait en aucun cas se passer d'un rapport verbal.

— Laissez-moi m'en charger, déclarai-je alors.

Nous discutions encore sur ce point lorsque le train entra en gare d'Ischgl. Il y avait foule sur le quai, par cette magnifique journée d'été : les voyageurs qui arrivaient, des excursionnistes, ceux qui attendaient et, naturellement, des connaissances parmi eux, de sorte qu'il ne nous fut pas très facile de sortir de la gare sans encombre. Nous finîmes pourtant par nous retrouver assis dans une voiture sans avoir été abordés et nous filâmes. La poussière s'élevait en tourbillonnant derrière nous, sous le soleil brûlant, et nous fûmes heureux de sortir de la ville et de prendre la grand-route, puis de quitter bientôt celle-ci pour nous engager dans la forêt.

Nous n'avions pas encore aperçu, au sortir de la dernière courbe, les premières fermes du village que le docteur Mülling se déclarait d'accord pour que j'aille annoncer la sinistre nouvelle à Agathe Loiberger, puisque, de nous deux, j'étais le moins proche d'elle.

Le lac s'étalait devant nous, scintillant de milliers de paillettes de soleil. Venant de la rive opposée, voilée par cette brume légère qui accompagne une très forte luminosité, le cocasse petit bateau à vapeur, dont les remous faisaient toujours la joie des jeunes baigneurs, s'approchait, semblable à un jouet. Nous nous arrêtâmes bientôt devant l'auberge un peu prétentieusement nommée *Grand hôtel* et je descendis. Le docteur Mülling, qui continuait jusqu'à la villa où il avait loué une chambre, me serra la main en me disant qu'il viendrait me voir à quatre heures de l'après-midi.

J'échangeai mon costume de voyage, qui ne me parut guère convenir à ma mission, contre un autre, gris foncé, et choisis après réflexion une cravate à rayures noires. Je ne pouvais en fin de compte m'en remettre qu'à mon goût, voire à mon intuition, aucune prescription de valeur générale n'existant, comme on le comprendra aisément, pour le genre de visite que j'allais faire. Et je me mis en route, le cœur serré.

Je pris le raccourci, sur le côté derrière l'hôtel ; ce sentier, d'où l'on avait de loin en loin vue sur le lac, menait, le long de quelques maisons de campagne de moindre importance, à la villa blanche et un peu trop grandiose à mon goût que Loiberger avait fait construire, naturellement d'après ses propres plans. J'allais avec une lenteur exagérée, afin de ne pas me trahir dès l'arrivée par ma respiration précipitée, et me sentais cependant assez calme dans l'ensemble, ou du moins résolu. Je me disais que j'allais simplement remplir un devoir... et je voulais le faire de la manière la plus correcte possible ; ainsi ne devrai-je montrer de ma sympathie que ce qu'exigeaient ou permettaient les convenances sociales.

Le portail du jardin était ouvert, le parterre de fleurs artistement distribuées resplendissait sous le soleil dont la lumière s'étalait doucement sur les bancs blancs à droite et gauche, le store aux rayures rouges et blanches était déroulé au-dessus de la grande véranda avec ses fauteuils en osier rouge vif ; en haut, au premier étage, les fenêtres étaient ouvertes et les rayons du soleil frappaient obliquement le petit balcon devant la mansarde. On ne voyait personne, tout était silencieux, je n'entendais que le gravier qui crissait sous mes pieds et me semblait faire un bruit effroyable. L'heure du déjeuner était proche, peut-être était-on déjà à table — ou plutôt Agathe était-elle seule à table, puisque Édouard était parti en excursion dans les Dolomites. Oui, telle fut ma première pensée, avant même que je prenne conscience avec effroi qu'à cette heure-là, son corps était exposé à la morgue d'une petite ville de garnison. Et ce qui m'attendait dans les minutes suivantes me parut soudain si grotesque, si insupportable et impossible à exécuter que je fus sérieusement tenté de faire demi-tour avant que l'on m'ait aperçu — oui, de m'enfuir tout simplement en courant, d'aller chez le docteur Mülling et de lui expliquer que je me sentais absolument hors d'état de transmettre seul l'horrible nouvelle à Agathe Loiberger.

C'est alors que le domestique, qui m'avait manifestement entendu venir de l'intérieur, sortant de la maison plongée dans l'ombre, apparut sur la véranda et me salua. Jeune et blond dans sa veste de toile blanche à rayures bleues, il descendit quelques marches à ma rencontre et dit :

— Il n'y a personne, monsieur est parti hier et madame est encore en bas, au bord du lac. Mais si monsieur von Eisler veut bien patienter un peu... madame va rentrer d'un moment à l'autre.

— Bien, je vais attendre.

Il parut un peu étonné, peut-être était-il frappé par la fixité et le sérieux incompréhensible de mes traits. J'affectai aussitôt la légèreté et déclarai en regardant ma montre :

— J'ai simplement un mot à dire à madame, puis répétai :

— Je vais attendre.

Le domestique hocha la tête et, me précédant, repoussa sur le côté le fauteuil qui obstruait la porte du milieu, donnant sur le salon. Il me laissa passer en me montrant d'un geste imprécis les différents sièges qui se trouvaient tout autour, puis disparut dans la pièce voisine, où l'on apercevait la table étincelante de blancheur avec ses deux couverts, ferma la porte derrière lui et me laissa seul.

Je restai là, dans cette atmosphère estivale mais pleine d'ombre et de fraîcheur, semblable à un prisonnier qui s'apprête à subir un dur interrogatoire. Dominant tout de sa noirceur d'ébène, le piano me rappela la dernière soirée musicale à laquelle j'avais assisté, peu de temps auparavant. Agathe accompagnait son amie Aline, qui chantait un lied de Schubert. Je voyais ses doigts longs et minces courant sur les touches et croyais presque entendre la voix d'Aline : « Pour toi, Sylvia, ces fleurs et ces couronnes... » Plus tard, tandis que le reste de la société demeurait au salon, j'étais allé m'asseoir, seul, au jardin, légèrement étourdi et même ravi — comblé par l'air tiède de la nuit, la musique et sans doute aussi le champagne, qui faisait rarement défaut dans les soirées chez les Loiberger. Peut-être même somnolai-je, lorsque je vis Agathe passer comme en rêve à côté de moi, en compagnie de je ne sais quel invité. Comme j'étais dans l'ombre, ils ne me remarquèrent pas tout de suite, puis Agathe, m'apercevant soudain, me mit au passage une main dans les cheveux et les ébouriffa. Je ne prêtai guère d'attention à ce geste, car elle se comportait souvent ainsi, de manière tout à fait libre et familière, mais toujours avec une merveilleuse grâce. Ainsi nommait-elle rarement la plupart des amis de la maison par leur nom ou leur titre véritable, mais avait trouvé pour chacun d'eux une désignation qui ne correspondait pas toujours à sa personne et à sa manière d'être, en était même souvent tout le contraire ou bien ne prétendait pas exprimer quoi que ce soit. Elle m'appelait par exemple « l'enfant », ce qui n'était pas dans mon cas totalement dépourvu de sens, car je paraissais alors, avec mes vingt-trois ans, plus jeune que mon âge... Je restai tranquillement sur mon banc dans l'obscurité, attendant qu'ils repassent, ce qui se produisit plus tôt que je ne l'avais prévu ; et Agathe me fit alors un signe de la tête, bien qu'elle ne fût pas en mesure de me voir distinctement. Cette manière de salut — plusieurs petits signes rapides de la tête — lui était également familière ; je le lui avais vu faire à la piscine, appuyée à la balustrade dans son peignoir de bain bleu, ou à la promenade, lorsqu'elle rencontrait une connaissance, mais elle l'adressait aussi aux fleurs avant de les cueillir ou à une cabane sur l'alpage, avant d'y pénétrer. Il semblait que, plus qu'une habitude, ce fût chez elle un geste inné que de se faire pour ainsi dire connaître, en les saluant, de tous les êtres et de toutes les choses avec lesquelles elle entrait en relation, si fugitivement que ce soit. C'était la première fois que je prenais conscience avec une telle netteté de cette particularité, tandis que je l'attendais dans l'ombre estivale du salon, en laissant mes doigts jouer machinalement avec les franges du châle indien qui recouvrait le piano.

J'entendis tout à coup des voix féminines et des pas sur le gravier ; les bruits se rapprochèrent, il y eut un rire de femme, les pas gravirent les marches... et mon cœur s'arrêta de battre.

— Qui est là ? s'écria Agathe, avec un soupçon de frayeur dans la voix, pour ajouter gaiement, tout de suite après m'avoir reconnu et en me tendant la main :

— Ah, l'enfant !

Je m'inclinai plus profondément que de coutume et lui baisai la main. Se tournant alors vers Aline, qui était restée un peu en retrait, elle dit :

— Eh bien, restez donc tous les deux déjeuner avec moi !

Et, s'adressant à moi :

— Oui, je suis seule. Édouard est parti hier en excursion en montagne... si l'on doit le croire ! ajouta-t-elle avec un rire qui ne me parut pas vraiment serein.

J'avais entre-temps baisé la main d'Aline, et je vis en me redressant ses yeux pétillants de gaieté me lancer une sorte de regard d'intelligence qui m'importuna. Elles étaient toutes les deux devant moi dans leur toilette d'été, la brune Aline en jaune éclatant et la blonde Agathe en bleu plus clair et plus doux, et semblaient deux sœurs malgré leurs évidentes différences. Elles avaient toutes les deux aussi un de ces chapeaux de paille à larges bords qui étaient à la mode à l'époque ; Agathe enleva le sien et le posa sur le piano.

— Je suis désolée, ma chérie, dit Aline, mais je ne puis rester. Je suis attendue chez moi pour déjeuner.

Agathe essaya encore un peu de la persuader, mais sur un ton qui n'était pas très convaincant et, tandis qu'elle parlait à son amie, elle m'effleurait d'un regard interrogateur chargé de promesses, voire si séducteur, que j'en eus presque le vertige. Et je sus que ce n'était pas du tout le premier regard de la sorte qu'elle m'adressait. Comme Aline prenait congé, je lui dis :

— Au revoir, madame ! et, conscient d'ouvrir pour la première fois la bouche depuis leur arrivée, j'entendis ces mots résonner dans la pièce avec une netteté exagérée et pour ainsi dire fracassante.

Agathe accompagna son amie, par la véranda et l'escalier, jusque dans le jardin.

— Pourquoi n'ai-je pas parlé pendant qu'Aline était là, me dis-je. N'aurait-ce pas été mille fois plus facile ? mais Agathe était à nouveau devant moi l'instant d'après.

— Madame, commençai-je, j'ai une triste nouvelle à

vous annoncer... mais non, je ne prononçai pas ces mots : une personne capable de lire dans les pensées les aurait sans doute perçus, et pourtant nul son ne sortit de mes lèvres. Agathe se tenait devant moi, dans sa robe bleu clair qui éclairait doucement les ombres profondes de la pièce, elle ne souriait pas et il me sembla même ne lui avoir jamais vu un visage aussi sérieux. Maintenant qu'elle était seule avec moi, je le sentis avec netteté, tout ce qui pouvait faire penser à de la légèreté, à de la coquetterie, voire à de la simple mondanité, devait être exclu.

— Je suis si heureuse de vous voir ! dit-elle.

Je ne répondis rien, car aucun mot n'eût été juste, mais toutes sortes de récents souvenirs sans éclat se mirent brusquement à briller dans ma mémoire. Je revis la manière dont elle s'était suspendue à mon bras, lors de cette excursion, pour descendre en courant le sentier forestier, puis son geste de l'autre nuit, dans le jardin, me revint à l'esprit, ses longs doigts dans mes cheveux, et je sentis la tendresse qu'elle avait mise dans ce mot pour me saluer : « L'enfant ! » Je n'avais pas compris, pas osé comprendre tout cela — vous voyez comme j'étais jeune ! C'était la première fois qu'une belle jeune femme, une femme que je tenais pour une épouse aimante et passionnée, semblait m'offrir son cœur. Comment aurais-je pu m'y attendre ? Et la joie qu'elle exprimait maintenant si ouvertement à me voir là ne pouvait avoir qu'une signification : elle me croyait assez amoureux et impatient pour avoir décidé, après mûre réflexion, de profiter de l'absence de son mari pour lui faire cette visite aussi inattendue qu'audacieuse.

— Madame, la table est servie !

Agathe fit un petit geste et je me retournai ; nous passâmes dans la pièce à côté. C'était son boudoir : la fenêtre était ouverte et des rideaux, tamisant l'air et les couleurs du jardin, nous séparaient du monde extérieur.

Nous étions assis l'un en face de l'autre. Le domestique, qui avait revêtu un veston de lustrine à boutons dorés, entrait et sortait selon les besoins du service. Le repas simple, au champagne, était d'un goût exquis. Notre conversation fut aussi parfaitement anodine qu'elle devait l'être, mais en même temps tout à fait libre de part et d'autre. Cependant, tandis que nous parlions des petits événements quotidiens de la vie à la campagne, d'excursions déjà faites ou prévues, des régates du dimanche suivant et de la participation et des chances de Loiberger — cela, bien que je n'aie pas un instant oublié qu'Édouard était mort et que je n'étais là que pour l'annoncer à son épouse —, ni ma présence dans sa maison ni ce tête-à-tête avec Agathe, ni le léger flottement des rideaux ou les allées et venues silencieuses du serviteur ne me parurent un seul instant être un rêve. C'était plutôt comme une autre sorte de réalité, une réalité moindre, de laquelle nous parvenaient aussi les coups de sifflet stridents du petit vapeur, et je savais que le lac scintillant en bas sous le soleil en faisait partie, qu'Aline y était aussi retournée et que celui que j'avais vu le matin même s'écrouler, mortellement atteint d'une balle, à la lisière de la forêt, s'y trouvait également. Mais, plus réel que tout cela, il y avait ce qui était en suspens, flottant dans les airs entre Agathe et moi... non pas ce qu'elle disait, mais le son de sa voix, son regard, son envie, notre désir.

Le repas se termina. Le domestique ne revint plus ; nous étions seuls.

Agathe se leva, vint vers moi, prit ma tête dans ses mains et m'embrassa sur les lèvres. Ce ne fut pas un baiser brûlant, mais plutôt tendre, où il y avait plus de bonté que de passion, comme d'une sœur à son frère, et pourtant ce fut un baiser enivrant, solennel et voluptueux à la fois.

Je sombrai plus tard entre ses bras dans des rêves sans nombre…

Nous sommes couchés dans la prairie en pente où elle s'est étendue récemment au côté d'Édouard et je m'étonne de la voir si calme et nullement effrayée, alors qu'il s'est passé quelque chose de terrible… j'ignore quoi et je n'y pense pas, sachant seulement que nous devons partir le plus loin possible. Puis nous sommes dans un compartiment du chemin de fer : la fenêtre est ouverte, les rideaux détachés volent en tous sens. Des lambeaux de paysage défilent à toute allure devant nous, bois, prairies, clôtures, rochers, églises, arbres isolés, incroyablement vite et sans aucun rapport entre eux ; si vite que personne ne peut nous suivre, pas même les autres voyageurs, ce qui, pour être incompréhensible, n'en est pas moins ainsi. Soudain, j'entends crier son nom dehors et je sais que c'est un télégraphiste qui la cherche. J'ai peur qu'elle l'entende, mais le cri se fait de moins en moins fort et s'éteint bientôt, tandis que le train poursuit sa course folle. Nous sommes en voyage, oui, en voyage — un voyage interminable. Puis nous nous trouvons maintenant dans une salle de jeu… vraisemblablement à Monte-Carlo — oui, comment ai-je pu en douter, c'est bien Monte-Carlo ! Agathe est assise à la table au milieu des autres joueurs ; belle, très calme, elle joue, perd, puis gagne, pendant que je regarde de tous côtés, pour voir s'il n'y a personne qui la connaîtrait et pourrait lui révéler que son mari est mort. Mais non, il n'y a là que des étrangers… des visages bruns et jaunes, et même un Indien, assis à la table de jeu avec une immense parure de plumes rouges sur la tête. C'est alors qu'Aline apparaît dans l'embrasure de la porte : elle nous a donc suivis, uniquement pour le lui dire ? Eh bien, partons, partons ! Je touche l'épaule d'Agathe, elle se retourne et me lance un regard plein d'amour ; et le train nous emporte à nouveau dans sa course folle. Quelqu'un regarde dans le compartiment par la fenêtre ouverte... comment est-ce possible ? Sans doute s'agrippe-t-il dehors à la fenêtre. Il a un papier à la main : le télégramme ! Je le précipite en bas de la fenêtre, il roule et rebondit je ne sais où... de toute façon, je ne le vois pas. Quel bonheur qu'Agathe n'ait rien remarqué ! Bien sûr, elle ne pouvait rien voir... elle tourne une à une les pages d'un grand journal anglais, dont elle regarde les images. L'une d'elles — n'est-ce pas amusant ? — représente la salle de jeu de tout à l'heure et l'on nous voit tous les deux parmi les joueurs. Comme les nouvelles vont vite ! Mais que nous arrivera-t-il, si cette image tombe sous les yeux de son mari ? Est-ce qu'il me tuera moi aussi, comme il a tué le capitaine de cavalerie ?

D'un seul coup, je me retrouve dans la villa, sur le divan de la pièce où je suis vraiment ; donc dans la réalité, et pourtant c'est un rêve ! Je rêve que je suis réveillé et que je fixe de mes yeux ouverts, démesurément ouverts, les rideaux flottants. Et j'entends des pas, les pas lents d'un groupe de six ou douze hommes. Je comprends immédiatement qu'ils apportent la civière avec le cadavre et je m'enfuis. Je suis dehors, sur la terrasse, il faut que je descende les marches. Mais où sont ces gens, où est la civière ? Je ne la vois pas. Je sais seulement qu'elle vient à ma rencontre et qu'il m'est impossible de lui échapper. Brusquement, je suis tout seul dans le jardin, mais ce n'est pas un vrai jardin, on le dirait sorti d'un jeu de construction, oui, c'est exactement celui que l'on m'a offert pour mon anniversaire, il y a bien des années, j'ignorais jusqu'à aujourd'hui que l'on pût s'y promener. Il y a aussi des petits oiseaux dans les arbres, que je n'avais pas remarqués jadis et qui s'envolent tous maintenant à tire-d'aile, pour me punir de les avoir vus. Le domestique se tient devant le portail du jardin et fait une profonde révérence, car voici M. Loiberger en personne. Il ne se doute absolument pas qu'il est mort, et pourtant il est vêtu d'un grand imperméable blanc. Il faut que j'aille au-devant de lui et que je l'accompagne jusque dans la maison, afin que personne ne lui dise qu'il est mort ; je pense qu'il ne survivrait pas à cette nouvelle... et cette idée me fait rire. Nous voici cependant attablés tous deux pour le déjeuner et le domestique nous sert. Je m'étonne qu'Édouard mange ce qui se trouve dans son assiette... il n'en a plus besoin ! Maintenant, Agathe est assise en face de lui et j'ai disparu ; mais je suis assis sur le rebord de la fenêtre, et les rideaux qui viennent sans arrêt se refermer sur mon front m'empêchent de voir les regards qu'ils échangent. Soudain, j'entends sa voix — mon Dieu, si seulement je pouvais voir ! —, je l'entends très distinctement dire : « Ainsi, tu as pris ton petit déjeuner avec l'homme qui m'a tué ! » et je ne suis pas du tout étonné qu'il dise cela, puisque je l'ai vraiment tué. Je trouve seulement bizarre qu'il fasse une réflexion aussi bête — il devrait savoir qu'il est d'un usage courant de déjeuner ensemble après un duel.

A nouveau des pas dans le jardin... c'est la civière... Comme c'est étrange : d'abord le mort, puis la civière — cet Édouard est vraiment snob ! Il y a aussi de la musique funèbre. Un orchestre militaire ? Bien sûr, puisqu'il a tué un capitaine de cavalerie ! Des applaudissements ? Naturellement... il a remporté les régates ! Je saute rapidement au bas de la fenêtre et descends jusqu'au lac en courant aussi vite que je peux. Pourquoi y a-t-il si peu de monde... et pas un seul bateau ? Rien qu'une toute petite barque, avec Agathe et moi dedans. Agathe rame. Elle sait tout d'un coup ramer, alors qu'elle prétendait récemment le contraire. Et voici qu'elle a même remporté les régates. Soudain, je sens une main autour de mon cou, c'est la main d'Édouard ! Agathe lâche les rames et notre barque dérive au gré des flots. Agathe croise les bras et regarde, curieuse de voir si Édouard réussira à me jeter à l'eau. Chacun de nous tente de maintenir l'autre sous l'eau, mais Agathe, qui a perdu toute curiosité, s'éloigne avec la barque... et je constate alors que c'est un bateau à moteur ! Je m'enfonce toujours plus et pense : « Pourquoi, mais pourquoi ? », et veux dire à Loiberger qu'une telle femme ne vaut pas la peine que l'on s'entre-tue pour elle, mais je ne le lui dis pas, il pourrait tout compte fait croire que j'ai peur. Et je remonte à la surface. Le ciel ne m'a jamais paru aussi immense ; pourtant, je plonge à nouveau, plus profondément encore qu'avant. Rien ne m'y oblige en fait, car je suis tout seul et le lac tout entier m'appartient, de même que le ciel. Et je reviens encore une fois à la surface, émergeant des flots, de la mort et du rêve : oui, je reviens aussi inexorablement à la surface que je me suis profondément enfoncé et, brusquement, je suis réveillé... complètement réveillé, plus réveillé que jamais...

Agathe dormait encore, tout au moins était-elle étendue à mon côté, les yeux fermés. Le vent, qui soufflait toujours du lac à cette heure de l'après-midi, agitait les rideaux un peu plus fort qu'auparavant. Il ne pouvait pas être tard ; à peine plus de quatre heures, à en juger d'après le soleil... l'heure à laquelle Mülling devait aller me voir à l'hôtel. Mais est-ce que cela ne faisait pas aussi partie de mon rêve ? Peut-être même le tout, duel compris ? ainsi que la mort de Loiberger ? Peut-être était-ce le matin et dormais-je... dans ma chambre d'hôtel ? Ces questions furent néanmoins ma dernière tentative de fuite ; je ne pouvais plus douter, j'étais éveillé et Agathe, à côté de moi, dormait encore et ne savait rien. Je n'avais plus qu'à choisir : ou m'enfuir à la minute même ou... parler, sans hésiter une seconde de plus, réveiller Agathe et parler ! La nouvelle pouvait arriver d'un moment à l'autre. Est-ce que je n'entendais pas marcher dans le jardin ? N'était-il pas presque miraculeux que nous n'ayons pas été dérangés jusque-là ? Et, en tout cas, si personne ne savait encore rien dans la maison et dans la localité, n'était-ce pas faire preuve d'une inconcevable légèreté que de demeurer plus longtemps dans cette pièce accessible de tous côtés, maintenant que le temps consacré partout à la sieste était écoulé ? Je me levai rapidement et, comme je m'apprêtais à toucher l'épaule d'Agathe, elle cligna des yeux, comme si mon regard l'avait éveillée et se passa la main sur le front et sur les cheveux. Avec l'air d'une petite fille qui se frotte les yeux pour se réveiller, elle me regarda exactement comme on regarde une image de rêve qui s'évanouit. Puis elle entendit ma voix — je venais de murmurer involontairement son nom —, et son visage s'assombrit ; se levant d'un bond, elle défroissa sa robe de la main, tapota les coussins et les remit hâtivement en ordre. Se tournant ensuite rapidement vers moi, elle ne prononça qu'un seul mot :

— Va !

Je restai comme cloué sur place, totalement incapable

de dire ce que je voulais lui dire, oui, incapable de prononcer le moindre mot. Quel lâche je faisais !... Me tuer, voilà ce qu'il me restait à faire — mais je ne pouvais faire le moindre pas et ne parvins qu'à prononcer encore son nom, d'une voix plus forte et plus suppliante que la première fois. Alors, saisissant ma main d'un geste tendre, elle me dit :

— Je t'aime beaucoup, je ne savais pas moi-même que je t'aimais autant. Tu n'es pas obligé de me croire, mais pourquoi te le dirais-je, si ce n'était pas vrai ? Et j'ai pensé qu'il fallait que tu le saches avant de partir !

— Quand te reverrai-je ? demandai-je... Ainsi, au lieu de dire :

— Édouard est mort, au lieu de dire :

— Pardonne-moi ! ou :

— J'ai été trop lâche pour te le dire tout de suite, je demandai :

— Quand te reverrai-je ? comme si n'avait existé aucune autre question à laquelle il eût fallu répondre maintenant, aucun autre mot à prononcer.

— Tu nc me reverras jamais, répondit-elle. Si tu m'aimes, tu seras comme moi reconnaissant à l'heure que nous venons de vivre. Si tu ne veux pas que, cessant d'être un rêve merveilleux et inoubliable, elle devienne une triste réalité et ne soit plus que mensonge, une suite ininterrompue de mensonges, de tromperies et de laideurs, va, va tout de suite, pars en voyage et efforce-toi de ne jamais me revoir !

Quelque chose murmurait en moi :

— Édouard est mort... ton mari est mort, tout ce que tu dis est absurde et tu ne t'en doutes pas. Il n'y a plus de mensonge, plus de tromperie, plus de laideur, tu es libre !..., mais je ne dis rien.

Il se fit en moi, d'un seul coup, une clarté telle que

je ne l'aurais pas crue possible une minute plus tôt et je lui dis :

— Ce n'est ni une tromperie ni un mensonge, mais ça le deviendrait si, après cette heure dont tu parles, tu demeurais plus longtemps dans cette maison et appartenais à nouveau à un autre.

Et il me sembla que le rêve de voyage que je venais de faire s'imposait à moi ou que je m'emparais de lui.

Agathe pâlit. Elle me regarda, et je sentis que mon visage se figeait. Puis, me touchant le bras comme pour m'apaiser, elle dit :

— Soyons raisonnables ou du moins redevenons-le ! Oui, je t'aime, mais je ne t'appartiens pas, pas plus que tu ne m'appartiens. Nous le savons tous deux... Ce n'était qu'un rêve, qu'un miracle, une heure de bonheur, inoubliable certes, mais déjà passée.

Je secouai violemment la tête :

— Tout ce qui était *avant* cette heure est passé, mais cette heure a tout changé. Tu ne pourras plus jamais appartenir à l'autre ; tu n'appartiens plus qu'à moi !

Saisissant alors mon bras, qu'elle n'avait pas cessé de toucher, elle le serra et le secoua doucement, comme si elle espérait que ce geste me tirerait de mon incompréhensible égarement, de cet accès de folie. Cependant, mes yeux restaient fixes et je savais qu'il n'y avait presque plus d'amour en eux, mais une volonté presque menaçante. Je remarquai sa peur grandissante, qui la poussait à essayer maintenant de la plaisanterie :

— Un enfant, dit-elle,... n'avais-je pas raison ? J'ai toujours su pourquoi je t'appelais ainsi. Dois-je à présent être raisonnable pour deux ? Ce n'est pas facile, ça ne l'est déjà pas pour moi seule, mais il le faut, il faut que nous soyons raisonnables !

— Et pourquoi devrions-nous l'être ? demandai-je

avec un entêtement qui me fit paraître détestable à mes propres yeux.

— Il le faut, reprit-elle et, sentant croître sa peur, elle eut recours aux arguments les plus forts et les plus incontestables : « Il nous faut être raisonnables, nous ne pouvons pas nous trahir, car tu serais perdu s'il venait à soupçonner... »

Je ne pus m'empêcher de sourire. Non seulement sa réplique, son avertissement et sa tentative pour me faire peur en évoquant le mort me donnaient le frisson, mais ils avaient aussi sur moi je ne sais quel effet profondément comique, et je ne fus pas éloigné à cet instant de lui faire une réponse diabolique, mettant fin à tout ce que ce dialogue avait d'insupportable et d'horrible par un mot dévastateur et libérateur à la fois. Et pourtant, je ne le fis pas. J'éprouvai à cet instant même mon impuissance — je sentis que le mort était plus fort que moi et ne trouvai d'autre réplique, dans ma résistance désespérée, que ces mots insensés :

— Et si le destin décidait finalement en ma faveur ?

Elle me saisit par l'épaule, la peur dans les yeux :

— Que dis-tu ? Où t'égares-tu ? Où nous égarons-nous ?

Je sentis alors qu'elle avait peur pour lui, pour lui et pas le moins du monde pour moi... qu'il était tout pour elle, et moi rien... Et, au même instant, nous entendîmes des pas sur le gravier du jardin. Il ne me restait plus que quelques secondes. Il n'était pas possible de lui dire, en ce laps de temps, ce qui était arrivé et de justifier en outre mon silence. Quelques minutes avant, elle aurait compris et peut-être pardonné, j'aurais peut-être même remporté une authentique et définitive victoire sur le mort. Maintenant, en revanche, c'est moi qui succombais, foudroyé ; oui, j'eus en cette seconde l'impression d'être en quelque sorte un spectre et, bien que tout à fait certain que Loiberger était la dernière personne susceptible d'entrer ici l'instant d'après, je sus ce que, d'une manière incompréhensible, m'annonçaient ces pas dans le jardin : c'était lui qui arrivait, comme il l'avait fait dans mon rêve, lui qui traversait le jardin et montait les marches menant à la terrasse. Toutefois, quel que fût celui qui s'approchait, il m'était impossible, dans les quelques secondes qui me restaient, de dire à Agathe ce qui s'était passé et de justifier mon silence, et encore plus impossible de laisser advenir ce qui était imminent sans l'y préparer un tant soit peu. Cependant, les seuls mots qui sortirent de mes lèvres furent :

— N'aie pas peur ! et j'eus vraiment la sensation, en les prononçant, que le mort allait entrer dans la pièce l'instant d'après. Elle me regarda d'abord avec un sourire mal assuré, comme si elle voulait me faire comprendre que je n'avais rien à craindre et que personne ne remarquerait chez elle le moindre indice de ce qui venait d'avoir lieu, mais elle lut manifestement tout de suite dans la gravité désespérée de mon regard que mon exhortation avait sûrement voulu exprimer autre chose que le souci mesquin qu'elle pût me trahir. Elle eut encore le temps de me demander :

— Qu'est-il arrivé ?

mais je n'eus pas celui de répondre.

Les pas résonnaient déjà dans la pièce voisine. Sans se retourner vers moi, elle alla dans le salon et je l'y suivis. Aline était debout dans l'embrasure de la porte de la terrasse ; elle m'effleura d'un regard étonné et perplexe, puis saisit les mains de son amie pâlissante et, éclatant en sanglots, la serra dans ses bras. Celle-ci cependant, évitant les yeux d'Aline, me fixait d'un regard impitoyablement interrogateur, comme si elle voulait faire jaillir la réponse de mon front. Je mis alors un doigt devant ma bouche et me rendis moi-même compte que ce pauvre geste lui demandait de me trahir plutôt que de se trahir elle-même. Mais il y avait plus de choses dans son regard que je n'en vis jamais dans aucun autre regard humain — un pressentiment, voire une certitude, mais aussi de l'indignation, de la compréhension, du pardon et peut-être même une sorte de remerciement.

Mülling venait également d'apparaître dans la porte, entre le salon et la terrasse, dans la zone intermédiaire entre l'ombre et la lumière. Son regard me frôla comme pour m'interroger et il dut s'expliquer ma présence, sans plus s'étonner, en pensant que je n'avais pas pu laisser cette malheureuse femme seule après lui avoir annoncé la triste nouvelle. Il alla vers elle, lui serra la main sans prononcer une parole, et les yeux d'Agathe, l'ignorant, vinrent une fois de plus chercher les miens. Personne ne disait mot, ni elle, ni Aline, ni Mülling, mais il me sembla que je m'enfonçais dans mon silence encore plus profondément que les autres. On percevait le calme profond que l'été faisait régner dehors, dans le jardin. Enfin, Agathe dit — et mon cœur s'arrêta de battre, lorsqu'elle ouvrit la bouche :

— Maintenant, je veux savoir toute la vérité !

Puis, lisant de l'étonnement dans la mine des autres et peut-être de la peur dans la mienne, elle ajouta en se tournant vers moi, avec un calme admirable :

— Vous ne vouliez certainement rien me cacher, mais peut-être avez-vous inconsciemment essayé de m'épargner et je vous en remercie. Cependant, croyez-moi, je suis maintenant assez calme pour tout entendre ; racontez-moi tout, docteur Mülling, du début jusqu'à la fin ! Je ne vous poserai pas de questions et ne vous interromprai pas.

Et elle répéta, d'une voix mourante :

— Racontez !

Elle était appuyée contre le piano ; ses doigts jouaient avec les franges du châle indien et pas une seule fois ses lèvres ne tressaillirent pour nous trahir, elle et moi, pendant tout le récit de Mülling. Aline s'était effondrée, la tête dans les mains, sur la chaise près du piano. L'habitude qu'avait Mülling de s'exprimer en public en termes choisis lui fut d'un grand secours, tant son émotion était profonde. Il décrivit toute l'affaire, depuis le moment où nous avions, lui et moi, attendu Édouard à la gare de la petite ville jusqu'à l'instant où il était tombé mort à la lisière de la forêt, et il me fut évident qu'il l'avait déjà fait une ou plusieurs fois depuis que nous nous étions séparés devant le portail de son hôtel. Pour le reste, il parla comme s'il avait plaidé pour quelqu'un qui aurait trop lourdement expié une faute ancienne, déjà oubliée et d'ailleurs mineure en soi, et dont la mémoire devait être entièrement innocentée. Agathe parvint effectivement à ne pas l'interrompre une seule fois et lui demanda, lorsqu'il eut terminé, si l'on avait déjà pris des dispositions sur place. Mülling lui ayant répondu que le corps serait restitué au plus tard le lendemain matin par l'administration, elle déclara qu'elle partirait là-bas le soir même. Mülling le lui déconseilla en faisant valoir que le train du soir arrivait après minuit dans la petite ville de garnison, mais elle répondit simplement :

— Je veux le voir cette nuit,

et il nous fut clair à tous qu'elle avait l'intention de se faire ouvrir la morgue cette nuit même.

L'avocat s'offrit alors à l'accompagner, disant qu'il

fallait s'occuper de beaucoup de choses, prendre de nombreuses dispositions et qu'il était impossible qu'Agathe pût s'en charger seule, mais elle refusa avec une fermeté excluant toute réplique :

— C'est à moi qu'il appartient de faire tout cela. Nous nous reverrons, docteur Mülling, lorsque tout sera fini.

J'étais rempli d'admiration et d'épouvante à la fois, mais elle ne m'adressa pas une seule fois la parole. Elle dit qu'elle désirait maintenant être seule, et demanda à Aline de revenir plus tard pour l'aider dans ses préparatifs et recevoir ses instructions pour la durée de son absence.

Elle nous serra la main à tous. A moi exactement de la même manière qu'à Aline et qu'à Mülling, et elle ne chercha même pas à éviter mon regard lorsque nous nous séparâmes.

Partie effectivement le soir même, seule, elle ramena le lendemain matin le corps de son mari à Vienne. L'enterrement, auquel j'assistai naturellement moi aussi, eut lieu le jour suivant. Agathe fut toute la journée absente pour tout le monde. Elle ne retourna plus jamais au bord du lac.

Nous nous rencontrâmes au cours d'une soirée, bien des années plus tard, après qu'elle se fut remariée. Aucun de ceux qui nous virent nous entretenir ce soir-là n'aurait pu deviner que nous liait un événement singulier et que nous avions tous les deux intensément vécu. Mais nous liait-il vraiment ? J'aurais pu pour ma part tenir cette heure lugubre et pourtant si heureuse d'un calme après-midi d'été pour un rêve solitaire, tant le regard qu'elle plongeait dans le mien était clair.

BIBLIOGRAPHIE

1. *Chronologie des parutions en revue*

1885	*Welch eine Melodie*	Ah, quelle mélodie !
1886	*Er wartet auf den vazierenden Gott*	En attendant le dieu vacant
1887	*Amerika*	L'Amérique
1887	*Erbschaft*	Un Héritage
1887	*Mein Freund Ypsilon*	Mon Ami Y
1887	*Der Fürst ist in Hause*	Le Prince est dans la Salle
1888	*Der Andere*	L'Autre
1889	*Der Sohn*	Le fils
1890	*Die drei Elixire*	Les trois Elixirs
1891	*Die Braut*	La Fiancée
1892	*Sterben*	Mourir
1893	*Die kleine Komödie*	Une petite Comédie
1893	*Komödiantinnen : Helene-Fritzi*	Les comédiennes : Hélène-Fritzi
1894	*Blumen*	Fleurs
1894	*Der Witwer*	Le Veuf
1895	*Ein Abschied*	L'Adieu (ou Le Dernier Adieu)
1895	*Der Empfindsame*	Un jeune homme sensible
1896	*Die Frau des Weisen*	La Femme d'un Sage
1897	*Der Ehrentag*	L'Apothéose
1897	*Die Toten schweigen*	Les Morts se taisent

1899	*Um eine Stunde*	Pour une heure (ou La dernière Heure)
1899	*Die Nächste*	La prochaine
1900	*Andreas Thameyers letzter Brief*	La dernière lettre d'Andréas Thameyer
1900	*Frau Berta Garlan*	Berthe Garlan
1900	*Ein Erfolg*	Un Succès
1900	*Leutnant Gustl*	Lieutenant Gustel
1900	*Der blinde Geronimo und sein Bruder*	L'aveugle Geronimo et son frère
1900	*Legende*	Légende
1900	*Wohltaten, still und rein gegeben*	Un Bienfait n'est jamais perdu
1901	*Die grüne Krawatte*	La Cravate verte
1902	*Die Fremde*	L'Étrangère
1902	*Exzentrik*	Music-hall
1902	*Die griechische Tänzerin*	La Danseuse grecque
1902	*Die Weissagung*	La Prédiction
1903	*Das Schicksal des Freiherrn von Leisenbohg*	Le Destin du Baron de Leisenbohg
1905	*Das neue Lied*	La nouvelle Chanson
1906	*Der tote Gabriel*	L'Ombre de Gabriel
1907	*Geschichte eines Genies*	Histoire d'un Génie
1907	*Der Tod des Junggesellen*	La Mort du vieux Garçon
1908	*Der Weg ins Freie*	Vienne au Crépuscule
1909	*Die Hirtenflöte*	La Flûte de Pan
1909	*Die dreifache Warnung*	Le triple Avertissement
1909	*Das Tagebuch der Redegonda*	Le Journal de Redegonda
1910	*Der Mörder*	L'Assassin
1912	*Frau Beate und ihr Sohn*	Mme Beate et son fils

1914	*Doktor Gräsler, Badearzt*	Docteur Grasler
1917	*Der letzte Brief eines Literaten*	La dernière lettre d'un homme de lettres
1917	*Casanovas Heimfahrt*	Le retour de Casanova
1917	*Flucht in die Finsternis*	L'appel des Ténèbres
1923	*Fräulein Else*	Mademoiselle Else
1924	*Die Frau des Richters*	La Femme du Juge
1925	*Traumnovelle*	Rien qu'un Rêve
1926	*Spiel im Morgengrauen*	Les dernières Cartes
1926	*Boxeraufstand*	La Révolte des Boxers
1928	*Abenteurernovelle*	L'Aventurier
1927-1931	*Der Sekundant*	Le Témoin
1928	*Thérèse*	Thérèse

2. *Chronologie des parutions en volumes*

1895 STERBEN/MOURIR (Stock)

1898 DIE FRAU DES WEISEN
- — Blumen (tr. fr. in *la Pénombre des âmes*)
- — Ein Abschied
- — Die Frau des Weisen (tr. fr. in *la Pénombre des âmes*)
- — Der Ehrentag (tr. fr. in *la Pénombre des âmes*)
- — Die Toten schweigen (tr. fr. in *la Pénombre des âmes*)

1901 FRAU BERTA GARLAN/*Berthe Garlan* (Stock)

1905 DIE GRIECHISCHE TÄNZERIN
- — Der blinde Geronimo (tr. fr. in *la Pénombre des âmes*)
- — Andreas Thameyers letzter Brief
- — Exzentrik

— Die Griechische Tänzerin

1907 DÄMMERSEELEN

— Das Schicksal (tr. fr. in *la Pénombre des âmes*)

— Die Weissagung

— Das neue Lied

— Die Fremde

— Andreas Thameyers letzter Brief

1908 DER WEG INS FREIE/*Vienne au crépuscule* (Stock)

1912 (Première édition des œuvres chez Fischer Verlag à Berlin : trois volumes de récits, quatre tomes de théâtre)

MASKEN UND WUNDER

— Die Hirtenflöte

— Der Tod des Junggesellen

— Der Mörder (tr. fr. in *la Pénombre des âmes*)

— Der tote Gabriel (tr. fr. in *la Pénombre des âmes*)

— Das Tagebuch der Redegonda (tr. fr. in *la Pénombre des âmes*)

— Die dreifache Warnung

1913 FRAU BEATE UND IHR SOHN/*Madame Beate et son fils* (Stock)

1917 DOKTOR GRÄSLER, BADEARZT/« DR GRASLER » in *Lieutenant Gustel* (Calmann-Lévy)

1918 CASANOVAS HEIMFAHRT/*le Retour de Casanova* (Le Sorbier. 10/18, Domaine étranger)

1924 FRÄULEIN ELSE/*Mademoiselle Else* (Stock)

1925 DIE FRAU DES RICHTERS/« la Femme du juge » in *l'Étrangère* (10/18, Domaine étranger)

1926 TRAUMNOVELLE/« Rien qu'un rêve » in *les Dernières cartes* (Calmann-Lévy)

1927 SPIEL IM MORGENGRAUEN/« les Dernières cartes » in *ibid.* (Calmann-Lévy)

1928 THERESE/*Thérèse* (Calmann-Lévy)

1931 FLUCHT IN DIE FINSTERNIS/« l'Appel des ténèbres » in *Lieutenant Gustel* (Calmann-Lévy)

1932 DIE KLEINE KOMÖDIE (posth.) in *le Dernier adieu* et *l'Étrangère* (10/18, Domaine étranger)

— Amerika
— Der Andere
— Welch eine Melodie
— Der Empfindsame
— Ein Erfolg
— Geschichte eines Genies
— Legende
— Um eine Stunde
— Wohltaten still und rein gegeben
— Die Braut
— Die grüne Krawatte
— Exzentrik
— Mein Freund Ypsilon
— Die drei Elixire
— Der Fürst ist im Hause
— Erbschaft
— Der Sohn
— Komödiantinnen : Helene - Fritzi
— Reichtum
— Die Nächste
— Die kleine Komödie

TABLE DES MATIÈRES

ACHEVÉ D'IMPRIMER SUR LES PRESSES
DE COX & WYMAN LTD. (ANGLETERRE)

N° d'édition : 1865.
Dépôt légal : septembre 1988.
Nouveau tirage : mai 1993.
Imprimé en Angleterre